一眼心动发生在夏天。
一段有始无终的暗恋也结束在蝉鸣声中。

台
Heliotrope & 珍

应橙_著

江苏凤凰文艺出版社
JIANGSU PHOENIX LITERATURE AND
ART PUBLISHING

谨以此文献给无论是暗恋过还是正在暗恋的女孩们。

祝大家都能有情有终，

有我，下辈子再也不吃腌蒜了。

——龙橙

暗恋像苔藓

不起眼

在等待中蜷缩枯萎

风一吹

又生生不息

那年夏天，许随&周京泽的恋爱进度表

引子
你还喜欢他吗？
001

Part 1
脆莓

第三章
她只是想被看见
048

第四章
喜欢下雨天
061

第五章
蒙了尘的礼物
080

第八章
他不喜欢你是事实
129

Part 2
冰沙

第三章
美梦成真
195

第四章
第一次恋爱
218

第五章
ZJZ & XS
239

第八章
生日快乐，
我最亲爱的
311

第九章
就当风雨下潮涨
329

第一章
少女心事
012

第二章
绿色薄荷糖
030

第六章
碳酸心情
101

第七章
衣柜里藏着乐园
114

第一章
他说——
我们——
148

第二章
疾风绕旗正少年
170

第六章
有人了，许随
258

第七章
我记备忘录
288

目录 contents

星河美丽，她和悄悄喜欢的他在宇宙中央。

Heliotrope&ZJZ

引 子

你还喜欢他吗？

好像暧昧或是风月相关，
他都交由她定。

　　清晨六点，电线杆上的麻雀扑腾着翅膀打破了巷口的宁静。由于前一晚刚下过一场雨，桂花被打得七零八落，像被打翻的蜂蜜，淌在湿漉漉的地面上。

　　湿气顺着窗户的缝隙钻进来，许随趴在桌上，肩膀下意识地瑟缩了一下，她艰难地抬起头，伸手搓了一下脸，好让自己更清醒一些。

　　昨天许随刚做完手术，加上下半夜医院有急事召她，等忙完已经快天亮了，索性趴在桌子上眯了一下，黑长的睫毛下是掩盖不住的眼睑的疲惫。

　　洗手间内，许随嘴里含着薄荷味的漱口水，拧开水龙头接了一捧水简单地洗了个脸准备上白班。

　　七点五十分，科室的人渐渐多了起来，大家互道早安。许随掐着点儿迅速吃完了一份可颂，黑咖啡放在旁边，有人把它拿走换成了一瓶牛奶。

　　许随一抬头，是新来的实习医生，男生不好意思地挠了挠头："许医生，老喝咖啡对身体不好。"

　　"谢谢。"许随笑了笑，她看了一眼时间，"走，到查房的时间了。"

　　住院部的病人大部分喜欢这个许医生来查房，温和、有耐心，还会倾听他们偶尔的抱怨。

几名实习医生跟在许随身后,她一间一间地查房,衣袂扬起一角,顺着视线看过去,左侧胸口别着蓝色的证件——普仁医院外科医生许随。

查房查到一名姑娘,这个病人这两天刚割了阑尾,许随特意多嘱咐了几句,让她忌食、调作息之类的。

小姑娘年纪小,手术完没多久就恢复了之前的活力,滴溜着一双大眼睛说自己再吃这种淡出鸟的食物会死的。

"许医生,我可以喝奶茶吗?"小姑娘小心翼翼地问道。

许随拿着签字笔停在蓝色文件夹上,抬眼对上一双期盼的眼睛,松口:"一点点。"

"为什么?可我比较想喝益禾堂。"小姑娘眼神苦恼。

"……"

身后的实习医生忍不住发出笑声,许随面无表情地开口,声音带着一点残忍的意味:"这下一点点你也不能喝了。"

小姑娘后知后觉反应过来,悔恨道:"我错了,医生!"

查完房后,许随双手插着兜回办公室,在走廊碰见了一直带自己的老师,也是外科的主任。

主任有事过来,正好逮着她:"小许,刚查完房啊?"

"嗯,"许随点头,看着主任好像有什么话要说,便主动问,"老师,您有什么事吗?"

"你最近确实忙,是这个科室最拼的,有我当年那个劲头,"张医生笑笑,面容慈祥,"但也要注意劳逸结合啊,你妈都把电话打到我这儿来了,要我操心你的终身大事。"

许随愣住,没想到自己多次拒绝相亲的后果是她妈妈找出主任来压她了。她定了定心神:"老师,你知道我妈人过中年后的梦想是什么吗?"

"什么?"

"当媒婆,先拿我练手。"许随用手指向无辜的自己。

"你这孩子啊,"张主任笑出声,语气无奈,随即话锋一转,"我住的那个家属院里有个小伙子人不错,条件也好……"

许随的眼睛在他身上晃了一圈,岔开话题:"老师,我怎么闻到了您身上有烟味?挺重的。"

普医的人都知道,张医生医术精湛,权威在外,但也是出了名的怕老婆。张医生的老婆是小儿科的护士长,经常过来查岗。每次师母一闻到他身上的烟味,就扬言要不是顾及他那双手还能用来救死扶伤,恨不得把他手给撅折了。

"我今天还没来得及抽啊,有可能是沾上了病人家属的,"张医生抓起自己的衣领嗅了嗅,一脸的慌张,"不说了,我先去洗手。"

上完忙碌的一天白班后,许随终于结束工作,她回到家补觉,睡了个昏天黑地,醒来的时候四周暗得不像话,远处已经亮起了星星点点的霓虹。她以为时间过去好久,但其实只睡了三个小时。

许随放空了一会儿,起身关窗,用手机蓝牙连了音响,放了一首摇滚歌,整个人踩在指压板上放松。大部分人认为,在指压板上可能会很痛,对于许随来说,它是一种很好的解压方式。手机发出叮的声音,许随额头出了一点汗,直接坐在指压板上去拿手机。

许母发了一大串消息,意思是让她去相亲。

云淡风轻:"这次的小伙子真的不错,比你大两岁,人家还是大公司的部门主管呢,不仅是成功人士,长得还不错,介绍人说他是个有责任心又优秀的小伙子。"

云淡风轻:"明天去见见?别找借口,我知道你明天晚上不用值班。"

云淡风轻向她推送了一个名片,许随点开对方的头像,吐槽道:"这种拍照姿势,双手交叉在胸前,我看不像成功人士,像是搞销售的。"

许母一看许随在打岔就知道她又想跟往常一样蒙混过关,态度就有问题。许母有些生气,懒得打字,一连串的死亡语音发过来。

云淡风轻:"你今年马上28了,都快成老姑娘了,怎么还一副不着急的样子?"

许随回复道:"妈,我现在还不太想结婚。"

至少她现阶段的想法是这样，一个人轻松又自在，加上许随工作又忙，确实没有精力去想这个事。

云淡风轻："那你想干什么？"

许随还没来得及回复，云淡风轻又发了条消息过来："那你是不是想去当尼姑？"

许随失笑，正要回复，手机屏幕忽然弹出知乎的消息提示，她点进去，时隔多年，还有人给她那条回答点赞，还有回复。

那个问题是："学生时代的暗恋时期，你做过最搞笑的事情是什么？"

许随当时心血来潮，匿名回复道——

"读高二那年，一部外国电影上映，特别喜欢它，以至于买了电影的周边——一件蓝色T恤。

"穿着它去上课的第一天，忽然发现他也穿了一件蓝色的T恤，虽然他穿的是再普通不过的蓝色T恤，但我的心跳得很明显，暗暗地认为这就是情侣款。

"可能上帝看我暗恋太辛苦，特意送我的甜蜜巧合吧。

"从那以后，我经常穿这件衣服。甚至在前一晚，幻想他会不会第二天也穿蓝色T恤。他坐倒数第二排，我坐正数第二排。每天上早课的时候，为了多看他一眼，我会特意从后门进去，假装不经意地走过他身边，偶尔余光瞥见他懒散地枕在臂弯里，头发凌乱，清瘦的肩胛骨凸起的是蓝色影子时，心跳会异常快，莫名开心一整天。

"结果后来我发现，人家这件衣服是有人买给他的，超市随便买的9.9块的T恤。那么浑不吝的一个男生，竟也不介意天天穿着它。

"我一下就清醒了，好像明白过来一件事：他可能永远也看不到我。"

许随这条回复的点赞量被顶到第一名，甚至还有许多人在底下回复："一点也不搞笑，我怎么觉得好心酸？抱抱小姐姐。"

许随怔住，重新看着自己这条多年前的回答，正打算隐藏掉它时，一个新回复弹了出来："那你现在还喜欢他吗？"

眼底的涩意一点点加深，许随坐在指压板上，也不知怎的，四肢百骸传来密密麻麻的痛，她有些透不过气来。

许随没有回复,退出了软件,回复了妈妈:"好。"

次日,许随特意打扮了一下,她按照妈妈给的地址出现在餐厅里,对方早已在那儿等着。

对方叫林文深,目前在一家互联网公司任职,比照片上给许随带来的印象好得多,五官还算周正,待人也谦和。

两人聊得还算不错,饭后,林文深提出要不在附近散一会儿步,许随想了一下,都出来相亲了,就没必要扭扭捏捏的,最后点了点头。

晚上十点,月光皎白。许随和林文深并肩走在一起,两人时不时地搭几句话,氛围还算舒适,散着散着来到了一条小吃街。

小吃街上,蓝红幕布错落成一排,烧烤架上锡纸盛着茄子,老板撒了一把孜然,在油与火的炙烤下,发出吱吱的声音,旁边炭烤的秋刀鱼颜色渐黄,鲜美的香气四溢。灯泡悬在头顶,细碎的微尘浮在上面,光线昏暗。

成尤端了一盘烤串来到男人面前坐下,两人喝了一点酒,开始有一搭没一搭地聊天。成尤递给他一串牛肉,语气有些小心翼翼:"老大,你不要太有压力,这次……你就当休息了。"

周京泽正咬着串,闻言掀起眼皮看了对方一眼,低笑一声:"我能有什么压力?"

"没有就好。"成尤松了一口气。

周京泽坐在成尤对面,脚恣意地踩在桌子底的横杠上,刚坐下没一会儿,已经吸引了旁边好几桌女孩的目光。偏偏他眼皮都懒得抬,指尖夹着一根烟,烟雾徐徐地上升,痞帅又冷淡。

成尤同周京泽在一起,已经感受到了四面八方的注目礼,自豪得不行,再加上他一喝酒就喜欢絮叨,屁话一大筐:"哎,老大,还别说,当飞行员的这几年老在天上满世界地飞,还真没仔细看,要数美女多的地方,还是我们京北城。"

"嚯,你看那大长腿。"成尤感叹。

周京泽头也没抬,冷笑一声:"再瞎看,告诉你媳妇儿。"

成尤悻悻地收回视线，忽然眼睛发亮，推着他的手臂："老大，你看对面就有一个水灵的，一看就是南方人的长相。"

听到"南方"二字，周京泽下意识地抬头，一双漆黑的眼睛扫过去，然后愣了一下。对方确实是典型南方人的长相，肤白，一双盈盈杏眼，穿着一件杏色的针织连衣裙，细细的两根带子，露出白皙的肩膀。

"啧，有男朋友了，但这两人的氛围一看就是刚认识，估计在相亲，不过两人气质都是斯文挂的，还挺配。"成尤点评道。成尤说完这句话，感觉周遭的空气一下子冷了下来，他有点心慌，眼一瞥就看见他哥徒手将手边的一把竹扦掰断了，没有说一句话。

许随没有注意到这边的动静，正和林文深并肩穿过这条小吃街，眼看快要到尽头时，巷子口传来几声挣扎声。

原来是有个卖糖水的老太太被几个醉酒的混混缠上了，混混正以难吃为由要砸她的摊子。许随本来无意管闲事，可老人苦苦哀求的声音，一瞬间像极了她奶奶。

许随正要走过去，林文深拉住她，语气精明："这个时候你千万别过去，万一被混混或者老太太讹上就惨了。"

"我喜欢被人讹。"许随勾了勾唇角，随即看向林文深拉着自己的手，对方尴尬地松开。

老人被为首的一个混混推倒在地，许随走过去扶住她，声音平静："多少钱？我赔。"

染着红头发的混混看见许随，眼睛一亮，一双手搭在她裸露的肩膀上："既然是妹妹求情，这事就算了，陪哥哥喝杯酒。""你别……乱来啊，有话好好说……你你你放开……"林文深推了推眼镜，紧张得说不出一句话来。

几个混混见林文深是个厌货，挥了挥手里的铁棍，问道："怎么，想打一架？"林文深后退了一步，看了许随一眼，竟然咬牙跑开了。

混混的手停留在许随肩膀上，还放肆地摩挲了一下。不到一秒，许随反手拧着他的手腕，发出咔嗒的声音。

红头发吃疼地松开手，脸彻底沉了下来，他一只手掌扬起，正要一巴掌打下去时，倏地，凭空出现一只修长、骨节清晰、血管明显的手生生截住了混混的手掌。

是周京泽。

"还以为是女人的手，又软又没劲。"周京泽语气轻狂，浑得不行。

他这句话无异于挑衅，对方腾出一只手挥了过来，周京泽侧身一闪，抓住红毛的胳膊一拳将人抡在了地上，红毛发出一声痛苦的惨叫。几个人围在一起，一下子打了起来。

许随蹲下身，扶起老人，帮她收拾好东西，一声不吭地送走了她。

一场混战来得快，去得也快，周京泽以一打四，几个混混落荒而逃。周京泽站在路灯下，长长的影子拉到她面前。许随这才抬眼仔细看他。

周京泽穿着一件飞行夹克，身材颀长，头颈笔直且带着压迫感，单眼皮，头发极短，侧脸线条凌厉分明，下巴还留着一条鲜红的血痕，一双漆黑而锐利的眼睛盯着她。

许随被周京泽看得心脏倏地一缩，下意识地后退了一步。此刻，一阵凉风吹来，路边的树叶、垃圾袋被卷到半空飘飘摇摇。

周京泽见她这熟悉的模样，扯着唇角嗤笑一声。

男人偏头朝垃圾桶吐了一口带血的唾沫，转而从烟盒里磕出一根烟，他细长的指尖捻了捻烟屁股，低头咬着烟，银质的打火机发出咔嚓的声音，还是那副吊儿郎当、漫不经心的模样。

他在等许随开口。

许随移开视线，语气出人意料地疏离："今晚谢谢了，我先走了。"

说完，许随自己心里都怔了一下，她设想过无数次两人见面的场景，没想到真正发生时，他们连寒暄都省去了。

许随转身就想走，周京泽逼近一步，他身上的烟草味明显，凛冽的气息让人动弹不得。

从地上看，他的影子倏地圈住了她。他的眼睫垂下来，在灯光的投射下，拓出一圈淡淡的阴影，语气有些咬牙切齿的意味："你在相亲？"

许随以为昨晚的见面不过是匆匆擦肩而已，没想到第二天又在医院见到了周京泽。许随刚从手术室出来，透明的洗手液挤在掌心还没抹开，护士长匆匆跑过来，语气焦急："急诊那边有一个患者把灯泡塞进嘴里了，急得不行，宋医师取不出来，正叫你过去呢。"

"好，我马上过去。"许随把手伸到水龙头下面简单洗了一下，直接往急诊科的方向去。

办公室的门被推开，许随手插着兜进来，一眼就看到了周京泽，并发现几个护士，还有医生都围在患者旁边一脸的束手无策，患者是一名女孩，这会儿急得眼泪直打转，发出断续不清的声音。

偏偏一旁陪同的男人还奚落小姑娘，冷淡的熟悉嗓音震在耳边："楼下三岁半的小明也玩这个项目，你俩干脆一起组团出道得了。"小姑娘发不出声音，嗔怪地看了他一眼。

两人一来一往隐隐的亲昵落在许随眼里，她垂下眼，掩住眼底的情绪。

许随走过去，接下护士递过来的防护手套，走到患者面前，捏起她的下巴仔细打量，发现灯泡不偏不倚地卡在她嘴里，尺寸刚好。

周京泽这时也发现了她，许随刻意忽略掉落在她身上的视线，偏头问身后的一名实习医生："用了润滑剂吗？"

"用了，不管用。"医生回答。

许随低下头，好像是脑后绑着的发圈有点松了，额前的一缕碎发垂下来粘在脸颊上。她又观察了一下患者嘴里含着的灯泡，开口："去拿一个手术棉花垫来。"

五分钟后，在一群人的围观下，许随一边轻声叫患者放松，一边把外科手术棉花垫递进去，等外科棉花垫把口腔两侧全部裹住的时候，许随对一旁的同事说："拿锤子过来。"

女孩一直摇头，眼神惊恐，直接用锤子？爆炸了怎么办？许随安慰她："不会有事的。"

许随安抚了她一会儿也没用，女孩呜呜呜地说不出话，眼眶里还有泪，神经十分紧绷。

今天是周末，医院人满为患，许随上下打量了女生一眼，对方无论是发饰，还是衣服，都有精心打扮的痕迹。

"放心，还有别的办法取出来。"许随手里没闲着，一副聊天的样子，话锋一转，"今天周末，打算出去玩？"

这句话无疑给女生吃了颗定心丸，后半句把她的注意力勾走，女生闻言苦着脸，费力地挤出不清楚的两个字："本来——"她接着从裤兜里摸出手机，垂下眼睫想打出"电影"两个字给许随看。

许随却趁她放松，手搭在她的下颌上，毫不留情地用力往下一掰，发出咔嚓一声，玻璃碎裂的声音。

女孩呆了两秒，反应过来，发出"啊啊啊啊啊啊"的尖叫声，周京泽拍了拍她的脑袋，发出轻微的哂笑声："行了，一会儿带你去吃冰激凌。"女孩立刻安静下来了，不再闹腾。

他很少哄人，只要稍微说点好话，女人就会主动投降。

剩下的交由急诊医生负责，许随脱了防护手套扔进垃圾桶里，双手插进白大褂的衣兜里，离开了急诊部。女孩看着许医生清冷的背影惊魂未定："软妹不可信，我认真回答她问题，她却给了我温柔一刀。"

许随回到办公室忙了大半个小时，出去经过护士部前台时，一个小护士喊住了她："哎，许医生，刚刚有人找你呢！就是那位嘴里塞了灯泡的病人的家属，喏，给你留的东西，说是谢礼。"

许随看过去，是一排荔枝白桃味的牛奶，还有一个蓝色的发圈，她的目光怔住，一时没有移开。几个小护士附在一起打趣："许医生，那位真的长得好正，刚挑着嘴角冲小张笑了一下，小张魂都要没啦。"

周京泽确实有这个本事，一个浪子，他基本什么都不用做，勾勾一个手指头，有时甚至只需要一个眼神，就有无数女人扑上来。

许随点了点头，转身就要走。护士喊住她，说道："许医生，你的东西还没拿。"

"你们拿去分了吧。"许随神色平静。

许随转过身往前走，却在不远的拐角处看见了周京泽，还有他旁边的女孩。那个女孩穿着时髦，长相明艳，大红唇，身材曲线勾人，刚才在病房里的时候，许随就领略了这姑娘撒娇的功力。

她抬眼看过去，女孩晃着周京泽的手臂不知道在说什么，明显是在撒娇，周京泽脸上没什么表情，可他的眉眼放松，明显很吃这一套。

许随插在衣兜里的双手在不自觉中握紧，指尖泛白，痛感传来，她才清醒过来。他不是一直都这样吗？喜欢妖艳风情、大胆那一类的，而她太乖、太规矩了，素淡。好学生从来不在他的选择范围内。

就这么碰见，许随只能走过去。他们显然也看见了许随，女孩喊住她，笑容明亮："许医生，刚才谢谢你呀。"

许随摇了摇头："客气了，这是我们应该做的。"

女孩站在周京泽旁边，她瞥了一眼男人，明显感觉看到这位许医生后，她哥情绪就不对劲了。他们两个人一定有什么猫腻。

女孩眼珠骨碌一转，说道："许医生，你和我堂哥是不是认识呀？感觉关系不一般。"

原来是堂妹。可女孩的问话过于大胆直接，许随招架不住，她抬眼看向周京泽，期望他能做点什么。

周京泽单手插兜，见许随无措，有脸颊泛红晕的架势，起了逗弄心思。他目光笔直地看向许随，忽地低笑一声，语气意味深长："你说说，我们是什么关系，嗯？"好像暧昧或是风月相关，他都交由她定。

许随因为他懒散逗弄的架势明白过来，像他这样的天之骄子，大概永远不明白真心喜欢一个人是什么滋味。

或许，他从来没把她放在心里过。

周京泽原本只想开个玩笑，说完这句话他就后悔了。因为他看见许随那双清凌凌的眼睛，慢慢有了湿意。

一种类似于心慌的情绪在心底蔓延，无垠扩张，周京泽清了清喉咙，想说点什么的时候，看见许随眨了眨眼，原本的情绪退得一干二净，她的眼神平静，语气坦荡："不认识，也没关系。"

周京泽看到了她眼底的决绝和干脆，心被一根细线缠住，是一种说不清、道不明的情绪，他终于反应过来。

眼前这个人是真真正正不喜欢他了。

脆莓

CUI MEI

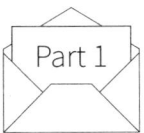

Part 1

第一章
少女心事

"这是我的室友,叫许随。"
"你好,周京泽。"

许随刚上大学的时候,微信这种社交软件刚普及没多久,还是在那一年的十月,许随正式与周京泽发生交集。

十月初,秋老虎还没散去,热气翻涌,空气黏腻,人稍微在外面站久一点就满身汗,手肘的汗滴到地面上又迅速蒸发。

他们这批医学生在结束军训后正式进入大学生活,本来解剖是大一下学期的课程,偏偏他们的教授反其道而行之,提前让他们学习这门生理课。今天仅是他们第二次学习解剖,教授就给他们留了作业,以小组合作的形式,解剖蟾蜍并记录神经反应。

新兵上手,实验室内一派兵荒马乱的景象。

"大姐,你按住它啊!"有男生一脸暴躁,说道,"别让它又跑了。"

"呜呜呜呜,不行,我不敢,我看见它就怕。"女生的嗓音发颤。

两个人合作,女生不敢伸手去碰,却不小心碰到蟾蜍,结果这只绿色的生物直接对着男生滋了他一身的尿。空气静止,随即又发出一阵爆笑声,隔壁实验台的男生笑得肩膀都在抖,说道:"哥们儿,开门黄啊。"实验数次失败,其他组的学生更夸张,手还没碰到蟾蜍,光是看见它的外表就去洗手间吐了好几回。

而另一边,好几个人围着一个女生,观看她的解剖实验。女生身材纤瘦,头发绑在后面,露出一截白皙的脖颈,她穿着白大褂,护目镜下的一双眼睛沉静又干净。

只见她毫不畏惧地抓住蟾蜍,把它固定好,手里拿着一根钢针插进它的后脑勺,也不害怕,直接捣毁脑和脊髓,另一只手用剪刀剪开颈部,用镊子夹住它的舌头观察。

整个过程一气呵成,动作干净流畅,周围响起小幅度的掌声。有男生夸道:"佩服,许随,看你长相,我以为做事也是很乖、不太敢的那种,谁知道,解剖起来,竟然这么胆大利落。"

旁边的女生惊得张大嘴:"许随,你好厉害啊,你不怕吗?"

许随漆黑的眼睫低垂,漾出一个浅浅的弧度,淡定地笑:"不怕。"

"刚刚你的操作太漂亮了,能不能教教我?"开口说话的女生叫梁爽,是许随的同班同学。

"好。"许随点点头。

在许随的指导下,梁爽掌握了要领,好不容易克服心理障碍,拿着大钢针正要往蟾蜍的脑部戳,屋顶发生轻微的摇晃,紧接着传来一阵不小的飞机轰鸣声,嗡嗡嗡的声音持续不停,梁爽吓一跳,钢针一偏,直接戳到了蟾蜍的大腿,血滋了出来,又失败了。

梁爽怒了,开始吐槽:"我真搞不懂,当初建这所医科大学的校长为什么要把校址选在一所航空航天大学旁边,就隔着一条街道,那群飞行员在飞机场试练,早也吵、晚也吵,真的烦死了。"

有女生听到梁爽的抱怨,打趣道:"哎,梁爽,我记得你刚来的时候,不是还说要找个飞行员当男朋友吗?怎么这么快就变心了?"

听到"飞行员"三个字,许随的心一紧,随即又若无其事地回实验台观察数据。梁爽回话:"两码事,这不是还没找到吗?"

许随继续做实验,与她同组的一名女生叫柏瑜月,全程除了递镊子、钢针等工具,没有为她们的小组作业做任何贡献。

因为柏瑜月隔一会儿就看看手机,心思根本没在解剖上面。忽然,她搁在一旁的手机发出叮的一声,来信息了,柏瑜月点开一看,露出一个甜蜜的笑容。

许随正俯身观察电脑上蟾蜍的脑神经反应,柏瑜月喊她:"许随,我有点事要出去一趟，剩下的你帮帮忙，帮我一起做了呗。"意思是作业她一个人做，但最后署的名字得是两个人的。

许随看实验也完成大半了，没什么情绪地点了点头。她不是很在意这种事情，因为懒得计较。

柏瑜月一脸高兴地走了。只剩许随一个人，完成实验自然比其他人晚了一些，结束时，她发现梁爽还在等她。

"你还没走？"许随脱掉一次性手套。"当然是在等你。"梁爽上手捏了一把她的脸，啧，手感还挺好。

等许随换好衣服后，梁爽拖着她往楼梯下狂跑，嘴里不停地碎碎念："搞快点，我的土豆烧排骨要没了。"

一食堂内，两人好不容易打好饭坐了下来，就有一个戴着眼镜的男生端着餐盘支吾地问能不能一起。

许随顶着一张乖软无害的脸，却毫不留情地拒绝了他的请求。

梁爽坐在对面打量许随，巴掌脸，肤色白皙还透着一层粉色，盈盈杏眼，笑起来还有两个酒窝，头发规矩地扎在脑后，额前的碎发不听话地掉下来。典型的江南人长相，怎么看怎么水灵。

梁爽吃了一口排骨，感叹："啧啧，这个月都几个了？随随，你知不知道？我们系论坛正在搞系花投票，你在候选人名单之中欸。"

许随对于这件事没有太大的反应，她把吸管插进牛奶盒里，鼓着脸说："但我在高中真的挺普通的。"放在人群里会被淹没的那种存在。

如果梁爽看过她高中时的照片，就不会说出这样的话了。高中时期她因为常年生病，长期喝中药，身材浮肿，脸色过于苍白，常年穿着单调宽大的校服，是个很普通的女生。好在身体好后，许随上大学时瘦了二十斤，加上天生皮肤白，五官小巧精致，好像真的一下子脱胎换骨般，大家对她的注意也多了起来。

也确实是因为大学和高中真的不同，这里审美多元，接受每一个不同性格的人，她才会被大家关注。

"哎，谁高中不是灰头土脸的，都是为了学习，"梁爽夹了一块肉放在她碗里，问道，"不过我看你都拒绝了好几个欸，你到底喜欢什么样的?"

许随咬着吸管没有动,脑子里出现一张游戏人间的脸,很快又压了下去,摇摇头:"我也不知道。"

"没事,时间还早。"梁爽用筷子戳着菜,过了一会儿才反应过来,她打了菠菜,苦着脸说,"我不行了,我现在一看见绿色就想吐,太恶心了。"

"我帮你吃掉,我不怕。"许随笑眯眯地说,然后把菠菜夹到自己碗里。

下午五点,许随站在学校思政楼的天台上吹风,晚风将她摊在栏杆上的试卷吹得哗哗作响,像振翅欲飞的白鸽。

许随把耳机插进手机,站在天台上做听力试卷。这里几乎没什么人来,安静,风景好,她经常来,这里是一个放松的好地方。

做累了的话,许随就用手肘压着试卷,眺望远方放松眼睛。这个时候,她会固定看一个方向,学校的东北角,正指京北航空航天大学的操场。

那里每天都有飞行学院的学生在操练。从天台上看,只看得见绿色的海洋下乌泱泱的人头。什么也看不清,她也不知道自己在期待什么。

许随正发着呆,握着的手机发出振动声,是许母来电。许随点了接听,许母关心了一下她的学习生活,然后把话题转向天气问题。

"马上就要霜降了,霜降一过,天气就要转凉了,你记得多买一床棉被。"许母唠叨。

许随失笑,语气轻快:"妈,这才哪儿到哪儿呢,这里还很热。而且我又不是没在北方待过。"

许母一听这话就叹了一口气,许随生在南方一个单亲家庭,在江浙一个叫黎映的江南小镇长大。母亲是一名普通的初中语文教师,许随读高中的时候,母亲担心小地方的教学资源不太好,计划着把她送出去读书。恰好许随舅舅在京北城做生意,提出让她来这边读书。许母为了孩子的教育问题,一咬牙就把她送过去了。

许随高一下学期转到天华一中,在北方一待就是两年半。

等到高考报志愿的时候，许母都和许随商量好了，南方的大学随便她挑，谁知道她一门心思就要报京北的这所医科大学。

想到这儿，许母轻声抱怨："都大学了，你还离我这么远，也没人照顾你，你这孩子一到冬天就手脚冰凉，又怕冷得不行，真不知道你为什么非要到那里去。"许随只得岔开话题，哄了妈妈几句，最后挂了电话。

许随站在天台上发怔，她也忍不住问自己，为什么非要来这儿？应该是疯了吧。

她正发着呆，忽然不远的拐角处发出一声情动的嘤咛，伴着娇嗔的意味。许随朝着声音来源看过去。

拐角处的墙壁边站着两个人，男生倚靠在墙上，衣服松垮地套在身上，女生个子高挑，长相妖艳，整个人贴着他，姿态暧昧。

许随与他们隔着一个废弃的铁架，铁架生了斑驳的红锈。隔着一方很小的框架，视野渐渐变窄，两人的动作却显得更明显了。

男生没什么动作，倒是女生贴得很紧，手指揪住他的T恤下摆，晃啊晃，意味明显。

在她想要更进一步时，男生伸出手轻而易举地钳住她的指关节，让其动弹不得，似笑非笑地看着她。女生被看得脸热，干脆趁机表白："我真的好喜欢你。"

男生对此没什么反应，骨子里透着懒散劲，低笑："有多喜欢？"

说完，男生修长的手指缠在她胸前的红色蝴蝶结上，干净的指尖碰到肌肤一寸，要解不解的，掌控意味十足，女生胸口渐渐起伏不定，喘起气来。她心底涌起隐隐的期待，一抬眼，对上男生逗弄的眼神，脸涨得通红，干脆将整张脸埋在他宽阔的胸膛上，娇声说："你烦死了。"

风停了，傍晚的火烧云热烈又明亮，许随觉得有些晒，热、闷，她快要待不下去了。

天边橘红色的鱼鳞似的云移动过来，光线在这一刻明朗起来。男生忽然偏头看了过来，两人的目光在半空中相撞。

男生的头发极短，露出青楂，眼皮褶子浅，瞳孔漆黑且漫不经心，下颌线弧度流畅，微仰着的突出的喉结上下缓缓滚动着。他的眼睛没什么情绪地停留在她身上。

一阵猛烈的晚风过境，灌进她喉咙里，干涩得让人说不出一句话。许随落荒而逃，女生和男生的谈话顺着风隐隐传到她耳朵里，十分清晰。

她听见柏瑜月软声问道："发什么呆呀，碰见认识的人了？"

男生的声音是接近金属质地的冰冷，从喉咙里滚出三个字："不认识。"

晚上十一点，许随洗漱好躺在了床上，她正看着第二天的课表，学姐来寝室抽查。宿舍只有她和梁爽两个人，还有一个是柏瑜月，迟迟没有回来。

柏瑜月从搬进来第一天就对自己的领地进行了划分，还特别强调她有洁癖，让她们的东西别挨着她的放，也别碰她的东西。

梁爽对此颇有微词，但柏瑜月除此之外和她们也没什么矛盾，毕竟还是同班同学，她还是帮了忙。学姐来查房的时候，梁爽佯装惊讶："哎呀，我忘了，我们老师有事把她叫出去了，估计一会儿就回来了，学姐，这样行不行？我让她回来去你那儿销个假。"

"行，那你们早点睡觉。"学姐说道。

送走学姐后，梁爽感叹："柏瑜月也太胆大了吧，出去约会这么晚还不回来。"

许随把手机放下，脑子里出现两人傍晚亲密的一幕，心底又像被丝线缠住，透不过气，她垂下眼睫："应该快回来了。"

她不太想继续讨论这个话题，看向对面空荡荡的床铺，说道："听说明天新室友要来了。"

许随当时报名比较晚，她们才被分到同一个寝室的，还有一个床铺是空着的，听说这个同学请了一个月的病假，明天才到。

"听说是动物医学系的，多好啊，解救小动物，早知道我也选这个专业了,当初脑子进了水才会选这么苦的临床医学,才一个月,我头发就开始秃了,恐怕到毕业时,我已经变成阿哥了。"梁爽说道。

"那……我给你下单个生发灵?"许随语气试探。

"嗯嗯,康桑思密达!"梁爽冲她比心。

许随笑出声,刚才发闷的情绪被冲淡了些。两人正聊着天,这时柏瑜月推门而入,梁爽跟她说了销假的事,柏瑜月看起来心情不错,还冲梁爽道了谢。

次日,新室友驾到,身后还跟了两个扛着大小行李的男生。新室友戴着副墨镜,一身名牌,身后两位男生正要跟进来。

新室友伸出食指一晃,语气认真:"女孩子的闺房是你们这些臭男人能进来的?"

两位男生闻言一僵,提着行李进也不是,退也不是。新室友从包里摸出几张红钞票递给他们,爽快地说:"就放门口吧。"

"行,胡小姐,我们先走了。"

寝室只有许随一个人,她恰好在看书,听到声响后,把书合上,走过去:"我帮你。"

两人一起把行李拉进来后,新室友摘了墨镜,距离感一下被打破,自我介绍道:"你好呀,我是动物医学三班的胡茜西,你可以叫我西西。"

许随这才看清她的样貌,漫画齐刘海,眼睛很大,脸颊还带着婴儿肥,身材有点微胖,看起来爽朗又可爱。

"临床医学一班,许随,你叫我什么都行。"许随说道。

胡茜西是第一次离家住校,收拾东西根本不得章法,套被套的时候整个人都钻进了被套里,一边套一边骂骂咧咧,最后也没套成功。

许随有些哭笑不得,拍了拍她:"我来帮你。"

被套经许随的手后,一下子变整齐了。收拾完寝室后,许随又陪着新室友去注册校园卡,买生活用品。许随全程没有半句怨言,胡茜西一下子就喜欢上了这个外表看起来乖巧,做事却相当有条理性的女生。

至此，胡茜西就成了许随旁边隐形的人形挂件，成天随随长随随短，还忍痛把她偶像的照片分享给许随看，美其名曰——在偶像的见证下，她交到了一个好朋友。

许随抬起嘴角，她也喜欢胡茜西，开朗又可爱，两个人也日渐亲密起来。

周五，许随和梁爽在二食堂吃饭的时候，惦记着在寝室还没吃饭的胡茜西，便发信息问她要吃什么，打算帮她打包一份回去。

发完消息后，许随放下手机，专心吃饭。没一会儿，梁爽有些激动地推了推她的手臂，压低了声音："快看，柏瑜月的男友现身了。

"周京泽。"

许随僵了一下，机械般地抬头看过去，食堂人声鼎沸，一眼就看到了他。柏瑜月男朋友陪着她排队。柏瑜月打到饭后，端着银色的餐盘转身。男生在她左侧，双手插着兜，姿态漫不经心。柏瑜月时不时地抬头对他说话，看向他的时候眼睛亮如星星。不知道她说了什么，男生低下头，扯了扯嘴角以示回应。

倏忽，有人擦身而过，肩膀差点撞到柏瑜月，男生极快地抬手，揽住她的肩膀，皱眉叫她看路。

许随胃里开始泛酸，吃不下东西，她垂下眼，低头嚼着饭粒，食之无味。

两人找了一个座位坐下，恰好就在她们斜前方，许随只能看见他的侧脸。

梁爽还在悄悄盯着两人看，男生太出色，坐在那里没一会儿就引来路人的一阵侧目。

梁爽一边看一边感叹："你看，柏瑜月的嘴角都快咧到后脑勺了，不过也是，我要是找到长得帅还这么牛气的男朋友，不得开心死？"

"我今天还是第一次见到周京泽，听说他换女朋友的速度很快，最短一个月，最长不超过三个月，你猜这次柏瑜月能在他身边待多久？"梁爽拨了一下餐盘里的豆角，一脸八卦兮兮地问道。

"你怎么知道他叫周京泽？"许随不想猜他女友的保质期，随口问了一个问题。

"那当然啦,我不是说要找个飞行员做男朋友吗?一早就混进京航的论坛了,他们学校好几个出名的大帅哥我全都掌握了一手资料。再加上,以柏瑜月高调的性格,班上谁不知道她谈了个厉害的男朋友?"梁爽用筷子敲了敲桌子,跟说书一样,"要不要听我细细把八卦道来?"

许随笑了一下,没有接话。

"周京泽,大帅哥一枚,身高185厘米,京北航空航天大学飞行技术专业大一学生,这个人最牛的地方在哪儿,你知道吗?"梁爽抛出问题,要跟自己的听众互动。

许随配合地摇了摇头,梁爽继续说道:"据说他母亲是一位知名的大提琴家,父亲好像是做生意的。我听说高中的时候,他本来是一名音乐艺术生,学大提琴的,准备高考结束后去奥地利留学专攻音乐的,结果你猜怎么着?"

"大帅哥一身反骨,忽然改变意向,选择留在国内学习飞行,还是作为文化生,以优异的高分考进京航。"梁爽说道。

"他外公是制造国家飞行器的工程师,不过早已退休好几年,外婆是高校的音乐教授,这样的背景,感觉他学什么都不会差。"梁爽说着说着叹了一口气,"真羡慕这种人,做什么都很优秀,总是一副游刃有余的样子。"

"你也很优秀呀,除了头发少点。"许随安慰道。梁爽笑出声,她没想到许随看起来这么乖的一个人,还会冷幽默。梁爽又想起了一个八卦,低声说:"我看贴吧上说,周京泽在高考前为了通过体检,还特地去把文身洗了。我觉得有点假,吹的吧。"

"不是,是真的。"许随忽然出声,语气坚定。

梁爽呆了两秒,然后冲她挤眉弄眼:"你怎么知道是真的?难不成你也悄悄关注他,你喜欢他啊?"

被人无意戳破少女心事,许随正喝着水,闻言呛了一下,剧烈地咳嗽起来,脸涨得通红。梁爽立刻抬手给她顺气。

许随和周京泽都是天中的,两人是同班同学,她实在不是有意隐瞒，但解释起来很麻烦。况且，她说出来也没有什么意义。周京泽应该不记得她了。

许随看了一下不远处的两人，柏瑜月正在吃饭，周京泽懒散地背靠座椅，拿着手机低头玩游戏，明显是过来陪她的。他的另一只手支在桌子上，手背上的淡青色血管明显，手指修长又干净。

"我猜的，你看，他手背上有一块白印，明显是洗了文身留下来的。"许随灵机一动。

梁爽回头一看，周京泽的手背上果然有一个突兀的白印，看起来像文身刚洗不久。"细节大师。"梁爽朝许随竖起了大拇指。

吃完饭后，许随顺便给胡茜西打包了一份鲜虾滑蛋饭回到寝室，胡茜西立刻抱住她，哭道："谢谢我的随随！"

许随拍了一下她的肩膀，走到书桌前拿书的时候神色有些犹豫。因为一个星期前在天台上撞见他与别的女生暧昧风月，她已经好几天没去天台了。可心底终究害怕看见那一幕，许随最后选择了去图书馆。

晚上，许随做了几套习题，背了部分医学知识，从图书馆回到寝室，胡茜西正坐在床上给她的脚涂指甲油，葡萄紫的颜色，还有亮晶晶的闪粉在上面。

"随随，要不要涂？"胡茜西朝她晃了晃指甲油。

"还是算了，"许随坐下来给自己倒了杯水，"我怕我忍不住抠脚。"

"哈哈哈……"胡茜西忍不住笑，这是什么奇奇怪怪的毛病？

许随一脸无辜，她有强迫症，如果涂了的话，她真的会忍不住抠掉。去年过年的时候，小表妹强行拉着她去做指甲，结果不到一天，指甲就被许随抠得跟秃头的大爷一样。

"对了，随随，明天周六你有空吗？"胡茜西拧紧盖子，问她，"能陪我去京航一趟吗？我有东西在我舅舅那儿，要过去一趟。"

"有，我陪你去。"

周末，胡茜西睡到中午，两人收拾了一下一起出门，经过食堂时，许随正要过去。胡茜西拉住她，朝她眨了眨眼："别去了，有人会请我们吃饭。"

京航就在她们隔壁,走了大概十分钟就到了校门口。可是他们学校实在太大了,她们转了半个小时都没找到飞行学院在哪儿。

胡茜西发微信语音吐槽:"你们学校是埋了什么宝藏吗?跟龙岭迷窟一样,防谁啊?我人都走晕了。"不知道那头发了什么消息,胡茜西熄了手机屏幕,扭头说:"我舅舅说来接我们,让我们等着。"

不到十分钟,胡茜西好像看见新大陆一般,眼神兴奋地冲对面挥手:"舅舅,我们在这儿!"

许随站在一边正看着京航的宣传栏,闻言扭头看过去,然后她看见了周京泽。他站在最中间,身后几个男生众星捧月般地跟着他。周京泽手指夹着一根香烟,步调闲适弛缓,几个人围着他谈笑风生,他的神情放松,脸上挂着玩世不恭的笑容。

她怎么也想不到是他。

她瞥见他指尖的猩红,随着周京泽走近,他的眉骨、挺拔的鼻梁越来越清晰,她的心跳得很快,像那一抹猩红,微弱但控制不住地燃烧着。

周京泽显然也看见了她们,拿着烟的手冲同伴们抬了一下,然后朝她们走来。周京泽身边站着一个男生,在两人离得比较近的时候,挑眉故意说道:"哟,这不是茜西大小姐吗?"

茜西茜西,听起来就像她欠死,胡茜西三两步跑过去,给了男生一拳,拧着眉说:"盛南洲,说了别这样叫我,你不想叫全名,可以叫我的英文名Tracy。"

"我看你是欠抽。"盛南洲语气认真。

周京泽见是两个女生,掐了烟扔到一旁的垃圾桶里。周京泽走到她们面前,嗓音掺着一点吸烟过后的嘶哑,问:"吃饭了吗?"

"没呢,我就等着你这句话。"胡茜西想起什么,挽着许随的手臂,"对了,这是我的室友,叫许随。"

按正常的交往礼数来说,应该是许随这个时候主动说点什么,可两人靠得太近,她的大脑一片空白。

周京泽看着眼前的女生,熟悉感在大脑中一晃而过,飞快且抓不住，他皱了一下眉，撩起眼皮看了她一眼，声音是摩挲后的颗粒感，低沉又好听。

"你好，周京泽。"

周京泽显然不记得她了，许随心底涌起一阵失落，随即又鼓起勇气打了招呼。

少爷出手阔绰，直接带她们去了食堂二楼的小餐厅开小灶，吃饭的时候都是胡茜西和盛南洲在唱双簧，偶尔周京泽漫不经心地附和一句。

胡茜西不爱吃西芹，盛南洲非要逼她吃，还把自己碗里的全夹到她碗里，开口问她："你知道你家那只二哈为什么长得丑吗？"盛南洲本着教育的理念，等着胡茜西问为什么，他好直接教育说因为它挑食，结果胡茜西没理他。胡茜西把西芹全挑了出来，语气认真："因为它长得像你。"

"你——"盛南洲气得说不出一句话。

"舅舅，你说是不是？"胡茜西找周京泽评理。

周京泽偏头，看了一眼盛南洲，憋着一股坏劲："你别说，还真挺像。"

许随跟着轻轻笑了，盛南洲懒得理他们，继而看向许随，说道："许妹妹，刚刚还没自我介绍，我叫盛南洲，西西的朋友就是我朋友，以后有什么事可以来找我。"

"喊，有事不找周京泽罩着，来找你？"胡茜西毫不留情地拆他的台，笑着看向另一个人："舅舅，你说是不是？"

虽然是玩笑话，但许随的心一紧，她装作不经意地低头吃东西，实际在等着周京泽的回答。周京泽正要开口，放在桌边的手机发出振动声，来电显示是柏瑜月。

周京泽拿起手机，放在耳边听电话。许随坐在他对面，看见他的喉结线条弧度流畅，他左手搁在桌边，有一搭没一搭地抠动碳酸饮料的拉环，冰雾沾在修长的指尖上。

"嗯""有事"等简短的话语震在耳边，那边不知道说了什么，周京泽很轻地哼笑了一下。

许随如坐针毡，只是觉得难熬。

"挂了。"周京泽说道。

挂了电话后，盛南洲揶揄道："啧啧，周爷就是牛，女朋友一天主动打十个电话来，我也没见他往回打一个。"

"说起来，你女朋友竟然跟我同一个寝室，不过她好像不知道我和你的关系，你没跟她说啊？"胡茜西说道。

"懒。"周京泽撂出一个字。

他们在食堂吃着饭，中途周京泽的同班同学大刘过来了，看着乖巧规矩的许随调侃道："这么快就换女朋友了，换口味了？"

许随被调侃得有些局促，这一幕恰好落在周京泽眼里。

大刘就坐在旁边，周京泽懒散地笑了一下，伸手往前抬了抬，示意他过来。周京泽修长的手指搭在拉环上，大刘一脸听八卦的表情俯下身来，一只手搭在他脖颈上，嗒的一声，拉环被扯开，白色气泡喷涌而出，糊了大刘一脸。

大刘立刻挣扎，周京泽后背靠椅子，用一只手轻而易举地摁住他，大刘被搞得一身狼狈，气泡糊得他眼睛都睁不开。弄得大刘连声求饶"我错了"，周京泽这才松开他。

气泡迅速变成水，淌在他脸上湿答答的，别提有多狼狈了。

"你猜。"周京泽吊儿郎当地笑，一脸的纨绔模样。

"哈哈哈……"周围的人笑得前俯后仰。

周京泽就是这样，跟你好好说话的时候，会弄一些小招数让你明白，这事不应该这样，不尊重别人。大刘看着他的表情明白过来。

"你真行。"大刘知道自己玩笑开过了，正准备道歉时，许随拿了一张纸巾给他擦脸。

大刘更加不好意思了："妹子，对不起，我就跟这货开个玩笑。"

"没关系。"许随软糯的声音透着好脾气。

"行了，滚吧。"周京泽笑骂道。

一行人吃完后，许随陪着胡茜西去周京泽宿舍拿东西。在路过京航操场的时候，一群肌肉发达，穿着绿色训练服的男生，为了训练抗颠簸能力，在固滚上面转来转去，或许是为了增强体能，他们一边训练一边喊道："翱翔天际，护卫领土！"

傍晚的夕阳正盛，汗水顺着他们的脸颊滴下来，一声声铿锵有力的口号回荡在操场上。

胡茜西直勾勾地看着他们，盛南洲在她面前打了个响指："还看，哈喇子都流出来了。"

"俩现成的寸头帅哥搁你面前不看，非得费那脖子往后看。"盛南洲说道。

"呸！"胡茜西拨开他的手。

周京泽单手插着兜在前面走着，倏地，他碰见了一个熟人，冲对方点了点头："学长。"

"来这里一个多月了，还习惯吗？"学长熟稔地拍了拍他的肩膀，看起来两个人认识已久。

周京泽点了点头，学长笑道："学校开学典礼，你作为学生代表大出风头啊，连我们这届的都在讨论你，发言精彩。"

"瞎讲的。"周京泽无所谓地勾了勾唇角。

学长走后，周京泽领着两个女生进了男生宿舍，却不让她们上去，让人在楼下等着。

周京泽正要上楼，二楼靠着栏杆聊天的男生一见楼下站着两位美女，尤其是许随，长得白又软，看着就好欺负，于是冲着她吹起了口哨。

周京泽插着兜，自下而上地看了他们一眼，眼神平静，透露出"你们差不多得了"的意味。二楼的男生一看是周京泽，全都脸色悻悻，都不敢再吹口哨了，他这才上楼。

十分钟后，周京泽把一个礼盒扔到胡茜西怀里，冲她俩抬了抬下巴："走了。"

五楼阳台上，周京泽嘴里叼着一根烟，漆黑的眼睛盯着楼下两个人的身影，尤其是那个穿着白色裙子的女孩。盛南洲弹开打火机，给周京泽点烟，看见他若有所思的眼神，打趣道："这就惦记上了？"

周京泽咬着烟偏头凑近那簇橘色的火，吸了一口烟，把烟拿在手上，反问道："你觉得我会喜欢这样的吗？"

他从来不碰这种好学生。周京泽只是觉得她眼熟。

回去的路上，许随忍不住问："西西，周京泽怎么会是你舅舅？"

"我们两家有点亲戚关系啦，他其实是我小舅舅，而且大家都是一起长大的。"胡茜西解释道。

回到学校后，胡茜西去拿快递，许随一个人先回宿舍。眼看她就要走进宿舍大门时，忽然，一只橘猫从草丛里飞蹿而出，冲许随喵喵地叫着。

小猫踩着圆滚滚的脚掌来到许随跟前，琥珀色的眼珠一直看着她，还试图蹭她的脚。许随的心软成一片，她蹲下来，发现它脸上带着伤，血迹还在上面。

看起来就是乱跑出来，被杂草花刺之类割伤的。

许随起身，去宿舍小卖部买了一瓶矿泉水和一根火腿肠，重新折回到它面前，用矿泉水小心地帮猫清理伤口，又撕开火腿肠，小猫顺着她撕开的口子咬起来。喂完食后，许随拍拍它的脑袋："我走啦，我养不了你。"

晚上，室友们都还没有回来，许随打开笔记本，上网搜索了一下京航本届的新生代表发言，网页很快给了答案。

许随坐在电脑前，安静地看着视频里的周京泽。

周京泽站在台上，台下有些哄闹，他伸出长臂倏然将面前的话筒拔高一大截，脸上的讥讽明显，下面的学生发出一阵爆笑声。一旁身高只有一米六，刚发完言的主任有些头痛：这届的学生不好带啊。

调好话筒后，周京泽站在众人面前，施施然开口："各位同学，我长话短说，当然接下来你也可以认为我说的是废话。"

"哇哦。"台下有人发出调侃的声音。

"相信很多人在军训结束后对京航有了一个初步的认知，我不管你是依然心怀梦想，还是因为每天六点准时响的闹铃而心生退意，"

周京泽漆黑的眼睛扫了台下一圈，痞气中夹杂着一分漫不经心，"未来可能更难，高淘汰率，高风险，成为飞行员后还可能会遇到自然灾害、被停飞等问题。

"很多人可能会因此心生退意，我不想管这些，以前从书上看到一句话，送给选择成为飞行员的大家——"

台下人忽然静了下来，都在等着看周京泽会说出什么话来。周京泽站在台上，眼神睥睨台下的人，声音带着一股张狂的傲劲。

"上帝一声不响，一切皆由我定。"①

礼堂再次安静下来，静默蔓延到每一个角落。周京泽轻轻笑了一下，将手中的发言稿折成纸飞机，朝台下一掷。

白色纸飞机飘飘扬扬在半空中飞了一圈，继而飞向万人如海的台下。学生群中忽然爆发出一阵鼓掌和欢呼声。

所有同学像受这句话感染似的，竞相向上跳跃，企图抓住那架纸飞机，那是属于他们的狂欢，同学们纷纷喊着——

"我要成为最优秀的飞行员！"

"我一定会拍蓝天的照片给我妈看。"

有风吹来，鼓起了周京泽黑T恤的一角，他站在台上，看着闹成一团的同学们，慢慢地笑了。

黑衣少年，一身凛冽，一如当初，笑得轻狂又肆意。

许随看着屏幕里的周京泽，心不受控制地怦怦直跳，心潮也跟着澎湃起来。视频下面有好多评论，她一个个点过去看。

有人问道："这人谁啊？凭啥这么傲？"

热心校友解答："肤浅了吧，人高考结束后去美国科罗拉多大峡谷玩跳伞，顺手考到了直升机的私照。"

倏地，外面传来推门的声音，许随慌乱地用鼠标把网页给关了。

梁爽大大咧咧地把门踹开，一进门就搂着许随的肩膀说："随随，你之前不是跟我说想找个兼职吗？我刚好认识个学姐，正在找家教，

---

① "上帝一声不响，一切皆由我定。"出自金宇澄《繁花》。

我把她名片推给你了。"

许随点了点头:"好,谢谢你。""客气啥?"梁爽又捏了一下她的脸,手感实在是太好了。

许随添加了那位学姐后,主动做了自我介绍。学姐很热情,说道:"你好,听梁爽说了,你就是那位解剖利落还胆大的临床医学系的学妹吧,她一直夸你是学霸。我阿姨在找家教,教一个六年级的小孩数学和英语,一周去一次,但时长是两个小时,你时间安排可以吗?"

许随问道:"地址大概在哪里?"

学姐回复道:"新合区的琥珀巷,因为没有直达的地铁,要转几趟公交,加起来有一个多小时。"

一个多小时,有点远,要是有直达的地铁就好了,而且许随有点晕车,她正犹豫要不要去时,学姐又发了消息过来:"很多人都因为路程问题……总之,家教不好找,给我一个面子,你周末可以去面试看看吗?万一你很喜欢那家的小孩呢?如果不合适,再拒绝也行。"话都说到这个份上了,再拒绝就不太好了,许随答应了去面试看看。

谁都没想到,接下来寝室的日子过得并不太平,柏瑜月有一天回来忽然在寝室大哭,哭完之后又打电话,结果打了好几次都打不通,气得直接把手机摔得四分五裂。

胡茜西安慰她:"你别哭啊,出什么事了?"

许随则默默地蹲下来,收拾一地的碎片。柏瑜月揩掉眼角的泪,声音冷淡:"没什么,和男朋友吵架了。"

没两天,班上的人开始传柏瑜月被男朋友甩了,还说她去周京泽宿舍楼下等了一个晚上都没复合成功,众说纷纭。梁爽她们是不信的,小情侣吵吵架很正常嘛。

周四下午,胡茜西在寝室收到短信,从床上坐了起来,冲许随眨眨眼:"周京泽来我们学校办点事,他现在刚好有空,走,带你蹭饭去。"

胡茜西带着许随来到了东食堂,盛南洲也在,他们还让许随推荐菜。许随刚点完一份砂锅米线,鼓着脸说:"我点的你们不一定喜欢吃。"

盛南洲挑眉:"这就有点瞧不起人了啊,哥哥我什么不敢吃?"

这时,窗口的食堂阿姨刚好把一份砂锅米线推了出来,盛南洲一瞧,变态辣,上面漂着的是深不见底的红油。

盛南洲双手抱拳:"告辞。没想到你还是个呛口小辣椒。"

"吃你的吧,话这么多,"周京泽站在后面踹了他一脚,"不吃就别挡道。"

饭桌上,八卦的小胡同学连筷子都没拆,就开始说事:"舅舅,你和柏瑜月怎么回事啊?她老在寝室哭。都传你们分手了,可柏瑜月说你们在吵架。"

"分了。"周京泽轻描淡写地说。

许随正低头吸溜着粉,汤在锅里发出吱吱的响声,听见周京泽这句话惊吓得被呛到,辣意蹿到喉咙里,又疼又辣,她咳得眼睛里蓄出了湿意。

倏忽,一只骨节分明的手推了一杯水过来,许随撞上周京泽的眼神,心底顿时慌乱起来,他的眼睛像河底里的岩石,水一退,黑色的岩石,沉默且发亮。

周京泽正在盯着她看。

第 二 章
绿色薄荷糖

她找到一个干净的玻璃罐子，
把周京泽给她的薄荷糖全放在了里面。
她一颗也舍不得吃。

"谢谢。"许随拿起旁边的水，快速仰起头喝水，借以躲避周京泽的视线。她猛灌了几口水，喉咙才稍微好受点。

"你伤心不？"胡茜西问道。

"他？"盛南洲冷笑一声，转过身靠近周京泽，上手在他胸膛处摸来摸去，语气做作，"书桓，你没有心！"

周京泽处变不惊，俯在他耳边，语气宠溺，用气音说话："乖啊，别乱摸。"

盛南洲如触电般从他身边弹开，与周京泽保持距离，骂道："你少肉麻，鸡皮疙瘩都起来了！"

"你周爷不在意分手的事，'喂'丢了，他比较伤心。"盛南洲说道。

"不会吧，你捡来才养了一个月不到，还带它去医院打针看病什么的，这么快就走了？"胡茜西说道。

"嗯，"周京泽淡淡地应道，嗓音压低说了句，"白眼猫。"

一行人吃完后，周京泽去食堂后面的厕所洗了个手，出来的时候他手里拿了一张纸巾在擦手，说道："走了啊。"

"拜拜胖妞，拜拜许妹妹。"盛南洲笑嘻嘻地冲她们挥手。

许随点了点头，胡茜西立刻握紧拳头，骂道："拜你个大头鬼，谁想看见你啊！"

他们走后，许随和胡茜西并肩走回寝室，虽然她们知道了柏瑜月和周京泽分手的事，但她们决定装作不知道。因为柏瑜月这次失恋，好像真的很难过。

新的一周来临，前一夜刚好下了一场雨，推门走出去，空气中弥漫着青草香，夹杂着雨浸入泥土的腥味。

天气千变万化，许随刚坐上公交没多久，太阳就出来了，明晃晃的阳光穿透车窗玻璃，有些刺眼，许随下意识地伸手遮住了眼睛。

和对方约好的家教面试时间是下午四点，许随一连换了三趟公交，因为出汗，身上的衣衫紧贴着后背，她坐在车上，被车颠得几欲呕吐，脸色苍白。终于，许随赶在四点前下车，她走进琥珀巷，按照学姐给的地址一家一家地找琥珀巷79号。

刚下车没多久，许随身体里的反胃感还是很严重，她走得很慢，倏忽，她在不远处看见了一家便利店，店名是711，店牌正中一个红色的数字7，周围是绿色的边框。

许随走过去，自动感应门徐徐打开，发出叮的一声。"欢迎光临。"一道懒散的、没什么情绪的声音响起。

许随看过去，竟然是周京泽。男生随意地窝在收银台的椅子上，漆黑的眼睫垂下来，神色倦怠，一副没睡醒的样子。他斜咬着一支烟，手肘屈起，肌肉线条紧实，正低着头打游戏，从侧边看，后颈的棘突明显，冷淡又勾人。

兴许是维持着同一个姿势太久了，周京泽抬手搓了一下脖子，一抬头，看见是许随，略微挑了一下眉："怎么是你？"

"我过来有点事。"许随语气有些紧张。

周京泽不太在意地点了点头，低头重新玩起了游戏。许随转过身，站在一排冰柜前挑挑拣拣，身后不断传来游戏的声音。周京泽明明没有看她，可是许随紧张得不行，因为两人正单独处在一个空间。

许随一时呆滞，忘了自己进便利店要买什么，冰柜里的冷气扑过来，冷得她一个激灵，最后她慌张地挑了一盒白桃味的牛奶。

结账的时候，周京泽把手机扔在一边，站起来给商品扫码。许随付钱的时候，周京泽注意到她的异样，她脸色异常苍白，显得两只眼睛特别黑且孱弱。

"你怎么了？脸色不太好。"周京泽声音低沉，正盯着她看。

"有点晕车。"许随回答。

周京泽扔下一句话："等着。"

他转身找出一件夹克，用力往下抖了抖，一盒压片糖落在他手掌里。周京泽打开盖子，随手拿了颗糖拆了扔进嘴里，舌尖卷着糖片，薄荷糖被他咬得嘎嘣作响，声音含混不清："伸手。"

许随细长的睫毛颤了颤，伸出手掌，倏地，掉下一把绿色的薄荷糖，哗啦哗啦，像是上帝凭空给她的赏赐。她不敢抬头，怕触碰到他的视线，怔怔地看着他的手，手指骨节分明，虎口上有一颗黑色的痣，晃在眼前。

"这糖我经常吃，好像对止晕有点用。"周京泽嘴里叼着一根烟，声音含混不清。

五分钟后，许随走出便利店，她站在太阳底下，紧紧握着掌心的糖，手心里全是汗。那一天，太阳晒得她快要融化，她却异常地开心。

许随拆了一颗糖，糖纸放在口袋里，薄荷糖明明是凉的，她却尝出了甜味。

谁知道，命运的巧合接二连三地发生在同一天，她走错了路，绕了半个小时才找到琥珀巷79号，结果发现这一户就在711便利店后面。

许随站在门口，礼貌地按了按门铃，对方"欸"了一声，快步走过来开门。是一位保姆阿姨开的门。

保姆领着许随走进去，她才见到这家真正的女主人。对方是一个四十多岁的女人，长相美艳，穿着一条包臀裙子，韵味十足。

"小许是吧？你学姐已经跟我说了，叫我盛姨就好，来吃点水果，我刚切的。"对方热情地开口。

"谢谢，"许随看着她开口，问道，"是哪位要补课？"

"瞧我这脑子，我都忘了说，是我家小儿子，我喊他下楼。"盛姨对着楼梯口喊："盛言加，快下来，新老师来了，别缠着你哥了。"没反应。

盛姨尴尬地笑笑:"小许,要不你跟我一起上去?正好我想看看你试课。"

"好。"许随点了点头。

许随跟着女人上了楼,两人走到左手的第三个房间,许随站在门口,一眼就看到了正在玩平板电脑的两个人。

"盛言加,还缠着你京泽哥,给你三秒钟,滚出来。"盛姨语气平静。

交谈声戛然而止——

听到熟悉的名字,许随心一跳,周京泽放下平板电脑,一回头看见许随后愣了一下,随即乐了,还真巧。

"上课了。"周京泽站起来摸了摸小孩的头。

盛言加抱着周京泽的腿,苦苦哀求:"哥,求你了,别走。"

周京泽蹲下来一根根掰开他的手,懒懒地哼笑:"好好上课。"

周京泽走出房间时挑了挑眉,站在许随面前,对上她眼底的疑惑,他简单地解释:"他是盛南洲的亲弟弟,我家也住这儿附近,便利店是他家的,我帮忙看一会儿,因为盛姨去打牌了。"

被小辈告状,盛姨很没面子,她一把将周京泽推了出来,先发制人:"别挡着小许老师上课!"

"行。"

试课时间比较短,许随大概讲了三十分钟,盛姨就直说满意,还让自己的小儿子欢迎新老师。

盛言加顶着一头小卷毛,肥胖的小脸明明写着不情愿,嘴里却只能违心地说:"小许老师,欢迎您。"

许随笑了笑,盛姨送她出去,恰好碰见周京泽坐在沙发上正准备起身,盛姨立刻制止他:"你去哪儿?"

"还能去哪儿?回家呗。"周京泽无奈地笑笑。

"不行,你家就你一个人,回去干吗?留这儿吃饭,阿姨给你做你爱吃的烧茄子。"盛姨说道。周京泽懒散地笑笑:"再这样下去,我都快成您儿子了。"

"那刚好，我早就想跟盛南洲断绝母子关系了，你正好续上。"盛姨面无表情地说。

周京泽低下头笑得肩膀发颤，神情轻松愉悦，最后到底没走。

盛姨送许随出去，拉着她的手，语气嗔怪："都说了留下来吃顿饭。"许随笑着摇头："我还有点事，一会儿还要去图书馆。"

"小许啊，我刚才对你的试课特别满意，盛言加明年还有半年就要小考，这小子的成绩——我养头猪都比他强，希望你能帮帮他。当然，我知道你的顾虑，来这儿确实费劲了点，要不你今晚考虑一下，到时可以联系你学姐。"

"好。"许随点点头。

晚上，许随回到寝室，她找到一个干净的玻璃罐子，把周京泽给她的薄荷糖全放在了里面。她一颗也舍不得吃。

到了十点，寝室里还是只有她一个人，许随撑着下巴看着玻璃罐发呆。忽地，胡茜西推门而入，说道："随随，想我没有啊？"

"想。"许随甜甜地一笑。

"我今天听梁爽说你去面试家教了，怎么样了？"胡茜西坐下来。

许随倒了一杯水给她，想了想："挺好的，巧的是，我面试的那家居然是盛南洲家，要教的学生是他弟弟。"

"琥珀巷？！谁把你拐那么远？学校离那里有点远，累坏了吧，随随？"胡茜西一脸的心疼，"不过盛南洲他弟弟好像是在找家教。"

"嗯。"许随回答，她想起了什么，想问胡茜西，又语气犹豫，怕显得自己过分关心，"西西，就是我听盛姨说，周京泽一个人住？"

胡茜西叹了一口气："反正他们家关系有点复杂，之前他们是一家人住在琥珀巷的，初三的时候他妈妈去世了，他爸就打算搬走，但周京泽不肯，留下了他一个人。到现在他还住在那栋别墅里，幸好他养了一只德牧，可以陪着他。"

"这样啊。"许随应道，她忽然想起下午周京泽坐在沙发上，盛姨留他吃饭时，他眼底微微浮起的笑意。

没多久，学姐发来信息，问她家教的事考虑好没有，许随想起那双漆黑且沉默的眼睛,在对话框里编辑道——

"考虑好了,我想去。"

许随最终答应成为盛言加的家教。周末上课的时候,她特意打扮了一下,穿了一件白色的针织短衫,下面搭一条蓝色牛仔裤,青春又靓丽,她正对着镜子梳头发,露出了一截腰线。

"哇,随随,你简直是清纯玉女的代言人,我想娶你。"胡茜西上前来扑她。

许随扎了一个丸子头,额头饱满,眼尾微微向上挑,显出漂亮又勾人的弧度。她边收拾东西边躲开胡茜西的"追杀"。

"行呀,那得在我和你偶像之间选一个。"许随笑道。

"那我还是只想嫁我偶像。"胡茜西果断地给了回复。

和胡茜西闹完之后,许随收拾好出门,这次她学乖了,提前买了晕车贴贴在耳后,然后转了三趟公交,到达了琥珀巷79号。

许随来到盛言加家里,意外的是,上课的一个小时里,盛言加的配合度还算高。许随先是拿了一套卷子测试他的基础,然后根据他的短板针对性地讲课。他还算配合,也不闹腾,但到了第二节课做试卷的时候,盛言加就开始唉声叹气,注意力明显不集中。原来问题出在这儿。

许随拿试卷轻轻敲了一下小卷毛的头:"你才多大啊,就开始叹气,快点做题。"

"小许老师,你不懂,像我们这一代,整天被学习填满。大人根本不知道我们的童年在哪里。"盛言加一脸的少年老成。

许随问他:"那你的童年在哪里?"

"在乐高王国。"小卷毛毫不犹豫地回答。

……

许随看了一眼时间,开口:"你要是能把一个小时完成的试卷缩短在四十分钟内完成,我可以陪你玩二十分钟。"

"喊,这个世上拼乐高最厉害的,我只认我京泽哥。"小卷毛一脸的不服。

许随根本不受刺激，语气平平："是吗？那从今天起，你有了第二个佩服的人。"

盛言加逼自己集中注意力快速写完了试卷，许随迅速给他评阅卷子，然后给他讲解题方法，又给他圈画重点。许随深谙望梅止渴这个道理，先是给人期许，然后推着他向前走。果然，两个小时下来，盛言加感觉自己把这些不懂的知识点都给嚼透了。他不免有些佩服许随。

"老师，兑现承诺的时候到了。"盛言加心心念念他的乐高。

盛言加作为一个小男生却体贴得不行，直接提了一篮子零食进来。许随挑了一袋牛奶，还有一份海盐芝士面包垫肚子。

两人坐在柔软的地毯上，开始了乐高之旅。

中途，许随状似不经意地问："怎么没看见你哥？"盛言加扭过头警惕地问："你问的是哪一个哥？"

许随的心跳漏了一拍，她佯装淡定地直视前方："都随便问问。"

"哦，不知道他们，我亲哥倒是经常回来，京泽哥就不一定了，他要是在谈恋爱的话就很少回来，单身的时候回来得比较勤。"盛言加回答。

许随在心里叹了一口气。

她饿得不行，快速咬了一块面包。

门外响起了一声敲门声，盛言加头也没回，应道："进。"盛南洲推门而进，旁边还站着双手插兜的周京泽。

"哥！"盛言加扔掉乐高，朝门口走去。

许随一脸震惊地回头，此刻，她正盘腿坐在地毯上，嘴里叼着一袋牛奶，唇边还沾满了面包屑，形象全无。

盛南洲张开手臂，盛言加却扑向周京泽，前者冷笑一声："你改姓吧。"

"哥，你不知道小许老师多厉害，乐高之王。"盛言加开始分享他们的战绩。

周京泽撩起眼皮看了过来，语调是一贯的漫不经心："喜欢乐高？"

从他进门的那一刻,许随神色就有些慌张,她胡乱地用手背抹干净嘴巴,桌边的那份被乱啃一通的面包,她吃也不是,扔也不是,只好紧紧地拿在手里藏到了身后。

"就学习压力大的时候,拼它比较解压。"许随竭力保持表面的淡定,睫毛自然向上翘。许随的脸有些红,匆忙收拾了东西就要离开。

许随抱着课本急忙下楼,一走出大门,就看见盛姨,许随同她打了一个招呼,说道:"盛姨,课上完了,我先走了。"盛姨笑盈盈道:"留在这里吃饭呀。""不了,我——"许随下意识地拒绝。

结果盛姨人瘦力气大,直接把许随给摁回了院子,热情得她毫无招架能力。

许随就这么被留下吃饭了,盛父还在公司加班处理要务就没回来吃饭,饭桌上除了周京泽,还有盛家兄弟这一对活宝。

吃完饭后,已经八点多了,许随再次跟盛姨道谢准备回去。盛姨看了一眼外面黑黢黢的天,开口:"吃个饭就这个点了,你一个人回去我也不放心,南洲你送小许老师回去。"

盛南洲抬手挠了挠头:"可是我的车拿去保养维修了。"

许随神色局促,她刚想说"不用",周京泽弯着腰,捞起桌上的车钥匙,撩起眼皮:"走吧,我送。"

"瞧我这记性,忘了你们俩和小许老师是俩相邻的学校的,以后周末回家的时候你们顺便捎她回来,"盛姨一拍自己的脑袋,叮嘱道,"你小子负责把她给我安全送到学校啊。"

周京泽双手插在裤袋里往外走,他头也没回,腾出一只手比了个"OK"的手势,也不知道他答应的是哪件事。

许随抱着书本亦步亦趋地跟在他后面,她发现周京泽家就在盛南洲家隔壁——琥珀巷 80 号。

相较于盛家的灯火明亮,周京泽家这栋气派且占地面积大的别墅却连一盏灯都没有亮起,静谧得可怕,呈现出一丝萧瑟、孤单的意味。

一辆黑色的摩托车停在他家门口,周京泽走过去,扔了一个蓝色的头盔给她。许随双手接过,差点被砸倒。她费力地解开扣子,戴进去,头盔大得把她整张脸给遮住,连眼睛都没露出来。

站在一边的周京泽看乐了,他抬手把许随头上的头盔掀起。许随的脸被闷出一丝红色,此刻正鼓着脸大口呼吸。

"等我一下。"周京泽扔出一句话。

周京泽走进家门,声控灯亮起来,没多久他就走出来了,手里拿着一个明黄色的头盔。

"试试这个。"周京泽把头盔递给她。

这个头盔明显小一号,许随戴上去刚好合适。许随戴着明黄色的头盔,一双鹿眼澄澈,偏偏头上顶着一个动画图案。

一向乖巧的她,显得有一丝凶萌。

周京泽看她一眼,脸上的笑意收不住了。许随觉得有点奇怪,问道:"有什么不对的吗?"

"你这个头盔是盛言加的号,他四年级的时候买的,那会儿他是漫威的头号粉丝。"周京泽嗓音低,夹杂着笑意。

"我有一米六五。"许随小声地辩解。

周京泽正要骑车走的时候,发现有什么拽住了他的裤腿,一回头发现是他家德牧不知道什么时候跟着溜出来了。

许随看见周京泽走到围墙底下,德牧乖巧地趴在周京泽脚边,他蹲下身,大手摸了摸它的头,德牧顺势舔了舔他的掌心。

路灯昏暗,周京泽脸上的表情是放松的,有那么一瞬间,他脸上那股桀骜不驯的劲儿完全消失,许随在他脸上看到了温柔。

"它叫什么呀?"许随忍不住问道。

"叫奎托斯,古希腊战神之一。"周京泽笑着回答。只是,这种轻松的氛围并没有持续多久,周京泽裤袋里的手机发出振动声,他摸出来一看,脸上的表情瞬间不对劲了。

他不接,电话响得不依不饶。周京泽点了接听,连客套话都懒得说,语气冰冷:"什么事?"

周父被噎了一下有些不满,强忍着怒气:"下周回来吃个饭,我生日,刚好一家人欢欢喜喜……"

听到"一家人"三个字,周京泽神色闪过一丝阴郁,眉眼透着戾气,直接撂话:"我有事,父慈子孝的时间您留给您儿子。"不等对方回话,周京泽直接挂了电话,他抬手让奎大人回去,重新站起来。烟头丢在地上,被狠狠踩在鞋底,最后零星一点火光熄灭。

周京泽骑车送许随回学校。

他明显情绪不佳,风呼呼地吹过来,许随坐在车后面,她即使看不见周京泽的表情,也知道他浑身上下写着"不爽"二字。

周京泽把车开得很快,他俯着身子,一路加速,耳边的疾风以倍速大力扑在脸上,两边的风景如摁了加速键的电影般快速倒退。

许随的心跳到了嗓子眼,她从来没坐过快车,紧张又害怕,他骑得越来越快,许随感觉视线所及之处都模糊一片。

她知道周京泽在发泄,只能默默地抓住车两边的横杠。

周京泽心情终于得到发泄,倏地,他感觉身后的许随整个人僵得不行,他戴着头盔回头瞥了一眼,许随的指尖泛白,一直紧紧抓住横杠。

他的心动了一下,像是被什么蛰了一下。周京泽不自觉地松了油门,放缓了速度。连他自己都不知道,这是不经意地妥协了。

车速忽然减缓,许随感觉他身上的戾气也慢慢消失,又恢复了之前漫不经心的状态。夏天其实早已过去,晚风有点凉,但吹起来很舒服。

车程已过大半,明明已经放缓了速度,他还是感觉出了许随的不自然。周京泽低沉的声音伴随着风声传来:"怕我?"

"啊,没有。"许随急忙回道。

只是和你在一起太紧张了,总想和你说点什么又怕你不喜欢,许随在心里说道。

"那你僵着干什么?"周京泽没什么情绪地问道,他眯眼看向前方,"下坡了,抓紧。"

那是他最喜欢的一段路,总有一种人生在加速又只属于他一个人的感觉。

许随伸出手小心翼翼地抓住了他的衣角,周京泽带着她向下俯冲,他的后背宽阔,凸起的肩胛骨尤其明显,许随闻到了他身上的烟味,以及冰凉的薄荷味,凛冽又独特,一点点灌满鼻息。

一阵晚风拂过,许随的头发被风吹乱,有一缕头发不听话地贴到了他的后颈上,暧昧又不受控制。

许随盯着他后颈淡青色的血管,伸出手,极为小心地把它钩下来,指尖却不小心碰到了他的皮肤,而后迅速收手。

应该没有发现吧。

轻轻刮过,像羽毛的触感。周京泽握着摩托车把手,直视着前方,眼睛眨了一下。

在下坡的那一刻,许随惊奇地发现,道路两边的路灯跟有感应似的,一盏接一盏地亮了起来,光线浮动,像宇宙里被忽然点亮的星河。

星河美丽,她和悄悄喜欢的他在宇宙中央。

倏忽,因为一个拐弯坡道,许随受惯性影响撞在他背上,整个人贴在了他身上。这会儿换骑着摩托车的周京泽身体僵住,他感受到许随柔软的脸颊贴在后背,以及少女柔软的胸。

周京泽的喉咙一瞬间痒了起来。

许随立刻坐直身体,慌张地说道:"对不起。"

周京泽没有立刻回答,舌尖抵住下颚,懒懒一笑:"确实乖,许随,我占你便宜,怎么是你道歉?"

"那你要跟我道歉吗?"

周京泽哼笑了一下,没有回答,继续往前开。

到了学校门口后,许随下车把头盔摘下来还给他,看向他:"谢谢。"

周京泽人还骑在摩托车上,摸出手机来,一看消息,全是盛姨对许随的关心,他似想起什么,抬起眼皮:"对了,以后周末上课可以找我,我有空回去的话顺便捎你。"

"好,"许随眼睛亮了一下,她问道,"那你在飞行学院哪个班?我到时候再去找你……"

周京泽拿着手机解了锁,递过去,语气随意:"省得麻烦,你加我微信。"

许随在回宿舍的路上,感觉像做梦一般,她居然加到了周京泽的微信。高中时，班上有个QQ群，那会儿加人大家都是按批加的，她也混入其中，幸运地加到了周京泽，只是从来没有说过话而已。

他很少发动态，但许随都会看。后来高三时有了微信，周京泽就不用QQ了。许随也就彻底失去了他的消息。

许随心情雀跃地走进宿舍大门，忽地，橘猫从草丛里蹿了出来，喵喵地冲她叫着。许随知道它又饿了，跑去小卖部买了火腿肠和水。

小猫趴在许随手心吃火腿肠，吃完的时候睁着琥珀色的眼睛舔了许随的手心一下，她笑弯了眼，拿出手机对它的小脚掌拍了个照。

许随回到宿舍后，迅速洗完澡，刷完牙，拿着手机上了床。她躺在床上，登上微信，周京泽显示在她的列表中。

周京泽头像是他的德牧，点进他朋友圈一看，动态寥寥无几，仅有的几条都是风景照。

屏幕映出一张纠结的脸，许随将备注改为"周京泽"，皱眉觉得不妥，好像过于明目张胆，也生怕别人看见，最后改成了：ZJZ。

ZJZ，这样就没人知道了，是属于她一个人的秘密。

许随反复看着周京泽的对话框，上面显示一条系统消息。

"他已经是你的好友了，快来聊天吧。"

许随的心跳异常快，生怕下一秒屏幕上会弹出消息来。她在对话框里打出"晚安"又删掉，重新编辑"我已经到了，今晚谢谢你"，周京泽好像没说到了要给他发消息，想到这儿，她又删了。

最后许随发了一条朋友圈，配图是她在楼下拍的猫的小脚掌，文字写的是："嗨。"

发完以后，许随退出微信，看了一下第二天的课表，手机显示班群有消息，她点进去看，发现朋友圈有红色的消息提醒。

她点开一看，呼吸止住，微睁眼确认，有些不敢相信。

五分钟前，周京泽给她的动态点了一个赞。

十一月过半，在某天下过一场雨后，天气陡然转凉。天气变冷以后，许随换上了厚一点的衣服，她最近准备参加一个医学技能比赛，所以每天拿着一个保温杯，手肘夹着七八本书，一下课就往图书馆里钻。

周二，许随照例在图书馆里学习，距离考试还有两天，她打算把全部内容都梳理一下，反复背一下重点。

图书馆里静谧无声，一排排成行的身影，大家都在做着自己的事。十点半，许随坐在桌前，她看了一下外面的天空，暗沉沉的乌云往下压，似乎要下雨了。

她早上出门忘记带伞，胡茜西发消息提醒她要下雨了，早点回宿舍。许随打开笔记本，打算快速过一遍重点就回去。

倏忽，对面走来一个男生，轻喘着气，他拿出保温杯拧开喝了一口放在桌子上，紧接着拿出书来，然后坐下来复习。

许随不经意地瞟了一眼，同一个系的，不过他看的是大三的书。

许随正准备走时，对方恰好伸出右手拿东西，在缩回去的时候不小心碰到了水杯，保温杯盖子没拧紧，啪的一声，水杯倒在桌子上，热水也呈蔓延之势把许随的笔记浸湿得体无完肤。

许随立刻拿起笔记本往下抖水，师越杰立刻出声道歉，递了一张纸巾过去。许随接过纸巾随意擦了一下，作势要拿着东西离开。

"同学，实在抱歉，要不你把笔记本交给我，我帮你弄干。"师越杰喊着她，嗓音里透着歉意。

"没关系。"

声音意外地云淡风轻，师越杰抬眼，瞥见一张肤白唇红的脸，许随拿着书本匆匆说了句话就离开了。

刚才的动静不小，一旁的男生问道："师兄，没事吧？"

师越杰摇了摇头，笑笑："没事。"

路上渐渐下起了小雨，许随拿着书顶在头上一路小跑，结果走到一半，有个男生拿着一把长柄伞走到她面前，问道："许随是吧。"

许随点了点头，对方不由分说地塞了一把红色的伞给她就走了。没一会儿，许随的电话响起了，胡茜西来电："收到伞了吗？"

"收到了，送伞的是你朋友吗？"许随笑。

"必然不是,那是本小姐花钱雇人给你送的伞,"胡茜西躺在床上,腿往上蹬,"本王可舍不得爱妃淋一滴雨。"

"谢谢胡大王!"

雨越下越大,噼里啪啦地浇了下来,在深浅不一的水坑上砸出一朵朵小花。快要到宿舍的时候,许随的裤管已经被溅湿。

许随举着伞柄正要往前走,倏忽,草丛里蹿出那只熟悉的橘猫,它冲许随"喵"了两句,自来熟地钻到她伞下。

一人一猫就这么走进一楼宿舍楼道里。许随收了伞,蹲下来,从包里翻出一块早上还没吃完的面包去喂它。

小猫凑到她手心前开始吃面包,最后把许随手里的残渣舔了个干净。许随摸了一下它身上的毛,站起来就要走时,小猫咬住了她的裤脚不让她走。

许随掰开它,结果她走哪儿,小猫就跟到哪儿。小猫瞳孔干净,冲她一声声地叫唤,许随反应过来:"我真的不能养你,宿舍不让养猫,被阿姨发现就惨了。"

结果小猫还是一脸无辜地看着她。

许随看了一眼走廊外的瓢泼大雨,丝毫没有要停的架势,而小猫浑身湿透,两撇胡子也脏兮兮的。许随喂养这只流浪猫有一段时间了,发现它越来越瘦,一看就是有上顿没下顿。

许随最终还是心软,蹲下来,把它抱在怀里。

许随拿出手机在群里问了宿舍姑娘们的意见:"楼下有只流浪猫挺可怜的,我能不能带回来养两天,晚点把它送走?"

胡茜西:"可以呀。"

柏瑜月则回了两个字:"随便。"反正她不经常在宿舍。

许随当她这是默认的意思,猫抱回来的时候,胡茜西从床上直立起来:"好可爱的小猫咪,你真的要养它呀?"

"嗯,先养着,打算给它找个主人,我应该不能长期养。"许随解释道。

小猫身上太脏了,许随亲自给它洗了个澡,还拿出自己的小毛毯给它做了一个窝。梁爽见许随忙上忙下,额头都出汗了,叹道:"随啊,你好善良。"

许随拆了一盒羊奶蹲下来倒入一个小盒子里喂给它,笑道:"我只是觉得它有点可怜。"

"而且小动物比人知道感恩。"许随自言自语道。

宿舍的人都很好,对于许随养猫这件事没什么意见。

柏瑜月之前在群里也表示默认许随可以养两天,但回来的时候不知道是不是在前男友那里吃了瘪,脸色相当难看,见宿舍多了只猫,把书摔在桌子上,开始撒气:"你还真把这种脏东西捡回来了啊,就没有传染病什么的吗?"柏瑜月冷嘲热讽道,她现在单纯想找许随碴儿。

"抱回来之前拿去动物医学系同学那儿检查了一下,没有传染病,而且,它不会在这儿久待,"许随语气淡淡,说话的时候睫毛往上翘,"还有,仁者见仁。"后半句她没说出来,柏瑜月应该能懂她什么意思。

"你——"柏瑜月拧着两道漂亮的眉毛说不出一句话。

胡茜西"扑哧"笑出声,都说许随乖巧好说话,看来也不是这样嘛,至少有自己的脾气。

技能考试比赛很快来临,许随提前来到了考场,巧的是,柏瑜月和她在同一个考场。柏瑜月在第一排最后一位,许随在第二排倒数第三位。

这次监考是一位老师与一位学生干部搭配。师越杰在分试卷的时候一眼就认出了穿着薄绒外套,把脸埋在领子里的许随。

考试中途,许随正凝神答着题,忽然,身后丢来一个纸团,弹在桌边,最后落在了她脚下,她还没来得及打开,主考官走了过来捡起来,打开一看,脸色严肃:"这是什么?"

"我还没来得及打开。"许随神色平静地说道。

老师被她不痛不痒的态度给激到,怒气上来:"这是作弊,你把老师当什么了?比赛你也好意思作弊?"

"我没有,"许随语气不卑不亢,她放下笔,"如果您凭一张莫名其妙的字条就判定我作弊的话,我可以放弃这场考试。"

"你——"

师越杰走了过来，礼貌地请老师去走廊外面。也不知道师越杰跟老师说了什么，他走进来，跟许随说："你先好好考试，这件事是我们刚才处理不好，考试结束后我会给你一个结果。"

许随点了点头，重新拿起笔考试。

考完试后，外面又下起了雨，许随站在走廊里看着雨帘发呆。身后的来人摩肩接踵，夹杂着雨声，十分喧闹。

有几声讨论传到许随耳朵里，声音细却很尖厉："好学生也作弊啊。"有人附和："看不出来，之前我还拿她的解剖当范本呢，没想到这么虚荣。"

雨势渐收，许随挺直背脊，撑着伞走了出去。许随被抓作弊的事情传得很快，说法不一，事件持续发酵，但她看起来一点都没受影响，不是喂猫就是学习，让胡茜西想安慰她都没法开口。

柏瑜月回来的时候，宿舍里只有许随一人，她刚好洗完头，正用毛巾擦头发，水珠抖落在橘猫的背上，小猫慵懒地翻了个肚皮，用力一甩，她见状笑了一下。

柏瑜月走到自己的书桌上放书，橘猫踩着步子蹭到她脚下，嗅了嗅。柏瑜月以为是什么脏东西，吓得发出一声尖叫，而后发现是猫，直接踹了它一脚，骂道："滚开。"

橘猫被踹到一边，眼睛眯起，发出一声"嗷呜"的声音，立刻扑上去就要咬她。柏瑜月吓得脸色发白，眼泪都吓出来了。

许随语气生冷："1017，回来！"

1017听到许随的声音还真的收了手，它在柏瑜月身边转了两圈，冲她凶了几声，然后踩着软乎乎的脚掌回到许随身边。

柏瑜月脸色发白，整个人跌在椅子边上。

"抱歉，你下次别踢它就不会这样了。"

许随正想要说点什么的时候，手机来了短信，她看了一眼，拿了一把伞出门了。

周京泽他们在操场体能训练进行到一半，结果下了场大雨，他们只好解散。一群男生浩浩荡荡地回到宿舍。

大刘踹开宿舍的门,骂骂咧咧道:"这雨大得好像在头上下冰雹。"

周京泽插着兜走进门,脱了外套后,浑身湿得难受,他两手交叉抻住蓝色的作训服,往上一脱,露出两排紧实又精瘦的腹肌,身上的肌肉线条流畅到不行。

盛南洲吸了一口气:"啧,这腹肌,羡慕啊。"

周京泽低头懒懒地哼笑一声:"想不想摸一下?"

盛南洲把一条白毛巾用力地砸在他身上,嗓音发颤:"臭流氓。"

几个男生洗完澡后,看书的看书,看电影的看电影。周京泽坐在椅子上,听完盛姨的语音后,眉头拧了起来。

盛南洲递了一罐可乐给他,问道:"我妈怎么了?"

"没,她说这几天遛奎大人的时候,发现它躁得慌,经常拆家,因为不满意。"周京泽扯开拉环,气泡浮在上面。

"不满意什么?"

周京泽有些头疼,自己都想笑:"还能是因为什么,'喂'丢了,它不爽呗。"

"发情了吗?'喂'是小母猫啊。"盛南洲觉得稀奇。

"估计是,"周京泽端着可乐喝了一口,背靠椅子,"赶明儿去给它买个伴。"

"喂"是一只橘猫,是周京泽两个月前出门遛奎大人的时候捡的一只流浪猫。由于周京泽懒得给它取名字,整天"喂"来"喂"去,干脆取名为"喂"了。

一开始,德牧和橘猫天天打架,周京泽每次都要分开它们,可没多久,它们居然窝在一起玩玩具了,感情也越来越好。

可周京泽养了这只猫一个多月后,这只猫离家出走,再也没有回来过。其间德牧怏怏不乐,周京泽特地出去找了几趟。可茫茫人海,哪里那么容易找到一只丢失的猫。

"先不说狗发情的事情,兄弟你上次送许妹妹回学校的后续呢?"盛南洲冲他挤眉弄眼。

周京泽慢悠悠地说："后续是我问她，盛言加和盛南洲这两兄弟谁长得比较欠抽。"

盛南洲拿肩膀撞了一下周京泽，说道："我说真的，我怎么感觉许随妹妹对你有意思啊？"

周京泽脑子里闪过一张惊慌失措的脸，继续开口："我也认真的，她好像挺怕我的。"

"也是，换我，我也不会喜欢你这个渣男。"盛南洲摇着他的肩膀学韩剧女主角，"si lei gi！"

周京泽哼笑一下，懒得反驳。

次日上午又是一场大雨，等雨停得差不多了，周京泽才出门去医科大办点事，办完照例发了消息给胡茜西："晚上出来吃个饭，有事找你。你可以带许随来蹭饭。"

"行啊，但是随随不会出来的，她这几天心情不好。"胡茜西回。

周京泽："？"

胡茜西把许随被诬陷作弊的事情说了个完整，并叹气："我觉得她最近都不会出门了，因为没心情，老有八婆议论她。我看随随虽然一声不吭，但无精打采的。"

雨丝很小，几乎没有，周京泽回了个"知道了"就把手机揣兜里了。他戴着黑色的鸭舌帽，一抬眼便看见不远处的两个人。

胡茜西口中"没心情""无精打采"的当事人，此刻正和一个男生站在校门口，两人各自捧着一杯奶茶。

周京泽下意识地眯眼看过去，女生纤细乖巧，男生穿着白色的外套，个子挺高，不知道跟她说了什么，许随白皙脸上的笑快要融化在面前的鲜奶油里。

第 三 章
她只是想被看见

许随既紧张又羞得不行,
她接连向后退了几步,
无意撞得山茶花丛摇晃得哗啦哗啦。

师越杰背对着绿色公交站牌和许随聊着天,许随不经意地往他身后一看,整个人向前踉跄了一下,他攥住她的胳膊肘才使其保持平衡。

许随低声道了句谢,收回了自己的手,她的眼神有些慌乱,师越杰顺着她的视线扭头看过去。

周京泽正插着兜,慢悠悠地朝他们走来,黑色鸭舌帽下是一张玩世不恭的脸,他嚼着薄荷糖,脸上挂着懒散的笑。而师越杰看见周京泽的一刹那脸上的笑意微收,等他走到跟前时又恢复如常。

"你怎么来这儿了?"许随抬眼问他。

"找个人。"周京泽低头看她。

许随感觉气氛有点不对劲,正想要打破尴尬介绍两人认识时,师越杰主动开口,笑容温和:"京泽,好久不见。"

许随微微睁大眼,干净的瞳孔里闪着疑惑:"你们……认识?"

师越杰点头,正想说两人的关系时,周京泽用舌尖抵住薄荷糖,把它咬得嘎嘣作响,糖渣融化在唇齿间,他哼笑了一下,语气漫不经心:"不只是认识,你觉得我们是什么关系?"

周京泽的眼睛笔直地看向师越杰,像一把暗藏的利剑,师越杰整个人被架在那里,他犹豫半天,最终只憋出两个字:"朋友。"

周京泽闻言嘴角微微挑起,弧度嘲讽,但最终也没说什么。

由于周京泽强行加入，强大的气场横亘在两人中间，师越杰反倒不知道说什么了，他冲许随开口："这件事你可以安心了，考试成绩也是正常录入。"

许随点了点头，师越杰临走的时候犹豫了一下，还拍了拍他的肩膀，笑着说了句"走了"，周京泽极轻地嗤笑了一声，什么也没说。

师越杰走后，周京泽倚在公交站牌边上，他拿出压片糖，倒了一颗薄荷糖，低头拆着包装纸，下颌线弧度利落硬朗，一句话也没有说。

许随害怕他误会，结结巴巴地解释："刚才那个是监考的师兄，因为……考试发生了一点意外……"出于某种心理，许随并没有跟周京泽说那个陷害她的人是谁。

"师兄啊，"周京泽慢条斯理地咬着这三个字，半晌话锋一转，"事情解决了吗？"

"算是吧。"提起这个，许随就有些无精打采。

考试结束后，师越杰就申请查了监控，来来回回看了两个多小时的考场视频回放，发现真正的作弊人后，又去联系教务处和当事人。事情最后得以顺利解决，不过那名学生甘愿被处分，也不愿道歉。平白受人陷害，许随觉得这事有点憋屈。

但许随还是感谢师越杰的，她不太习惯欠别人人情，所以说他有什么要求都可以提，师越杰推辞不过，干脆让她请他喝奶茶，于是就有了被周京泽撞见的这一幕。

许随正想说点什么，老师这时发消息让她去办公室拿复印的试卷。周京泽看见她犹豫的眼神，弹了一下她脑袋："赶紧去吧，我刚好也有事。"

许随走后，周京泽站在公交站台上抽了一支烟，他摸出手机，打了一个电话，挂掉之后登进微信，找到柏瑜月的头像。

两人的聊天记录还停留在上周日，柏瑜月发的那条。

——我看见你送许随回学校了。

周京泽一直没有回，雨丝斜斜地打了过来，他用拇指揩去屏幕上的水迹，盯着上面的话若有所思。

许随去办公室帮老师分好试卷后，就回了寝室。她一推开门，1017就立刻跑过来冲她"喵喵"地叫。

柏瑜月正在梳头发，忽地把木梳啪的一声放到桌子上，语气不太好："吵死了。"

许随没有理她，拆猫粮倒入盒子里喂猫，全程将柏瑜月忽略个彻底。柏瑜月点了一个哑炮，浑身不爽，正要开口说话时，叮的一声，放在桌面上的手机屏幕亮起，柏瑜月拿起手机，点开微信，是周京泽发来的一条信息："你出来一趟。"

柏瑜月看见这条信息的时候，眼睛亮了一下，立刻收拾桌面，开始补妆，眉眼间是掩不住的雀跃和开心。

柏瑜月迅速把自己收拾好，还换了一条丝绒半身裙，前凸后翘，漂亮又妖艳。柏瑜月出门的时候刚好撞上回来的梁爽。

"去哪儿啊，打扮得这么漂亮？"梁爽问。

"当然是重要的人找我约会咯。"柏瑜月说着还顺带回头看了一眼许随。

橘猫吃完东西后，许随正拆羊奶倒入盒子里，闻言手晃了一下，鲜奶洒到地面上，小猫立刻低头舔了个干净。

柏瑜月和周京泽分手后，一直处于单身状态。能轻而易举调动柏瑜月心情的，恐怕只有周京泽。原来上午周京泽说的找个人是找柏瑜月，心忽然被揪成一团，眼睛开始泛酸，盯着某一个点发呆。

许随发了十分钟呆后，不愿意让自己处在这种萎靡的状态中，她起身收拾了几本书，决定去图书馆，做点其他的事总比瞎想好。

许随抱着几本书下楼，一股冷风扑来，她不自觉地瑟缩了一下肩膀。雨已经停了，地面湿漉漉的，许随走过一条林荫道，再下台阶，一直朝左走。

图书馆距离女生宿舍有一段距离，走完小道后，还要穿过一座花园。天气降温后，花园里就没有多少人，里面花朵成簇，两排棕色长椅相对摆放，上面的扶手生了锈。

许随走了没几步，就听到一阵争吵声。她不由得停下脚步，隔着一丛野生的山茶花,她看见了正在争吵的两个人。

许随垂下漆黑的眼睫,老天真的太爱捉弄她,她到底要撞见周京泽和别的女生在一起多少次?

准确来说,是柏瑜月单方面在控诉。柏瑜月站在周京泽面前,不再是人前的高傲模样,眼泪吧嗒吧嗒地落下来,她低头:"我错了……我们和好,好不好?"

周京泽没有说话。柏瑜月在他的沉默中情绪再一次失控:"我不是跟你道歉了吗!难道在一起的时候,你对我很用心吗?"

"你……还是喜欢我的,对吗?"柏瑜月的声音带着哭腔,她像是找到救命稻草般,一把把上半身穿着的针织衬衫扯开,从锁骨延至胸前,肌肤白皙,视觉冲击感强烈。

柏瑜月抖着手去抓周京泽的手,把他的手放到胸前,毫无自尊可言,她哭着说:"你不是说,你……最喜欢碰我吗?"

周京泽看着她一句话也没说,最终只是抬手帮她整理好衣服,一双骨节分明的手把拉链重新拉了回去。许随瞥见他虎口的黑痣停留在女生的肩膀。

天是灰的,周京泽穿着一件飞行夹克,肩头已经变成深色,他一直听着,好的坏的,照单全收,他只给了一句话,说得很慢——

"柏瑜月,别做掉价的事。"

柏瑜月终于崩溃,肩膀抖个不行,泣不成声。她终于死心,因为知道她在周京泽这儿没可能了。

柏瑜月抬脚向前走,走了十多步,周京泽站在原地,冲她喊了一句:"我说的你考虑一下。"

前者背影僵了一下,最后头也没回地离开了。

周京泽穿着黑裤子、短靴,站在那里高大又帅气,他脚尖轻轻点了一下地,嗤笑一声:"别听了,出来吧。"

许随心一惊,抱着书本往外挪了两步,她解释:"我不是故意的。"

周京泽转身,慢悠悠地说:"那怎么办?本来就分手了,还被看见了,更受伤。"

"对不起。"许随想了一下。

周京泽双手插兜,一步一步朝她走去,目光笔直地盯着许随。他来到许随面前,两人距离近得几乎是额头能碰额头的地步。

他身上的烟味袭来,凛冽的气息让许随心慌不已,她下意识地后退,结果周京泽更进一步。

周京泽俯身看她,眼睛黑如岩石,压着几分轻佻和散漫:"要不你替上?"

热气扑耳,许随耳朵一阵阵地痒,在周京泽的注视下,她的脸肉眼可见地变得通红,像是一滴绛红滴到透明油纸上,由脸颊迅速地蔓延至耳后,竟有几分娇艳欲滴的味道。

见许随不吭声,周京泽又逼近一步,抬了抬眉头,问道:"嗯?"

"我……我……"许随既紧张又羞得不行,她接连向后退了几步,无意撞得山茶花丛摇晃得哗啦哗啦,光线隐去,有什么掉落,空气中也像有什么在噼里啪啦地燃烧。

周京泽站在她面前,慢慢靠近她,许随瞥见他高挺的鼻梁,薄唇正一寸寸往下压,近得她可看见他黑漆漆的睫毛。一颗心提到了嗓子眼,既害怕又隐隐期待。

结果周京泽俯下身,伸手用拇指和食指捏住她肩膀上的山茶花花瓣,竟然送进了嘴里。周京泽嘴唇抵着淡粉色花瓣,牙齿慢慢咀嚼蚕食它,漆黑的眼睛里透着戏谑的笑意,邪性又透着一股坏劲儿。

许随松了一口气,大口地喘气,同时怀里紧抱着的几本书哗哗掉在地上,花瓣再一次簌簌抖落在两人肩头。

"逗你的。"周京泽眼底的捉弄明显。

"晚上出来吃饭,西西知道。"周京泽又摘下一片花瓣,指尖轻轻地捻了一下。

许随点了点头,周京泽走后,她的手撑着膝盖,仍在小口地喘气。她看着他散漫离去的背影想,怎么会有这样坏的人?

像毒药,随便一句话就让人上瘾,陷入梦境中,下一秒却摔入地狱,让人不得不清醒。

晚上九点，胡茜西轻车熟路地带着许随来到京航后面的小吃街，走了几分钟后，坐在烧烤摊边的盛南洲朝她们挥了挥手。

许随看过去，几个男生坐在那里，周京泽穿着黑色的衣服，背对着她，青楂过短，露出一截冷白的脖颈。

胡茜西走过去，小心翼翼地避开水坑，在距离他们一米的地方吐槽："我真的很不喜欢这种油烟味很重的地方，人家可是精致消费主义者。"

盛南洲放下茶杯，冷笑一声："上次是谁点了两份猪肘子，一打猪腰子的？"

"你——你，不要血口喷人，哮天犬。"胡茜西冲上去就想揍他。

"你怎么老是惹她？"周京泽掀眸看他一眼，手里拿着菜单转了一下拍到许随面前："想吃什么自己点。"

盛南洲想自己好歹算个五官端正的帅哥，怎么就哮天犬了？于是两个人继续争吵不停，胡茜西揪着他的衣领，说道："我上次就吃了一点，你不要污蔑我。"两个人撕扯在一起，大刘也在，在一旁看得直乐，周京泽屈手指敲了敲桌子，眼神掠过两人："你俩转学吧，适合读小太阳幼儿园。"

两个"小学生"闻言立刻松手，老板这时送上餐具。胡茜西拆开筷子，怎么也戳不破塑封的碗。盛南洲自然地接过她手里的餐具拆开，还用热水烫了一遍，嘴里却说："怎么那么蠢！"

许随有点纠结症，也怕自己点的大家不满意，把菜单推了回去："你们点吧，我吃什么都可以。"

他们点了没多久烧烤就送了上来，这里的服务员小哥好像跟周京泽认识，把盘子放下来的时候，问道："老规矩，一打乌苏？"

周京泽靠着椅背，笑了一下："谢了。"

啤酒上来后，大刘跟大家都来参加他的喜宴似的，给每一个人的杯子都倒得很满，还劝酒，嚷道："不喝就是不给兄弟我面子。"

众人："……"

轮到许随时，她下意识地拒绝，温声说："我不会喝酒。"

"许随，要不你就来一点，不然你一好学生坐这儿，光我们喝的话，真的很像犯罪现场啊。"大刘劝道。

"说什么屁话！"周京泽长腿一伸，踹了大刘一脚，嗓音低沉，"行了，别勉强人了。"

一群人坐在一起聊天，许随撑着下巴看盛南洲和胡茜西打闹，以及听大刘说周京泽在学校的一些事。许随认真听着，连周京泽什么时候走了都不知道。

大刘像周京泽的脑残粉，拍着桌子说："我周爷文化和实操成绩排第一，厉害吧，老师喜欢他喜欢得不行，想让他当班长，结果他居然拒绝了。好可惜，想翘个晚自习都没人罩着。"

"不过我老惹祸，上次还是周爷帮我背锅，他被罚在操场做固滚和跑步，好像是上个月吧，天太热了，他竟然一把将作训服给脱了，一身的肌肉，结果操场围观的女生都炸了，"大刘喝了两口酒，开始羡慕周京泽的女生缘，"他就是一行走的撩人机器，第二天学校表白墙被霸屏了，全是我周爷的名字。"

许随的心紧了紧，问道："他在学校很多人追吗？"

大刘刚想应声，一道熟悉的冷淡声音在头顶响起："听他瞎扯。"

一盒牛奶出现在许随右手边，她听到椅子在一旁拉动的声音，周京泽去而复返，一身黑夹克，重新坐了下来。

许随去摸那盒牛奶，还是温热的，感叹于他不经意的细心，轻声开口："谢谢。"

周京泽哼笑了一下，没有说什么，拿起桌边的酒喝了起来。盛南洲用筷子敲了敲碗："亲故们，今天我们之所以聚在这里，是因为有一件事我想……"

"有屁快放。"胡茜西翻了个白眼。

"他想找大家组个临时乐队，参加学校的比赛，"大刘把盛南洲憋了很长发言稿的风头给抢了，"他想找你帮忙。"

"你怎么这么热衷于校园活动了？"胡茜西扭头看他。

"因为奖品是去北山滑雪场玩，两天一夜，"周京泽接话，"他跪下求了我好久。"

"对，我记得你不是会电吉他吗？美丽漂亮的西西公主。"盛南洲无形之中狗腿起来。

胡茜西也没扭捏："行吧，反正我天天背书也快疯了。"

"好了，本人手风琴担当，大刘是主唱兼键盘，周爷是大提琴和声，你是电吉他，"盛南洲叹了一口气，"还差一个很躁的架子鼓。"

忽地，一道软糯但坚定的嗓音响起："我会。"

"你？"众人一脸的震惊，齐刷刷扭头看着许随。

许随想开口时，手机发出叮的一声提示音，她点开一看，是柏瑜月的道歉短信。

周京泽看着许随没有说话，眼底的趣味渐浓。盛南洲吓得下巴磕到了桌子上，桌上骨碟里盛着的花生米受到震动掉在地上。

"许妹妹，你这消息跟大刘穿过女装一样，让人难以置信。"盛南洲说道。

"是真的，小学到初中学了一段时间，不过现在生疏不少。"许随解释道，还顺便熄了手机屏幕。

许随会打架子鼓这事，没人知道，小时候爸爸送她去学的，只是他去世以后，许母就不让她学这种东西了，她开始尽力学着做一个乖女儿。

许随说完脸还是热的，天知道她鼓起勇气说的时候下了多大的决心。

她只是想被周京泽看见。

"那行，这事就这么定了呗，还有一个月，我们周末或者平常有时间的时候一起排练。"盛南洲拍板。

周京泽朝前侧抬了抬手，示意服务员过来结账，服务员拿着一个小本子结账，报了一个数。周京泽挑眉："这账目是不是算错了？我们点了挺多的。"

"没算错，给你打个五折，酒水免费。"忽地，不远处传来一道爽朗浑厚的嗓音，老板走了过来，拍了拍周京泽的肩膀，"上次的事还得感谢你。"

众人皆回头看过去，原来是老板本人。老板人高马大，留个寸头，跟周京泽道谢。

老板和周京泽寒暄了几句就走了，周京泽笑着转过脸去，一抬眼对上一排吃瓜群众的脸。

"上次他儿子出了点事，帮了个忙。"周京泽简单解释，懒得再多说一个字。

盛南洲点了点头，还惦记他乐队的事："哎，我们还没取名字呢，反正是吃烧烤时组的一支乐队，我看电视节目都是啥青春之夜、夺冠之夜，要不然我们就叫烧烤之夜吧。"

胡茜西：？？？

大刘：？？？

许随：。

"傻缺。"周京泽毫不犹豫地骂出声。

周二，许随坐在教室里上着公共英语课，中途休息时，她坐在椅子上整理笔记，门口的一女同学冲她挤眉弄眼："许同学，师越杰师兄找哦。"女生拖长语调并放大音量，周围交头接耳的女声立刻消失，众人皆齐刷刷地看向门口，发出起哄的声音。

师越杰是谁？医科大学的风云人物，校学生会会长，家世好，长得好，连续三年因为成绩第一拿了校奖学金，重点是他人真的很好。在医科大，与他接触过的同学没有一个对他评价不好的。

许随一脸淡定地走了出去，师越杰穿着白色的卫衣，眉眼干净，站在她面前开口："公告今天下午会出，学校会澄清考试的事，也会公开对柏瑜月的处罚。"

"谢谢师兄。"许随开口。

师越杰点了点头，想起什么笑了一下："恭喜你，医学技能比赛你拿了第一。"

"运气好。"许随笑的时候，两个梨涡明显。

"我就不打扰你上课了，进去吧，有什么困难可以找师兄帮忙。"师越杰语气温和。

"谢谢。"许随点点头。

许随进门的时候，起哄声再一次加大，这也不怪他们，师越杰实在优秀，还主动来找许随，很难不让人联想什么。周围的人纷纷调笑，许随神色平静地回了座位，前排的女生找她借铅笔芯，她翻了一下笔盒，找出来递给对方。

前排女生问她："学长来找你，你不激动吗？"

"没什么感觉。"许随摇摇头。

这节课胡茜西也在，她一动物医学专业的学生跑来蹭课，完全是因为听说许随他们公共英语老师长得帅，特地过来一睹神颜，没想到会撞见这一幕。

胡茜西听到这句话从书里抬起脑袋，看着许随，好像发现了点什么。

大部分人看到的许随，好脾气、乖巧，同时有能力，遇事也淡定，但透着清冷的疏离。而在周京泽面前，许随好像很容易紧张和害羞。

啧，周京泽就是祸水。

梁爽坐在许随旁边，习惯性捏她的脸："我们随随好受欢迎哦。"

"没有的事，他来找我说柏瑜月的事。"许随拍了拍她的手。

"提起她我就来气，自从柏瑜月和周京泽分手后，我就感觉她不太正常了，"梁爽皱眉，"还好，她自己主动换了寝室。"

澄清通知一出，舆论几乎一边倒，不过柏瑜月看起来没受什么影响，也坦然接受处罚，隔天，她就申请了换寝室。

最让许随惊叹的不是这个，而是柏瑜月居然同她道歉了，语气还很真挚。

说起这个，许随拿出手机再一次看着柏瑜月的道歉短信发怔，到底是因为什么？上次师越杰还说她拒不道歉。柏瑜月低头是她没想到的。

晚上回到寝室后，许随发现自己被拉进了一个群，她发现周京泽和胡茜西都在里面，暗猜这是关于乐队比赛的群。

盛南洲在群里发话："这周末大家应该都没事吧，定在下午五点我们学校C排练厅，应该没问题吧。"

群里没一个人说话。

盛南洲一连发了好几个红包,马上被领完,接着一群人开始附和:"收到了,盛队长。"

大刘:"盛队长客气,周日必须有时间。"

胡茜西:"我也。"

周京泽就一个字:"谢。"

盛南洲发了一个竖中指的表情。许随看着手机屏幕笑:"我也没问题,周末补完课就过来。"

盛南洲在群里抱怨道:"各位,我们这个乐队还没有取名呢,欢迎大家踊跃发言。"

没人理他,盛南洲连发了600块钱红包,屏幕里立刻下起了红包雨。群成员领了红包后跟上了发条一样,开始积极发言。

不会唱歌的大刘不是大牛:"叫美女与野兽怎么样?"

我是队长听我的:"这里只有你一个人是野兽。"

西西公主:"不可,叫原地爆炸比较好。"

"或者三十六封情书呢?"

我是队长听我的:"我想了几个,大家挑挑看,绿皮火车、猫屎咖啡、烧烤之夜,这些怎么样?"

大家七嘴八舌地讨论起来,许随想了一下,在一众答案中发表了自己的意见,但很快被刷了过去。

她叹了一口气,正要收起手机,等看清手机屏幕时微微睁大眼,一直没发言的周京泽开了口。

"刚才许随说的可以,就定碳酸心情了。"

许随加入周京泽他们乐队的决定做得匆忙,甚至没弄清楚这到底是一个什么性质的比赛就主动加入了。

直到下午许随从思政楼出来看到公告栏才明白过来,这场萤火之乐的表演是两校联合举办的,为了促进两校的情谊和友好交流,两校学生可以自由合作曲目上台表演。这个活动在学校传得沸沸扬扬,许随抱着书本站在公告栏前正看着上面的比赛规则,一道身影笼罩下来，温和的声音响起——

"感兴趣？"

许随听见声音，偏头看清来人之后，礼貌地打招呼："学长。"

"是有点感兴趣。"许随回。

师越杰嘴角抬起，抬手扶了一下眼镜："都说劝人学医，天打雷劈，可能看我们太辛苦，学校想让我们放松一下吧。"

"我正打算报个名，不知道学妹有没有合作的意向？"师越杰的语调是放松而平淡的，殊不知，他垂着的指关节正用力弯曲着。

许随已经加入盛南洲他们那队了，她正想开口拒绝，一道女声插了进来："师兄，那你可晚来一步了，人家许随早就跟隔壁航校的组了乐队，一起参加比赛呢。"

"你怎么知道？"许随皱眉。

站在一旁的女生朝她晃了晃手机，语气带着点嘲讽："两个学校的贴吧早传开了，也是，对方可是周京泽，不会玩乐器也得硬着头皮上。"

"师兄，你就别费这个劲了，人家胳膊肘已经往外拐了。"有人附和道。

许随是个不太愿意把自己置入纷争的人，她正打算直截了当地说清楚时，师越杰开了口："许随想参加什么是她的自由，毕竟我听说学业压力这么大的情况下，她的成绩还拿了 A+，这样胳膊肘也拐不到哪儿去，你们觉得呢？"

师越杰说话的语气如春风，不疾不徐，是一贯的温和，却带着一种震慑和不容置喙。几个女生也没想到会踢到铁板，还讨到羞辱，全都臊着一张脸离开了。

人群散去后，师越杰和许随并肩走在校园的路上，中途有一两个学生骑着自行车横冲直撞一路摇车铃，师越杰便让她走在了里侧。

"刚才她们说的话，你不用放在心上。"师越杰出声安慰。

许随摇摇头，恰好一阵风吹过，一片泛黄的叶子飘飘摇摇地掉了下来，她伸手接住，眼底透着一股与年纪不相符的成熟。

"不会，每个人都有发表自己看法的权利，比起这个，我承受过更不好的恶意,但是现在也把自己保护得很好。"

"那就好。"师越杰点了点头。

师越杰与许随并肩走了一段路,快到路口时,他忽然开口:"许随,你和周京泽很要好?"

师越杰用了一个很安全的词语,像是试探,也是为了确认。许随摇摇头,说道:"我不知道。"

周京泽对她,应该是把她当成自己外甥女的一个好朋友吧。

第 四 章
喜欢下雨天

伴着雨声，
隔着一道墙，
她听了周京泽近一个小时的练琴声。

周末，许随提前了半个小时去盛家给盛言加补课，因为他们要排练，许随不想到时候因为自己的事让大家等着。

一到盛言加房间，许随宣布了一个"噩耗"："我一会儿有点事，课程结束后没有玩乐高这一项。"

小卷毛立刻趴在桌子上，一副无精打采的模样："我就等着和小许老师在乐高的世界里翱翔呢。"

"今天我们上一个小时数学课，虽然没有乐高玩，"许随特意卖了个关子，拍了拍他的肩，"但剩下的一个小时我们用来看电影之类的。"

小卷毛立马精神了，改口："小许老师，我迫不及待地想在数学的世界里遨游了。"

许随认真给小卷毛上完了一节数学课后，盛言加立刻把桌面收拾得干干净净，打开投影仪，一脸兴奋地问："老师，我们看什么呀？《复仇者联盟》还是《指环王》？"

"都不是，我们看《老友记》。"许随笑眯眯地摇了摇头。众所周知，《老友记》是学习英语、训练口语的范本美剧之一，盛言加想当场撞墙而死。

一个小时的剧集结束后，许随给盛言加留了两套数学卷子，还有一篇《老友记》的观后感。

"套路,全是套路,小许老师,你太坏了!"盛言加控诉道。

许随看了一下时间,笑眯眯地说:"不跟你说了,坏老师还有事,先走了。"

许随收拾好东西匆匆下楼,她一路小跑出客厅,结果在庭院里碰见了正在组局打牌的盛姨。盛姨穿着水蓝的盘扣针织开衩旗袍,外面披着一件羊毛披肩,风情又漂亮,盛姨正愁着差一个牌搭子,一见许随,眼睛一亮:"小许老师,过来打牌啊。"

"我还有点事。"许随当即预感大事不妙,急忙说道。盛姨三两步走过来,跺了跺脚,拉着她的手:"十分钟,就十分钟,隔壁老李去上厕所了,你就帮忙替一下。"

"可是我不太会。"许随心里叫苦不已。

"没事,我们教你。"盛姨不由分说地拉着她,把人按到了牌桌边。

一张木方桌,旁边还放着果盘,盛了果脯和瓜子,阳光斜斜地照了下来,几个街坊坐在一起打牌,爽朗的笑声和骂声全掺在输赢里。

德牧趴在盛姨脚边,许随趁着发牌的间隙,给周京泽发了一条微信:"那个……我可能要晚点到,你们先排练。"

不到一分钟,手机显示 ZJZ 回的消息:"在哪儿?"

许随低头回短信:"还在盛姨家,她拉着我打牌,而且我还……不太会。"

盛姨正发着牌,眼尖得不行,笑道:"小许老师,不要玩手机了,就算是和男朋友发信息也不行,上了我的牌桌要专心。"

许随哭笑不得,只得把手机放了一边。许随只懂一点点,还是每年过年旁观舅舅一家人打牌学了一些规则,她在玩牌方面就是菜鸟,毫无胜算可言。玩了十分钟,许随发现自己手里的牌烂到不行,盛姨从开局一直春风满面,她悄悄瞥了一眼手机。

周京泽回了两个字:"等着。"

等着什么,是他会帮忙找救兵,还是他打电话给盛姨好能让她走?许随在心里猜测着。她靠着拙劣的牌技撑完了一局,可隔壁老李还没出现,大家正在兴头上,她只能强撑着继续打烂牌。

第二局，许随手里的牌并不怎么样，她正犹豫着要不要破罐子破摔乱出的时候，一道低沉的嗓音响起："出这个。"与此同时，桌边多了一盒烟和一个银质的打火机。

许随倏地一回头，周京泽竟然凭空出现在面前，黑色冲锋衣，黑裤子，薄唇挺鼻。

"京泽，你怎么来这儿了？"盛姨问道。

"您把我人扣这儿了，我就来了。"周京泽笑。

盛姨的眼珠在两人间转了一圈，转而笑道："行啊，老规矩，三局两胜，赢我两次才能走。"

许随语气有些着急："盛姨，我们真的有事，要排练……"

"没事，很快。"周京泽打断她。

接下来打牌的时间，许随比之前更不在状态。因为周京泽就站在她身后，时不时地俯下身过来指导。

他的手肘撑在许随右侧，淡青色的血管明显，黑色的衣料擦过她的肩头，许随发觉自己的感官被无限放大，他好像是刚洗完头，身上透着薄荷味的清香，还散发着一点罗勒味。

许随的脸颊发热，一双骨节清晰的手伸了过来，拇指和食指抽出一张牌，他用气音哼笑："发什么呆？"他的指尖不小心碰了一下许随的手，很轻，像雪，他虎口的黑痣在她眼前反复出现，许随整个人不自在，呼吸有些急促，她用指甲用力掐了一下掌心。

许随暗暗告诉自己要淡定，要装作不在意，千万不能露出破绽。

不然喜欢他这件事，无处藏。

许随呼了一口气，努力让自己保持平静。周京泽很聪明，他那种聪明是憋着坏劲儿的，先给你一点甜头吃，再打个措手不及。

在周京泽的指导下，许随连赢两局，盛姨把输的钱全推到许随面前，指着他说："赶紧滚，你再待下去，老娘要破产了。"

周京泽坏笑，从烟盒里摸出一根烟咬在嘴里，低头对上许随犹豫不决的眼神："这个钱……"

"收着，拿去买糖吃。"周京泽咬着一根烟笑，声音有些含混不清。

两人并肩走出盛家庭院，周京泽指尖夹着一根烟，走得比她快一点，许随盯着他的肩头，鼓起勇气说："柏瑜月的事，谢谢你。"

周京泽回头，挑眉："你怎么知道是我？"

"猜的。"许随答。

"行，"周京泽踢了一下脚下的石子，懒散地笑，"那你要怎么谢我？"

许随本来想说"只要我能做到的，都可以"，结果周京泽单手插兜，偏头看着她，黑如岩石的眼睛紧锁着她，语气意味深长："还是说，也请我喝奶茶？"

周京泽最后带她回了学校，而盛南洲他们早已在排练室。算起来，这是许随第二次来京航，一进学校大门，恰好遇见刚结束训练的方阵，他们穿着海蓝色的制服，英姿飒爽，像一大片掀起的海浪。

"我怎么没看见你穿过飞行员的制服？"许随问。

每次许随见他都是一身黑，不是黑夹克就是冲锋衣，从来没见他穿过制服。"那是因为你见我的时机不凑巧，"周京泽偏头，眼睛落在她身上，发出轻微的哂笑声，"怎么，你想看我穿？"

许随撞上他的目光，一时回答不上来了，结结巴巴地说："不是……我看盛南洲也……没穿。"

她跟周京泽欲盖弥彰地解释，周京泽眼睛直视着前方，一副散漫的状态，也不知道有没有在听。

倏地，一个男生冲过来，肩头擦过，他自然而然地抬手攥住了她的胳膊肘，直接将她拉到了一边，许随瞬间僵住，神经绷紧。

许随一个趔趄，下巴撞向他的肩膀，两人离得如此近，她一抬眼就瞥见他利落的下颌线，有点硬，是男生野蛮生长的骨骼，瘦但有力量。风从两人间的缝隙吹过，她感受到他骨骼的温度，心不受控制地跳了起来。

"看路。"一道低沉的嗓音落在头顶。

周京泽走在前面，双手插兜。许随跟在后面，被他松开的那一侧手肘还是麻的，像有电流滋滋蹿过。她悄悄对周京泽的背影比了一下，刚才，她整个人将将到他肩膀那里。

两人来到排练室的时候已经晚了二十分钟，盛南洲气得想脱鞋砸他又不敢，嚷道："一会儿排练完你请客。"

"行。"周京泽无所谓地扯了一下唇角。

盛南洲站在台前，开始啰唆："除了周爷，想必大家手里的乐器都已经吃灰许久，这次排练呢，大家先各自重新把乐器练熟，下半场的时候我们再随意挑一首歌练默契，怎么样？"

没人理他。

盛南洲下意识地把求救的眼神投向好脾气的许随，后者给面子地出声："好。"

排练室很大，许随坐在架子鼓面前，转了一下手里的鼓槌，开始试练找感觉。大家各自开始练习手里的乐器，她练习的时候趁机听了一下大刘唱歌。

大刘长得高壮，五官也有点凶，没想到声音还挺好听、挺温柔的，反差挺大。

一行人正练习着，发出不同的乐器声。倏地，一阵低沉的、类似于雨天叹息的琴声传来，让人不自觉地陷入雨天失落的情境里，十分动听。

场内所有人不自觉地放下手里的乐器，一致看向前侧坐着拉大提琴的周京泽。由于众人的动作过于一致且眼神崇拜，盛南洲问："我拉手风琴难道就不帅吗？"

"你像在弹拖把，你以为你拿的是哈利·波特的扫帚吗？"胡茜西一脸"你快醒醒"的表情。

许随看着周京泽的背影发怔，他坐在许随的斜前方，第一次，她可以光明正大地看他。读高中时，他坐在最后一排，上课老师点别的同学站起来回答问题，她就假装扭头去看那个同学。

其实是在回头看周京泽。

余光里都是他。

不知道周京泽什么时候把外套脱了，单穿着一件白衬衫，袖子挽到匀实的小臂处，他侧着头，左膝盖顶住琴的左侧，另一条长腿夹住深红色的琴身，右手拿着琴弓在琴弦上缓缓地拉动，左手在上面按弦。

周京泽身上的散漫劲儿消失了，背脊挺直，像挺拔的树，他的眼神专注，有光跳跃在睫毛上，雅痞又绅士。

琴声很动听，像经历一场雨一场风，万千思绪都在里面。许随坐在后面静静地听着，想起高二的上学期，因为解题思路阻塞而心生的烦闷，日复一日普通，偶尔羡慕别人肆意闪亮的平淡时期。

周三下起了滂沱大雨，雾气弥漫在整个教室，就连桌子上也蒙着一层水汽。雨太大，中午大部分人选择留校。教室里喧闹不已，玩游戏的、讲段子的、做作业的，干什么的都有。

因为数学成绩不尽如人意加上教室学习环境差得不行，许随一个人跑到顶楼的阶梯教室，在经过那条走廊时，她无意瞥见周京泽和一帮人待在一起。

几个男生，还有学校里知名的一个女生，他们待在一起，有说有笑，周京泽坐在中间，不怎么说话，笑容懒散，却是最勾人的。

不知道谁开了一句女生和周京泽的玩笑，那女生也不怯场，问道："你敢吗？"

他坐在桌子上，背靠墙壁，校服外套松垮，侧脸线条凌厉分明，他听到这句话缓缓笑了，把手搭在女生肩头，凑在女生耳边低语。

不知道他说了什么，原本淡定的女生耳根迅速变红，全然没有之前的盛气凌人。

他总是这样，放浪形骸却又让人着迷。

周围发出起哄声和尖叫声。

虽然只是背影，但她一眼瞥见他手背上嚣张又标志性的文身，还有旁边竖着的一把大提琴，琴身上刻了"Z"。不是他还有谁？

许随迅速收回视线，在他们的起哄声和女生的娇笑声中加快了脚下的步伐，然后走进最里面的阶梯教室，关上门轻微喘气，开始查漏补缺，结果一道错题也看不进去，喉咙干涩得不行。

中间好像是周京泽说了什么，一群人很快推门走出去，隔壁恢复安静。就在她以为所有人都走了的时候，隔壁却响起了一阵大提琴特有的悠扬琴声。

只有周京泽一个人在。

他在练琴，莫名地，许随的心静下来了，她从桌子上拿起了试卷和笔记，走到了靠墙的那一边，坐在地上背靠着墙壁，开始静心订正错题和写试卷。

伴着雨声，隔着一道墙，她听了周京泽近一个小时的练琴声。

那两三个月是雨季，天空都泡在一层雾蒙蒙的湿气中，只要中午下大雨留校，许随就会跑去阶梯教室学习，以及听周京泽拉大提琴。

她在碰运气，有时他会来，有时不来。

同学们都抱怨雨天的不方便、空气的潮湿，她却很喜欢。

宁愿天天下雨，因为你在。

而现在，许随看着周京泽的背影想，她终于可以光明正大地看他拉大提琴了。

一群人排练完已经是晚上七点多了，准备出去吃饭，他们一边走出排练厅一边聊天。天空呈现幕布般的暗蓝色，冷风阵阵，许随不自觉地瑟缩了一下。

周京泽走在前面，昏黄的路灯将他的影子拉长，许随悄悄走进他的影子里。

大刘因为听了周京泽拉大提琴，对他的崇拜更进一层，一路叨叨个不停："周爷，你这水平完全是国家剧院大厅的水准啊，之前听说你要去奥地利留学继续深造音乐，怎么跑这儿受苦了？"

许随站在一旁听他们说，她其实也很好奇周京泽为什么会这样做，放着大好的前途不要，跑来这儿选了前路未定的飞行技术专业。

当初在天中，周京泽改志愿这件事闹得沸沸扬扬，却没一个人知道他这样做的原因。

周京泽边向前走边低头刷手机，闻言笑了一下，没有回答。

大刘好奇得抓心挠肝，他下意识地看向盛南洲，后者耸了耸肩："从小到大，我就不懂他在想什么，人家可成熟了。你周爷这么容易被看懂还是你周爷吗？"周京泽直接踹了盛南洲一脚："你不去说书真是屈才。"

"每次都想用针线把他的嘴缝起来。"胡茜西十分认同。盛南洲正要说点什么的时候，一个男生从侧边走过来，个子很高，双眼皮，他走到胡茜西面前，语气害羞："那个……能要个你的电话吗？"

一群人停下脚步，周京泽终于舍得把目光从手机上挪开一点，他正好整以暇地看着站在身侧的人。

周京泽没有看胡茜西，他在看盛南洲。

胡茜西今天因为乐队排练，穿着黑夹克、黑裤子，又特意化了个烟熏妆，背着一把电吉他走在路上，确实有几分酷飒的味道，跟平日留着二次元齐刘海儿的可爱形象完全不同。

"我吗？"胡茜西用手指了指自己。

男生挠了挠头："对，我不会在半夜骚扰你的。"

胡茜西为人一向爽快，况且对方还算个小帅哥，她正想说"好啊"，一旁的盛南洲出了声，问道："哥们儿，你是散光还是近视，需要我带你去看看吗？"

"啊？""盛南洲！"

两道声音同时响起。

"考虑清楚了吗？这丫头毛病贼多，你不要被她的表象骗了，脑子笨，脾气还大……"盛南洲语重心长地说道，数落了她好几个缺点。

男生最后走了。

他们站在一起，盛南洲揽着胡茜西的肩膀催促道："快点，去吃饭了。"

"别碰我！"胡茜西的音量猛地提高，一把甩开盛南洲的手，还没开口，一滴滚烫的眼泪砸在他手背上，她眼眶通红，"你是不是觉得自己很了解我？"

盛南洲心慌了一下，下意识地想上前为她擦泪，不料胡茜西后退一步，看向他，眼睛里写满了委屈和不解："你为什么总是这样？既然这么嫌弃我，为什么什么事都要叫上我？！"

"不是这样的……"

不等盛南洲解释，胡茜西说完就跑开了。许随担心得不行，第一反应是抬脚去追，结果有人更快一步，朝胡茜西跑开的方向追去。

"他们怎么了？不是一直这么打闹的吗？"大刘一脸蒙圈。

"谁知道？"周京泽意味不明地笑了一下。

"那我们还吃饭吗？"大刘问道。

"吃"这个字还没送到嘴边，周京泽的手机铃声就急促地响了，他走到不远处接听。

两分钟后，周京泽折回，眉头拧着，语气有些焦急："有点事，先走了。"

周京泽走出校门，打了一辆车，直接坐了上去，低声报了个地址。他坐在车后座，手肘撑在窗沿上，指尖反复轻扣着玻璃，最后干脆降下车窗，冷风灌进来，心底的不安和烦躁依然没有被冲淡。

由于周京泽加了三倍的钱，司机很快将他送到了目的地——荔树下。荔树下是典型的富人区，别墅成群，灯火辉煌，住在这里的人非富即贵。

周京泽站在一栋灯火通明的别墅前，哼笑了一下，都不知道多久没来这地了。他抬脚走进去，保姆陶姨听见声响出来迎接，一见是周京泽，声音是热切的惊喜："小少爷回来啦，吃饭了没有？陶姨这就去做两个你爱吃的菜……"

两人站在前庭空地上，周京泽笑，搂住她的肩膀："您别忙活了，我刚吃完。"

"真的假的？你不要骗陶姨啊。"陶姨从小就待在周家，是看着周京泽长大的，也在他母亲生前尽心尽力地照顾过她。他们搬离琥珀巷之后，没人吩咐，陶姨还是每半个月雷打不动地过来给周京泽做一顿饭，打扫卫生。

在周京泽心里，她和亲人没差。周京泽揽着陶姨的肩膀进门，他脸上的笑意在看见周正岩那一刻敛得干干净净。陶姨打了个招呼就退出去了，把空间留给了这对父子。

"外公呢？他怎么样了？"周京泽单刀直入。

周正岩轻咳一声，饶是寻常严肃的脸色也有点不自然："叫了医生过来，检查又发现没什么事就送他回去了。"

周京泽一双锐利的眼睛盯着周正岩看了一秒，反应过来他被这老东西给骗了。还真是关心则乱，他不知道该气还是该笑。现在冷静下来想，他外公怎么会赶来周正岩的生日宴，不一拐杖把周正岩杵死就算不错了。

客厅富丽堂皇，琉璃吊灯的灯光溢下来，角落里堆了两座小山高的礼物，周京泽干脆坐在沙发上，扬了扬冷峻的眉毛："找我什么事？特地把我骗到这里，难不成是想听我祝你'福如东海，万寿无疆'的屁话？"

"我可说不出这种违心的话。"周京泽嘴角挑起，讽刺意味明显。

周正岩气个半死，把茶杯嘭的一声搁在桌子上，怒火四起："混账东西，你非要把我气死才甘心？"

周京泽扬了扬冷峻的眉毛，不置可否。他俯身抓了桌上的一个苹果，然后窝在沙发上，把苹果抛在半空中，一副玩世不恭的模样。

在生日当天被亲生儿子送这样的祝福，周正岩胸前起伏不定，看着周京泽油盐不进的模样，被气个半死。

倏地，楼梯间走下来一个女人，对方一身素色衣服，穿着棉拖鞋，温婉气质明显。祝玲来到客厅，冲周京泽友好地笑了笑："京泽，好久没见你过来了。"

周京泽扯了一下嘴角算作回应。

祝玲走到周正岩面前，温声说："正岩，京泽还小，你一把年纪还跟小孩置上气了？"

"你到书房帮我一下，有个东西我搬不动。"祝玲去拉他。

周正岩最终起身去帮忙了，周京泽没什么表情地看着两人并肩的背影。祝玲确实有点手段，三两下就把周正岩的火给熄了。

周京泽一个人坐在空荡荡的客厅，觉得再待下去没有意思，正起身要走。

有人按了门铃，陶姨依声迎接，脚步声由远及近，周京泽低着头，夹着烟的手肘撑在膝盖上，闻到一阵香水味，他慢慢地笑了。

"嗨，好久不见。"周正岩的得力秘书赵烟一身 OL 套装，红唇动人。

"是好久没见。"周京泽勾唇。

赵烟坐在他对面，从包里拿出一份文件，开始说正事："正时集团董事长周正岩目前愿把他名下的两套房产，还有正时集团的部分股份无条件赠予你……你只要在这份合同上面签字，赠予书即刻生效。"

周京泽听了半天，才反应过来，周正岩开始良心发现补偿自己的儿子了吗？他倏地打断秘书："签字就行？"

赵烟愣了一下，点头，然后把笔和合同递过去。周京泽懒散地坐在沙发上，合同摊在他大腿上，他捏着笔向左转了一下，眼睛虚虚地看了合同一眼："赵秘书，这个条款是什么意思，能不能解释一下？"

赵烟坐到他旁边，倾身指着条款解释。周京泽稍微坐正了一下，换个姿势，膝盖无意间碰了一下赵烟的膝盖。

很轻的一下，有意无意，分不清。

然后他瞥见赵烟神色闪过一丝不自然，她继续开口，周京泽忽然看着她，仿佛眼睛只住得下她一人，声音夹了几分轻佻："赵秘书，你换香水了？还是 Serge Lutens 的黑色曼陀罗适合你。"

"你怎么知道我换香水了？"赵烟脸色惊讶。

"因为上次的味道……让人心动。"周京泽缓缓地说道，刻意咬重了最后两个字。

像周京泽这种痞帅又带点坏劲儿的男生，最了解怎么调动女人的心绪。说完这句话，他拉开了两人的距离，指尖夹着的烟火光猩红，不再说话。

赵烟此刻跟抓心挠肝一样，又忍不住问道："真的吗？"

还没等周京泽回答，一个黑色的砚盒朝他直直地砸了过来，他侧头闪了一下，砚盒的边角飞向他的额头，然后掉在地上。"我怎么养了你这么个畜生东西？连我的秘书都敢……"周正岩气得不轻，最后两个字他不齿说出来，仿佛保留了最后一份体面一样。

赵烟醒悟过来，自知失礼，站起来连声道歉。

周京泽眉骨上立刻涌出一道鲜红的血迹，额头上传来火辣辣的痛感,他低着头,舔唇笑了。

陶姨闻声出来,吓了一大跳,又赶忙跑进厨房里拿冰块去了。周京泽站起来,拍了拍裤子上的灰,这才回答他的问题,吊儿郎当的语气:"这不是从小看,学到老嘛。"

"你——"周父被噎得说不出一句话来。

周京泽偏头看向站在周正岩身边温顺的女人,好心提醒:"祝姨,不要以为嫁进我们家就一劳永逸了,你得有点危机意识啊。"祝玲的脸色煞白,说不出一句话。

最后,周京泽抬头将燃着的烟头丢进茶杯里,火星遇水发出刺的一声,最后彻底熄灭。

他走到玄关处,想起什么,回头看了一眼他们,说道:"以后少整这些戏码,有这份心可以到我妈坟前多磕两个头。"

"另外,我不会要我爸一分钱,您可以放心了。"周京泽眼睛直视祝玲。

周京泽从小就在信托基金带来的自由中长大,这是他母亲从他一出生就给他准备的。他根本不缺钱,退一万步讲,他就是穷到去要饭的地步,也不会向周正岩开口要钱。他走出家门,独自穿过庭院往外走,陶姨追出来的时候,人已经不见了。

周京泽单手插着兜往外走,冷风萧萧,半山坡的路他硬是一个人走了下来,却没想到在路口撞见了正好回家的师越杰。

师越杰穿着白色的卫衣,正骑着自行车费力地往上走,额头上已经沁了一层汗。寒风将周京泽敞开的外套吹向一边,他瞥了一眼师越杰,勾唇冷笑,他从对方身上收回视线,就要与之擦肩而过。

一道尖锐的刹车声响起,师越杰喘着气从车上下来,一眼看到了周京泽脸上的伤口,要去碰他:"怎么回事?"

周京泽别开脸,眼底的厌恶一闪而过:"别碰我。"

师越杰也不生气,他把自行车停在一边,声音温润:"你等我一下。"

说完之后师越杰就跑开了,周京泽站在树下勾了勾唇角,百无聊赖地踢着脚下的石子,他都有点佩服自己的耐心,竟然真听师越杰的话在这儿等着了。他就是想看看师越杰想干什么。

十分钟后,师越杰从马路的另一边跑过来,气喘吁吁地停在周京泽面前,他把一袋东西塞到周京泽手里。

周京泽低头看,透过白色塑料袋发现里面是碘酒、纱布。他低头扯了扯唇角,反手把药扔到一旁的垃圾桶里,开口:"你讨好错对象了。"

周京泽走后,许随和大刘在外面吃了点东西。大刘走后,许随正准备折回学校时,接到了胡茜西打来的电话。

电话那头传来胡茜西压抑又委屈的哭声,许随皱紧两道细眉,语气担心:"你怎么了?是盛南洲欺负你了吗?"

"没,我把他骂跑了,我现在在寝室呢。"胡茜西回答,过了一会儿又有些难为情地说道,"我就是来'姨妈'了,又痛又饿。"

许随明白过来,接话:"你想吃什么?我刚好还在外面。"

"想吃红糖糍粑,还有海苔鱼翅粥,"胡茜西抽了一下鼻子,又补充了一句,"陈记家的。"

许随失笑,胡茜西确实是一位可爱的挑食大小姐,她点头:"好,我给你带。"

"爱你,我的随!"胡茜西立刻表白。

胡茜西说的这家店恰好在学校附近,是一个叫陈老伯的人开的,他家的粥品十分好喝,粥炖得又软又糯,还有一种特有的花香,价格实惠,因此生意十分火爆,每次去吃至少要等四十分钟。

可能今天是周末的原因,老伯店里的伙计又请假了,许随等了有一个小时。她站在门口昏昏欲睡,眼皮直耷拉。

倏地,老伯喊住她,把打包好的粥递给她,一脸的歉意:"姑娘,不好意思啊,今天太忙了。"许随接过粥,摇了摇头,说:"没事儿。"

许随走出陈记,一阵冷风涌来,她下意识地缩了缩脖颈,不经意地往前一看,正好看见周京泽从出租车上下来。

"周京泽?"许随有些不确定地喊他。

周京泽闻声走过来,他穿的外套很薄,漆黑的眉眼压着,看起来情绪好像有些不佳。

"没吃饭？"周京泽的嗓音有些哑，一眼就看到了她手里拿着的粥。

许随摇头，回答："给西西带的。"

小吃街对面台球室的灯光晃了过来，将周京泽的五官照得立体分明，同时她也看见了他眉骨上方的血痕，微睁大眼："你怎么了？"

"没事，磕了一下。"周京泽懒散地笑了一下，语气不太在意。

"你等等。"许随立刻在包里翻来翻去，最终找到一个粉色的史努比创可贴，她紧张地将上面的褶皱顺平，递给他。

周京泽没说话，盯着她手里粉色的创可贴看了两秒，最终将眼神移向许随。许随从他的眼神里读出了"你觉得爷会贴这种娘里娘气的玩意儿？"的信息后，明白过来，她的神色有些窘迫。

许随有些不好意思地把手缩了回去，皱了一下鼻子，周京泽盯着她看了两秒，忽然改变主意，伸出手："给我吧。"

许随把创可贴递过去，周京泽接过来揣兜里，看她："吃饭了吗？"

"没有。"许随脑子有点蒙，下意识地说了这两个字。

周京泽点头，嗓音嘶哑："那陪我吃点。"

"啊，好。"许随应道，同时在心里跟胡茜西默念了三个对不起。

周京泽手插着兜向前走，许随注意到他尾指钩着一个白色的塑料袋，隐隐透着药膏的模样。周京泽朝前走了几步，见人没跟上来，停下来回头看了她一眼。

许随立刻跟上去，她很想问"伤严不严重"之类的话，但是他今晚气压比较低，而且她以什么立场问？想到这儿，话到嘴边又咽了下去。

两人来到一家饺子店，店快要打烊了，老板娘站在锅前，打了个哈欠，一整晚的水蒸气把她的眼睛熏得通红。

"小周，你来了啊？"老板娘笑着打招呼。

"是，今天生意怎么样？"周京泽问。

老板娘揉了一下眼睛说："今天挺好的，天一冷，点外卖的也多了起来，还有点忙不过来。"周京泽单手插兜，笑着说："辛苦。"

周京泽抬手朝不远处指了一下，让许随去坐着。她坐下来，抽出一张纸巾擦了擦桌子，然后看过去。

周京泽站在那里，跟老板娘开口："两碗水饺。"

周京泽点完之后坐到她对面，骨骼清晰分明的手轻轻地扣着桌面，不知道在想什么。他本来就不是话多的人，许随又不太会说话，尴尬在两人当中蔓延开来。

老板娘端上两碗热气腾腾的饺子，随即又用骨碟盛了两个茶叶蛋送到桌上，声音爽朗："要打烊了，送你们的。"

"谢谢。"周京泽礼貌开口。

一碗满当当的饺子盛到许随面前，她拿着一小瓶调料，跟不要钱似的往里倒了很多醋。周京泽见状挑眉："这么能吃酸？"

"调一下味。"许随解释。

"你可以试试，"许随开口，笑道，"但是你加一点就好。"

毕竟她这个不是寻常人的吃法，一般人的胃扛不住。周京泽听她的建议加了一点醋，果然，食欲好了一点。

两人面对面坐在一起吃东西，许随看出他心情不佳，脑子里竭力搜索她在网上看过的笑话和一些梗。

"考你几个问题，"许随睁着眼睛看他，语气认真，"为什么游泳比赛中青蛙输给了狗？"

周京泽：？

"因为青蛙用蛙泳犯规。"

周京泽扯了一下嘴角，许随不气馁，继续问道："为什么小王可以一边刷牙，一边悠闲地吹口哨？"

周京泽：？

许随脸颊的梨涡浮现："因为他刷的是假牙！"

……

周京泽结完账走出店门，小吃街上的人早已消失，他手插着兜往前走，许随低着头一直在想，到底哪个环节出了错啊？明明很好笑啊。

许随想到什么，追上周京泽拍了拍他的肩膀："既然如此，那我必须拿出我的必杀技。"

"什么?"周京泽回头。

许随今天穿的是一件卫衣,她不知道什么时候把帽子戴上了,胳膊缩在衣袖里,睁大眼,手指扒拉着下眼睑冲他做了个鬼脸。可她的眼睛又大又干净,穿的又是白色卫衣,一点震慑力都没有。

又凶又可爱。

"你在干什么?"周京泽扬了扬眉毛。

"在扮演鬼,不像吗?"许随眼神茫然。

"什么鬼?"

"开心鬼。"许随回答。

这个回答让周京泽忍不住笑了,他的胸腔震颤,气息都收不住,露出了今晚第一个真正意义上的笑容,不是机械地牵动嘴角那种。

许随费力地把自己的胳膊从袖子里扒拉出来,似自言自语道:"你终于笑了。"

他终于开心了。

许随和周京泽告别以后快步走回学校,回到寝室推开门,1017钻了出来跑到她脚边。许随没空搭理橘猫,开口冲躺在床上的胡茜西道歉:"西西不好意思,有点事耽误了。"

"没事,辛苦你啦。"

许随洗完澡,上床后摸出手机,发现收到一条短信。

ZJZ发来的:"今晚谢谢。"

许随在对话框里编辑出"不客气",又觉得太官方了,删除,重新发了一条:"没事,你到了吗?"

手里紧握着的手机屏幕在两分钟后重新亮起来,ZJZ:"到了,刚洗完澡。"

许随嘴角翘起,郑重地回复:"那,晚安。"

许随一夜好眠,对比她的好心情,胡茜西最近的心情就显得不那么好了。盛南洲打了几次电话过来,无一不被她忽视。他几次托人来送零食也无效,统统被胡茜西拒之门外。

和胡茜西一起去校外买奶茶的时候,许随试探性地问她是不是不准备原谅盛南洲了，大小姐回复："打死也不原谅，他这次太过分了。"

盛南洲平时没少挤对胡茜西，这次他知道自己真的有点过了，但胡茜西不接他电话，人也见不到，所以他求着周京泽借请大家吃饭的名义，让许随把胡茜西带出来，再当面跟她道歉。

周京泽同意了，顺便踹了他一脚："平时就叫你少欺负她。""是是，周爷，不——舅舅，我错了。"盛南洲做下跪状。

周京泽坐在椅子上，倾身捞过桌上的手机给许随发消息，教她骗人。

胡茜西听到许随说周京泽赢了一个飞行比赛拿了奖金要请大家吃饭的时候，半信半疑："才大一呢，飞什么行！"

"直升机飞行，他……不是有私照吗？"许随一时语塞，还好临时想了个理由。

"好呗，盛南洲不来吧？"胡茜西正在修剪手指甲。

许随按照周京泽教的，说谎一定要看着西西的眼睛她才会信，于是许随逼自己直视大小姐，假装淡定道："不来。"胡茜西最后答应去吃饭。

周三傍晚，许随和胡茜西按照周京泽给的地址，来到市里一家欧洲酒店，一进门，打着红领结的服务员迎了上来，领着她们刷卡乘电梯，两人一路来到23楼。电梯门打开，花纹繁复的进口手工地毯直铺脚下，琉璃暖灯悬在中间，许随同胡茜西往前走，她看了一下周边进出的人士，他们的穿着打扮显示着贵气与不俗。

她心里忽然感慨周京泽是真的家境优越，人又出色，她与他有差距也是真切的。

两人来到2309号包厢，胡茜西推门进去，一眼就看到桌子中间摆了个她喜欢的慕斯蛋糕，还有她想揍一拳的盛南洲。

胡茜西反应过来，下意识就想去打许随，喊道："好啊，许随，你还学会骗人了。"

"我——"许随想躲，下意识地躲到了周京泽后面。

周京泽用眼神制止，冷不防地出声："我教的。"

"行了。"周京泽双手插兜，然后偏头看向身后的许随："陪我下去买包烟。"

周京泽这是把空间留给两人的意思，许随明白过来，跟着他下了楼。

两人来到楼下便利店，冷风阵阵，周京泽进去买了一包烟，在收银台结账的时候，许随的肚子不争气地叫了起来。

"39块8。"穿着橙色马甲的服务员说道。

周京泽掏钱的动作一滞，瞥向那微微发红的耳尖，懒散地笑了一下："给她来份关东煮。"

许随站在原地正要摆手拒绝，周京泽转身从烟盒里摸出一根烟，咬在嘴里，打火机发出啪的一声，同时经过她，一句低沉的声音震在耳边。

"想吃什么自己点，小朋友。"

周京泽出去抽烟，许随坐在便利店的吧台里吃关东煮，她点了两串丸子，一串海带，一根火腿，还有别的小零食，坐在那里把它吃完了。她一边吃一边偷偷看向玻璃窗外不远处抽着烟的男人。

许随吃完以后，周京泽抬手让她出来。许随走到他面前，他及时地踩灭了烟头，看了一眼时间："差不多了，上去吧。"

两人再次乘着电梯上楼，凑巧的是，电梯里只有他们两个。许随站在前面一点，周京泽站在左手边，他倚在墙面上，头靠在上面，喉结缓缓地上下滚动着，莫名地勾人。

"你觉得他们会和好吗？"许随问道。

电梯显示屏显示到了11楼，周京泽正要开口回答时，嘭的一声，电梯呈振动式剧烈地摇晃了一下。

紧接着，啪的一声，电梯灯灭了，里面黑得伸手不见五指。漆黑将人的恐惧和陌生感一点一点放大。

没想到万年难遇的电梯故障被他们碰见了，许随心里有点慌，她下意识地回头，却看不到周京泽在哪里。

"周京泽？"

许随只叫了两遍，没有听到应答后，她竭力维持心底的平静，立刻按响电梯电话和警铃。电话那边有了回应，许随一开口，发现自己的声音有点抖——

"你好,这里是电梯,出现故障了,麻烦尽快派人过来。"

"你好,可以问一下具体位置吗?"维修人员问道。

"F栋11楼,"许随声音努力平稳,似想到什么,"麻烦快点过来。"

通完话后,许随摸黑走到电梯后面,她拿着手机,屏幕显示信号一格,电量为3。许随借着屏幕丁点的光亮看过去,发现周京泽不知道什么时候坐在了角落里,他闭上眼,睫毛颤动,额头有豆大的汗流出来。

许随心一紧,蹲在他面前,推了推他的胳膊:"周京泽。"

周京泽费力地睁开眼,看了她一眼又重新闭眼靠在墙上。他感觉自己像一块在海里不断被迫下沉的海绵,无力而恐惧。他想起那个潮湿的阁楼,阴暗的蜘蛛爬来爬去,窒息感上来,像是脖子被人扼住,呼吸一寸寸被夺走。他挣扎着逃离,却发现一切都是徒劳。

许随蹲在一旁,看见周京泽喘不上气来,胸腔剧烈地起伏着,额头的汗沾湿他漆黑的眼睫毛,脸色苍白。

她高中和周京泽同班的时候,听人说过他有幽闭恐惧症,她还以为是玩笑,原来是真的。

看周京泽那么难受,一丝心疼的情绪在心底蔓延开来,许随的心揪成一团,不是之前的爱慕情愫,而是她很想做点什么缓解一下他现在的痛苦。如果可以,她想代替他承受这些痛苦。

许随犹豫了一下,轻轻抓住他的手腕,开口:"不要怕。"

周京泽紧闭着双眼,感觉自己堕入无边的黑暗里,似集装箱沉入深海中,四周封闭,任由海水渗进来,把喉、嘴、鼻一点点溺去。

黑暗中,有人抓住自己的手腕,温暖一点一点传过来,像羽毛,似阳光,他清楚地听见了一个温柔的声音不停地重复:"不要怕。"

周京泽费力地睁开眼皮,眼前出现一张线条柔和的脸,漆黑干净的瞳孔里独映着他的脸,似黑夜里抓到浮木。

他顺着那只手,反过来,慢慢往下移,宽大的手掌心贴了过去,仿佛熨帖着彼此的血管,厚茧摩挲着柔嫩的掌心,掌心在一瞬间相扣起来。

第 五 章
蒙了尘的礼物

"那礼物你真想不起来谁送的啊?"
"送我礼物的人那么多,难道我得挨个去想吗?"

　　维修人员在十分钟后迅速赶来,一束强光照射进来的时候,两人仿佛大梦初醒般自觉松开手,周京泽挨着墙根站起来,抬手挡住刺眼的光,声音无比嘶哑:"我去一下洗手间。"
　　许随则上了23楼找胡茜西他们,推开门,两人已经坐在那儿斗了二十分钟嘴。胡茜西见许随来了,立刻不好意思起来,岔开话题:"随随,快吃饭,你们再不来,菜就要凉啦。"
　　"对了,我舅舅呢?"胡茜西问道。
　　盛南洲手机刚好有信息进来,看了一眼:"他说他有事先走了,账已经结了,让我们吃。"
　　"盛南洲,你抠不抠,怎么赔礼道歉还得我舅舅出钱?"胡茜西嗤笑他。
　　盛南洲恬不知耻地回答:"还不是因为我爸疼我?"
　　许随在想,像周京泽这样家世背景好,人又有天赋,做什么都游刃有余,轻狂肆意的人,人前桀骜不羁,身上有一种年轻人特有的蓬勃叫嚣的气质,但实际上谦逊又稳重,会跟饺子铺的老板娘说"辛苦",会注意到天气凉了女生不能喝冷的牛奶,也总是在朋友聚餐时悄无声息地结好账。这样的一个人,被赐予很多爱都不奇怪,怎么会得幽闭恐惧症呢?

许随又想起了他一个人住在琥珀巷那栋很大但不会经常亮起灯的房子里。

"宝贝，你在想什么？"胡茜西伸出五根手指在她面前晃了晃。

许随回神，去拿桌边的果汁喝了一口掩饰，笑道："在想你们终于和好了。"

周京泽消失了整整一个星期，或者说是消失在许随的世界里。许随每天会翻好几次他的微信朋友圈，但他什么也没发，最新的一条动态还停留在三个月前。

许随偶尔会从胡茜西的话语里捕捉周京泽的零星消息，比如"听说盛南洲在飞行技术理论考试考倒数第二，舅舅却拿了第一""今天有人跟周京泽表白"。

通常许随都是一边喂猫，一边静静地听着。

周末，许随给盛言加上完课后正赶着要走，恰好盛南洲敲门进来，说道："这周不用去学校排练了，一会儿直接去京泽家，他家也有琴房，你过去也方便。"

"好。"许随应道。

许随下楼，发现胡茜西、大刘他们早已在那儿等着她。一行人跟着盛南洲一起来到周京泽家。

盛南洲按了两下门铃，没反应，倒是德牧在院子里发出一声吠叫。盛南洲站在围墙外跳了两下，喊道："奎爷，去叫你爹起床！"

德牧朝着他们汪汪了两声，用脚扒开玻璃门，噔噔跑上楼了。

周京泽睡眼惺忪地出现在他们面前，一身灰色家居服，眼皮耷拉着，神色冷淡，表情不怎么好看，一副哪个不要命的敢叫爷的架势。

周京泽缓缓抬起眼皮看了他们一眼。

"你——"

盛南洲话还没来得及说完，嘭的一声，门在他面前关上，差点夹到他鼻子，一句骂声淹没在风中。

五分钟后，周京泽换了一身衣服再次给他们开门。他很随意地洗了把脸，水珠顺着冷硬的下颌往下滴。

"进来吧。"他的声音是刚睡醒的嘶哑，沙沙的。

许随跟在他们身后，她发现，他家的院子很大，二楼还有一个温室花房，但从外面看已经空置很久了。

周京泽趿拉着棉拖鞋，领着他们进去。许随对他家的第一印象就是空、大，冷色系家具，黑色沙发。

灰色的自动窗帘拉得紧实，周京泽在客厅里找了好久的遥控器，抬手对着窗帘按了一下，光照进来，风和空气一并涌了进来。

"随便坐。"周京泽冲他们抬了抬下巴。

大刘整个人躺进沙发里，对着周京泽家里的东西左摸右摸，语气兴奋："周爷，你一个人住这大房子也太爽了吧，没人管，还可以开 party。"

周京泽笑了笑，没有接话。

周京泽打开冰箱，大冷天的，从里面拿出一罐冰镇可乐，刺啦一声扯开拉环，扔到垃圾桶里。他举着可乐罐喝了一口："想喝什么冰箱里拿。"

"都是饮料啊。"大刘凑过去一看，瞪直眼，冰箱里全是饮料，连一个鸡蛋和一根面条都找不到。

"别的没有，就饮料多。"周京泽欠揍地笑。

一周没见他，周京泽好像又恢复了散漫、对什么都游刃有余的状态。酒店那件事似乎已经过去了。

一群人歇了一会儿跟着他上三楼，周京泽推门进去，声音冷冽："我让阿姨把琴房打扫了一遍。"

琴房很大，右侧放着一台 1963 年的德国黑胶唱片机，书架上的唱片种类应有尽有，周京泽独有的大提琴立在那里，练累了可以坐在软沙发上，旁边还有游戏机和投影仪。

大刘一下跳上沙发，上下颠了颠："我不想练了，我想躺这儿快活一下。"

"睡吧。"盛南洲抓起毛毯往他身上扔，然后用力按着不让他动弹。

两人立刻扭打在一起，大刘摁着盛南洲的头往沙发底下冲，声音含混不清："老子一嘴毛，快成猕猴桃了！"

说是要拿冠军,可是他们连个正式歌都没有定。一群人意见不一,要找一首不那么抒情,又不太噪,还要适合改编的歌,有些难度。

"刀哥怎么样?比较有气势。"盛南洲说道。

周京泽正擦着他的大提琴,闻言抬头看他:"想找抽就直说。"

"王女神怎么样?"大刘提议他的女神。

胡茜西摇头:"太温柔了。"

一群人提了好几首,包括小众的外国歌谣,以及著名的乐队枪炮与玫瑰、The Beatles 的歌,都被否了。

"《倔强》怎么样?虽然传唱度高,但我们是改编,可以玩点不一样的,"许随认真地说道,"而且我们这不是青年歌唱比赛吗?它就是年轻人喜欢的歌,热血,梦想,青春。"

"我还挺喜欢听的。"许随一句喜欢脱口而出。

周京泽窝在沙发里,手撑着下巴,听到这个名字明显愣了一下。

说完这句话的许随瞬间后悔,心底暗叫不好,下一秒,盛南洲跟发现了新大陆一样,语气兴奋地问道——

"许随,五月天欸,还是《倔强》!你怎么知道周少爷喜欢他们的,尤其是这首歌?莫非你喜欢他,提前做好功课了?"

许随当着两百多号人逻辑流畅地做过报告,一点也不紧张,她也可以举证这个组合一点也不小众,喜欢这个组合的人多了去了,就是个概率问题。

可眼下,因为某道视线停留在身上,许随的脑子就跟卡壳了一样,一句话也说不出来。

"因为……我……"许随紧张起来,拼不出一句完整的话。

众人屏息,期待地看着她,倏忽,一道沉沉的声音打断他们:"因为是我告诉她的。"

大家换了个方向看过去,包括许随,她不明白周京泽为什么帮她解围。

周京泽的表情无懈可击,一点也不怵大家压迫的眼神,盛南洲最先放弃,说道:"好没劲哦。"

许随松了一口气，话题总算过去。

最后大家投票一致同意，定了这首歌。胡茜西打了个响指，指使盛南洲："哮天，你去找他们的唱片用唱片机放一下，大家听听，一起找找感觉。"

盛南洲不喜欢这个称呼，脏话在嘴边，又想起两个人刚和好，最终选择忍辱负重。盛南洲手肘撑在沙发上方，侧身一跳，走到绿窗帘边的唱片架前开始寻找。

周京泽对于唱片按喜好排序，盛南洲很快找到唱片，将它抽了出来，他拿在手里正要往回走时，一低头，不经意地发现唱片架旁边放着一箱东西。

盛南洲一向好奇心重，他指了指这个箱子："兄弟，这个是什么？咋还用封条封着，能看不？"

周京泽正低头给大提琴调音，侧头看了一眼："不知道，估计是阿姨打扫时收起来的废弃的东西，看吧。"

盛南洲得到批准，找到一把裁纸刀，把箱子划开，往里一看："哦嚯，不愧是我周爷。"

"什么？我也要看。"大刘走过去。

盛南洲的话引起大家的好奇，一众人都走过去，除了当事人。这一整箱东西，全是周京泽以前收到的礼物。

有未拆封的香水、限量版手办、足球、情书、手表等礼物，有些东西他连包装都忘了拆。大刘看花了眼，语气羡慕："我要是有周爷一拇指的女生缘，也不至于单身到现在。"

胡茜西纠正："不是女性缘，是脸的问题。"

大刘听了更是一脸生无可恋，盛南洲在箱子里面扒拉，看见一个包装精美的盒子，拿在手里拆开一看，夹在里面的某样东西先掉了出来。

唱片不稀奇，谁喜欢一个人的时候不会投其所好？稀奇的是掉在地上的黑色小方盒，盛南洲打开一看，是很普通的指套和一支药膏，已经蒙了尘。

"我服了,这绝对是我见过最走心的礼物,周爷,你看一眼。"盛南洲说道。

周京泽回头,看到指套和药膏的时候愣了一下,旋即正色道:"看完了吧?过来排练。"

他们看周京泽对此不以为意,只好把东西塞了回去,把它们归为原样。盛南洲站起来,用唱片机放了五月天的歌。

音乐响起来,盛南洲走过去搂住周京泽的肩膀,语气八卦:"那礼物你真想不起来谁送的啊?"

周京泽穿了一件黑色的卫衣,他倾身拿着可乐喝了一口,脸上挂着吊儿郎当的痞笑,眼睛里压着几分漫不经心和凉薄:"送我礼物的人那么多,难道我得挨个去想吗?"

"也是,"盛南洲拍了拍他的肩膀,评价道,"渣男。"

音乐用唱片机放出来音质比较好,明明是悠扬向上的语调,许随全程没有说过一句话,沉默得不行。

这场排练下来,许随并不怎么在状态,甚至在结束后要聚餐时,她假借肚子疼提前离开了。

许随坐公交回去的时候,坐在后排,头靠在玻璃窗上,看着外面一路倒退的风景发呆,想起了高中那年。

高一下学期,许随刚从小镇上转来天中。新学期第一天,全校每一个班都在大扫除。许随背着书包,穿着一条素色的裙子跟在班主任身后,穿过长长的走廊,走向新班级。

班上的男女生在大扫除,有的女生认真地擦拭着自己的桌子,大家隔了一个学期没见,聊天的有,打闹的也有,十分喧闹。

班主任一进门,用戒尺敲了敲桌子道:"安静,这个学期转来一个新同学,从今天起跟我们一起学习,大家欢迎。"

"许随,你做一下自我介绍。"班主任把戒尺放下。

高中的许随因为常年喝中药身材浮肿,刚转学来之前又经历了一场水痘,额头、脸颊上还留着一两颗痘痘,总之,黯淡又无光。

她站上台，语速很快，希望快点结束这场审视："大家好，我是许随，很开心加入三班。"

台下响起稀稀拉拉的掌声，班主任指了指前面："许随，你就坐在第三排，一会儿去教务处领书。"

班主任走后，教室又归于一片热闹中，无人在意许随的到来。能够引起青春期男生注意的，要么是英语老师穿的裙子很短，要么是新转来的学生有够漂亮。女生更是了，她们聚在一起讨论新买的指甲油，或者晚自习跟谁去了溜冰场。

原先的一个整体可能不会有排挤，但一个外来的人一时很难融入。

没人在意许随的到来。

许随走向自己的座位，拿出纸巾擦了擦桌子，但她没有凳子。许随不知道是原本属于她的凳子被哪位同学拿去踩着擦玻璃了，还是真的缺一个凳子。

许随看了一下四周，没人理她，她同桌也不在。

她走向后面，随便问了一个男生："你好，哪里有新凳子可以领？"

男生靠在桌子上拿着手机同一群人玩游戏，许随问了三遍，他一直没抬起头，对她视若无睹。

尴尬和局促蔓延，有时候，漠视往往比嘲讽更可怕。

许随刚想转身走，一个拿着拖把拖地的眼镜男一路飞奔过来，喊道"借过借过"，许随躲避不及，小腿被溅了泥点。

许随往后退，不小心踩中了一个人的球鞋，她慌乱回头，眼前出现一双白色的耐克球鞋，上面赫然留下了脚印。

"对不起。"许随低声道歉。

"没凳子？"头顶响起一道凛冽的含着颗粒感的声音，十分好听。

许随猛然抬头，下午四点，太阳从教学楼的另一边照过来，打在男生立体深邃的五官上，单眼皮，薄唇，利落分明的下颌线。

他的校服穿得松松垮垮，衣襟敞开，五个手指抓着球，曲着的手指飞快地转了一下，当着许随的面，扬手一扔，篮球正中最后一排的筐，他很轻地笑了一下。

浑身透着轻狂又肆意的气息。

许随点了点头,他撂下两个字:"等着。"

十分钟后,男生跑到另一栋教学楼,爬上五层拿了一个新凳子给她,额头上沁出一层亮晶晶的汗,喘着粗气。

"谢谢。"许随轻声说。

男生似乎没放在心上,走廊外有人喊了句:"周京泽,不是说再打一场篮球吗?我都等你多久了!"

"来了。"周京泽应道。

周京泽从她身边跑过去,扬起的衣角挨着许随的手背擦了过去,那一刻,许随闻到了他身上清冽的薄荷味,同时听到了自己的心跳声。

后来许随融入了这个班级,将自己看到的以及听到的周京泽渐渐拼凑起来。他个子很高,学习成绩好,是最好的大提琴手,手背上有一个嚣张的文身,喜欢吃薄荷糖,养了一条德牧。在学校里人缘很好,从来不缺女生的爱慕,时而放浪冷淡,但又比同龄人稳重。

许随常常觉得他是名副其实的天之骄子。

许随不知道自己什么时候开始注意他的,升旗时会常常用余光看斜后方的男生,直到眼睛发酸。偶尔看见他穿一件简单的灰色卫衣,她会在心里偷偷感叹怎么会有人把卫衣穿得这么好看。她期待双周小组换位置,这样好像又离他近了点。

许随一直沉默地藏好心事,无人知晓,直到第二年夏天,她偶尔听班上的女生说起周京泽的生日,在夏至,6月21日,是炽夏,一年中阳光热烈的时候。

下课出去接水的时候,许随经过走廊,男生们背靠栏杆聊球,还有游戏。

她匆匆经过,在走廊尽头的饮水机前停下来,拧开盖子接水。

她盯着窗外摇曳的绿色树影发呆。忽然,一道黑色的影子投在饮水机镜面上,熟悉的薄荷味传来,是周京泽。

许随倏地紧张起来,周京泽拿着一个透明的杯子接水,他微弓着腰,窗户把投进来的日光切成细碎的光斑落在他肩头。

他握着杯子，骨节突出来，一点细白，修长干净的手指屈着抵住杯壁，冷水出来，冰雾爬满杯身。

许随在余光中瞥见他那双好看的手指起了大大小小的水泡，有的已经破了，有红痕留在上面。

他在接水，指关节延伸的肌腱微微发抖，以至于杯里的水也轻轻摇晃。

他的手指一定很疼。

人走后，冷水溢出杯子，许随盯着上面的小旋涡想起班上人说过，周京泽练琴经常是练到最后一个才走的。

他生在罗马，有绝对的天分，却仍会努力。

许随看到他练伤的手后，第一次动了心思，想为他做点什么。烈日当头，许随走遍大街小巷，逛遍商场，磨破脚跟买到了他喜欢的歌手的唱片，指套和药膏则被她藏在了盒子里面。

夏至那天，日头好像比往常更晒一点，蝉鸣玎琮有韵，打开一扇窗，风吹进来，将桌上的白试卷吹得哗哗作响。

下午第二节课是体育课，许随借口肚子疼请了假。她打算趁所有人不在的时候悄悄把礼物放进周京泽抽屉里。

许随走向后排，拿着礼物，环顾了一下四周，正要把礼物塞进他抽屉里。嘭的一声，有人将门踢开，张立强啐了一句："真热。"

然后他的视线定住，紧接着神色起了变化，语气嘲讽："哟，小胖妞，你也喜欢周少爷啊。"

"可惜了，他喜欢长得漂亮、身材好的，谁会看上你这样的啊？"

一群男生此起彼伏地笑起来。羞辱的滋味并不好受，更何况是被这些处在青春期，以欺负人为乐，不懂尊重为何物的男生议论。

许随垂下眼，拿着礼物的手微微发抖，后背发凉。

一群男生嘲笑得明目张胆，张立强本来是站直说话的，忽然被一个力道很重的篮球砸到后背，他瞬间向前趔趄了一下，后面火辣辣地直疼。张立强沉下脸，抄起旁边的凳子转身就想砸，却在看清来人的时候，慢慢把凳子放下了。

周京泽站在他面前,漆黑如岩石的眼睛把张立强钉在原地,缓缓笑道:"这样就没意思了。"

张立强从周京泽的话体会到两层意思,一是别做这么跌份的事,二是周京泽的事还轮不到他插手,不然后果自负。

张立强立刻认怂了,周京泽这样的人他是惹不起的,只好同一群人低头离开了教室,临走还回头恶狠狠地瞪了许随一眼。

众人离开后,教室里只剩下周京泽和许随两人,他弯腰把球扔进筐里,一步步地走向自己的座位。

绿色的扇叶在头顶缓慢地转着,许随仍觉得心底燥热,掌心已经出了一点汗,他来到她面前,影子在窗边投下来,贴着裤袋的手伸出来,主动去接她手里的礼物。

周京泽的视线停留在她身上,很轻地笑了一下:"谢谢啊。"

"不客气。"许随怀疑自己当时大脑抽了才说出这句话。

说完这句话的许随落荒而逃。其实周京泽从早上开始,桌上就堆满了大大小小的礼物,他其实没有必要去接她的礼物。

可他接了,许随开心了很久。

叮咚一声,公交报站声把许随的思绪拉回,她下了车回到学校,宿舍里只有她一个人。

1017迎了上来,许随摸了一下它,便有气无力地趴在桌子上。她以为自己是有点不同的,或者说心意被发现了。

但她现在知道,周京泽那样做,是因为教养和骨子里透出对别人的尊重,仅此而已。他下午帮她解围,应该也是怕她尴尬吧。

他把礼物收下了,却从没拆开过,随意地将它丢在了一个箱子里,指套蒙了尘,药膏也早已过期,是温柔,也最绝情。

许随想起下午周京泽那句漫不经心却透着冷意的话:"送我礼物的人那么多,难道我得挨个去想吗?"

当初自以为被看见,不过是一场温柔的粉饰。

许随下巴搁在桌上,整个人像被抽断,1017像是察觉到了她的情绪,像个毛线球一样蹭到她脚边取暖,使劲往里拱。她在日记本上写下了一句话——

我现在有点想放弃了。

其实周京泽没有做错什么,许随送的礼物不过是万千礼物中最普通的一个,可许随就是有点受伤,是喜欢一个人的自尊心在作祟。

许随一连几天心情都有些不平静,不过她维持表面的平静,照常上下课,偶尔被胡茜西拖去附近的商场逛街,买了好看的衣服会在寝室扮演喜欢的电影人物,对着镜子臭美。

看见胡茜西扮演卓别林,有一撇胡子都歪到嘴边了,许随捧腹大笑,笑着笑着心里又觉得空空的,有一丝失落滑过。

盛南洲最爱约局,他们这帮人学校又离得近,一周约了两三次,许随每次恰好都有正当的理由拒绝,比如"我有个实验走不开",或是"我刚吃完饭,吃不下第二顿了"之类的,让人无法反驳。

周四,一帮人待在学校后街的大排档吃饭,盛南洲看到消息直皱眉:"许随来不了了,说她的猫生病了,要带它去打针。"

盛南洲熄了手机屏幕,推了推正埋头认真吃小黄鱼的胡茜西,问道:"我怎么觉得许随最近有点反常?"

胡茜西一副你逗我的表情,盛南洲立马去找支持者,把眼神投向一旁的周京泽。周京泽坐在那里,肩膀微低着,手指捏着调羹,有一搭没一搭地盛了一口汤往嘴里送,气定神闲地回答:"汤挺好喝的。"

胡茜西拍了拍盛南洲的肩膀:"您多想了,她最近学习压力大吧。"

许随最近去完图书馆闷得发慌的时候,会去学校天台透气。她站在天台上看了一会儿风景,习惯性地看向东北角京航的那个操场。

天气严寒,他们依然日复一日地在操场上喊着铿锵有力的口号,坚持体能训练。许随穿着一件牛角扣的白色呢子大衣,一阵冷风吹过,她不由自主地瑟缩了一下,朝掌心呵了一口气。

许随很怕冷,又喜欢吹冬天的冷风,算是一个奇怪的癖好。

她站在栏杆处,搓了一会儿手掌,电话铃声响起,许随点了接听,妈妈在电话那头照例问了一下她的学习以及生活近况。

许随一一作答，妈妈在那边语气温柔："一一，我给你寄了一箱红心柚，甜得很，你拿去分给室友吃。"

一一是许随的小名，至于红心柚，是她们南方的时令水果，每年冬天，许母都会寄一箱过来。

"好，谢谢妈妈。"许随乖乖应道。

许母照例叮嘱了几句后，便说道："奶奶在旁边，你跟她说两句。"

换了奶奶接后，许随敏锐地听到了几声压抑的咳嗽，皱眉："怎么又咳嗽了？奶奶，你衣服穿够了没有？"

"穿够了，是前两天突然降温有些不适应。"奶奶笑眯眯地解释道。

结果许母在一旁戳穿奶奶，小声地嘀咕道："还不是你奶奶一把年纪了还学年轻人熬夜……"

奶奶在那边唠叨地分享着黎映镇发生的事，许随始终脸上带着笑耐心地听她说，到最后叮嘱她要多注意身体。

临挂电话的时候，奶奶的声音嘶哑但慈祥："一一，在北方还怕冷吗，还是习惯了？"

许随一怔，用手指戳了戳水泥栏杆上面的霜花，莫名想到了那张玩世不恭的脸，答非所问道："其实还是有点冷。"

挂完电话后，许随习惯性地点进周京泽的朋友圈，依然是一片空白，拇指点了退出，她随手刷了一下朋友圈，倏地刷到盛南洲发的动态，文字是"托我周爷的福"，底下还配了一张图。

是一张在射击场的照片，周京泽穿着灰绿色的作训服，单手举着枪，戴着护目镜，侧脸线条流畅且硬朗。

许随移不开眼，她站在天台上，给盛南洲的朋友圈点了个赞。冷风吹来，她往衣领处缩了一下，怕被他看见，或是怕别人知道什么，拇指按在上面，又取消了点赞。

做完这一系列动作后，许随觉得自己有些好笑又矛盾。明明逼着自己不去见他，却又四下关注着有关他的一切。

逃不开。

许母寄快递发的是特快，没两天就寄到了。许随用裁纸刀划开箱子,把柚子分给了室友,剩了两个她想着排练的时候可以带给大家尝一尝。

结果许随在底部发现了一包东西,她拆开一看,是一双棉质的手套,里面塞了几张钱。

两张一百的,还有好几张皱巴巴的十块、五块,也有硬币。

一共是三百块。

许随看着手套和钱既想笑又想哭,一下子明白了她奶奶为什么会感冒了。

周末的时候,由于大刘下午有点事,他们把排练时间调到了上午。许随和胡茜西来到周京泽家,是周京泽开的门。

一个星期没见,许随有点紧张,门打开的那一刻,她下意识地避开了和他的视线交流,只听见一道嘶哑的声音,语气嗤笑:"你俩是乌龟吗?"

"哼。"胡茜西朝他做了一个鬼脸。

他们早已在琴房等着,周京泽困得不行,单手插着兜泡了一杯美式咖啡端上楼。

他们排练的时候需要眼神交流,通常是随着节奏的变化更换乐器,轮到周京泽向许随抬眼示意的时候,她的目光只是极快地与他碰了一下,然后低头打鼓。

周京泽察觉到了,什么也没说。

中场休息的时候,盛南洲自我夸赞:"我们简直是天造地设的一帮人。"

"没文化也不必这么外露,'天造地设'指的是情侣。"胡茜西放下贝斯,坐在沙发上指正。

周京泽抬了一下眉头,笑:"是我教子无方。"

大刘看到桌子上许随带来的柚子,开口:"这柚子甜不甜啊?"

"甜的,"许随接话,她看了一圈,问,"有刀吗?我剥给你们尝尝。"

"厨房应该有。"胡茜西说。

许随点了点头,抱着一个柚子下了楼。胡茜西见许随下去,而周京泽还窝在沙发上玩消消乐,皱眉:"舅舅,你一个主人,还不下去帮忙?"

周京泽只得扔了手机,双手插兜下了楼。

果不其然,许随站在厨房,黑眼珠转来转去在找刀。一道冷淡声音响起:"在头顶。"

不等许随反应,周京泽走过去,轻松拉开消毒柜,拿出一把水果刀,径直接过她手里的柚子,从黄色果皮的顶端开始划刀。

周京泽轻车熟路三两下就把柚子的表皮剥开,苦涩的清香弥漫在狭小的空间里。周京泽人长得高,他低下头,露出一截冷白的脖颈。

他从中取了一瓣红柚,把外衣剥开,指尖沾了一点白丝,他把果肉递给许随。后者接过来,咬了一口。

周京泽拿着刀继续切水果,放到盘子里,冷不丁地问道:"你最近有事?"

"没有。"许随否认。

周京泽没有说话,点了点头,继续把柚子分装到盘子里。许随站在一旁,安静地吃着红柚,嘴唇上沾了一点红色的汁水。

柚子真的很甜,许随鼓着脸颊,吃得认真,像小金鱼。倏忽,一道高瘦的影子笼罩下来,与地面上她的影子缠在一起。

周京泽站在她面前,手肘撑在她身后的柜子上,打算把水果刀放进消毒柜里。许随因为他猝不及防地靠近,心不受控制地跳了起来,仰起头神情有些呆滞地看着他。

冬日的阳光照射进来,照在她白得几近透明的肌肤上,上面细小的茸毛清晰可见。周京泽瞥见她水润的嘴唇上沾了一点红色的柚子汁,眼神一黯,原本不想说的话这时冒了出来:"那你是在躲我?"

周京泽把柚子端上去的时候,大刘吃了一块,竖起大拇指夸道:"真的好甜,许随,你们南方的水果都这么甜的吗?"

"确实甜,而且蜜柚是我们当地的特产。"许随接话。

排练结束后,一群人各回各家,许随还要跟着盛南洲去他家,给盛言加补课。结果一到他家里,盛姨就拉着她的手一直赞不绝口,原因是盛言加小朋友在这次 100 分制的模拟考中,数学考到了 81 分,英语 72 分。

这对于他以前双科都不及格的分数来说,算是质的进步。

"辛苦你了啊。"盛姨拍拍她的手。

"还好。"许随接话,然后进了盛言加房间的门,一进门,小鬼坐在那里,一副尾巴翘上天的样子。

"上课了,还在这儿摆造型呢。"许随拿书拍他。

小卷毛笑了一声:"嘿嘿。"

盛言加小朋友难得考出个好成绩,从亲妈那里得到了想要的东西,上课的时候非常配合。许随见小朋友学习的热情空前高涨,给他多加了一套卷子。

"小许老师,我对你的喜欢快要消失了。"盛言加趴在桌子上,苦着一张脸说道。

"但不影响老师对你的喜欢。"许随自然地接话。

小胖子的脸悄悄红了一下,许随看了一眼时间,收拾好东西准备出去。盛南洲恰好敲门进来,还有周京泽。

他倚在门框上,正低头玩着手机。

盛南洲说道:"许随,留在这里吃个晚饭吧。"

许随刻意没让自己去看那个人,推辞道:"不了,时间还早,我想回去睡一觉。"

盛南洲还想再说点什么,小卷毛坐在那里有些不耐烦:"哥,你烦不烦呀?你们快走吧,我和小许老师有话要说。"

"行,看在你那勉强不砢碜人的成绩。"盛南洲看了他弟一眼,走的时候还帮他们带上了门。

小卷毛坐在地毯上,拿着一盒没拆封的乐高,望着许随。

"不会是又要邀请我拼乐高吧?老师今天有点累。"许随问道。

"当然不是,京泽哥今天答应陪我一起玩。"盛言加伸手去拿置物盒里的两张票,别扭地递过去,神色有丝不自然,"我妈让我感谢你,所以请你看电影。"

"行呀,"许随没去接,开口,"票先放你这儿,我们到时候直接电影院见。"

"你一定要来啊。"盛言加强调道。

"好好。"许随冲他挥手。

许随走后,周京泽走进来陪小卷毛下象棋。莫名地,周京泽今天心情不怎么好,和盛言加下棋一点也没放水,把盛言加杀了好几回,杀得小卷毛片甲不留。

意外地,盛言加输了棋还哼起歌来,周京泽拿出压片糖,拆了一颗薄荷糖扔进嘴里,挑眉:"输了还这么开心?"

盛言加想起什么,脸红道:"我约小许老师去看电影了。"

周京泽神色不变,把盛家坏掉的一个遥控器拆开来,他知道小鬼迟早憋不住,果然,下一秒,盛言加的语气是按捺不住的兴奋——

"她答应了,我准备那天和她表白!"

周京泽正用螺丝刀扭着小孔里的螺丝,闻言愣神戳了手指一下,他回神冷笑:"你喜欢小许老师什么?"

小孩子就是这样,单纯又直接,盛言加大声回答:"我喜欢小许老师长得好看又温柔,她眼睛很大很漂亮,皮肤白,笑起来还有两个梨涡,还对我特别好,帮我补课……总之,她很像我的姐姐,我特别喜欢跟她待在一起。"

周京泽嘴里的薄荷糖嚼得嘎嘣作响,糖末抵在舌尖,他毫不留情地打击小胖子:"小鬼,你毛都还没长齐,连表白的'表'字都不会写吧,另外,实话告诉你,小许老师对你好,帮你补课,是收了你妈的钱,她不喜欢你这种爱玩、成绩还不好的肥宅。"

盛言加才六年级,他整个人的世界观都崩塌了,小卷毛睁着大眼睛推着周京泽出去,眼眶有点红:"哥哥,你好讨厌,我不要你修遥控器了,你出去,你这种人不懂什么叫喜欢。"

周京泽被盛言加推着赶出门,并没有生气,反而笑了,连胸腔都是愉悦的震动。"你这种人根本不懂什么叫喜欢"这句话他听了无数遍，交往过的女朋友到最后都会扔出这句控诉。

他这样花心又浪荡的人，好像看起来什么都无所谓。上一任柏瑜月闹脾气跟他说分手，周京泽想也没想就同意了。反而是柏瑜月听后哭哭啼啼，控诉他根本不懂什么叫喜欢，也从来没考虑过他们的未来。

笑话，他自己的未来都不知道在哪儿。

天气预报说周三气温要再降八度，还会下雨。

许随早上从被窝里爬起来，冰凉的空气钻进毛孔里，天气果然变冷了。许随一向怕冷，穿了件白色的羽绒服去上课，她抱着书本出门的时候，发现走廊栏杆上已经结了一层透明的霜花。

下午恰好没课，她上完课连衣服都懒得换就去电影院了，结果在看清陪盛言加小朋友站着的是谁的时候，她在心底把自己骂了个遍，再怎么也得收拾一下，怎么随便套了羽绒服就出来了，臃肿又不怎么好看。

盛言加本来还在生周京泽的气，可是他妈妈不放心他一个人出门，说必须找一个家属陪同，亲哥去网吧打游戏了，只剩下隔壁睡懒觉的京泽哥。小卷毛只有放下他的自尊心去求周京泽。

"小许老师，你想喝什么？我请客。"盛言加在看见许随的那一刻眼睛亮了一下。

周京泽哼了一下，意味不明，他走到前台那儿拿盛言加的电影票去选电影，偏头问道："喜欢什么类型的电影？"

"恐怖片。"许随回。

盛言加为了追随喜欢的小许老师，这会儿把自己的胆小忘得一干二净，说道："我也是！"

周京泽把电影票送出的手停在半空中，拇指很轻地摩挲了一下票面，很轻地笑了一下："许随，你到底……还有多少意外？"

周京泽选好恐怖电影的三个座位后站在那里，他今天穿了件工装外套，一双军靴，显得整个人挺拔又刚劲。

前台服务员把票给他的时候一连偷看了他好几眼，满脸笑容地问道:"您的票,请问还有什么需要的吗?"

周京泽没什么表情地要了一瓶冰水,盛言加抓着许随的袖子晃了晃,献殷勤:"小许老师,你喜欢吃什么?我请你!"

许随不太喜欢吃零食,她眼神迟疑,正要拒绝,周京泽斜睨了紧张兮兮的小鬼一眼,开口:"点吧,不然这小鬼要哭出来了。"

最后,许随抱着一桶爆米花进场。

电影还有三分钟开始,盛言加坐在中间,许随坐在里面,周京泽坐在靠过道最外面的一个。

周京泽从一坐下来就靠在座位上玩手机,视线根本没抬起来过。许随垂下眼,重新打起精神把视线投向屏幕。

电影很快开场,许随很快被剧情吸引,看得专注起来,一点也没分心。这可苦了旁边逞强的盛言加小朋友。他从一开始就看得后背发凉,却硬逼着自己像个男子汉,努力地睁大眼盯着屏幕。可人一怕什么就来什么。

大屏幕上的女鬼一脸是血,突然阴着一张脸从书桌里爬出来。这一动作吓到了场内的观众,几个女生尖叫起来。

"啊——"

画面逼真又吓人,电影院惊恐的叫声此起彼伏。盛言加猛地叫出声,他捂住双眼不敢看,当下想要寻求安慰。

盛言加小朋友的头下意识地倒向周京泽一侧,忽然意识到这是一个千载难逢和小许老师感情升温的好机会,于是他的头慢慢地倒向了许随那一侧。

就在他的脑袋距离小许老师还有两厘米的时候,一只冰凉的手捏住了他命运的后颈皮。周京泽眼睛直视着屏幕,手却不闲着,直接把盛言加拎回了座位上。

周京泽警告性地看了他一眼,声音却是懒洋洋的:"老实点。"

盛言加感到十分委屈,全程捂着眼睛,从手指缝里看完了一部恐怖电影,最后出了一层冷汗。

许随喜欢看恐怖电影,没有注意到这边的动向,最后电影结束她还恋恋不舍地拍了照留念。

她在朋友圈里发了一条动态，仅自己可见，配文：像做梦。

周京泽双手插在兜里，掀起眼皮看了她一眼："就这么喜欢恐怖电影？"

许随赶忙熄灭屏幕，看向站在左侧的男生，轻轻地应了句："嗯。"

很喜欢。

三个人一起走出影厅，盛言加走在最前面，看到娃娃机里的蜘蛛侠，扒着玻璃窗，语气激动："哥，你快去兑币，我要夹娃娃。"

周京泽只得给这位大爷去兑了一小篮游戏币，小卷毛把篮筐放在一边，站在娃娃机前玩得不亦乐乎。

许随站在一边，忽地看向另一边最靠里的娃娃机，她不自觉地走了过去，站在它面前发呆。倏地，一道黑色的影子投了下来，冷淡的嗓音响起："想要？"

许随点了点头，语气带着淡淡的笑："有点儿，小时候爸爸因为工作，经常早出晚归，所以他买了一个卷心菜娃娃陪着我。后来他去世了，又因为搬家，那个卷心菜娃娃就丢了。"

"不过我都这么大了，不需要它了。"许随笑着指了指玻璃窗里的卷心菜娃娃。

周京泽没有接话，他把嘴里的烟拿下来，语气吊儿郎当又轻狂："周爷给你夹。"

结果五分钟后，周京泽为自己的嚣张买了单，他用了十多个币夹了个寂寞。周京泽掌心的硬币顺着虎口滑向投币口，清了清嗓子："这次可以。"

娃娃机的钩子钩着卷心菜的肚子缓缓移向出口，两个人的眼神充满期待，许随的眼神还带着兴奋："它好像要出来了。"

结果咻的一声，娃娃又掉了回去。

空气一阵沉默，周京泽在尴尬中自得地开口："我去兑币。"

两分钟后，周京泽拎着一篮硬币去而复返，站在娃娃机面前神情淡定地投币，屡战，屡败。

这时,旁边来了一对情侣,男生轻而易举地花两个币夹到了一个娃娃,女生雀跃地跳起来搂住他的脖子,语气兴奋:"老公,你真棒!"

"还想玩吗?"

"想。"

许随站在周京泽左侧,在隔壁情侣旁若无人地亲昵和亲热中,感到了一丝不自在。她的脖颈有一丝痒,然后微微泛红。

周京泽叼着一根烟,拿出打《英雄联盟》的姿态全身心备战,忽地,有人扯了扯他的衣角,他低头,对上一双澄澈的眼睛。

"要不算了吧。"许随语气商量。

周京泽盯着眼前的娃娃机,冷笑:"我还不信这个邪了。"

最后周京泽用了一百多个游戏币,却连个屁都没夹到,尽管许随劝了好多回,说了许多"走吧,这些钱都够在网上买好几个娃娃了""我真的没有很想要,算了"之类的话,可他依然不为所动。这该死的胜负欲。

最后,工作人员拖着一袋娃娃过来把它们放进机器里,周京泽本来打算收手的,这个时候不死心地问:"多少钱?能不能买一个?"

工作人员一脸标准化的微笑:"不好意思,先生,这是非卖品。"

许随忍不住扶额,这也……又有点好笑是怎么回事?就在这一刻,她在心里原谅了周京泽。管它呢,他确实值得她喜欢,而且,她也没办法控制自己。

喜欢战胜了她的自尊心。

看周京泽不依不饶的架势,许随情急之下拖着他的手臂,冲工作人员弯腰:"不好意思。"

被许随拖走的周京泽扭头坚持不懈:"你开个价。"

盛言加都在玩别的游戏了,见周京泽和许随往外走,也急忙跟了上去。一行人走出电影院大门。

冷风一吹,理智回神,许随才惊觉自己竟然胆子大到还拖着周京泽的手臂,她急忙松手:"不好意思。"

盛言加的一声尖叫打破两人的思绪:"哇,下雪了。"

许随闻言扭头看向正前方，发现纷纷扬扬下起了小雪，雪像被风吹在半空的蒲公英，她伸出手，薄薄的、凉凉的雪花融化在掌心。

竟然下雪了。

在小朋友心里，玩永远最重要，这个时候什么电影、小许老师全被盛言加统统抛在脑后，盛言加大喊一声，语气祈求："哥！"

盛言加还没说出后半句话，周京泽就知道他想干什么，薄唇里滚出一句简短的话："二十分钟。"

得到批准后，盛言加大叫一声，如同欢快的鸟儿冲向电影院旁边的院子。周京泽和许随则坐在拐角处的椅子上等盛言加。

许随坐在椅子上，冷风灌进衣领，她不自觉地瑟缩了一下。周京泽坐在一旁，手肘撑在大腿上，挑了挑眉："冷？"

"一点点，南方人。"许随不好意思地皱了皱鼻子。

许随本身就体寒，一到冬天就手脚发凉，再加上这是京北城，来北方几年了，她还是有些不习惯，怕冷得要命。

"在这儿等着。"周京泽扔下一句话。

五分钟后，周京泽返回，他倾身往许随手里塞了一杯热可可，许随内心感叹于他的细心，轻声开口："谢谢。"

周京泽扯了一下嘴角："客气。"

大冷天的，周京泽又买了一罐冰的碳酸饮料，扯开拉环，喝了一口。许随看向覆满冰雾的冷饮，问道："不冷吗？"

"爽。"周京泽答。

两人又陷入一阵沉默，许随喝了一口热可可，体内的温度回升，她正想找个话题时，周京泽侧头看她，盯着那一抹慢慢恢复红润的嘴唇，问道："许随，是不是因为盛南洲上次的玩笑，还是我哪里做得——"

许随摇摇头，舒了一口气，尽管握着热可可杯身的指尖发抖，她仍抬起头，鼓起勇气直视他："其实我高中和你同班。"

第六章
碳酸心情

周京泽心底的某处被击中了一下,
不轻不重,
落下一笔,
他形容不出这种感觉。

看周京泽明显愣住的神色,许随睫毛垂下来,自嘲一笑:"不记得也没关系。"

周京泽背靠长椅,微弓着腰,一条长腿撑在地上,他敛起漫不经心的神色,眯了眯眼回忆,记忆中,班上好像是有这么个女生,穿着宽大的校服,经常低着头,每天早上进教室的时候匆匆从他座位边经过,衣袖偶尔擦过他桌面上的卷子。

他对许随有点印象,但以为只是跟眼前这个女生重名,熟悉感上来,周京泽将目光移向许随,记忆中那个羞怯、安静的女生与眼前的人渐渐重叠。

"你变化很大,"周京泽说出一句话,骨子里的教养促使他再次开口,"抱歉——"

许随摇摇头,从在大学两人重逢起,她已经接受了不被周京泽记得的事实。毕竟他是天之骄子,在学校永远是众星捧月的对象。

她只是一粒黯淡星,太不起眼了。

有些人,就是好命到记不住周围人的名字,却被对方惦记了很久。

周京泽拎起地上的可乐,倾下身,手里拎着的可乐罐碰了一下她握着的热可可,漆黑的眼睛紧锁住她:"那重新认识一下,嗯?"

"好。"许随听见自己轻轻说道。

冬天昼短夜长，时间在上课与乐队紧张的排练中一晃而过，他们这群人也日渐熟悉，配合也默契起来，一眨眼就来到了圣诞节前夕。

两校联办的文艺比赛时间定在12月24日，这一天，学校四处洋溢着热闹与欢庆气息。

特别的是，今天恰巧也是许随的生日。许随一大早醒来就收到了妈妈和奶奶发来的大红包，奶奶还亲自打来电话，无非让她注意保暖，今天生日拿着红包出去吃顿好的。

许随在走廊上打电话，跟老人家撒娇："可是奶奶，我只想吃你做的长寿面。"

老人家笑得合不拢嘴："好好，等你寒假回来，奶奶天天给你做。"

中午的时候，许随请了两位室友在外面吃饭，梁爽坐在餐厅里，一脸狐疑："你捡到钱了？"

胡茜西则搂着许随的脖子开口："是呀，小姐，今天怎么那么开心？"

"就……可能前两天考试考得比较顺吧。"许随胡乱找了个借口搪塞过去。

但许随没想到饭后结账暴露了自己，服务员拿着账单和银行卡折回，脸上挂着标志性的笑容："您好，由于今天是您生日，本次消费可享受餐厅的8.8折，另外，本店将会额外赠送您一个蛋糕，许小姐，祝您生日快乐哦。"

许随怔住，服务员走后，两位室友一左一右掐住她的脖子，大喊："要死哦，你生日怎么不告诉我们？"

"你们现在不是知道了？"许随灵动的眼睛里含着笑意，食指抵在唇边，"但是，嘘，你们陪我吃饭，我已经很开心啦。"

下午，许随和胡茜西赶去京航练习室排练，晚上就开始比赛了。一年一度的两校文艺比赛十分热闹。

周围的嘈杂声不断，后台人挤人，一副混乱的状态，兴许是受环境的影响，许随坐在后台化妆的时候，心底有一丝紧张。

可人一怕什么就来什么，一个女生端着两杯咖啡在人满为患的后台穿过，喊着"借过"，不料被旁边正在试衣服的姑娘一撞。

女生手肘一弯，一杯滚烫的咖啡倒了过来，一大半泼在了许随的裤子和白色衬衫上，身体传来的刺痛让许随下意识地皱眉。

胡茜西正帮许随化着妆，立刻不满道："搞什么啊？"

两个女生见状连连弯腰道歉，并递过纸巾。可胡茜西看着许随的表情都替她疼，喊道："这么大个人你们没看见吗？马上就到我们上台了，怎么上？"

许随接过纸巾，将身上的咖啡渍擦掉，可身上穿着的白衬衫彻底毁了。她扯了扯还在发火的胡茜西的袖子，开口："我去卫生间洗一下，用烘干机试试看有没有用。"

胡茜西差点被她乖软的性格给气死，无奈地开口："能有什么用啊？只能再去借一套衣服了，可这个节骨眼谁还有多余的衣服啊！"

"我有。"一道干脆且有些骄横的声音传来。

众人回过头去，是柏榆月。柏榆月穿着一件紫色的礼服，袅袅婷婷，化了个明艳的妆，她走过来的时候，上挑的眼梢里眼波流转，十分夺目。

"可能尺码不合适，要不要？"柏榆月抱着手臂说道。

胡茜西气急，说道："你——"

许随伸手拦住胡茜西，直视柏榆月："我要。"

柏榆月抱着手臂愣了一下，没料到许随会接受她这份"善意"，最后开口："那过来吧。"

许随跟过去，在与她并肩的时候，忽然开口："谢谢。"

柏榆月听到这句话后，再次开口时语气都别扭了，但她不得不端起架子，把沙发上的一套衣服丢给许随："扯平了。"

许随从更衣室出来的时候，果然，尺码大了，柏榆月生得高挑，骨架又稍大点，她穿上去自然不合适，揪着衣服的领子小心翼翼地往前走，生怕会走光。

在看到许随换好衣服的时候，胡茜西感到眼前一亮，夸道："太美了！"

"可是衣服大了，"许随的眼睛在休息室转了一圈，说道，"要是

103

有夹子或者别针就好了。"

许随的视线在休息室内扫来扫去，猝不及防撞上一双眼睛。

师越杰过来给自己的搭档送东西。他今天着黑西装，佩戴红领结，俊朗又风度翩翩，看见许随后便走了过来，一路引来许多侧目。

"还顺利吗？"师越杰笑着问道。

他问完之后，注意到许随紧揪着领子，立刻明白过来怎么回事。师越杰毫不犹豫地伸手将领口上的金色胸针取下来，递给许随。

许随摇摇头，后者笑笑，开口："没关系，它对我来说，只是一枚点缀的胸针，对你来说，是救场的东西。作为你们的师兄，帮忙是应该的，总不能让我当个恶人吧。"

许随被他最后一句话逗笑，也不再扭捏，大方地接过来："谢谢师兄，我会还给你的。"

胡茜西全程没有说过一句话，默默地接过胸针将许随脖颈后松垮的带子别紧。一番折腾后，他们总算可以顺利上台。

许随落在后面，走出休息室正要去找他们会合的时候，柏榆月抱着手臂倚在墙边，看了她一眼，开口："你挺幸运的，但你架不住他。"

这个"他"，柏榆月虽未指名道姓，但两人都知道是谁。许随性格软，一向好脾气，可这次，她目光坦荡地看着柏榆月，神色清冷："谢谢你借衣服给我，但我从来不欠你什么。"

说完这句话，许随挺直背脊，头也不回地擦肩而过，留柏榆月一个人在原地发怔。她从来不欠柏榆月什么。

大学与周京泽重逢，他已经不记得她了。第二次见面，她是他外甥女的室友。第三次见面，他们已经分手了，她没做过任何逾矩的事。

许随走过去与他们会合，一行人站在幕布后面，主持人在台上正说道："下面要出场的是碳酸心情，这支乐队可是两校友好的象征……"

"有请他们上场，带来改编版的《倔强》。"

台下立刻响起如潮的掌声，周京泽背着大提琴站在阴影里，他忽地抬头看了一眼许随，在震天响的掌声里夸了一句："很漂亮。"

虽然许随知道这只是礼貌的夸赞，可她的心还是像被挠了一下，痒痒的。她正要开口时,幕布缓缓拉开,许随只得敛起心神准备表演。

盛南洲打了个响指,许随坐在角落里的位置开始打鼓,熟悉的旋律一响,台下立刻欢呼起来。

大刘站在台前,他的音色干净纯粹,随着电吉他的伴奏,唱道:

> 当我和世界不一样
> 那就让我不一样
> 坚持对我来说就是以刚克刚
> 我如果对自己妥协
> 如果对自己说谎
> 即使别人原谅
> 我也不能原谅
> 最美的愿望一定最疯狂
> 我就是我自己的神
> 在我活的地方
> ……

台下的人跟着摇臂晃动手里的荧光棒,笑着听他们唱歌。他们把这首曲子改得低缓了一些。胡茜西的电吉他和盛南洲的手风琴一直处于技术在线的状态。

大刘唱完这段给了左侧的男生一个眼神,周京泽低下头拉弓,露出一截骨节清晰的手腕,大提琴独特的低沉声音响起。

周京泽坐在那里,长腿靠着血红的琴身,戴着黑色鸭舌帽,侧脸线条凌厉分明,垂下眼,无比专注。琴声在他长达一分钟的演绎下,把人们带入一个情境。

在那里,森林无边,忽然经历一场大火,鸟儿受伤,林木被烧毁,大家朝不同的方向逃窜,一只鸟儿正要往上空飞,被烧断的木头砸断了翅膀,鲜血淋漓。

但是,一阵风起,受伤的鸟儿慢慢试着向上飞,琴声渐渐上扬。

周京泽拉到其中一个点的时候，偏头给了许随一个眼神。

目光在半空中轻轻一碰，许随拿着鼓槌，在半空中转了几圈，冲观众露出一个笑容，立刻敲响架子鼓。鼓声如雨点，如疾风，有力且上扬。

大提琴低沉的声音和架子鼓激扬的声音交织在一起，在某个点上，大刘放开嗓子高唱：

我不怕千万人阻挡
只怕自己投降

台下顿时躁了起来，他们好像看见了重生后的凤凰，以及它冲上云端的那一刻。盛南洲他们很默契，胡茜西不断拨动电吉他的琴弦，将气氛推至最高潮，他们对视一眼，一起合唱：

我和我骄傲的倔强
我在风中大声地唱

青春是什么？是体内叫嚣生长的蓬勃气质，是躁动。这一刻，台下的观众被感染得一起跟唱，尖叫声和掌声淹没了人潮，他们唱道：

这一次为自己疯狂
就这一次我和我的倔强
就这一次让我大声唱
啦啦啦……
就算失望不能绝望
啦啦啦……
就这一次我和我的倔强

大刘把麦一扔，欢呼一声，直接跳到了观众中，人群中发出欢呼和尖叫,受气氛的感染,盛南洲也忍不住从舞台上跑向观众席。

台下的观众将他们两人抛在半空中,欢呼一阵接过一阵。在一大片金色的碎片和彩带中,周京泽放好琴,站了起来,取下黑色的鸭舌帽,站在舞台中央,他的嘴角上扬,笑容轻狂又肆意,同时右手五指并拢,手掌齐平,举至太阳穴的位置,朝观众席的老师和同学做了一个无比潇洒又帅气的飞行员敬礼动作。

台下欢呼声越来越响,有人在人群中大喊"牛",女生哑着嗓子站起来大喊:"帅炸了好吗!"

"天哪,那是飞院的周京泽吧,好苏啊啊啊,苏断我的腿!"

"对啊,拉的大提琴也好听,他怎么什么都会啊!"

身边的讨论声不断传来,而站在台下的师越杰静静地看着台上的一幕,许随坐在架子鼓后面,一直不自觉地微笑着看向周京泽,眼睛里有光。

全部表演结束后,他们改编的《倔强》毫无悬念地拿到了第一名。他们上台领奖的时候,周京泽没去。从小到大,周京泽拿过很多奖,每次发言都千篇一律,次数多了,他也懒得上去。

周京泽站在角落里等着他们领完奖去聚餐,隔壁班的一个叫秦景的朋友刚好站在他旁边。

秦景撞了撞他的肩膀,下巴朝台上许随的位置点了点,语气热络:"哥们儿,你队的那妞长得怪水灵的,介绍认识一下呗。"

周京泽一边低头看手机一边嚼糖,以为他说的是胡茜西,头也没抬,语气跩得不行:"我外甥女,没戏。"

"不是,"秦景推了推周京泽的手臂,纠正道,"不是,是另一个。"

周京泽按着屏幕的拇指停滞,缓慢抬起头,才反应过来他说的是许随。

秦景一向喜欢猎艳,他把手机递给周京泽看,絮叨道:"你看学校贴吧都炸了,首页不是在讨论你,就是在讨论那妞,有人已经扒出来了,隔壁学校,临床一班的许随。

"你看,帖子全是刚才表演时拍的她的照片,全是求联系方式的,主要是她刚才在台上太好看了,那妞长得乖巧又好看,软妹打鼓,这谁顶得住啊?刚才她冲台下一笑,我腿都软了,还好我刚才录了她的表演视频。"

周京泽拇指快速向下滑动着帖子,眼底波澜未起,直到秦景跟他炫耀录的视频,眼底才起了细微的波澜。

他刚才在认真演奏,加上站在许随左前方,根本没有注意到许随的表演。在视频里,他看到了不一样的许随。

一束追光打在许随身上,她穿着一条挂脖白色连衣裙坐在那里,乌眸红唇,玉颈香肩,裙摆下的两条腿纤长笔直,乖巧得好看。

鼓槌在许随手里像一支笔,她轻松地挥槌,却敲出激昂的节奏。明明是那么乖巧安静的人,打起架子鼓来却一点都不违和,在她身上有一种宁静的热度。

许随拿着鼓槌开始转动,在半空中转了几圈,然后用力地敲向鼓面,她露出一个笑容,梨涡浮现,台下立刻燥热起来,视频还录到了秦景聒噪的叫声。

在某一瞬间,周京泽心底的某处被击中了一下,不轻不重,落下一笔,他形容不出这种感觉。

秦景看他看得入神,再次推了一下他的手臂:"这种乖乖女,你也喜欢?"

周京泽抬头,视线落在台上的许随身上,有一搭没一搭地嚼着嘴里的薄荷糖,没有说话。秦景知道他以往的对象都是一个款——胸大腿长又妖艳,坏笑道:"还是说,你万年只喜欢一种口味?"

周京泽两个问题都没有回答,低头看着手里的视频,不动声色地删除了。周京泽把手机丢到秦景怀里,头也不回地转身扔下一句话:"走了。"

"哎——"秦景慌乱地接自己的手机,语气焦急,"刚才的话还没说完呢,要不你就给我介绍……"

周京泽双手插兜不疾不徐来到后台同他们集合,奖拿了,北山滑雪场两日游也有了，盛南洲可谓春风满面。

在见到周京泽那一刻，盛南洲大喊："京京！"周京泽正点着烟，听到这一亲昵的叫声，一阵反胃，直接把烟给折断了。

盛南洲一脸兴奋地冲过来，周京泽拿手指着他，语气生冷，直接撂话："你试试。"

可盛南洲实在太开心了，他不管不顾地冲过来抱住周京泽就想亲，眼看他的嘴就要碰上来的时候，周京泽一把攥住他的手腕向后扣，嘴角叼着半截烟，腾出另一只手直接把他双手扣住，用力地往后掰。

骨节发出咔嗒的声音，盛南洲被迫俯下身，接连求饶："啊——啊——我错了，周爷，疼疼疼——"

胡茜西笑着走上前，难得替盛南洲求一回情："饶了他吧，舅舅，他手废了，谁买单？"

周京泽笑着松开他的手，说道："稀奇。"

束缚松开后，盛南洲站直身子，整理一下身上的衣服，开口道："那当然，先吃饭再唱歌，订了红鹤会所。"

"我们先过去了啊，舅舅。"胡茜西抓住盛南洲的手臂朝他挥手。

周京泽点了点头，问："许随呢？"

"哦，她说要还东西给别人，会晚点，舅舅，你顺道带她一起过来呗。"胡茜西说道。

"嗯。"

他们走后没多久，许随从休息室出来，就碰上了在走廊抽烟的周京泽，他倚在墙边，头颈笔直，吐了一口烟，喉结上下滚动，白色的烟雾萦绕着修长的指尖向上升腾，火光猩红，不知道他在想什么。

许随看见周京泽，还是一如既往地局促，不知道该说什么，想了半天，她迟疑地问道："你……在等我吗？"

"嗯。"周京泽把烟掐灭，丢进一旁的垃圾桶，慢慢地走向许随。

许随提着一袋东西，还穿着原来的白色挂脖连衣裙，肩膀莹然如玉，露出很细的锁骨，像两个月牙，她刚卸完妆，没了脂粉气，瞳孔清透，看起来乖巧又清纯。

周京泽看着她露出来的白皙肩膀，拧眉："不去把衣服换下来？"

他的眼神一落在许随身上，她就莫名地紧张慌乱，说话也不连贯了："我……原来的衣服脏了，现在去宿舍换，你在这儿等一下我。"

而且，她穿这种衣服在周京泽面前挺不好意思的，也不自在。一解释完，许随就想跑，在她跟只兔子一样拔腿就要溜时，周京泽站在后面，一抬手，轻而易举地揪住她的马尾，他发出轻微的哂笑声，用很轻的气音开口："跑什么？"

许随浑身僵住，不敢动弹，周京泽松开手，走到她面前，脱了身上的外套递给她，眉眼透着漫不经心："穿上这个再跑。"

许随下意识地摇头拒绝，可对上周京泽不容拒绝的眼神，她无奈地解释："可是我穿了，你也很冷啊。"

周京泽失笑，语气吊儿郎当地说："周爷叫你穿上就穿上，哪儿那么多话！"

许随最后只能穿上，却像偷穿了大人衣服的小孩，她匆匆说了句"谢谢"就跑开了。许随跑出大厅，风呼呼地吹过来，她下意识地把脸缩在衣领里，然后闻到了领口淡淡的烟味。

周京泽的外套还带着余温，许随穿在身上，感觉全身犹如带电般，火烧火燎，热气从腰腹那里一路蹿到脖子。

许随跑在风中，一点也不觉得冷，她加快了步伐跑回宿舍，潜意识里不想让周京泽等太久。

许随气喘吁吁地跑回宿舍，门被推开的时候，她两只手撑在膝盖上喘气，瓷白的脸上蒙了一层细细的汗。

"随随，你回来啦？你刚才在舞台上太漂亮了，台下不知道多少男生蠢蠢欲动呢。"梁爽坐在椅子上听见声响回头。

平复好呼吸后，许随直起腰，露出一个清淡的笑容："是吗？"

她不怎么关心这个，继续开口："我回来换个衣服。"

许随换好衣服后，重新找了个牛皮纸袋，将衣服小心地叠好装进去，急忙往外走，门打开，梁爽关切的声音被卷进风里："你是不是发烧啦？脸这么红。"

许随再一次急匆匆出门,远远地一眼就看到了周京泽。他换了件外套,正站在路灯下低头玩手机。

许随一路小跑到周京泽面前,把装有衣服的袋子递给他,再次开口:"谢谢。"

周京泽刚好把手机揣回兜里,他侧头咬着拉链,闻言掀眸看了她一眼,语气意味不明:"许随。"

"嗯?"

"你非得跟我这么客气吗?"周京泽似笑非笑地看着她。

"我不是——"许随想了一下又不知道该怎么组织语言。她明明嘴不笨,且说话有逻辑,怎么一到他面前就什么也说不出来呢?

周京泽把外套拉链拉到顶端,将将遮住冷峻的下颌,开口:"我们走到前面去打车。"

"好。"许随应道。

他们站在学校的侧门外面,打算朝东南面的一条小巷子走过去。东南面属于老校区这一侧,路灯常年失修,一颗黄色的灯泡外早已结了一层网。

寒冷将冬青色的树叶吹得哗哗作响,周京泽走在前面,右侧传来一阵争执声,他虚虚地往巷口觑了一眼,发现不对劲,偏头对许随说话——

"站那儿别动。"

许随停下脚步,虽然不明白为什么,还是乖乖地点了头:"哦。"

按理说,周京泽不是多管闲事的人,可是熟悉的声音传来,他再次看过去,等看清对方之后,不得不停下脚步。

许随也看到了这一幕,不免有些担心柏榆月,扯了扯周京泽的袖子。

"放开我。"柏榆月被几个男生围着,语气明显不耐烦。

那几个男生是对面职校的,经常喝酒打架,天天没个正形。为首的一个黄毛向前一步,兴味盎然:"哟,怎么还有脾气了?"

"姑娘,就交个朋友嘛。"有人换了副语气说话。

柏榆月的白眼快翻到天上去了,她的语气傲慢且抑扬顿挫:"就你们,也配?"

柏大小姐话语里透出的轻视和高姿态明显激怒了他们，对方脸色一变，手掌一扬，正要给她点颜色瞧瞧时，一道凛冽且有质感的声音传来——

"柏榆月。"

众人看过去，周京泽双手插着兜，叼着一根烟，步调不疾不徐地走向他们。为首的黄毛在看清来人时，不自觉地放下了手。

"周京泽？"黄毛摸了摸鼻子，问道，"你俩一起的？"

"嗯。"周京泽语气不冷不淡。

一旁的柏榆月眼睛里透着惊喜，她立刻上前挽住周京泽的胳膊，语气亲昵："对，我们就是一起的，他是我男朋友。"

周京泽单手插着裤袋的手动了动，要推开柏瑜月，不料她攥得更紧。

黄毛见对方是周京泽，松口："行，周京泽，你在高中还挺有名的，有时间我们玩两局桌球啊。"

"行。"周京泽把烟从嘴里拿下来，吐了一口烟。

许随站在不远处看到了这一幕，柏榆月亲昵地挽着周京泽的手臂，那些人走后，她仍然没有松开，踮起脚尖，露出一个娇俏的笑容，不知道同他说了些什么。

周京泽指尖的火光明明灭灭，为了迁就女生的身高，他略微俯身听她说话，以至于头颈后的棘突明显，冷淡又勾人。

许随的手插在外套口袋里，拇指的指甲陷进食指的皮肉里，痛感传来，地面上两人的影子叠在一起，她垂下眼看着那一抹影子，盯到眼睛发酸、发胀，却不敢眨一下眼。

一群混混走后，周京泽将视线落在柏榆月紧扣着他的手臂上，挑了挑眉："还不松手？"

柏榆月只得松手，不过见周京泽来帮自己还是很开心，周京泽看着那几个男生离去的方向，开口："你怎么会跟那几个无赖扯到一块？"

"还不是因为我长得太美，"柏榆月语气傲娇又自得地开玩笑，"怪你不珍惜咯，错过我。"

"是，"周京泽失笑，顺手掐灭烟，开口，"有事，走了。"

眼看周京泽要走,柏榆月急忙喊住他,"哎——",只是想跟他多说几句话。周京泽只好停下脚步。

"恭喜你啊,拿了第一,爽不爽?"

"还好。"

"我有在台下为你加油,你有看到吗?"

"没。"

刚开始周京泽还耐得住性子回答她的问题,到了后面,柏榆月扯东扯西,不想让他走,他心底就有些烦躁。

而且许随还在那儿等他。

"我得走了,有人在等我。"周京泽的声音冷淡。

许随起先怕自己难受,只好一直盯着他们的影子看,到后来她干脆背过身去,在路灯下数着脚下的方砖跳格子来转移自己的注意力。

后来许随越跳越入神,没注意到迎面走来一个人,稍不留神撞了上去。对方正好接住她,许随连声道歉。

一道戏谑的声音在头顶响起:"同学,不用给我行那么大礼吧?"

许随抬眼撞上一张陌生的脸,秦景在看清来人时,心上一喜,他不动声色地自我介绍:"我是京航的,叫秦景,刚才我看见你表演了,很不错。"

"谢谢,许随。"许随回以笑意。

"同学,我们真是有缘分,你们临时组的那支乐队除了另一个妹子我不认识,其他的全是我同学。"秦景主动拉近与她的距离。

许随嘴角弧度上扬,脸颊浮现两个梨涡,秦景看着心像是被挠了一下,他装得跟个大尾巴狼一样,继续说:"你是他们的朋友,就是我朋友,学妹,要不你留个联系方式给我,以后有什么事可以找我帮忙。"

许随觉得有点好笑,他们不是同级吗,她什么时候成他的学妹了?正要开口时,一道没有温度的声音传来,许随看过去。

周京泽双手插兜站在不远处,眯了眯眼,声音低低沉沉——

"许随,过来。"

第 七 章
衣柜里藏着乐园

"生日快乐,许随,要天天开心。"

不知道柏榆月什么时候走了,周京泽一叫她,许随就条件反射地走了过去。秦景是个死皮赖脸的主,人一抬脚,他就跟了过去。

周京泽的表情说不出的冷淡,掀起眼皮睨了秦景一眼:"有事?"

"嘻,这不,盛南洲邀请我去你们的庆功宴,刚好碰到,我就跟你们一起走呗。"秦景伸手搭住他的肩膀。

周京泽拨开他的手臂,点了点头:"行,你先跑去前面打个车等我们。"

秦景:"……"

绝还是周爷绝,在姑娘面前,秦景不得不殷勤点,他一边跑一边悄悄地朝周京泽比了个竖中指的手势,表示他不得不服。

周京泽从口袋里拿压片糖的时候瞥见他的动作,发出轻微的哂笑声:"傻缺。"

"什么?"许随抬起脸问他。

周京泽偏头看她,晃了晃手里的压片糖,左言他顾:"吃吗?"

"要。"

许随伸出白皙的手掌,周京泽倾身过来,阴影一下子落了下来,他身上淡淡的罗勒味道传来,她的呼吸屏住,与此同时,绿色的薄荷糖哗哗落到掌心。

周京泽将盒子重新揣回兜里，冲秦景离去的方向抬了抬下巴——"你离那小子远点，不是什么好东西。"

秦景这个人当朋友还算可以，可他在感情上渣得可以，脚踏两条船、陪女友去医院做人流这种事一样不缺。

许随倏地抬起头，问道："那你呢？"

周京泽愣住，他正有一搭没一搭地嚼着薄荷糖，随即似笑非笑道："当然，我也不是好人。"

临上车的时候，周京泽似乎想到了什么，他的声音有点哑："忘了说，你今晚的表演很出色。"

三人最终一起坐计程车来到红鹤会所，周京泽打开车门，长腿一伸，侧着身子下了车，车门在身后发出嘭的关门声。

打着标准红色领结的服务员迎上前来，周京泽轻声熟路地报了包厢号。服务员领着他们过去，周京泽一推开门，里面坐了大大小小十多号人。

盛南洲看清他们几个人后，立刻骂道："你们几个也太慢了，不会偷偷私奔去了吧。"

众人发出哄笑声，明明是见怪不怪的玩笑，许随站在那里，有一丝紧张和不自然。

周京泽一点都没受影响，慢悠悠地走过去，趁盛南洲笑得正得意的时候，直接踹了他椅子脚一下。

椅子受到冲击往后倒，盛南洲就跟个不倒翁似的往后仰，眼看就要倒地，他大喊："周爷？爹，爹，我错了。"

周京泽勾了勾唇角，这才放过他，抬手扶着椅背又把人推了回去，在众人的笑骂声，胡茜西坐在饭桌的另一边冲许随招手："宝贝，过来，我给你留了个位置。"

许随坐过去没多久，秦景也坐了下来。他坐在旁边，对许随嘘寒问暖，不是给她倒水，就是关心她能不能夹到菜，态度十分殷勤。

许随始终有礼"有距"，一直低声说谢谢。周京泽坐在她对面，距离有些远，许随听旁人说话的时候假装不经意地看过去。

他外套搭在椅子上，穿着一件黑色的毛衣，懒洋洋地坐在那里，拿着一瓶啤酒，漫不经心地听别人讲着话，中间不知道有谁开了黄腔，他抬起眼皮，笑得肆意。

周京泽除最初简短地提醒她离秦景远点，再无后文，他坐在那里，再没分一点注意力过来。

许随收回视线，垂下眼默默地吃饭。

吃完后，一行人收拾东西由服务员领着上红鹤顶楼的VIP包厢。许随同胡茜西在一起，半道她电话响了，她慢了一步，走到走廊的尽头接电话。

许母打来电话，再一次祝她生日快乐，还特意问道："今天出去吃好的没有？"

"有，和我室友一起的，"许随回，她想起了什么，说，"好多人呢。"

许母盖着毛毯坐在客厅的沙发上，反复叮嘱："我看了京北的天气预报，这几天又降温了。你手脚凉，又怕冷，记得多穿点，出门随身带个暖手宝。"

许随握着电话听妈妈的关心，她看了一眼窗外的树，笑道："我知道，妈妈，你放心，我今天穿得很厚。"

她挂了电话后，一路乘着电梯上了顶楼的VIP包厢，一进门，闹哄哄的，他们有的在玩游戏，有的在唱歌。

她发现全都是她不认识的人，周京泽、秦景他们不在，胡茜西也不在。

只有盛南洲长腿张开坐在沙发上，浑身上下写满了"不爽"二字。许随走过去，坐在他旁边问道："西西哪儿去了？"

盛南洲冷笑一声："不知道被哪儿冒出来的野男人给拐跑了。"

"啊？"许随下意识地感到惊讶。

十分钟后，胡茜西风风火火地走进来，许随第一次看她脸这么红。胡茜西一屁股坐在两人中间，不停地用手扇风，说道："好热，有没有冰水？"

"这个天还是喝温水吧，我给你倒。"许随俯身倒了一杯水递给她,问道,"你去哪儿了,这么热?"

胡茜西捧着水杯咕噜咕噜一连喝了好几口水,顺了气,眼底亮晶晶地说:"随随,我刚刚遇到了一眼就让我心动的人。你听我跟你说……"

刚才许随打电话时,胡茜西先上了楼,没有进包厢,看到拐角的自动贩卖小超市,直接进去买了瓶雪碧。

胡茜西付了钱出来,她喜欢在喝饮料前摇一摇它,然后听气泡发出砰的声音。她走在走廊上,一边低头回信息,一边开饮料。

她看消息太专注,一不留神,迎面撞上一个硬实的胸膛,与此同时,饮料摇晃太久,在开瓶的那一刻,砰的一声,瓶盖直射而出,气泡水悉数喷在对方的白衬衫上。

"对不起、对不起。"胡茜西连忙道歉。

她在匆忙中抬头,撞上一双狭长漆黑的眸子,对方脸色苍白,穿着服务员的制服,背脊挺直,红色的领结打得端正,气质却冷如青松。

那一刻,胡茜西心跳如擂鼓。

而那个弹开的绿色瓶盖正好砸中了他的脸,冷峻的脸上立刻留下一个清晰的硬币大小的红印,莫名有点滑稽。

胡茜西扑哧笑出声,路闻白一个眼刀横了过来,胡茜西自觉不对,眼底透着光:"真的抱歉,要不我赔你一件衣服吧。"

没人理她,胡茜西又嬉皮笑脸地问:"你叫什么名字?"

路闻白看着她,浑身散发着冰冷的气息,殷红的嘴唇吐出一个字:"滚。"

……

"然后呢?"许随听着想知道后续。

胡茜西回答:"然后我就走了呗,再贴上去就讨人厌了。"

"但是呀——我知道他的名字,名牌上有,"胡茜西脸上没有一点受挫折的意思,她笑得张扬,"他逃不掉的,哈哈哈。"

胡茜西正绘声绘色地描绘她遇到路闻白的场景,丝毫没有注意到旁边盛南洲的眼神一点点黯淡下去。

周京泽在洗手间的时候遇见了秦景,他洗完手后抽了一张纸巾走出去,两人一碰上,干脆在走廊的风口处抽了两支烟。

周京泽把擦完手的纸巾扔在垃圾桶里,从烟盒里摸出一支烟,手指捻着烟习惯性地在烟盒旁边磕了磕,然后咬在嘴里。

他一低头,秦景按着打火机,拢着火递了过来。周京泽侧着头,往前一凑,烟点燃,薄唇里呼出一阵白烟。

秦景也点了一支烟,随意地开口:"许随那姑娘挺有意思的,刚才吃饭我搁她面前殷勤了一晚上,看着挺乖挺纯的一姑娘,可那双黑眼珠哟,又清又冷,哎,把这种妹好难。"

周京泽抽烟的动作停了下来,烟灰燃了一截,轻轻一弹,散落在地面上。周京泽重新把烟放回嘴里,转身扔下一句话:"你没戏。"

两人一前一后地折回包厢,一推门,里面闹哄哄的,大刘明显喝高了,蹲在桌子上拿着麦在唱歌。

大刘一见周京泽进来,跟主场明星一样冲过去跟他互动。大刘搂着周京泽,自带的 3D 立体环绕音在包厢里回荡:"我说嘿。"

大刘拿着麦对着周京泽,一脸的谄媚,希望这位粉丝能跟他互动一下。周京泽面无表情地看着他,眼底的冷意明显。

空气一阵静默。

大刘讪讪地收回手,自己接梗:"你说嘿嘿。"

"……他喝了多少?"周京泽扭头看向盛南洲。

盛南洲指了指地上依次排开的酒瓶,说道:"这一打都是他喝的。"

周京泽拨开大刘的手来到盛南洲旁边坐下,他一进场,场内女生们的眼睛就跟自动黏合剂一样黏在他身上。

甚至还有好几个女生想坐到他旁边,但盛南洲今晚心情不爽,他一不爽就拉着周京泽喝酒,其他女生一点机会都没有。

除了一个跟他们有点熟的女生,是英语专业的,她个子高挑,长相靓丽,坐在周京泽左手边。

她托着脸,说话在暗暗宣示主权:"哎,你少喝点儿,一会儿回宿舍看你怎么办。"

周京泽拿着酒杯，抬起眼皮，似笑非笑地看了她一眼。女生被看得心一悚，不敢再轻易说话了，反倒是盛南洲大手一挥："你放心，我们醉不了。"

中途，不知道谁切了一首英文歌，有人大喊："谁的歌，还唱不唱了？！"

盛南洲抬眼一看是首轻缓的英文歌，他推了推周京泽的肩膀："哎，你上去唱唱呗，反正是你拿手的。"

"是啊，我也想听，肯定好听。"那女生附和道。

这里的人除了盛南洲，几乎没人听过周京泽唱歌，他们一群人听后也跟着撺掇，让周京泽唱歌。

大冷天的，周京泽窝在沙发上用刀叉慢悠悠叉了一块冰草莓送进嘴里，拒绝道："不唱。"

"你不行啊？"

"可能周爷怕唱得太难听，吓到我们，哈哈哈。"

一群男生纷纷取笑周京泽，那女生脸上的失望之色明显。本尊也不在意他们怎么笑他，吃了几口冰草莓后，挑了挑眉："还挺甜。"

许随坐在这个场子里有些不适应，尽量让自己不去看周京泽如何在声色犬马中游刃有余，她只能低头玩着手机，后来秦景看她无聊，拿了一盒飞行棋给她玩。

玩了几下，趣味上来了，许随扔骰子看线路图看得专注，心底的烦闷也逐渐消散了一点。

中途，周京泽搁在桌上的手机屏幕亮了，他捞过来一看，偏头冲盛南洲开口："走了，有个局。"

许随背对着周京泽在和人下飞行棋，他的声音落在她头顶，语气漫不经心的，许随拿着骰子的手一顿，垂下眼睫在走神。

"快扔啊，妹妹。"秦景催促她。

许随思绪回拢，重新把心思投入棋盘中。周遭吵吵嚷嚷，暗红的灯光晃来晃去，可有关周京泽，她的感官像被无限放大一样，她余光瞥见周京泽俯身，露出一截骨节分明的手腕，把酒杯搁在桌子上，起身的时候黑色的衣服发出轻微摩擦的声音。

胡茜西拦住他,语气霸道:"不行,你不能走!"

周京泽觉得有些好笑,似乎在用气音说话:"为什么不能?"

"因为……因为今天是平安夜!"胡茜西想了半天想出这个理由。

胡茜西这句话倒是提醒了场内的一群人,他们尖叫一声,纷纷掐着对方的脖子喊:"平安夜我的礼物呢?"中间,不知道谁切了《圣诞快乐歌》,气氛更热闹了。

"而且……"胡茜西凑上前去,她的声音在一片喧嚣中隐了下去。

周京泽的视线朝某个方向投去,竟然又重新老实地坐回沙发上。许随背对着他们,不知道发生了什么,她的棋子在这一刻顺利登岛,表情有一刻的开心:"我赢了。"

话音刚落,啪的一声,像是电闸断开一样,许随眼前一片黑暗,伸手不见五指。周围出奇地安静,好像有人陆续离开,许随心里没多想,眼前的黑暗让她心底有一丝焦灼和担心。

上次电梯出故障,周京泽幽闭恐惧症发作的场景还历历在目,她急忙从沙发缝里找到自己的手机,转身亮起手电,温声喊道:"周京泽?"

她举着光源四处看,忽然对上一双漆黑狭长的眼睛,他懒洋洋地应答:"我在。"

许随挪到他旁边,举着光,语气急切:"你没事吧?"

周京泽坐在那里,一低头便对上一双清凌凌的眼睛,眼底写满了担心,她举着手机,样子有点呆,却将他心底某个坚硬的地方轻轻撞了一下。

"我没事。"周京泽看着她。

许随长舒一口气,正要再次开口时听到一声娇俏又清脆的"当当当",她闻声扭头,胡茜西端着一个蛋糕走进来,一群人站在她旁边,跟着一起唱:"祝你生日快乐,祝你生日快乐!"

同时,彩带、羽毛和金片一并纷纷扬扬掉落,胡茜西端着蛋糕走到她面前,笑道:"生日快乐呀,我的随随宝贝。"

盛南洲开了一瓶香槟,砰的一声,周围的人纷纷发出尖叫,笑着祝她生日快乐，许随发现胡茜西不仅叫来了梁爽，还把她在班上关系好的同学都叫过来了。

许随眼底有些热，一时不知道说什么好，只会说："西西，谢谢。"

背景歌是《生日快乐》，胡茜西给蛋糕插上了蜡烛，在烛火的掩映下，许随双手合十，许完愿后把蜡烛吹灭了。

一群人举杯，反正年轻人为了喝酒，什么理由都扯得出来，啤酒在玻璃杯的碰撞中绽开一朵朵花——

"为了乐队的第一名！"

"庆祝今晚！"

"生日快乐！"

"平安夜万岁！"

在一片嘈杂嬉笑的声音中，忽然传来一道独特的低沉有质感的声音，众人扭头看过去，声音一响，周围奇迹般安静下来，许随是最后一个抬眼看过去的。

周京泽坐在高脚凳上，背略微弓着，长腿随意踩在地上，他单手拿着麦，唱的是一首粤语歌，另一只手还松垮地拎着外套，侧脸线条棱角分明，舒缓动听的音调从他的喉咙里冒出来。

他的声音有些冷淡，又透着低哑的性感。

他在唱歌。

一首粤语歌唱完，众人先是吸了一口气，接着场内的尖叫和鼓掌声一浪高过一浪。秦景最先回神："你这嗓子真的绝了！"

"牛，好听死了，周京泽，还有什么是你不会的？"

"怎么样，我没吹吧，我周爷唱歌是不是好听？"

一首歌唱完，众人意犹未尽，别的歌曲播放，有人上前接麦，开玩笑："周爷，我也点首歌呗。"

"去你的。"周京泽把麦递给他的时候，笑骂道。

包厢内的灯光很暗，红色的灯光偶尔打过来，暧昧又缱绻。许随整个人都是怔怔的，她看着周京泽一步步朝她走来，心跳很快，手心已经出了汗。

周京泽笑着对她说:"生日快乐,许随,要天天开心。"

许随走在回宿舍的路上,人都是晕乎乎的,她感觉脚步虚浮,整个人都飘到外太空去了,好不容易撑到回了寝室,她双腿一软,整个人跌坐在椅子上。

1017躲在桌子底下的小窝里,一见许随回来,喵喵地冲她叫着。许随趴在桌子上,一抬眼,发现两位室友都给她送了礼物。

许随拆开包装盒一看,梁爽送了她一套护肤品,胡茜西则送了她一条精致的玫瑰金项链。

她拿出手机,发消息给还没有回来的室友,再次表达了她的开心和感谢。为了平复这一晚的起起落落,许随决定去洗个澡来缓和一下她的心跳。

洗完澡出来后,许随用手贴自己的脸发现还是烫的,她给热水袋充好电,一只手拿着手机凭借着记忆搜了晚上周京泽唱给她的粤语歌。

原来叫《黄色大门》。

许随搜到这首歌后,戴上白色耳机,趴在桌子上静静地听了一遍,很好听,她倏地想起来什么,拿起一边的手机,翻开相簿。

其中一张照片是蛋糕刚点好蜡烛的时候拍的,她那时拿出手机对着蛋糕拍,其实在拍周京泽。

他站在旁边,只拍到了一个模糊的侧脸,而且只在相片的边角上。

不仔细看的话,根本没人发现,这是属于她的秘密。许随从相薄里挑出这张照片,然后发了一个朋友圈。

许随发完动态后把手机屏幕熄灭,回忆今天一天发生的事情,脑海里像播放电影镜头一样,一幕幕晃过。

这一天的心情真的起起落落。许随趴在桌子上拿出日记本想记录点什么,包括今天他们一起登台,还有周京泽夸她表演亮眼的事。

周京泽送给她的生日礼物是一首歌,最重要的是,他祝她生日快乐,要天天开心。许随大概知道他给这句祝福的原因,是夹娃娃那次他偶然知晓了她的难过吧。

这么一想,他真的是一个很温柔的人,并非表面上所展现出来的浪荡不羁。

这大半年来,许随真的感觉跟做梦一样。从前,周京泽读高中的时候,众星捧月,他是天之骄子,而她自卑、敏感,始终游离在人群之外。他们没发生任何交集,两人像隔了一条银河。

而现在,周京泽在初雪时说"重新认识",他们还成了朋友。不管周京泽今晚给她祝福,是因为她在台上的表演被他看到,还是出于礼貌,她总算通过自己的努力被他看到了。

许随忽然想起了一首自己常听的歌,她在日记本上写上一句话——

情愿不怕脸红,顽强地进攻,争取你认同。

许随撑着脑袋望着日记本发呆,嘭的一声,寝室门被推开,冷风灌进来,许随被冻得激灵了一下,匆忙把日记本塞进抽屉里。

"外面真的好冷,早知道不去超市了。"梁爽抱怨道。

胡茜西伸出她闪得不行的指甲拨了一下头发,哭诉:"我想念我家楼下的山姆超市。"

"醒醒。"梁爽拍了一下她的脑袋。

许随把手机扔到上铺,扭头冲她们说话:"刚才你们可以叫我下去帮忙提。"

"不行,今天你是寿星,你最大。"

室友们洗澡的洗澡,护肤的护肤,许随早早地躺在了床上,耳机里还循环着一首男声的《黄色大门》。

许随睡前照例看了一下明天的课表,然后登上微信,朋友圈里显示一个红点点,她点进一看,都是好友对她生日的祝福。

许随看了一圈,没有看到想看的名字,盯着她发的照片发呆。

白色奶油蛋糕周边铺了一圈红草莓,她拍到了帮忙点蜡烛的胡茜西,同时,最左边,有一个黑色的高大身影被定格。

侧脸轮廓模糊,如果仔细看的话,会发现男生的手被拍得挺清晰的,骨节分明,淡青色的血管一路上延,虎口正中间有一个黑色的痣。

许随垂下黑漆漆的眼睫,正准备退出微信,倏忽,一个红色的加

123

号弹出来。

她有些紧张，点开一看，ZJZ给她点了一个赞。许随看到他的名字，呼吸都急促了些。

其实许随发的配文是周京泽今晚唱的那首歌——

衣柜入面藏着乐园。

歌词原本是"花园"，她怕别人看出来所以改成了"乐园"，而歌的下一句是——

心仪男孩长驻于身边。

看到周京泽的头像，许随不自觉地嘴角上翘，心底跟刷了一层蜜一样，连空气都好像稀薄了一些。

周京泽不过顺手点了一个赞，对她来说却不同。如果这是她的自以为，那今晚就是她短暂的幻想好了。

就当作他给她顽强进攻的回应吧。

次日，许随跟往常一样洗漱，收拾好东西去教学楼上课，她没想到的是一路上引来了众人的侧目，有议论声，甚至还有人对着她拍照。

大家过分关注的目光让许随不自觉地加快了去上课的脚步，这样很奇怪。

到了班上，许随刚放下书本，梁爽跟八爪鱼一样扑了上来，笑嘻嘻道："女神来啦！"

"哈？"

见许随一脸的疑惑不解，梁爽拿出手机调出论坛页面给她看，语气激动："全校恐怕就你一人不知道自己上了两校的贴吧首页，昨晚你打鼓的表演太出色了，现在大家都在谈论你呢，喜欢你喜欢得不行。"

许随接过手机，拇指按着手机屏幕快速向下滑，都是关于她昨晚表演的照片和讨论。

A："这谁？一分钟内我要知道她的姓名，所在的系，以及聘礼多少。"

B："这位小姐姐也太好看了吧，她的眼睛干净又灵动。"

C:"这姑娘长得一看就是乖乖女的那种,但打起鼓来又劲劲的,我的菜。"

D:"别打鼓了吧,打我。我连和她一起埋哪儿都想好了。"

梁爽凑过来,挤了挤她的肩膀:"哎,宝贝,你要不然趁机谈个恋爱吧,你喜欢什么款的?姐帮你筛选。"

许随摇了摇头,梁爽见她一脸纯情的样子,迟疑地问道:"你以前谈过……恋爱没有?"

"没。"许随开始拿出书本、笔准备上课。

"那你还在等什么?抓紧时间谈恋爱啊。"梁爽看着学霸的表情一脸的恨铁不成钢。

许随不知道该如何说出自己的这份单恋,偏偏梁爽又等着她,幸好上课铃响了,她松了一口气,借机岔开话题:"上课了。"

下课后,许随不太想吃饭的时候也被旁人议论,所以去食堂匆匆打包了一份饭回寝室。

许随一推门,胡茜西恰好在撸猫,她调侃道:"随女神回来啦?"

许随淡定地点了点头,把饭放到桌上,胡茜西正背对着她,拿着逗猫棒在和1017玩,许随趁西西公主一个不注意,直接把手伸到她后颈上,笑道:"没完了是吧?"

许随刚从外面的大冷风里回来,加上她本来就手脚凉,这一弄冰得胡茜西直接尖叫出声,胡茜西立刻扭过身来挠她。

许随怕痒,被挠得咯咯直笑。两人扭缠在一起,打闹起来,闹了好久,最后一不留神两人双双摔在床铺上。

胡茜西躺在她旁边,忽然想起一个事:"随随,我有个猜想,昨晚就想跟你说了。"

"嗯?"许随仰躺在床上,轻微地喘着气。

"我怎么感觉我舅舅喜欢你?"胡茜西倏地冒出一句话来。

这一句没由来、不着边际的话让许随的心怦怦地跳了起来,她还没有平复气息,胸脯仍微微地上下起伏着。

"大家都知道他中意风情万种的女生。"许随笑着回,她尽量让自己的语气听起来随意轻松。

"可是昨晚,大家让他唱歌,他都没有唱,结果一说是你生日,他就主动唱歌了,"胡茜西回忆昨晚的场景,说道,"这可是史无前例。"

"据我对我舅舅的了解,没人能逼他做他不喜欢干的事,他就是那种性格不羁、行事洒脱的人,他从来不会让自己陷入被动局面,一旦陷入了,他会直接摧毁,"胡茜西揪着连衣帽子上的一根绳子玩,继续回忆,"他一直这样……"

高中的时候,周京泽有一阵迷上了改装赛车,他一直想要一辆刻有自己名字的改装赛车。他对外公说了这个愿望,外公对这个外孙从小疼爱有加,加上周京泽在校成绩优异,人也没走歪路,对于他这个生日愿望,外公自然一口答应了。

十七岁生日的时候,周京泽收到了外公送来的礼物,结果周正岩扣下了车钥匙,同他谈条件:"这次的化学竞赛你给我去参加,拿个第一名回来。"

周京泽垂下眼,声音淡淡地说:"我不想去。"

他也不是讨厌化学,只是对它的兴趣一般,而且周京泽做事有自己的计划,如果忽然强行准备化学竞赛,只会打乱他的节奏。

况且周正岩一般不管他,这会儿忽然要求他拿化学竞赛第一名,不是为了他的合作,就是为了长脸。

周正岩冷笑一声:"做不到,你就去垃圾回收站里找你的车。"

气氛僵持,周京泽沉默了很久,最后抬起头倏地笑了,点了点头:"成,我一定给你长脸。"

最后周京泽确实给周正岩长脸了,不是以第一名的形式,而是在竞赛中交了白卷。很快,他被请了家长,最后被记了过,还收到组委会的警告。

听胡茜西说完后,许随终于知道当初闹得沸沸扬扬的周京泽交白卷事件的原因了。

"那也不代表什么。"许随说。

"我的直觉一般出不了错,这段时间我多给你们两个人制造在一起的机会,你趁机观察他是不是对你比较特别。"胡茜西转过身来冲她眨了眨眼睛。

说者无心,听者有意,因为胡茜西无意间的一枚小石子,许随心底荡起了一圈涟漪。许随做作业的时候常走神。

周京泽会不会真的有一点点喜欢她?

周五,许随在实验室待了一整天,熬得昏天黑地。结束后,许随拿出手机,发现胡茜西发了短信让她晚上六点半去二食堂吃饭。

许随看了一眼时间,脱了白大褂,收拾好东西往外走,等她出来的时候,天都暗了。

一路冷风阵阵,路边昏黄的路灯静静立在那里,东北角偶尔传来拍动篮球以及男生欢呼的声音。

许随不自觉地把脸埋进衣领里,匆忙向食堂的方向走去。走到二食堂门口,许随不见胡茜西的人影,却仰头看见了周京泽。

周京泽站在台阶上,穿着黑色的外套,正同别人漫不经心地聊着天,偶尔抬起拇指习惯性地按脖颈。

他站在树下,后面的路灯斜斜地打过来,将他的影子拉得很长。

许随呆住,旁人同周京泽道别,他转身恰好看见了她,抬了抬手让她上来。

"怎么是你?"许随走上台阶来到他面前,语气惊讶,"西西呢?"

周京泽闻言抬起眼皮相当惊讶地看了她一眼,怎么,他们是第一次见面吗?

尽管如此,周京泽还是拨了胡茜西的电话。他侧对着她,听筒里传来嘟嘟的声音让许随的眼皮突突地跳了起来。

她心里有了不好的预感。

果然,周京泽打完电话回头说:"她说肚子痛,让我们去吃。"

许随愣在原地,姜黄色的围巾把她白皙的脸庞遮住,露出一双漆黑的眼珠,看不清表情。

周京泽见她一直没动弹，挑了挑眉："怎么，不愿意？"

"啊，不是，愿意，我请你吃饭。"许随慌乱地从口袋里找饭卡。

"走吧，一会儿再找。"一道懒散的哼笑声落在头顶，周京泽手插着兜率先迈上一级台阶，许随亦步亦趋地跟在后面，路灯下的尘埃似雪花飞舞，月色在他们背后渐渐隐去。

两人来到二楼面食区，许随拿着饭卡站在窗口前说："阿姨，要两份鲜虾面，其中一份不要葱和香菜。"

"是两份不要葱和香菜，"周京泽出声纠正，他弯下腰来，对窗口的阿姨点头，"麻烦您了。"

周京泽重新直起腰，偏头看她，眼梢溢出散漫的笑意："这么巧，你也不吃香菜？"

听见这话，许随黑漆漆的眼睫毛颤了颤，最后她用力地点了点头："对的。"

周京泽和许随面对面地坐着，面很快端上来，许随喝了一口汤，很鲜也很烫，紧接着四肢百骸暖了起来。

两人吃到一半，陆续有两三个男生过来要许随的电话号码。尽管对方再三表示只是想和她做个朋友，许随还是以学业为重礼貌地拒绝了他们。

人走后，她松了一口气。一回头，周京泽好整以暇地看着她，深色的眼眸夹杂着几分笑意："最近挺受欢迎啊？"

许随觉得自己不管变成什么样，有多受欢迎，在周京泽面前，只要她在他这儿获得了一点关注，她就会紧张得无处遁形。

在周京泽的注视下，她有些不自在，脸上的红晕像花瓣一样在周边蔓延开来，她半晌憋出一句话来："你别笑我了。"

周京泽狭长的眼眸透着几分说不明的情绪，他的语气慢悠悠的，像在开玩笑，又像在斟酌着什么："现在追你得排队吗？"

第 八 章
他不喜欢你是事实

"你的猫？"
"对，我的。"
"我的。"
"别争了，那就是你俩的猫嘛。"

　　周京泽这句不带主语的问话，容易让人误会，许随的心怦怦直跳，大脑一片空白，整个人怔怔的："啊？"

　　周京泽看到许随耳根泛红，以为她不好意思了，挑了挑眉梢："确实挺受欢迎。"

　　原来主语不是他，只是一句普通的问话，许随心里松一口气，同时涌起一阵失落。许随重新打起精神，小声道："真没有。"

　　晚上许随回到寝室，门一打开，胡茜西比1017还先扑上来，摇着她的胳膊，问道："怎么样？"

　　许随拨开她的手，先喝了几口水，在胡茜西急切眼神的关注下，慢悠悠地开口："不怎么样，只是很平常地吃了个饭，你舅舅当我是朋友。"

　　胡茜西脸上涌起失望："我的直觉一向很准，这次真的错了吗？"

　　许随没有应她，拉开椅子，一边浏览书本内容，一边写作业，却无法集中注意力。胡茜西趴在被子上，忽然开口，试探性地问了句："那你……是不是喜欢周京泽？"

　　许随听到这句话，红色笔尖在白色的页面上画上重重的一道，她稳了稳心神："你怎么知道？"

　　"眼神啊，你看他的眼神，还有随随，我发现你看着挺乖，骨子里是有点冷的，但在他面前很容易脸红。"胡茜西说。

许随以为自己藏得够好了，没想到还是被看出来。

喜欢一个人哪里藏得住？

胡茜西是她为数不多的朋友，而且……有一个可以倾听的人，她竟觉得松了一口气，毕竟暗恋一个人太辛苦了。最后许随点点头："是，那你——"

"放心，我一定保密。"胡茜西做了一个胶带刺啦封嘴的动作。

两人正聊着天，梁爽风风火火地拎着夜宵回来，她朝许随晃了晃手里的快餐盒："随宝，刚去食堂打夜宵的时候，看见了有你爱吃的香菜馅饺子，给你打包了一份。"

"哇，谢谢。"许随一脸开心地接过盒子。

虽说许随暗恋周京泽的事被知晓，可并没发生什么变化，因为这个学期即将结束，大家都在马不停蹄地复习准备考试。

在医科大，无论许随起多早，图书馆的位置永远都被占着，她甚至怀疑这些人是不是住在图书馆。偶尔许随捡漏，还勉强只能坐到靠着走廊的位置。可走廊的风迅猛又冰凉，许随坐了一次就扛不住了。

胡茜西看着许随被冻得脸色惨白地回来，一脸心疼："别去了，我们去校外找个咖啡厅复习吧，我知道有家猫咖店，环境舒服，还有好多可爱的猫。"

"好。"许随点头。

一提到猫，1017趴在胡茜西腿上，跟黏毛球一样黏在她身上，颇为不满地眯眼："喵——"

"哟，"胡茜西蹲下去捏了一下1017的脸，抬头对许随说，"要不我们带它去吧，它也闷坏了吧。"

许随还没开口，1017立刻从胡茜西身上滚了下来，像一个圆滚滚的橙子，拱到她脚边，明显是个看风使舵的主。

"也行。"许随松口。

她蹲下来把胖橘抱在怀里，寒假她要回家，她妈妈又对猫毛过敏，这可如何是好？

两人出门的时候，天空又纷纷扬扬地下起了雪，很轻，像透明的羽毛，目光所及之处银装素裹，像进入银河世界。

她们来到胡茜西说的猫咖店，推开门，里面几乎坐满了大学生。

大家坐在一起，点杯咖啡，能复习一下午，复习累了还能跟吧台上的猫玩一下。

幸好还有几桌空余的位置，胡茜西去前台点咖啡，许随坐在角落的位置，把1017从书包里抱出来。

她以为1017要去玩，没想到许随刚打开电脑，小猫就顺着桌脚跳了上来，胖乎乎的脚掌跟揣兜一样搭在两边，找了个舒服的位置，竟眯眼打起瞌睡来。怎么会有这么懒的猫？许随失笑。

一切都弄好后，许随全身心地投入复习当中，不知不觉中，手边的咖啡已消失大半。三个小时就这样过去，许随伏案久了有些疲倦，她抬手揉了揉僵直的脖子，眼睛不经意地往旁边一扫，心口猛地一跳，猫呢？！

许随的手撑着桌子往桌底一看，没有1017的影子，往四周看也没有。许随语气焦急："西西，猫不见了？"

"啊？"胡茜西下意识地往四周看，安抚她，"你别急，应该还在猫咖店，我们两个分头找。"

许随点了点头，猫丢了，她也顾不上面皮薄的问题了，弯着腰小声地叫着1017的名字。许随在找猫的时候，还不小心碰倒了邻桌一个女生的东西，书和笔哗哗落地。

许随将书本和笔捡起，连声道歉："不好意思，我在找一只橘猫，你有看见吗？"

女生接过书本，回答："我刚才看到过，它好像往靠窗的位置走了。"

许随道谢完，往西南靠窗的方向走，一边弯着腰，一边小声地"喵——"，想引它出来，最后她看见1017正坐在一个男生的腿上，肚皮翻过来，别提有多惬意。

"喵——1017，快过来。"许随猫着腰，小声地喊道。

结果一抬眼，许随撞上一双漆黑幽深的眼睛，视线往上移，男生面容英俊，一只手揽着猫，另一只手臂撑在桌子上，正有一搭没一搭地转着笔。

此时，他正似笑非笑地看着她。

这个人不是周京泽还是谁？

他正撸着猫，就听见一声软糯的"喵"的叫声，低头眯眼看她，多了点俯视的意味，许随穿着白色毛衣，扎着丸子头，一双干净的眼睛仰头看着他，蹲在地上，像匍匐在他脚底下，让人喉咙发痒。

周京泽挑了挑眉："你的猫？"

"对，我的。"许随站起来。

周京泽舌尖顶了一下左脸颊，语气懒散又痞里痞气："我的。"

此刻，1017见势往周京泽身上拱，他顺势揽住它，骨节分明的手轻轻地抚摩着她的猫。许随看着忽然羡慕起猫来了，同时也在心底骂了句白眼猫。

"你的？"许随眼神疑惑，顿了顿，态度坚定，"可它是我的猫。"

坐在对面复习的盛南洲看不惯周京泽这么逗一个小姑娘，开口解释："这猫是'喂'，京泽三个月前丢的那只。"

许随一时没转过弯来，意思是，她捡的这只猫是周京泽丢的那只？后面赶过来的胡茜西恰好听到了这个对话，意有所指道："别争了，那就是你俩的猫嘛。"

听到"你俩"这个词，许随的睫毛颤了颤，没有说话。胡茜西拉开椅子坐下来，继续说话："你们也来这儿复习啊？"

"对啊，图书馆人太多了，"盛南洲答，"不过来这里，周大少也太招女生喜欢了，他往这儿一坐，来了好几个正点的妞要他微信。"

"啧，"胡茜西感叹一句，指着猫，"不过，舅舅，我没想到它就是'喂'。"

"嗯。"周京泽懒懒地应着，抬眸看向许随："你把它养得挺好的，胖了不少。"

刚捡到它时，这橘猫还很瘦小，没想到三个月不见，许随把它养得胖得跟球一样。周京泽声音低沉又夹着一丝溺人的笑："放心，你说了算。"

许随松一口气,她看周京泽抱着猫,鼓起勇气开口:"我寒假不能把它带回家,你能不能帮忙养一下?"

周京泽正要开口,一个面容靓丽、身材高挑的女生走了过来,她走过来的时候,长卷发的发尾还无意间扫了许随的脸一下。

许随在溺死人的香气中听见女生大方地开口:"你好,能认识一下吗?我家里也有只猫,纯种的,波拉米猫,它们可以一起玩。"

女生大大方方地站在周京泽面前,许随坐在一旁垂下眼睫,装作轻松的样子在折千纸鹤,明明是折过无数次的纸,这会儿却怎么也折不好,她垂下黑漆漆的眼睫,像是较劲般,把它拆开,沿着折痕重新折。

周京泽背靠椅子,一条长腿撑地,视线在女生身上停留不到一秒又收回,语气吊儿郎当又嚣张:"不了吧,我家猫比较野,会咬人。"

拒绝之意明明白白,女生失落,耸了耸肩膀,只得离去。许随感觉自己一颗心从高空中重重落地。

一月底,期末考试顺利结束。离校那天,许随收拾好东西,拉着一个行李箱,带着猫出现在周京泽家门口。

奎大人一看见许随就兴奋地叫,还摇着尾巴围着她转来转去。前段时间在周京泽家排练,许随经常会带牛肉干、玩具过来,还会陪它玩。奎大人会有这样的表现也不奇怪。

周京泽看它谄媚的样子直接虚踹了一脚,用手指着它:"不要忘了谁天天跟在你后头捡屎。"

奎大人"嗷呜"一声,恋恋不舍地放下摇着的尾巴,不敢再献媚。

周京泽把视线移到许随身上,看到她连猫窝都带过来了,觉得好笑:"许随,我以前养过它,那些东西还没扔。"

言外之意,她过于担心了,许随有些不好意思,周京泽让她进来,还特意烧了一壶水,自己则从冰箱里拿出一瓶冰水来喝。

"1017有些娇气,它对花粉过敏,你……多担待。"许随叮嘱道。

"行。"周京泽答应道。

他仰头喝了一口冰水,有水顺着他的唇角流下来,流到喉结上,弧线分明,看起来冷淡又性感。许随不好意思再看下去,只好低头和猫玩。

"今天回去?"周京泽看到她脚边的行李箱,"你家在哪儿?"

许随笑着答:"江南,一个叫黎映的古镇,那里很美,有机会你可以过来玩。"

周京泽点了点头,拧紧瓶盖把水放到桌上,漫不经心地道:"在南方啊,离京北挺远的,怎么想到跑这么远来读大学?"

当然是因为你啊。

许随看着他,差点脱口而出这句话,最后她改口:"因为高中就转学过来了,习惯了,而且,我喜欢下雪天。"

两人聊了一下,许随叮嘱周京泽照顾1017的注意事项,最后一看时间吓一跳:"麻烦你照顾好1017,我得赶去高铁站了。"

许随急忙起身,拉着行李箱往外走。忽地,一道低沉的声音喊住她。许随回头,发现周京泽不知道什么时候换好了衣服,黑色冲锋衣、军靴,痞气又透着洒脱的野性。

抬头,他修长的指尖钩着一串钥匙:"我送你。"

"谢谢。"

又是下雪天,周京泽一路开着车送许随去高铁站。车内暖气开得足,许随坐在副驾驶座上,白皙的脸颊被蒸出两朵云霞。

她看向窗外白色的雪,问道:"你放假一般都会干什么?"

周京泽开着车,语气夹着无所顾忌的意味:"滑雪、蹦极、赛车,什么刺激玩什么。"

"可这些不是很危险吗?"

"因为我无所谓,无人牵挂,只能挥霍光阴,想想有天死在一条日落大道上算值得了。"周京泽这话说得半真半假,语调轻松。

他是真的认为人活在这世上,独自来,独自死,甚至不被人记得,是一件很正常的事。毕竟他妈妈就是这样的。

周京泽开着车,骨节清晰的手搭在方向盘上,身旁忽然传来许随的说话声:"日出也不比日落差,再等等。"

周京泽怔住,闻言慢慢地笑了:"好。"

"毕竟,你在一名准医生面前说这些话犯了大忌。"许随开玩笑道。

车开了近一个小时,他们终于抵达高铁站。高铁站来来往往很多人,大厅里显示屏上的红色字体显示许随乘坐的那趟高铁即将检票进站。

临道别,想起有一整个寒假见不到周京泽,许随心里空落落的,她抬起眼睫,语气小心翼翼:"寒假的时候我能看看……猫吗?"

"行啊,我到时发照片和视频给你。"周京泽的语气散漫。

大厅里响起工作人员甜美的让乘客检票进站的声音,许随冲他挥了挥手,转身走向进站口。

"许随。"周京泽喊她。

许随站在人流里回头,周京泽离她有一段距离,他穿着黑色的外套,肩头还沾着雪花,背后匆匆而过的人群被自动虚化。

一个是神色散漫、气质出挑的男生,一个是眼底懵懂的女生,两人的视线在半空中撞上,像自动定焦的照片。

周京泽单手抽着烟,语气懒洋洋的,薄唇上挑,带了点弧度:"小许老师,明年见。"

许随笑了,看着周京泽,慢慢地,唇角的笑容越扩越大。

好啊,明年见。

许随坐了半天高铁,又转了一趟车才到达黎映镇。回到家的时候,天色已经昏暗,家门口的灯笼映着暖暖的光,电视里家庭伦理剧的声音以两倍的音量从窗户的缝隙漏出来。

许随一边推着行李进门,一边冲屋子里笑着喊人:"妈妈,奶奶,我回来啦。"

下一秒,奶奶戴着老花镜驼着背出来,笑眯眯开口:"一一回来了,快让奶奶看看。"

许随放下行李，扑到老人怀里，使劲嗅了嗅奶奶身上独有的香味，一种木香，淡淡的，很好闻。

"奶奶，你身上好香，今晚我要和你睡。"许随撒娇道。

"好好，"奶奶笑笑，拉开她，上下打量自己的亲孙女，皱眉，"怎么变瘦了？"

"您就是太久没看见我，我在学校吃得可多了，胖了两斤。"许随撒了个小谎。

怕老人家起疑心，许随急忙岔开话题："欸，都六点了，我妈呢？"

"估计留校改作业了吧，得晚半个小时才能回来。"

许母提前知道许随会回家，下班的时候特地去菜市场买了面皮、韭菜，打算做闺女爱吃的饺子。

回到家，许母洗完手就钻进厨房里忙活了，没多久，许随也进来帮忙了。许随洗干净手拿起面皮，许母赶她："陪你奶奶看电视去。"

"没事儿，这点活还累不到我。"许随开始包饺子。

许母长相温婉，穿着素色的衣服站在灯光下，脸上始终挂着淡淡的微笑，过了一会儿，她问："学习怎么样？"

"还可以，这个学期拿了两个奖。"许随回答。

许母知道女儿口中的"还可以"是相当不错的意思，她露出一个欣慰的笑容："你从小就没让妈妈怎么操心。"

许随低头包饺子，闻言机械地扯了一下嘴角。

"在学校结交的朋友都还好吧，没有跟'恶劣分子'来往吧？"许母始终带着微笑，语气又带着试探。

许随脑海里出现一张玩世不恭且浪荡的脸，她心口一跳，摇了摇头："没。"

回到家的日子惬意又舒适，周京泽偶尔发来一两张1017趴在沙发上睡觉的照片，许随心底雀跃，会趁此机会多问几句胖橘的事。

其实只是为了跟他多聊几句。

年前，许随正在家里帮忙大扫除，把花搬到太阳底下晒，收到了周京泽发来的信息："1017生病了，浑身过敏，还把自己抓伤了。"

紧接着，周京泽发来一张1017的照片，许随点开一看，画面触目惊心，猫耳朵上全是血红的伤口，半干的血液沾在猫毛上。

许随眼底露出慌乱，上网查了一下这种症状，一连发了好几条消息过去——

"它这种情况持续多久了？"

"麻烦你尽量多看着点它，我怕它再把自己抓得浑身是伤。"

"你带它去宠物医院了吗？要不我现在过去，不对，我在说什么……"

两分钟后，周京泽发来一句话："别急。"

明明只是简短的两个字，许随的心却莫名静了下来。这会儿她别的事都顾不上，搬了个小板凳坐在太阳底下，等着周京泽回消息。

她正盯着手机，屏幕忽然弹出"对方邀你共享位置"的字眼，她眼皮重重一跳，才反应过来周京泽是怕她担心而开的位置共享。

许随点了"接受"，看着他的头像在地图上移动，心底涌起奇怪的感觉。

ZJZ："早上起来发现的，我现在带它去医院。"

许随："好。"

接下来每到一个时间点，周京泽都会发一句话过来，虽然他的话语很短，语气冷淡，却让人感到安心。

11:00am："上车了。"

11:40am："到了。"周京泽还附了一张宠物医院大门的照片。

11:55am："全身清理。"

12:20pm："在输液。"周京泽录了一段1017趴在病床上闭着眼输液的视频，从画面看，橘猫狂躁暴怒的情绪已经镇定下来。

许随看着视频，忽然看到1017把胖乎乎的脚掌搭在他手腕上，周京泽没有出镜，但她仍然能辨认出那是他的手，根根修长又干净，淡青色的血管充满着禁欲感。

然后镜头一晃，又回到了猫身上。

13:30pm："输完液了，医生说连续来输三天液就没事了。"

许随在对话框里打字："谢谢你，你是不是还没有吃饭，要不我给你点一份外卖?"

思来想去,许随垂下眼,指尖在屏幕上点击删除,重新编辑了一条:"谢谢,好像到饭点了,你是不是还没吃饭?快去吃饭吧。"

"嗯。"周京泽隔了半个小时才回她消息。

1017在周京泽的照顾下,逐渐康复。不过年前一段时间周京泽好像处于忙碌的状态,一直没怎么和许随联系。

许随有点担心1017,又想亲眼看看它,晚上犹豫了一阵,看了一眼时间九点半,还早,给周京泽发了消息:"1017现在怎么样,我能看看它吗?"

消息发出去后石沉大海,许随看了一会儿,把手机放在桌子上,书桌的灯亮起,她坐在床头看一本推理小说。

十点半,桌边的手机响起,许随捞过来一看,是周京泽发过来的视频通话,她攥着手机的指尖微微发抖,眼睛眨也不眨地盯着上面的视频请求,心口慌乱起来。

许随点了接听,手机切入的镜头是两道很瘦的锁骨,像两道连字符,胸口敞开,隐隐可见男人紧实的肌肉线条向下无限延伸……

她看得脸颊发热,想再多看一眼时,镜头一晃,1017瞪着眼睛一副暗中观察的模样,画面外传来周京泽的声音,他好像翻了个身,声音是带了点倦意的嘶哑:"你看,我继续睡。"

周京泽的床单是灰色的,1017在他床上仰着肚皮翻来翻去,一会儿消失在镜头外,一会儿又出现在镜头里。

他把手机搁在一边,许随其实还是能从屏幕的边角看到他。周京泽穿着银色的浴袍,黑且短硬的头发略微凌乱,垂下的眼睫毛浓密纤长,下颌线利落凌厉。

也就是周京泽睡着了,许随才敢放心大胆地看他。醒着的周京泽永远是一副痞里痞气的模样,他是危险的,有攻击性的,一双眼睛里又常常充斥着戏谑。

许随正撑着下巴看着周京泽发呆,忽地,周京泽很轻地哼了一下,好像是在说梦话，他的语气是从未有过的温柔眷恋："我也想你。"

她的眉心重重一跳，并且很清楚地意识到这话绝对不可能是对她说的，害怕再听到什么字眼，啪的一声，许随把视频挂断了。

挂完电话的许随眼睛干涩，垂下眼匆匆去了卫生间洗漱。

次日，周京泽头疼欲裂地醒来，一放假，约的局就越来越多，在声色犬马的场所待多了，竟也觉得腻味。

昨晚被人灌多了酒，他匆匆找了个借口回家睡觉，睡眠断断续续，还梦到了他妈，但记忆中，他好像和许随连了视频给她看猫。

周京泽按了按眉骨，捞起旁边的手机一看，竟然和许随视频了半个小时。

怕自己说出什么混账话，他发了一条消息过去："昨晚我有没有说什么？"

许随收到这条消息的时候，很想回：有，你想念的那个人是谁？是哪个女生吗？

可她怕真得到周京泽亲口承认时，又承受不住。

最后她什么也没回。

大年三十这天，天气特别冷。许随和一大家子亲戚一起过年，小孩的欢声笑语令饭桌上的气氛倍加热闹。

饭后，许随坐在沙发上陪奶奶看春晚，被几个小孩拉着下楼去放烟花。许随带他们点了两个炮仗，脸颊被冻得通红，最后跑上了楼。

许随披着一身寒气回来，奶奶看了没一会儿电视就去打牌了，大姨和妈妈她们则在次厅里打牌。

许随拿着手机登进微信，收到了几位朋友的祝福，她都一一表示感谢。许随拇指滑着屏幕往下拉，停留在备注为 ZJZ 的头像上，点进去，编辑了"新年快乐"的字样。

又退出。

许随把从别人那里收到的祝福模板复制粘贴到对话框里，在一长串看起来像是群发的祝福语中夹杂了她的私心："尽管新年祝福已经把您的手机塞满，尽管这四个字不足以表达我激动的心情，尽管这类朴实的字眼司空见惯，但我还是忍不住要送上祝福：新年快乐，希望每一天你都能看见日落。^ - ^"

其实她真正的祝福是——

新年快乐，希望每一天你都能看见日落大道。

没多久，ZJZ回复："许随，这语言朴实得像第一次网上冲浪啊。"

许随："我这叫修辞。"

她还顺势发了一个米老鼠插兜的表情包过去。

许随坐在暖气十足的客厅里打字，她想起胡茜西说周京泽和家里闹得很僵，想关心他今年在哪儿过年，问道："你现在在哪儿，吃年夜饭了吗？"

ZJZ："吃了，在外公家。"

随后他又发了一条消息："忽然想看烟花，但这里好安静。"

许随看到这条消息的时候，楼下的小孩在院子里玩得不亦乐乎，嬉笑打闹声时不时传出院子。她脑子里灵光一闪，意识先于理智跑下去。

为了喜欢的人，她能做任何事。

许随快步跑下去，迎着寒风向周京泽发去视频请求。视频很快接通，黎映的天空非常美，头顶布着满天星，十分漂亮。

院子里槐树的黄叶像一弯月亮挂在上面，南方冬天的风湿冷而刺骨，烟花探出墙头，许随站在原地有些发抖，把手机转向天空，声音温软："新年快乐。"

周京泽原本拿着一罐冰啤酒懒散地靠着栏杆吹冷风，忽地，眼前绽放出一簇又一簇绚烂的烟花，还有小孩的笑声传过来。

许随出现在画面里，穿着红色的棉袄，唇红齿白，鼻尖被冻得发红，头发披在肩头，烟花在天空绽放，化作流星拖着长长的尾巴消失在她玻璃珠般的眼眸里。

一闪一闪，亮晶晶的。

周京泽慢慢站直身体，缓缓开口："值了。"

许随在新年到来之际送他一场烟花，让周京泽忽然觉得，这个无聊、落寞的新年有点意思，是值得去展望的。

新年一来，许随就迎来了一个"好彩头"——上厕所的时候手机不慎掉进马桶里，彻底报废了。

许随苦恼没多久就释怀了，旧的不去，新的不来，更何况这个年她玩得有些忘形了，老师布置的作业和该背的医学知识一点也没背，没了手机更能静下心来学习。要是有什么事要联系的话，她用奶奶的手机就好了。

人一旦脱离网络和社交软件，做什么都事半功倍，一天下来，许随发现自己学习效率极高。

只是到了晚上的时候，许随坐在书桌边会走神，那天视频里周京泽无意识的呢喃，那句"想你"始终像根软刺一样扎在她心上。

一想起就会胸口发闷，透不来气。

如果有了喜欢的人，为什么要对她这么好？会不经意间给她热牛奶，一向不轻易开口的人却能在她生日的时候唱歌给她听，亲自送她去高铁站，还花心思照顾她的猫，还是说他对每一个女生都这么好，处处留情。

偏偏放浪不羁、漫不经心的人一旦对你特别一点，你就会轻易缴械投降。周京泽的好甚至让许随怀疑，他是不是也有一点点喜欢她？

可他随便一句话又能把人打入地狱。

如果是这样，许随很想问他，能不能不要对她这么好？给她希望又落空，那她情愿站在远处喜欢他。

这个想法常常萦绕在许随心头，一旦产生了，怎么也挥之不去。许随忍不住想去问一问周京泽。

她犹豫好几天，最终决定问一下。

因为许随感觉喜欢他的心要藏不住了。

年初十那天，许随背了一天的书，"周京泽"三个字时不时地挤在一堆医学公式里。

下午四点，冬日的阳光从窗台的一角倾斜下来，细碎的光斑落在书桌上。许随手机坏了，只好拿奶奶的手机给周京泽发信息。

她实在过于紧张，指尖微微颤抖，长呼几口气后在手机上打了一大段话，最后又觉得矫情，她全部删除，自暴自弃地发了一条短信过去："你能不能不要对我这么好？"

这次周京泽的语气是她没见过的温柔："不是你对我比较好吗？"

许随看到这条消息的时候心口一窒，难道他一直知道她的心思？她垂下眼，继续编辑："也没有……"

五分钟后，周京泽带着一股纵容回道："行了，上次你要的东西我托人给你买了。在外面照顾好自己，你那边挺晚了吧，早点休息，晚安。"

许随看到这一条消息，大脑一片空白，意识混乱起来，直接问他："你在说什么？我这里没时差啊。"

三分钟后，许随收到他的回复，隔着屏幕都能感觉他语气的冰冷和不耐烦："你谁？"

周京泽从来没有用这种语气跟她说过话，许随看到这两个字，人都蒙了，急忙解释："我是许随，我记得我跟你说过前几天我的手机坏了。"

也怪她，刚才太紧张，用奶奶的手机给周京泽发消息，忘了先说一句她是许随。刚刚，周京泽好像把她当成别人了。

周京泽回得很快，充满戾气与冷漠，压着几分明显的火气："你不是赛宁？她最近一直拿舍友的手机跟我联系，所以你现在告诉我，情绪用错了对象？"

周京泽每一个字都充斥着不耐烦和隐隐的火气，一个乌龙，她用了未知的号码给周京泽发消息，他以为许随是赛宁，所以一直用温柔的语气回她。

"你谁？""她""用错"，每一个字眼，以及他口中蹦出的那个好听的女生名字赛宁，都在明晃晃地提醒她——

他之前对你好只是客套而已。

你对他来说最多算勉强排得上号的甲乙丙丁。

他不喜欢你是事实。

这个短信乌龙,让许随觉得自己很可笑,她眼睛直直地盯着屏幕直到眼睛发酸,一滴晶莹的眼泪砸在屏幕上,迅速模糊了眼前的视线,她快速用手指擦了擦屏幕上的水珠,发送短信:"对不起。"

像是自我防备,怕再受到伤害般,许随发完短信后就把周京泽的电话号码拉黑了。

元宵节一过,大学生陆续返校,许随离开黎映镇的那天,妈妈和奶奶用特产塞满了她的行李箱。

许随哭笑不得:"妈,我吃不了那么多。"

说着许随就要去把行李箱里一些特产拿出来,许母拍开她的手,重新拉好拉链,语气嗔怪:"谁说是给你吃的?分些给你室友,让她们对我闺女好点。"

"我室友都很好,但还是谢谢妈妈。"许随笑着说。

许母送许随去高铁站的一路上,说的无非是让她注意身体、按时吃饭、有事就打电话之类的话。

许随站在高铁站门口,语气严肃:"我现在就有事。"

许母神色担忧,拉着她:"哪儿不舒服了,要不现在去医院看看?怎么了?"

"耳朵起茧子了。"许随接过自己的行李说道。

"你这孩子。"许母轻轻地拧了她胳膊一下,犹豫一下,还是说出口,"——,回到学校要记得好好学习,记住妈妈对你的期望,你现阶段最重要的是学业,恋爱可以等毕业后再谈。"

这句话许母藏心里很久了,当妈的最了解自己的孩子,她早察觉出许随的反常了。明明过年前她还心情雀跃,时不时地盯着手机,现在却失魂落魄,经常神游。

这个年纪的烦恼,除了学业,无非与感情有关,许母一向对自己的小孩严厉,她还是希望许随能把心思放在学业上。

提到恋爱,许随想到了某个名字,眼睛一瞬间黯淡下来:"知道了，妈妈。"

回到学校后，许随拖着行李箱进寝室，一打开门，梁爽正在阳台上浇花，而胡茜西照例戴着一副黑框墨镜对着帮忙搬行李的男生指挥。

一切都那么熟悉。

"我回来了！"许随笑着进来。

"宝贝儿，想我了吗？"胡茜西摘了墨镜扑过来。

"嗯——"许随温软的声音拖长，语气一转，"其实还好。"

胡茜西立刻挠她胳肢窝，许随笑着躲开，两个人闹作一团。

她们休息半天，然后各自去班上上晚自习。

发了课表、领了新书后，许随发现大一下学期的学业明显更重了一些。许随暗暗下定决心忘记那个人，打算逃离"周京泽"这三个字的魔咒。

新学期开学以后，许随每天把自己的时间安排得很满，不是上课，就是躲在图书馆、天台学习，忙到让自己没有时间去想他。

她依然没有买手机，有什么事她会用笔记本登QQ，反正班里说事不是在QQ上，就是发邮件。

许随不知道自己在躲避什么，有时候登QQ，她会看到周京泽的头像亮着，但都是忙碌的状态，估计是打游戏去了。自她高中偷偷加他QQ起，他的头像大部分时间是灰色的，极少会有亮的时候。这就像是他人生大部分时间与她不相关，出现在她世界里的彩色只是短暂的。

她甚至怀疑，周京泽根本不知道她读高中的时候偷偷加过他。对他而言，她只是躺在联系列表里的一个陌生人而已。

室友也发现了许随的变化，梁爽被她弄得感觉自己特不务正业，加上背书的艰难，她不得不天天跟着许随去图书馆、回寝室背书。

梁爽坐在床上涂指甲油的时候，想起什么，问道："随随，今天上课老师抽背人体组织图，只有你一个人背出来了，背书对我来说好难啊，可你看起来很轻松，有没有什么招教教我？"

"有啊，你下来。"许随坐在书桌前说道。

梁爽立刻爬下床，许随坐在椅子上，翻开书，从笔袋里抽出一支红色记号笔，温声说道："比如你看人解，我们可以先过一遍，然后用思维导图，细分到骨头的形态标志，神经导向……"

梁爽听着听着走了神，从她这个角度看，许随蓬松的长发用一根铅笔随意地绾起，散乱的几缕头发贴在白皙的脸上，嘴唇像樱桃，又红又水润。

"梁爽，你有在听吗？"许随好脾气地问道。

梁爽回神，立刻道歉："哎呀，随宝，你太好看了，刚才有一点走神，你重新说。"

许随只好重新给她讲，说到脉管走向的时候，胡茜西一脸失魂落魄地进来。梁爽顺嘴问了一句："怎么了？"

"路闻白也太难搞了，我说我要追他。"

"嗯，然后呢？"

"他让我做梦！"胡茜西气愤地道。

"别伤心了，臭男人啥也不是。"梁爽安慰他。

"说得对，给你点赞！"

胡茜西的情绪来得快，去得也快，她坐在椅子上玩着手机，忽然扭头冲许随开口："随随，他们说一会儿出去吃饭，你去不？周京泽也在。"

许随正用记号笔在书上记着笔记，闻言手肘一偏，红色的记号笔在人体图解上画出长长的一道，直指心脏的器官图解。

她垂下眼："不去了，晚上我还有事。"

起初许随还能用这样的借口搪塞胡茜西，久了，胡茜西觉得不对劲，问她："你俩怎么了？是不是我舅舅欺负你了？我揍他去。"

"不是，闹了个小乌龙，西西，你别管啦，"许随笑道，她岔开话题，"这学期课业比较多，真的好忙，我都想转动物医学系了。"

"嗐，我们也很苦的好不！天天在校区里抓野猫治病，它们一见我们就逃。"胡茜西吐槽道。

"欸，说起野猫，1017还在我舅舅那儿吗？"胡茜西问道。

许随点点头，开学以来，她也没去周京泽那儿要回1017，反正那原本就是他的猫。

她再没参加过他们的活动,"周京泽"这三个字被她藏到了心底某个隐匿的角落。许随经常去图书馆,倒是没想到在那儿多次遇到师越杰,一来二往,两人熟稔起来,关系到了可以一起去食堂吃饭的程度。

周五下课后,许随忽然想吃校外小摊上的关东煮,她抱着书本一个人急匆匆地走出校门。

三月中旬,春风料峭,唯一不同的是校外的柳树开了花,风一吹,纷扬的柳絮落在肩头。

许随打包了一份关东煮,付完钱后,她转身不经意地抬眼,周京泽站在不远处的人群中,许随一眼就看到了他。

周京泽穿着一件黑色的薄外套,头发更短了,贴着青皮,衬得眉眼更为漆黑凌厉。他咬着一根烟,站在人群中间,不知道和人谈到什么,露出一个轻佻又散漫的笑容。

有风吹过,他指尖的烟灰簌簌地落下来。

一旁的盛南洲显然也看到了许随,还推了推周京泽的肩膀。周京泽低下头,旁边有人递火过来,他拢着手挡风,又点了一支烟。

猩红色的烟火蹿起,他的眉眼懒散,闻言极快地挑了眉梢,烟点好后,他重新与人谈笑风生,全程没有分一个眼神给许随。

近一个月没见,许随觉得,没有她,他的生活没有发生任何改变,依然光芒万丈。

许随从他身上收回视线,垂下眼,提着一份关东煮匆匆向校门口的方向走去。风直直吹来,弄得她眼眶发涩,睁不开眼。

暗恋是为你翻山越岭,你却与我无数次擦肩。

你是我从未得到的风景。

冰沙

BING SHA

Part 2

第 一 章

他说——我们——

"我们——是打算不理我了吗?"
"你怎么知道我的小名?"
"你名字还挺好听。"

自从上次在校外意外碰见周京泽后,许随为了不让自己再碰到他,减少了往外跑的次数。

可是有些人,你越逃离,越能看见他。

四月中旬,学校与京北医科大学第一附属医院有一个合作项目,是一个志愿者活动,向大一新生征集医务社工,对医院的特殊人群进行服务、救助等工作,时间为一周。

许随看了一下报名条件就报名了。第一天,她险些迟到,穿好衣服,拿了一个面包就匆匆出了门。

她一路乘公交到市医院,一下车,看见不远处乌泱泱的人群,慌张地跑过去,喘着气说:"不好意思,来迟了。"

人群中央站着一个男生,穿着白衬衫,背脊很直,背对着许随,拿着文件夹正在点名。许随看着背影有点熟悉,对方一转身,她就傻眼了。

师越杰拿着蓝色文件夹佯装敲了一下她,动作温柔,笑着说:"还不快站到队伍里去。"

点完名报数的时候,师越杰站在正前方,早上的阳光有些刺眼,他眯着眼看向眼前的队伍,许随站在最边上,穿着苹果绿的卫衣、浅蓝色的牛仔裤,黑发绑在脑后有些凌乱,她不停地用手扇风,白皙的脸颊鼓起来,像小金鱼。

点完名后，师越杰给他们发了分组名单，他们各自乘坐交通工具去需要的地方服务，有的去医院，有的去养老院，而许随要去的是孤儿院，给患病的失孤儿童做心理辅导。

许随在孤儿院待了一天，了解到一个患有先天心脏病的小孩因为成长环境，心理陷入抑郁状态，她在地上画画，画的城堡是封闭的，没有一扇门。

"这座城堡为什么没门？"许随摸了摸她的头，温柔地问道。

小女孩回答："因为坏人把门关上了。"

许随拿出树枝给城堡画了一扇门，唇角翘起："看，有门了。"

"坏人把门关上了的话，我们可以给自己创造一扇门。"许随说完这句话怔住，似乎想起了什么，陷入沉思。

一天的医务社工服务结束后，许随乘坐着公交回了学校，没想到一下车就碰上了同样结束志愿服务活动的师越杰。

两人相视一笑。

师越杰走过去，递了一盒牛奶给她。许随接过，把吸管插进银色的薄膜口里，开口："谢谢。"

两人并肩走在校园的走道上，师越杰关心道："感觉怎么样？今天累吗？"

"感觉挺不错的，"许随点头，想了一下，"一点点累。"

"那就好。"

随后师越杰同她分享了自己一天的服务经历，困难的地方轻描淡写揭过，讲了几件有趣的事。许随听得专注，时不时地露出一个笑容来。

许随咬着牛奶吸管，干净的眼睛里透着疑问："我没想到你是这次活动的负责人，师兄，大三了，你不忙吗？还是说职位越高，负责的就越多？"

"忙，我本来想拒绝的，"师越杰看着她，语速很缓，"但我在名单上看到了你的名字，就决定来了。"

许随怔住，她正喝着牛奶，呛了一下，嗓子一时没顺过来，剧烈地咳嗽起来，咳得眼眶里蓄满了眼泪。

师越杰下意识地抬手,手掌在距离她只有两厘米的时候停住了,最后轻轻拍她的背,温和地笑笑:"我吓到你了吗?这件事你不要有负担。"

周京泽刚结束训练赶到她们学校,就碰见了这一幕。正值四月,学校的玉兰花大片大片地竞相开放,他们两人站在树下,姿态亲昵,带着湿气的风吹来,将甜腻的香气送到他面前。

他眯了眼冷笑一声——看起来还挺配。

许随好不容易顺过气来,感到一道灼热的视线落在自己身上,一抬眼便看到了不远处的周京泽。

他穿着灰绿色的作训服,单手抽着烟,下颌线弧度利落,目光笔直地看向她,眼底翻涌着情绪。

直接的,漠然的,充斥着欲望的。

许随的心尖一颤,视线交会间,她匆匆移开眼,不敢再去看他。

显然,师越杰也看到了周京泽。他今天跟许随坦白自己的心意绝非偶然。

那次许随被诬陷作弊,他帮忙调查还了她一个公道。那件事看起来是他赢了,可不知道周京泽用了什么方法,竟然能让那女生直接跟许随道歉,师越杰就知道自己输了,他比不过周京泽。周京泽就是这种人,比起公正的方式,他更喜欢用自己的处理方法,告诉师越杰,我就是比你行。

可这段时间,师越杰看到许随身边没有周京泽,她也没有经常往外跑了。他打算抓住这次机会,坦诚自己的心意。毕竟喜欢一个人,没什么龌龊和可耻可言。

师越杰主动走到周京泽面前,语气温和:"京泽,找我什么事?"

周京泽把嘴里的烟拿下来,听后嗤笑一声,声音冰凉:"谁说是来找你的?"

两人对视,有一种剑拔弩张的暗流在他们之间涌动。许随站在师越杰身后,逼自己不去看向那个人。

因为她一看到他就难过。

就在两人间气氛紧张无法松动时，许随捏紧牛奶盒的一角低头匆匆从周京泽身边经过。晚风吹拂头发，一缕发丝不经意蹭到周京泽的鼻尖，很淡的山茶花香味，又一带而过。

周京泽回头，盯住跑得比兔子还快的背影，眯了眯眼："许随。"

许随的脚步一顿，又抬脚头也不回地离开了。

周京泽这才知道，这姑娘生气了，并且比他想象得严重。

这个学期许随一直在给盛言加小朋友上课，只不过她把时间调到了周五，是为了避免碰上周京泽。

结果周五下午，盛言加神秘兮兮地发了短信给她，让许随早点到。许随不疑有他，来到盛家给盛言加上了两节数学课，布置两个作业后，照例摸了摸小鬼的头："老师走了。"

"哎，小许老师，今晚在我家吃饭吧。"盛言加拉住她。

"饭就不吃啦，老师最近在减肥。"许随撒了一个谎来搪塞盛言加。

小卷毛立刻趴在桌子上，神色怏怏地说道："可今天是我生日。"

"你生日——你怎么不提前说？我什么也没准备。"许随大为吃惊。

这时，盛母推门而入，她今天特意打扮一下，水烟盘扣旗袍，两个翠绿的耳坠衬得肤如凝脂，大方又有风情。盛母的热情洋溢在脸上，忙说："小许老师，你就留下来吃饭吧，什么也不用准备，你要是不留下来，这小子该怨我了。"

许随对上小鬼祈求的大眼珠，只好妥协，盛情难却，最后点了点头。盛言加立刻从凳子上跳起来，邀请她："老师，下楼玩呗，我请了很多同学，还有我哥，京泽哥他们也在。"

听到某个名字，许随眉心一跳，她开口："你先下楼玩，老师想休息一下，我能玩会儿游戏机吗？"

"当然可以，小许老师，我先下去啦。"盛言加说道。

他们下楼后，许随坐在房间的软地毯上，没多久，听见了楼下传来嘈杂的声音，有说话声和哄笑声。

其中一道接近金属质地的声音，夹杂着散漫的语气，她一下子就辨认出来了。

许随敛了敛心神，握着游戏手柄，将注意力集中在游戏上。她很久没玩游戏了，一碰上这种竞技求生类的游戏，骨子里就隐隐透着兴奋感，她一路通关，做任务。

胡茜西推门进来的时候，看见的就是这一幕，许随顶着一张乖软的脸，眼睛一眨不眨地杀兵拿血，瓷白的脸上挂着淡定。

"这操作好凶残，宝贝，大家就是被你的长相骗了才觉得你乖的。"胡茜西拍了拍她的脑袋，"随宝，下楼吃饭啦。"

许随盘腿坐在地上，黑眼珠盯着大屏幕不动弹，十分专注，声音含糊："你先去，我打完这一把。"

太久没玩了，总归有点上瘾。

胡茜西下楼后，许随这一局打得有些久，她将敌人的最后一滴血拿下后，不经意地抬眼看了时间，心底一惊，急忙下楼。

许随下楼的时候，发现人已经坐得差不多了，只有一个座位了，正好是那人旁边的空位。

那人背对着她，穿着黑色的短袖，懒散地背靠椅子，正在拆桌面上的糖，后颈的棘突显得冷淡又勾人。

盛言加被几个小朋友围在中间笑得开心，他看见许随，生怕她听不到一样，扯着嗓门喊："小许老师，快过来。"

许随只好硬着头皮走过去，坐在了周京泽旁边。从落座开始，许随就跟着大家鼓掌微笑，努力不让自己去看旁边的人。

周京泽一脸轻松，懒散地坐在那里，笑得肆无忌惮，还有兴趣去逗盛言加，差点把他气哭。

两人挨得近，偶尔手肘不经意地碰到，他的手肘骨节清晰分明，又硬得有些硌人，只是一瞬，感觉却很明显。

许随心底一阵战栗，急忙挪开。

许随坐在他旁边，他身上的薄荷味飘来，一点一点，沁到跟前，躲不掉，她只好专注于眼前的食物。

京北人吃得比较偏甜口，许随嗜辣，一桌菜转下来，只有一盘麻婆豆腐比较合她的口味。在场的小朋友更是挑食鬼，把圆盘当转盘玩，常常是她想夹这道菜，这菜就咻地从她面前飞过去了。

眼看菜就要转到许随面前了，下一秒，圆盘动了起来，她在心底叹了一口气，把筷子缩了回去。

周京泽坐在一边，正漫不经心地同旁人聊着天，后脑勺跟长了眼睛一样，他的右手臂弓起，手臂线条流畅又好看，手掌直接撑在玻璃圆盘上，盛言加怎么扯都扯不动。

盛言加总感觉周京泽喜欢跟他作对，感到十分委屈："哥，你干吗？"

周京泽抬起薄薄的眼皮睨了他一眼，慢悠悠地发问："夹菜不行啊？"

盛言加怕死他哥这样看人，眼神平静，他却感觉有事后要被揍的意味。小卷毛果断松手，狗腿地说："没事，您夹，我再也不敢乱转了。"

周京泽随意地夹了麻婆豆腐旁边的一道菜，许随也顺利地吃到了她想吃的菜。

饭到半席，许随吃得有点呛，正要找水时，一只修长、皮肤冷白的手端着一杯水，手背淡青色的血管明显，虎口黑色的痣明晃晃地出现在眼前，一杯水出现在她旁边。所以他刚才那样做是为了她？

许随不敢抬头直视他的眼睛，轻声说了句："谢谢。"

头顶响起一道意味不明而散漫的轻笑声，尾音长又低沉，许随感觉脖颈在发痒，热热的。

吃完饭后，是切蛋糕许愿的环节，盛言加在大家热闹的祝福中，成功地吹灭了 11 根蜡烛。

周京泽出手大方，直接送了他一套成人高的限量版漫威人物手办。大家纷纷送上自己的礼物，许随空着手有些不好意思："下次老师给你补上，生日快乐，盛言加小朋友。"

"那你不能忘了哦。"

"一定。"

……

等盛言加生日过得差不多了，许随偷瞄一眼时间，快十点了，胡茜西也过来找她："我们是不是该回去了？现在回去都快到宿舍门禁时间了。"

"嗯,你先等一下我,我东西还在楼上。"许随点头。

说完后,许随匆匆跑到楼上盛言加的房间收拾自己的东西,把笔、书、镜子之类的东西一股脑儿装进包里。

许随边收拾东西边发呆,她抱着书包一转身,猝不及防地撞上一个坚硬的胸膛,仰头,对上一双漆黑不见底的眼睛。

他眼底霸道又充斥着莫名的情绪,像一头野兽,随时能把她吞下。

许随心口一紧,抱紧了胸口的书包,侧着身子往另一边走,周京泽拎着红白相间的外套,脸上挂着纨绔的笑,也懒散地跟着抬脚,堵住她,不让许随走。

许随抿紧嘴唇,她往左,周京泽跟着往左,她往右,他也跟着往右。

他的表情始终是吊儿郎当的,脸上还挂着笑,一副逗猫的架势。

周京泽侧着身子堵在许随面前,眼睛紧锁着她,开口:"谈谈。"

许随不想把那件事重新剥开来,又去面对那时周京泽对她的冰冷、不耐烦,她只想着逃避:"我还有事。"

她说完趁着周京泽不注意,就往旁边走了。周京泽反应很快,向后退两步,直接堵在了门口。

许随要走,周京泽抬手攥住了她的手腕,用力收紧,垂眸看她,不满地眯了眯眼:"躲哪儿?"

他的手攥住她的手腕,温热的皮肤贴上来,许随想挣脱,他却攥得更紧,不自觉地用了一点力。

周京泽倚在门框上,慢慢贴过来,头颈低下来,两人离得很近,他的语气游刃有余,声音透着霸道和强势:"我不想让你走,你能走?"

许随别过脸去,没有说话,周京泽以为她就此妥协,正要好好跟她谈话时,一滴晶莹又滚烫的眼泪落在他手背上。

莫名烫了他心口一下。

周京泽低头一看,发现他攥得太用力,许随白皙的手腕起了一圈红印。周京泽立刻松开手,发现她的眼睛发红,他心底起了一种类似于慌乱的情绪。

许随得到自由后,抱着书包匆匆向前,周京泽忽然开口,声音低沉且认真:"对不起。"

听到这话后,许随跑着的脚步一顿,停了下来,没一会儿她还是跑开了。

周京泽这几天无论是上课还是集训,脑海里总是出现那天许随哭的模样,眼睛、鼻尖都是红红的,沾着泪,干净的眼眸里写满了委屈。

每次想起这双眼睛,周京泽都觉得自己特不是人。

周三下午,阳光大好,一群年轻的未来飞行员穿着灰绿色的常服正在操场上整齐划一地进行着体能训练,像一大片奔涌的绿色海浪。

盛南洲刚做完五十个来回的悬梯训练,趴在操场单杠上喘得跟狗一样。周京泽嘴里咬着一根狗尾巴草,双手插着兜,抬脚踹了盛南洲一脚,声音有些含混不清:"问你个事。"

盛南洲翻了个身,爽快地道:"问吧,你洲哥知无不言,言无不尽。"

周京泽斟酌了一下措辞,犹豫道:"如果你做了一件错事,要怎么跟人道歉?"

"很简单啊,请人吃饭,"盛南洲打了一个响指,得意地道,"如果一顿不行,那就两顿。"

周京泽看向盛南洲的眼神冰凉,他收回在这二货身上的视线,径直离开了。

"这事我最有经验了,别人不说,就说说西西吧,哪次她生气不是把我的兜吃得比脸还干净……"

盛南洲还在那儿侃侃而谈,他讲了半天发现没人理,一回头发现人早就走了!"你这人什么态度!"盛南洲不满地道。

许随这几天发现胡茜西跟以前比有了点变化,变得比以前更爱打扮了,拿个饭盆去食堂打饭都不忘把自己打扮得光彩照人。

傍晚两人在食堂吃完饭,走在校园的走道上。凉风习习,天边橘红的火烧云压得很低,夏天好像总是很快来到。

"随随，周末你有空不？"胡茜西问道。

"怎么了？"许随问她。

"陪我去看个篮球赛呗，京航的校篮球比赛。"胡茜西说道。

许随眉眼惊讶，觉得有点不对劲："你怎么有兴致去京航看比赛了，为了给盛南洲加油？"

"我吃饱了撑的吗？"胡茜西当场"呸"了一下，随即想起什么，又不好意思起来，"是我打听到路闻白会在那儿兼职啦，估计是篮球比赛的冠名商请的兼职生。不懂他为什么四处做兼职……哎，而且一个破篮球比赛还要什么门票，还是内部发放的，我上哪儿要票去？"胡茜西神色苦恼。

许随明白了胡茜西的目的，有意逗弄她，笑得眼睛弯弯："原来你这是空手套白狼啊，那我得查看一下我的行程了。"

"嗯——可能没时间。"

"要死啊你。"胡茜西恼羞成怒，开始当众挠她痒痒，许随笑着侧开身子躲，还是没躲开她的魔掌。胡茜西问道："还敢不敢开我玩笑了？"

"不敢了，我错了。"许随立刻求饶。

胡茜西松手后，许随立刻向前跑了，发出清脆的笑声："我下次还敢！"

傍晚，栀子花的清香流连在两个女孩追逐打闹的身影上，一长串嬉笑声回荡在校园上空。

周四，许随在寝室里学习，隔壁寝室的一个人进来找胡茜西拿东西，胡茜西搬了小板凳去够柜子，在里面翻找。

女生在等待的间隙同她们聊八卦，语气震惊："活久见，京航飞院的周京泽居然在我们宿舍底下等人，我刚路过瞄了一眼，也太正了。"

"我二舅啊？"胡茜西嗤笑一声，语气寻常，"还好吧。"

话一说完，梁爽拿完快递风风火火地闯进门，声音激动："周京泽居然在楼下，我去，他也太招摇了，人往那儿一站，就有好几个女的去要他微信了。"

"不过他来我们宿舍楼下干吗，不会是又看上了哪个女生吧？还是来找你的，西西？"梁爽话锋一转。

胡茜西"喊"了一声，然后从板凳上跳下来，下意识的话脱口而出："找我，他要使唤我不是一个电话的事？他就是——"

"过来找哪个女的"这后半句话，胡茜西朝右手边的人看了一眼，憋回去，改口："有可能，他闲得慌的时候会这样干。"

许随长长的睫毛颤了颤，全程没有说过一句话，继续看书。

话刚说完，胡茜西的手机铃声响了，她看了一眼来电显示，神色狐疑地走到阳台上接听电话。

没一会儿，胡茜西折回寝室，喊她："随随。"

"嗯？"

"周京泽在下面等你。"胡茜西朝她晃了晃手机上面的通话记录。

胡茜西话一说完，寝室其他女生的吸气声此起彼伏，隔壁寝室的女生一脸惊叹："周京泽欸，他来找你！"

"随随，我去，周京泽是不是看上你了啊？"梁爽立刻反应过来。

明知道周京泽来找她是因为那件事，可是听到梁爽的玩笑话，许随的心还是不可避免地狂跳了一下。

"不是。"许随还是出声否认。

随即她看向胡茜西，正要说"我不想去"，胡茜西一看她的眼神，立刻接话："他说你要是不去，他就等到你下来为止。"绝了，这确实是周京泽的作风，不达目的不罢休。

许随只好下楼，她跑下去的时候一眼就看到了不远处站在宿舍大门口的周京泽，一副懒散的模样，低头按着手机，漆黑的眉眼压着几分戾气。

来往经过的女生都忍不住偷看一眼周京泽，然后红着脸和同伴小声讨论。

许随一路小跑到周京泽面前，光洁的额头上沁了一层亮晶晶的汗，她不喜欢被太多人围观，下意识地扯着周京泽的衣袖走到宿舍门外的榆树下。

风一吹，树叶哗哗作响，抖落一地细碎的金晖。周京泽双手插着兜，站在影影绰绰的树荫下，他的肩头落下一片阴影。

周京泽脖颈低下来，挑了挑眉，似笑非笑地看向她的手，纤白的手指正抓着他的衣袖，许随脸莫名一烫，立刻松手，平复气息后问道："你找我什么事？"

这句话提醒了周京泽，他微微敛起了笑意，语气吊儿郎当地说："没事就不能找你了吗？"

许随抿了抿嘴唇没有接话，周京泽继续开口，咬了咬后槽牙："我给你打过电话，也发了信息。"

但均无回复，周大少生平第一次被晾在一边。

"过年的时候我不是跟你说过吗？发错信息这件事是因为我手机坏了。"许随不愿意提起那件事，但还是说了出来，解释道，"回到学校还没买新手机。"

说完这句话后，两个人都沉默了，周京泽更是想起了自己之前干的混账事。许随的脚尖向外移，说道："没什么事我先走了。"许随站在他面前，眉眼低垂。

对上这张乖得不行的脸，周京泽感觉自己点了个哑炮，还显得自己特别浑。

忽地，周京泽瞥见她发顶沾了一瓣蒲公英，手指垂在裤管边，喉咙一阵发痒，指尖动了动后又插回裤兜里。

"行，那你记得回去看消息。"

"嗯。"

许随回去之后还是没有去买新手机，不过她打算周末去看新手机，因为她要是再不换新手机，妈妈和姥姥联系不上她，该担心了。但一直有个问题萦绕在许随心中，周京泽是什么意思，打算和好吗？

隔天晚上，许随刚从卫生间洗完澡出来，一边侧着头一边用白毛巾擦着滴答往下滴水的头发。

胡茜西把手机递给她，冲她挤眉弄眼："喏，周京泽电话。"

许随心一紧，从书桌上抽了一张纸巾擦干净手再去接电话。她走出寝室，站在阳台上打电话。

五月的风凉凉的，天空中的几颗星发出荧荧微光，往楼下一看，晚归的女生趿拉着拖鞋，白藕似的胳膊挎着一个白色塑料袋，里面装着几根雪糕，一楼水池里的水开得很大，她们嘻嘻哈哈地从水池面前经过。

"是我。"周京泽低哑的声音透过听筒传来。

许随把手机贴在耳朵上，同时用毛巾擦了擦头发，应道："在。"

"报数吗你？"周京泽发出轻微的哂笑声，接着他好像点了一支烟，听筒里传来打火机清脆的咔嚓声。

周京泽吐了一口气，声音带着颗粒感："你不是想来看比赛吗？明天你出来，我给你留了两张票。"

比赛？篮球比赛？！许随心生疑惑，她什么时候说过想看篮球比赛了，除了西西，一想起她，许随顿时就明白了怎么回事。

"我没有想来，是西西——"

下一秒，周京泽低沉又喑哑的声音透过不平稳的电波传来，钻进许随的耳朵里，发痒且撩人："你就当是我想你来。"

许随穿着白色的棉质吊带连衣裙，裸露出两条纤细的胳膊，她的头发被风吹得半干蓬松起来。

晚风吹来，她是应该感觉冷的，可是此刻，许随感觉自己整张脸都在发烫，脖颈处突突地跳着，血管很热，人也是燥热的，以至于她稀里糊涂挂了电话，回到寝室把手机还给胡茜西的时候忘了找对方算账。

他总是喜欢这样，随便一句话就能扰乱她的心弦。

周日下午五点，许随按照周京泽说的，准时出现在学校不远处的喷泉广场上。

许随穿着一条水蓝色的裙子站在喷泉处，有几滴水溅到她小腿上，她往前走了几步，下意识地四处张望，但没等到来人。

许随左等右等，等得小腿都有点发酸，这时喷泉恰好停了，她坐在了花坛上，感到有点无聊。许随决定再等十五分钟，如果人还没来，她就直接走了。

她正发着呆，倏地，眼前出现一个小女孩，穿着白色的及膝袜，留着一头漂亮的卷发，眼珠是棕色的，问她："你是许随姐姐吗？"

"我是，怎么了？"许随笑着回答。

小女孩正背着手，闻言变出一个绿色的卷心菜娃娃，她递给许随。许随神色诧异，用手指了指自己，问道："给我的？"

小女孩点了点头，奶声奶气地开口："刚才有个哥哥叫我给你的，他还有话让我问你，但……我想不起来了。"

小女孩说完后把卷心菜娃娃塞到许随怀里，然后一溜烟地跑开了。广场上人来人往，许随抱着卷心菜娃娃，盯着它的笑脸，眼睛有点酸。

原来他一直记得。

被人记得的感觉是不同的。

许随从小记得，父亲因为那个意外去世之后，妈妈不想让那些人戳脊梁骨，对她的教育非常严格，大部分时间，她不是在做作业就是在看书。和朋友去 KTV 是学坏，出去玩会让学习分心，假期想要去玩对她来说是冒险的滑冰，许母不会责备她，而是以一种非常疲惫的语气说："以后再去，现在最重要的是学习。"

因为搬家，卷心菜娃娃丢了以后，许随曾经提出想买一个新的，妈妈说等她考到年级前三，就给她买一个。最后许随努力考到了年级前三，许母也如应允的那般，在饭桌上递给她礼物。许随满心欢喜地拆开，笑意僵在脸上。

没有她心心念念的卷心菜娃娃，而是一台学习机。许母一脸欣慰，语气温柔："一一，喜欢吗？"

许随本想说"我想要的只是个娃娃"，可是一抬眼看见妈妈鬓角的白发，话又咽了回去，她笑道："嗯，喜欢的，谢谢妈妈。"

到现在她读大学，能拿奖学金，有能力做家教挣钱了，却再没想过去买那个卷心菜娃娃，总感觉她还是丢掉了那个娃娃。

但现在，周京泽又把她曾经的陪伴送到了她面前。

许随正走神想着事，一道懒洋洋且压低的嗓音传来："他是想问，你能不能原谅那个浑蛋？"

许随一抬眼，撞上一双漆黑凌厉的眼睛，周京泽穿着黑色的T恤，手里拿着一瓶冰水站在她面前。

周京泽坐在她旁边，拧开瓶盖喝了一口水，语气很缓："寒假那事是我做得不对，是我情绪过激了，我当时以为和我发消息的是在国外的一个朋友，所以无所顾忌地聊。"

"我知道认错了人后，其实很慌，我只是……怕我另一个阴暗的面被你知道。"周京泽自嘲地笑笑，语气坦诚，"等我能正视自己了，有机会跟你说。

"我给你道个歉，是我犯浑了。"

原来是这样，许随在内心松了一口气，他不是讨厌她就好。发生那件事后，许随难过，甚至不喜欢自己，所以一直逃避和害怕见他。

不是他喜欢的人就好。

事情解释清楚后，许随的心情跟放晴了一样，她手里抓着卷心菜娃娃挡在面前，冲他晃了晃脑袋："那没事啦，你以后不要再凶我就好。"

"不会。"周京泽抬起眼看她。

最后两人冰释前嫌，还一起吃了一顿饭，周京泽把她送到学校门口就回去了。人走后，许随感到放松又自在，还打了电话让胡茜西陪她去买手机。

许随最后挑了一部白色的手机，将原来的电话卡塞了进去。晚上回到寝室后，许随正打算挨个把平时重要的联系人存上，一开机，手机屏幕上涌现好几个未接来电信息提醒。

许随躺在床上，点开一看，愣住了，全是周京泽的未接来电，都是这个时间段的。其实，他一直在放下身段主动找她。

她忽然想起周京泽在宿舍楼下说的话，赶紧登录微信。周京泽不是个话多的人，一共给她发了两条消息。

第一条消息显示时间是寒假发生认错人事件的那个晚上，周京泽当时发了个"对不起"。

第二条消息发送的时间则是周京泽在学校撞见她和师越杰在一起，许随从他身边逃开的那一天。

许随看到这条消息后,脸颊开始烧红发烫,呼吸不自然起来,她甚至能想象周京泽以一种漫不经心却莫名勾人的语调说出这话。他说——

"我们——是打算不理我了吗?"

——是她的小名,除了她的家人,没有人知道她的小名,他是怎么知道的?许随的心跳持续加快,她在对话框里编辑道:"你怎么知道我的小名?"

过了五分钟,ZJZ 回复,依然是散漫的语调:"舍得用手机了?"

许随不知道回什么,回了个猫咪捏脸的表情。这一次,周京泽很久都没有回复,许随以为他太忙了没看见,或是他根本懒得回答这个问题。

直到睡觉前,许随放在枕边的手机亮了,周京泽发了一条语音过来,她找到耳机插上,点了播放,他似用气音说话,带着懒散的笑意:"被拉黑后,我换了个号码打给你,是你奶奶接的电话。"

许随明白过来,没等她反应过来,周京泽发过来一条信息:"你名字还挺好听。"

隔着屏幕,许随不知道周京泽发来的这条信息是认真的,还是漫不经心的一句夸赞。

她还是很开心。

周日,京航校篮球联赛,胡茜西起了一个大早,打开衣柜,拿出一件件裙子在试衣镜面前试衣服。

许随起床站在洗手台前刷牙,她含了一口水又吐掉,正低头刷着牙,胡茜西跑过来拽着裙摆,问道:"宝贝,这件怎么样?"

许随嘴里含着薄荷味的泡沫,发出含混不清的声音:"还可以。"

胡茜西将这句话自动理解为"还不够漂亮",只好又跑回衣柜前试衣服。许随拧开水龙头,在洗漱口杯,忽然,下腹隐隐传来一阵痛感,她不由得弓下腰,按住腹部,外面传来胡茜西喊她的声音。

许随缓了好一阵,应道:"来了。"

一出去,胡茜西穿好了一条小黑裙,戴着一顶贝雷帽,洋气又漂亮。许随由衷地夸赞:"好看。"

许随则穿得很简单,米色刺绣衬衫,下摆扎进浅蓝色牛仔裤里,她正对着镜子梳头发。胡茜西上下打量了她一眼,说道:"宝贝,你不穿裙子打扮一下吗?"

"嗯?"许随正盘着自己的头发,打算扎个丸子头。

"我二舅啊,比赛他不是也在吗?"胡茜西冲她眨了眨眼。

许随反应过来,立刻伸手去挠她,佯装生气:"你还说,是谁跟你舅舅说我想看篮球赛的?明明是你。"

"我错了我错了,我的好随随,我这不是弄不到票吗?"胡茜西立刻求饶。

许随这才放开她,重新低头扎头发的时候看向镜子里的自己,黑眼珠,秀挺的鼻子上一颗小痣,巴掌脸,整体穿得干净清爽。

还是不打扮了吧,这样太刻意了。

许随和胡茜西一起去食堂吃了早餐,之后陪她一起进了京航的操场。她们从北门凭票进去。

一进门,就看到操场中央停着一架歼5系列的战机,机身庞大,上面有两条横杠,中间有一个小小的红色五角星,旁边标着数字70768。

白色的机身有些陈旧,脱了漆,上面还有弹壳的印记,展开的一对机翼像机甲,气势磅礴,像振翅欲飞的雄鹰。

即使是周末,也有人穿着灰绿色的作训服在操场上坚持体能训练,许随正看着那群人,结果被胡茜西一把拽走。

"别看啦,我们快去那边的篮球场找座位,一会儿就要清场了。"胡茜西语气激动。

她们提前十五分钟到,刚在座位坐下,胡茜西就按捺不住,四处找路闻白的身影。许随坐在旁边看着手机,周京泽忽然发消息给她:"来了吗?"

许随正打着字回复,忽然后排座位走来几个女生不停地喊着"借过、借过",其中一个女生不小心重重地撞了她的手肘一下。

许随握着的手机飞了出去,她弯腰去捡手机,女生跟她道歉:"对不起,你没事儿吧?"

"没关系。"许随摇了摇头。

这时,篮球比赛各队选手陆续进场,许随顺势抬眼看过去,在一群人高马大的男生中,愣是没找到周京泽的身影。

许随重新给周京泽回消息:"来了,和西西一起,不过我怎么没看见你?"

消息发出去后的两分钟,许随的手机发出叮的一声,她点开屏幕,ZJZ 发来消息:"抬头。"

许随顺势抬头,同时观众席发出一阵骚动,耳边响起一阵尖叫声和鼓掌声,周围的女生激动地议论:"哇,周京泽出来了。""真的好帅啊,不枉我大老远赶过来。"

许随在一片议论声中看向不远处,周京泽同几个男生一起出场,他一出来,周围的欢呼和吸气声明显更高了。

在一群男生中,周京泽极为出挑,比他们高出一截,一身红白的球衣,手插着兜不疾不徐地走过来,手上的红色护腕明显。

周京泽往那儿一站,对面那队男生的眼睛带着针对情绪看过来。比赛还没开始,硝烟气息明显。可惜周京泽根本没将他们放在眼里,薄薄的眼皮半撩不撩,嚣张气息明显。

倏地,周京泽低头拎起黑色外套,直直地朝对面走,在经过对面六七个穿着绿白球衣的男生时,其中一个正说着话的男生下意识地后退了一步,抬眼看着他,眼底警惕明显。

周京泽的薄唇往上挑,拍了拍他的肩膀:"别紧张。"

周京泽走后,身后的男生开始内讧,有人骂他:"你厌不厌?"

"不过这小子也太狂了,一会儿虐虐他。"

……

许随坐在观众席上,目光一直追随着篮球场上的周京泽,身边的胡茜西早已不见踪影,估计是看见路闻白,找他去了。

场内有啦啦队拉起横幅，裁判吹口哨的声音与广播检录的声音交织在一起，十分嘈杂。许随的目光一直追随着篮球场上的周京泽，他低头拿着手机回了一下信息又揣回兜里，手里握着打火机和烟转身去了体育器材室。

许随无聊地望着台下的人，看见周京泽折回，忽然，他抬起眼皮看向观众席，目光掠过一众人，两人的视线在半空中相撞，许随的眼神被捉住，有一瞬间的惊慌，他笑了一下，单手插着兜，另一只手拎着外套朝她们走来。

身边的骚动声起，许随也不由得紧张起来。

"啊啊啊，他是在看我？"

"他过来了，救命，宝贝，你看看我的口红有没有花？"

众目睽睽下，周京泽径直走上观众席的台阶，来到第三排，在女生们殷切期待的眼神下，步调慢悠悠地越过层层精心打扮的漂亮女生，站在许随面前。

"西西呢？"周京泽嚼着薄荷糖，漫不经心地问道。

一道身影垂在她面前，空气更为闷热，许随不由得绷紧身子，眼睛不看他，有些慌乱地移向别处："去找别人了，一会儿回来。"

"嗯。"周京泽点点头，把外套、手机以及压片糖、打火机递给许随，冲她抬了抬下巴，"帮我拿一下。"

许随一下子感觉自己身上的视线明显多了起来，如芒在背，她犹疑地道："啊？"

周京泽眼睫半垂，散漫溢出来，似笑非笑地看着她："怎么，吃我这么多，拿个衣服都不肯啊？"

他这话一出，夹着若有若无的亲昵感，许随感觉落在身上的视线更多了，她不得不投降，接过他的衣服："没有。"

周京泽走后，许随一下子松了一口气，她坐在座位上抱着他的衣服，上面还有淡淡的烟草味，心跳依然很快。

周围讨论的声音开始加大，如噪声一般钻进她的耳膜里。

"周京泽不会看上她了吧，长得挺普通的啊。"

"不会吧,我一个外院的人都知道,周京泽万年只喜欢一款,胸大腰细的大美女,这位不可能吧。"

"对,长相挺素淡的。"

一声声议论无形中揪住了许随的心,她正欲说话时,一只手搭在了她的肩膀上,回头一看,是胡茜西。

胡茜西搂着她,扭头看向身后的一群八婆,红唇一张一合,像机关枪扫射一样:"一般?你长成她这么一般试试?知道你们为什么坐后排吗?因为长得……嗯,我就不说了。不巧,我们能坐这儿呢,就是周京泽给的票。

"一会儿我们还要给他送水,嘻嘻,嫉妒吧,嫉妒得脚底板起火也没用。"

后面几个女生的神色各异,一时被噎住:"你——"

胡茜西懒得再同那群八婆说下去,转而同许随说话,因为要说的内容,她语气别扭起来:"随随,你陪我下去呗,一会儿给篮球队发水发毛巾什么的。我求了路闻白好久,他才同意让我帮忙。"

"而且那里位置好,还能近距离观战!"胡茜西挽着她的胳膊。

许随站起来,点头答应:"好。"

两人拉着手走下观众席,朝不远处的红色帐篷走去。路闻白穿着一件浆洗得发白的衬衫,正弯着腰,来回一箱一箱地搬水。

他的表情冷漠,后背被一点汗打湿,弓下腰的时候,露出一截精瘦的腰线,沉默且英俊。

胡茜西热情地走过去,笑眯眯地说道:"我们过来帮你忙啦。"

路闻白停下来,他脸色苍白,掀起浓密的眼睫看向她以及身后的许随,声线冷淡:"你们站那儿发水就好。"

"收到!"胡茜西比了"OK"的手势。

其实许随和胡茜西不用做什么,红色帐篷里有一张桌子和两个红色的凳子,许随坐在那里,安静地看着他们比赛。

随着裁判一声清脆的口哨声起,篮球比赛正式开始,两队的啦啦队发出了此起彼伏的加油声。

周京泽所在的队是红队，对方运球一路向前，眼看就要投掷进篮筐时，周京泽飞跃腾起，长臂一伸，红色的护腕在空中划出一个漂亮的弧度，轻松截住了对方的球。

然后在众人紧张的注视下，他拿着篮球站在线外腾空飞起，进了一个三分球！全场喝彩，纷纷发出鼓掌声。

许随坐在不远处，也跟着不由自主地笑起来。

接下来的十五分钟里，周京泽一路带领队员，拦截，进攻，不断进球，打得对方措手不及，其中一个身形瘦长的男生，几次被周京泽夺球盖帽，心底怒火生起。

周京泽拦在对方面前，正欲截下球，瘦长男一路带着球怒气冲冲地撞向他的肩膀，周京泽猛地向后退了两步。全场一半的人发出嘘声，一半的人拍手叫好。叫好的人原因无他，周京泽太狂了，特别是同性，对于比自己厉害的人，通常都是不服，希望他落败。

裁判一声口哨吹响，一拳向上紧握，做出犯规停止计时的动作。

绿队犯规，红队获得罚球机会。半圆内，周京泽站在那里，阳光下，他转动着手里的球，表情无比散漫。

本以为周京泽投进这一分球是意料内的事，可他单手托着球，手肘就跟故意偏了一样，篮球砸向篮筐，又弹向外侧。

球没进。

篮球砸在地上，慢悠悠地滚到瘦长男脚下。

周京泽掀起眼皮睨他一眼，夹着点轻视的意味，说出来的话轻狂又欠欠儿的："送你了。"

这是明晃晃的放水加看不起。

说完他转身重新运球，再没分给对方一个眼神。细长男站在原地，脸涨得通红。

第一场，周京泽带领队员以32比20的分数，取得了压倒性的胜利。全程掌声雷动，女生花痴的尖叫声更是回荡在篮球场上方。

中场休息，男生们边伸手抹汗边走过来，领了水大口灌起来。周京泽站在篮球架的阴影处，日光将他的影子拉得很长。

哨声停后，众女生蜂拥而上，纷纷给周京泽递毛巾送水，许随在不远处看着，心底叹了一口气。

周京泽后背的球衣被一点汗浸透，他拎起脚边的一瓶冰水，拧开瓶盖直往头顶倒，水珠顺着凌厉分明的下颌淌下来，滴在地板上，明明是痞里痞气的一个动作，却透着欲感。

绿队队员连水都来不及喝，迅速围在一起出对策。瘦长男身高180厘米，是队长，叫高阳，也是周京泽隔壁班的同学，学习成绩、飞行技术都挺优秀，是一个非常努力的人。

"下一场不能再输了。"高阳语气坚决。

"那小子狂得很，怎么打？"旁边一个大高个说道。

高阳拿出张湿纸巾擦了擦脖子上的汗，看着不远处的周京泽开口："周京泽的打法有很强的个人风格，轻狂，我行我素，是他们队里的领头狼，但飞行技术知识考核里有个英文单词叫collaboration，他没有团队合作意识，这是他的优点，也是他的缺点。"

同伴很快反应过来，接话道："所以咱们只要防守好，突破他们的后方，闭环就破了。"

"可以啊，老高，学霸就是不同，打个篮球还能运用知识分析。"有人夸奖道。

高阳笑笑没有说话，但从他的表情来看，这句夸赞明显很受用，他拍了拍同伴的肩膀："走了，喝水去，休息好。"

许随站在小山高的矿泉水箱前，弯腰把水递给他们，时不时又递过去湿毛巾，十分忙碌，而胡茜西早已被男色诱惑，跟着路闻白不知道跑哪里去了。

"一瓶水。"高阳走过去说道。

许随弯腰背对着他，拿了一瓶水回头递给他："给。"

高阳接过水，在看清许随的一张脸后，眼底的惊艳一闪而过，他试探性地问道："你是我们学校的？"

许随摇摇头，声音温和："不是，我是隔壁医——"

"医科大"三个字还没有完整地说出来，她看见不远处的周京泽信步走过来，手插着裤袋，红色的护腕贴在黑色的裤缝上，他在高阳后面停下来，喊她："许随。"

"嗯？"

一行人回头，包括高阳，周京泽在众人注视下一脸淡定地开口，眼睫半睨，表情看似吊儿郎当，说出来的话却夹着若有若无的狎昵："我的衣服是不是还在你那儿？"

第 二 章
疾风绕旗正少年

Crush 不是害羞的热烈的短暂的喜欢,
而是害羞的热烈的长久的喜欢,
是持续性的动词。

周京泽说完这句话,高阳站在那儿眼神都变了,许随以为他是真的要衣服,忙回头找,他的外套搭在凳子上,压片糖和打火机之类都放在衣服口袋里。

许随把东西递给他,周京泽接过烟和打火机,冲她抬了抬下巴:"衣服先放你那儿。"

"哦,好。"许随重新把外套顺好搭在凳子上。

"吃不吃糖?"周京泽挑了挑眉,许随立刻点头,他轻笑一声,嗓音有点哑,"伸手。"

绿色的薄荷糖哗哗落入掌心中,许随笑得眉眼弯弯地同他说话。高阳站在那儿,觉得自己相当多余,没一会儿便走了。

周京泽同许随说着话,余光瞥见高阳离开的背影,很轻地冷笑一声。

没多久,比赛开始,一声哨声响,两边又恢复到对峙的状态。第二场,周京泽依然主攻,绿队却跟被点了穴一样,死死防守。

即便如此,开局周京泽还是拿下了五分。

时间流逝,绿队在严防的同时,攻破红队的一个投手,直接截了球。高阳拦下球后,往回运球,然后把球投给了队友,队友找准时机突破防守投篮,进球。团队配合得相当默契。

这一进球无疑鼓舞了对方的士气，接下来的比赛中，绿队将他们逐个击溃，周京泽向来单打独斗，这会儿少了队友的配合，也进球困难。

场内为红队加油的声音更烈，大部分是冲周京泽来的，许随站在不远处也看得紧张，一颗心在无形中焦急起来。

后半段，红队军心涣散，单靠周京泽一人，通常是他抢球、运球、投篮，于是队友们也纷纷效仿，都是这个风格，却没有他的势头。

最终红队以 23 比 28 的比分输给了绿队。

一赢一输，平局。

第三场是关键。

场内一片嘘声，皆是对周京泽喝的倒彩。对方球员昂着脖颈，对周京泽比了个中指。周京泽懒散地倚靠在台阶前，额前的黑发有点湿，抬起眼扫了他们一眼，唇角微扬回以一个无比欠揍的讥笑。

他看起来一点也不在意，抬手招来队员，话语简短："你们每个人的优势，说出来，分工。"

"我比较擅长截球投篮，"周京泽掀起球衣的一角擦了擦眼角的汗，语气一贯地狂妄，"当然，其他的我也擅长。"

队员们纷纷报出自己擅长的技术，周京泽垂下眼睫略微思索了一下，直接说出一条线路来。

第三场正式开赛，许随望着不远处运球奔跑的周京泽，在心里默默说了句"加油"。

哨声一响，出乎大家意料，特别是绿队，他们以为周京泽会第一个冲过来抢球，结果他站在原地防守，其他队员进攻。

绿队一下子慌了，完全不知道周京泽出的什么招。红队队员拦球，投篮实力虽不如他，但一直稳步得分。

两队分数渐渐持平，后半场，周京泽给了队友一个眼神，开始发力，他单手在胯下运球，一个箭步冲了上去，像健硕的豹子一样凭空腾飞，抓着篮板用力灌了一个篮！

全场静默一秒，接着爆发出山呼海啸的欢呼声，女生更是由衷地感叹，一直喊："他刚才那个动作，也太帅了吧！全场最佳！"

"呜呜呜，看得我好激动，我也好想找个飞行员做男朋友。"有人激动地道。

同伴毫不留情地揭穿她："得了吧，你直接说你想找飞院周京泽这样的男朋友，身高 185 厘米，会打游戏，大提琴一流，打篮球牛，将来又是开飞机的，还是个大帅哥，这要烧多少高香才能求得这样的男朋友？"

"呜呜呜，好羡慕他未来的女朋友。"

……

许随看得紧张，日头热烈，她拿起桌边的宣传单一边给自己扇风，一边手遮住阳光认真看比赛。

周围的呐喊声激烈，许随看得心潮澎湃，也不由得跟着喊出声："周京泽，加油！

"周京泽，加油！"

喊着喊着，许随发觉下腹传来一阵剧烈的疼痛，绞着她的五脏六腑，她停了下来，坐在椅子上，双脚踩在椅子横杠上，弓着腰，用手捂着腹部，希望能让自己的痛感减轻点。

可许随反而觉得肚子的痛感越来越强，像有无数根细针在腹内翻滚着，额头上豆大的汗珠滴下来，她不由得蜷缩起身体。

周围人山人海，全是尖叫声和呐喊声，眼前有一个火红的身影在篮球场奔跑着，白球鞋闪闪发光，他的身姿挺拔，手臂肌肉线条流畅，比谁都迅猛。

他绝对是许随见过的在球场上最好看的选手，让人忍不住多看几眼的好看。

许随捂着肚子，因为疼痛，眼睫湿漉漉的，视线变模糊。痛感过于剧烈，许随浑身都在抖，她再也支撑不住，一个跟跄摔了下来。

同时，周京泽带着球往对方阵地跑，阳光直直地打下来有些刺眼，他习惯性地眯眼，抓着球正要跳起来时，眼睛一扫，发现许随不知道什么时候晕倒在地上，旁边已经围了好几个人。

周京泽抓着球的手指紧了一下，目光顿住，旁边是激动的呐喊声，看戏的男生嘲笑道："你行不行啊？"

不到一秒，周京泽把球一扔，径直离开了球场，身后纷纷传来疑问和质疑声，他头也不回地往前走，一路小跑到许随面前。

周京泽从女生手里接过她，一把将人横抱在怀里，一路跑着离开了现场。身后全是对他的谩骂和惋惜声。

周京泽退赛后，换了替补上来，红队痛失将领，成了一盘散沙，高阳带领绿队一路乘胜追击，拿下分数，最终赢得胜利。

队员纷纷欢呼，双手握拳在操场上来回奔跑，最后又把高阳抛在空中，夸道："感谢队长！"

"高阳，你确实厉害，也就你能和周京泽比一比了。"

高阳平静的脸颊泛起微笑，他正享受着胜利的喜悦。观众席的人却陆续离场，有女生把应援横幅扔在地上，抱怨道："搞什么啊，本来是周京泽赢的。"三两个男生则议论道："虽然不服，但还是周京泽更强，这一场可惜了。""一开局我就押了100块钱赌周京泽赢，结果他居然中途退赛，牛人都这么有个性吗？"

听到这些议论声，高阳的笑容僵在脸上。凭什么，明明是他赢了，大家却认为周京泽才是赢的那个人？

旁边的队友李森把手搭在高阳肩上，看着不远处的两人眯眼回忆："我怎么觉得那女的好眼熟？"

"你认识？"高阳问道。

李森一拍脑袋，惊道："我想起来了！那女的是我高中同学，但才同了半年班，高一下学期转走的。"

"啧啧，她现在漂亮很多啊，没想到。"李森若有所思。

高阳看着不远处周京泽奔跑的身影，问道："怎么说？"

"哈，你是不知道的，那女的高一的时候……"李森露出一个讥讽的笑容，语气意味深长。

……

周京泽抱着许随一路奔跑，许随虽然意识模糊，但勉强能辨认出眼前的人是周京泽。他跑得很快，许随揪着他胸前衣服的一角，因为颠簸，整个人时不时地撞向他的胸膛，很硬，又滚烫。

周遭扑面而来全是他的气息，凛冽又强烈，许随感觉自己皮肤血管都要爆炸了，尤其是他这样一个风云人物抱着她在操场跑，一路上她受的注目礼，让她更不好意思了。

许随缩在他宽阔的胸膛上动了动，声音很小："你放我下来。"

周京泽垂下眼睫睨了她一眼，她唇色苍白，脸上没有一丝血色，他答非所问，沉声道："马上就到了。"

"你先放我下来，我自己可以走。"许随的语气有些扭捏。

许随挣扎了好几下，无果，抬眸撞上他那双漆黑的眼睛，没有情绪，十分冰凉。周京泽抱着她往上颠了颠，他下颌线利落且冷硬，沉默半晌，叫她全名："许随，你现在不要说话。"

他好像有点儿生气，许随也就不敢说话了。

篮球比赛开始没多久，胡茜西的眼睛就转向路闻白那儿了，或者说，从一开始，她的心思就没在比赛上。

见路闻白搬完水，胡茜西立刻转身跟了上去，他的身影瘦且高，背脊像一把弓，绷得很紧。

路闻白向前走了一段距离后，往左边一拐，来到器材室后面的那一排水龙头前。见胡茜西跟上来，路闻白眉眼间是止不住的戾气，声音很凉："跟着我干什么？"

"我来洗手呀。"胡茜西声音娇俏。

建筑物挡在前面，后方有一丝阴凉，路闻白刚搬完东西，头发有一点湿，见他鬓角流出一点汗，胡茜西立刻把湿纸巾递了上去。

路闻白面无表情地瞥了她一眼，直接拧开水龙头，哗哗的凉水流出来，他毫不犹豫地把脑袋伸了过去，直接在水龙头底下冲头。

两分钟后，一只冷白、布满灰青血管的手扣在生了红锈的水龙头上，水声停止，路闻白慢慢直起腰。他侧着脸抬手弄了一下头发上的水，细碎的水珠不经意甩到胡茜西手上，她感觉整个手臂都是麻的。

路闻白面无表情地向前走，他往左，胡茜西也跟着往左，他往右，胡茜西也往右，像一块甩不掉的牛皮糖。

"喂，你喜欢什么样的女生？

"喂。

"路闻白！"

胡茜西见路闻白不理她，被忽视得彻底，大小姐脾气上来了，立刻拔腿上去想找他说个清楚。

不料，路闻白忽然停了下来，眼睛怔怔地看向前方。胡茜西第一次在路闻白万年不变的冰冻脸上看到了别样的情绪。

她顺着路闻白的视线看过去，不远处有个女生挽着一个男生，那女生穿着黑色吊带衫，短裤下面是两条笔直的长腿，类似于龙一样的文身附在莹润的小腿上，乌发红唇，美艳又有气质。

胡茜西从来没见过这样的女生，美得惊心动魄，也妖。

路闻白冷峻的脸渐渐变得阴沉，垂下眼睫，像一尊没有表情、没有任何生命力的石膏像，垂在裤缝边的手紧握成拳，青筋暴起。

"你没事吧？"胡茜西问他。

路闻白猛然回头，两人距离很近，他低下头俯视胡茜西，薄薄的唇角勾起嘲讽的角度："不是问我喜欢什么样的吗？我喜欢长得瘦的，所以不要白费功夫了，你不在我的选择范围内。"

"一而再，再而三地跟着别人，真的很招人烦。"路闻白从她身上收回视线，头也不回地离开。

胡茜西整个人怔在原地，一直没有回过神来。从小到大，她接受的都是鲜花和夸赞，受到的教育是面对喜欢的东西要敢于去争取。她是不是做错了？

原来路闻白是真的嫌她烦啊。她很胖吗？

想到这儿，胡茜西再也忍不住，豆大的眼泪从脸颊上落下来，眼眶红红的，骂道："王八蛋，人渣，刻薄鬼。"

胡茜西躲在体育器材室外面的过道上哭了一场，哭完以后用冷水湿敷了红肿的眼睛。

然后胡茜西肿着一双眼睛一脸失落地回到篮球场，发现早已散场，四周空荡荡的，只剩下一个两个男生在收拾篮球，打扫卫生。

"人呢？"胡茜西走过去问道。

一个男生蹲下来把篮球一个接一个地装进网兜里，接话道："比赛早结束了。"

"那在外联部帮忙的一个女生呢，齐肩发，脸很小，皮肤白白的，她去哪儿了？"胡茜西因为哭过，声音还有点沙哑。

男生装篮球的动作停下来，努力回想道："哦，你说那姑娘啊，比赛半道忽然晕倒了，被周京泽抱去校医室了……"男生还在这儿努力回想着，结果一抬头发现人已经不见了。

胡茜西一路小跑着跑到校医室门口停下，拍了拍心口，努力平复杂乱的心跳频率。

胡茜西往里看了一圈，粉色的床帘拉开，许随躺在病床上正在打点滴。她紧闭着双眼，脸色发白，漆黑的长眼睫下是掩不住的疲惫。胡茜西正要抬脚进去，却一不小心撞上周京泽的目光。

周京泽懒散地靠在墙边，一条长腿屈着，一只手正有一搭没一搭地玩着打火机，撩起薄薄的眼皮看了胡茜西一眼，没什么情绪的一眼。

胡茜西却不敢动了，她被周京泽看得心里发怵，舔了舔嘴唇，干巴巴地问道："舅舅，随随还好吗？"

"你觉得呢？"周京泽慢悠悠地反问她，嘴角还带着点笑意。

胡茜西正想接话，周京泽倏地冷下脸来，脸上吊儿郎当的表情敛得干干净净，看着她："你怎么看人的？"

周京泽很少生气，就算生气了也不会给一个多余的表情，连话都懒得撂，转身就走了。而且从小到大，他还挺宠这个外甥女，事事罩着她，基本没对她发过火。

这一次，胡茜西意识到他生气了，连道歉的声音都弱了几分："对不起。"

许随躺在病床上，处在睡梦中，被一阵嘈杂声给吵醒，睁开双眼，看到周京泽正在凶胡茜西。

"西西,你进来,"许随朝她笑笑,"我没事。"

胡茜西倒是想进来,下意识地看了她舅舅一眼。

周京泽看向胡茜西,发现她的脸色苍白,呼吸还是不稳,眉头蹙起:"跑过来的?下次不准跑了。"

"进来。"他松口,"你们聊,我去外面买包烟。"周京泽站直了身子,把打火机揣兜里。

周京泽走后,胡茜西紧绷的神经终于松懈下来,吐槽道:"他发起火来真的好吓人。"

"随随,你没事吧?"胡茜西苦着一张脸说道,"对不起,我让你帮忙,自己跑去追人了。"

许随摇摇头:"就是急性肠胃炎,吊完这瓶水就好了。你知道比赛结果吗?"许随忽然想起什么,问道。

"哦,那个啊,我刚才去篮球场的时候问了一嘴,好像是舅舅他们这队输了……"

……

周京泽回来的时候,胡茜西已经走了,他说是出去买烟,手里却拎着一份白粥。

"一会儿把这喝了。"周京泽指了指桌上的粥。

"好,谢谢。"许随温声道。

周京泽长腿钩了一把椅子,在许随床前坐下,倒了一杯水给许随。

许随握着水杯,犹豫半天:"对不起啊。"

周京泽正低头玩着手机,拇指还停留在游戏界面上,愣了一下笑道:"干吗忽然道歉?"

"就是因为我忽然晕倒嘛,你才没法比赛的,你……当时应该不用管我的……"

起初许随说话声音还挺正常的,后来周京泽却听出了哭腔。

周京泽这下连正在玩的游戏也不管了,直接熄灭了屏幕,抬起头,薄薄的唇角挑起:"赢太多次了,想体会一下输的感觉。"

"不是因为你。"周京泽安慰道。

周京泽这么一安慰，许随更想哭了，她红着一双眼睛看着眼前的人："你是不是以为我是弱智？"

周京泽挑了挑眉，轻叹了一口气，安慰也不是，拿这姑娘没办法，只好转移她的注意力。

周京泽站起来抬手调了一下输液管的速度，眼睛扫了一下她的手："伸手。"

"啊？"许随正哭着，语气有点慌乱。

许随这个反应成功地让周京泽似笑非笑地看着她，那种散漫肆意的姿态又来了。

许随脸一烫，低下头匆忙擦了眼泪。一道哂笑声落在头顶，听得人喉咙发痒："好了，不逗你了。"

与此同时，许随感觉眼前一道阴影落下来，周京泽俯下身，他身上凛冽的薄荷和罗勒味沁在鼻尖，滚烫的呼吸拂在脖颈处，她僵着身子，感觉脖子又痒又麻，心跳快得无法控制。

周京泽自然地拉过她的手，他的手掌宽大、冰凉，贴着许随细腻的手背，只是很轻一晃的接触，低声说："握着。"

同时，他另一只手从裤袋里拿出一个东西递给她，许随低头一看，周京泽不知道什么时候出去买了个小猫图案的暖手宝回来。原来他一早注意到了她因吊水而青紫的血管。

许随说了句"谢谢"，周京泽笑着挑了一下眉梢，没有应声。还有半瓶水没吊完，周京泽重新坐回椅子上，守在旁边低头玩着手机。

周京泽守着守着坐在椅子上睡着了，许随坐在那里觉得无聊，想起之前她在包里放了几本口袋暗黑童话书，这会儿终于派上用场了。

许随抬眼看向还在合眼小憩的周京泽，她不太想吵醒他，于是轻手轻脚地下床，伸手拉开包的拉链。因为她的手还吊着水，软管不够长，好不容易拿到书，她脚底一滑，慌乱中她为了维持平衡，单手撑住墙，结果口袋书却摔了出去。

周京泽被这些动静吵醒,他稍微坐直了身子,抬手揉了一下脖子:"要什么我给你拿。"

"书。"许随指了指不远处躺在地上的口袋书。

粉色的帘子拉开,许随正打算重新躺回床上,医务室的门打开,一阵穿堂风吹进来,地上的口袋书被吹得哗哗作响。

紧接着,一张蓝底的照片被吹了出来。

许随心一紧,急忙道:"不用,我来。"

周京泽挑了挑眉,脚步慢悠悠的,但并没有止步,朝门口的方向去。许随急得不行,跳下床,也不管手背上的针管。

凉风阵阵,将地上的照片吹到半空中,蓝底照片打了个旋儿又轻飘飘地落在地上,恰好是白色背面朝上。

许随一颗心提到了嗓子眼,眼看她就要捡到照片时,一条长手臂先一步,将照片捡了起来。

周京泽骨节分明的手捏着照片的一角,挑着唇角,朝许随晃了晃。许随急得不行,立刻抬手就要去抢。

"想要?不给。"周京泽眉眼透着轻佻。

"你快给我!"许随的脸涨得通红。

许随一时情急,拽着周京泽的胳膊往上跳,想抢照片,可周京泽分明是有意逗她。

她每跳一下,周京泽胳膊都会往上抬高一下。

许随拽着他的衣袖,一双眼睛急得湿漉漉的,却故作凶巴巴地说:"你快给我,不然我就——"

"就怎样?"周京泽似乎更有兴趣了,语气散漫。

许随想来想去,干巴巴地憋出一道软糯的声音:"就……咬你!"

周京泽愣住,旋即大笑,笑得前俯后仰,气息都收不住的那种,连胸腔都在愉悦地颤动。

"很重要的人吗?"周京泽似笑非笑地看着她。

应该很重要吧。

许随点了点头,长睫毛发颤:"对,很重要。"

周京泽敛去脸上的笑意,站直了身子,把照片还给了她。

周京泽陪许随吊完水后,送她回了学校。两人一前一后地走着,许随走在前面,周京泽双手插着裤袋,始终不紧不慢地跟在后面。

许随低头一看,垂在地上的两个影子一前一后地贴着,像是亲密的纠缠。

距离宿舍还有一段距离,许随停下来,毕竟身边站了个周京泽,一路上已经够引人注目了,再送她到女生宿舍的话,恐怕就不是注视这么简单了。

"到这里就好了。"许随抬头看他。

"嗯。"周京泽点了点头。

他正转身要走时,许随叫住他,声音有一瞬间的迟疑:"今天真的谢谢你,你有没有什么想要的?"

周京泽低头失笑,他这个人,物欲极低,并没有什么想要的。他正要跟许随说不用时,抬起眼皮不经意地往她身后一看,一身笔挺白衬衫的师越杰正要过来。

周京泽恶劣心起,脖颈低下贴了过来,脸上挂着玩世不恭的笑容,压低嗓音:"我啊,要你——"

"要你"二字意味深长,正好不偏不倚地落在师越杰耳边,他果然停了下来。

周京泽的声音低沉且夹着几丝暧昧缱绻的气息落在许随耳边,左耳又麻又痒,她的心跳漏了一拍,问道:"什么?"

一双乌黑的眼睛仰头看着他,眼神干净又透着紧张,周京泽怔了怔,在心底叹了一口气。

"别哭就好。"周京泽抬手摸了摸她的头,眼底溢出一点无奈。

周京泽走后,许随还待在原地,整个人是蒙的,他宽大的掌心揉她的脑袋那种很轻的触感还在,温度停留在头顶上方。所以,刚才周京泽是摸了她的头吗?

许随正发着愣,一道声音拉回了她的思绪。师越杰站在她前面,微皱着眉:"许师妹。"

"啊，师兄，有什么事吗？"许随回神。

师越杰面容清俊，眼底挂着担心："我听说上午你在京航的篮球比赛场晕倒了，怕你出事。"

"怕你出事"四个字直白又赤裸，许随下意识地后退了一步，将两人的距离拉开，摇摇头："我没事，谢谢师兄。"

这一退避的动作清楚地落在师越杰眼里，他垂下眼睫将眼里低落的情绪掩饰好，语气依旧温柔："那你这几天要吃得清淡点，多注意休息。"

隔天下午上公共英语课，许随去的时候发现少了一小部分人，来上课的英语老师看到这种状况，也没有说什么。

谁知道上课上到一半，英语老师推了一下眼镜："现在点名回答问题，人没来的扣学分。"

谁能想到，万年宽容的英语老师会忽然来这么一招，台下立刻跟炸了锅一样，甚至还有人用手机在抽屉里发短信，大概是"万一她也点到我，谁帮你点到"之类的话。

许随没有要帮忙点到的人，她坐在窗边拿着笔发呆，阳光倾泻下来落在课桌上，窗外传来操场上篮球拍响地板的声音，以及男生欢呼鼓掌的声音。

她想起了昨天在篮球场上，周京泽身姿矫健得像只豹子，迅猛又漂亮，以及他中途放弃比赛冲过来一把抱起晕倒的她。

其实许随很想问他为什么，一颗原本受到冷落而退缩的心，又慢慢活过来了。

周京泽是毒药，她试过戒掉，却发现自己更上瘾了。

突然，一道略严肃的声音拉回许随的思绪："第三排最右靠窗的女生，你来翻译一下'crush'的意思。"

上课开小差被抓到，许随不得不起来回答问题，幸好不算太难："作动词是碾压、捣碎，作名词是果汁饮料。"

"坐下吧。"英语老师点点头。

"其实'crush'在英语里有另外的意思，作为名词，猛兽隔离区，还可译作热烈的、短暂而害羞的暗恋，热恋。"英语老师补充道。

许随猛然抬起眼，仔细回味了一下老师说的"crush"的意思，她本想拿书查阅，结果不经意一瞥，然后顿住。

草稿纸上写满了周京泽的名字。

是吗？热烈的、害羞的，却短暂的喜欢吗？

许随喝了近一个星期的白粥后，终于慢慢恢复过来，能正常饮食的那一天，许随发了条朋友圈：能正常吃饭的感觉实在太好了，无辣不欢的我憋得好惨。

发了不到五分钟，大刘第一个赶来评论："没有许妹妹的饭局，总觉得差了点味道。"

许随回了个磕头的表情，正要退出微信时，朋友圈多了个红色的"+1"，小图里的头像是熟悉的奎大人。

她眼皮一跳，点开来，看到 ZJZ 评论道："过来，请你吃饭。"

周京泽一向爱开玩笑，许随辨不出真假，回道："确定？"

ZJZ 回复道："嗯，不骗你。"

许随看到这条消息后，从图书馆跑回寝室，换了件衣服匆忙跑去了京航找周京泽。

许随走进京航大门，朝右手边的小道走去，她匆匆踏上台阶时一不小心撞到一个人，她出声道歉："不好意思。"

"没事。"对方脾气看起来还算好。

许随顺着声音抬头，发现对方也穿着飞行学院特有的训练服，面容熟悉，忽地，她脑子里灵光一闪，这不是上周周京泽篮球比赛的对手吗，叫什么高阳。

许随点了点头，绕过他们，三两步跨上台阶，不料，高阳旁边的一个高个子男生拉起她的手臂，语气戏谑："哟，这不是许随吗？"

这声音许随再熟悉不过，是记忆里反感的人之一，她抬眸看过去，竟然是李森，她在黎映读高一时的同学。

许随和李森并不熟，读书时他就爱巴结人以此充老大，性情恶劣，还经常欺负班里弱小的同学。

没想到他竟然考到这儿了。

许随并不想与李森这类人产生过多的交集，她没什么情绪地点了点头，想要挣开他的束缚，哪知李森攥得更紧了。

许随今天穿了浅紫色的短款针织衫和蓝色牛仔裤，若有若无地露出一截平坦的小腹，柔顺的齐肩发掩在白皙圆润的耳郭后面，巴掌大小的脸，整个人看起来软糯又乖巧。

李森上下打量了一下许随，挑眉吹了一个口哨，说话流里流气的："老同学，变漂亮了啊，留个电话呗，以后叙叙旧。"

无论是李森说话的语气，还是此刻的行为，都让许随非常不舒服，趁李森一个不注意，许随一脚踩了上去，前者吃痛立刻放开了手。

许随立刻向前走，同时扔下一句话："跟你不熟。"

高阳闻言看向李森，李森被这句话弄得面红耳赤。他怎么也想不到许随乖巧的外表下藏了一根软刺，让他在高阳面前出了丑。李森气得不行，朝着许随的背影喊："瞧见没？这姿态，人家爸爸可不一般。"

果然，这话一出，许随停下脚步来，下午的暖阳穿过树叶的缝隙斜斜地打了下来，她的背影看起来有些哀伤。

就在李森以为自己能拿捏到她时，许随回头，眼神冰冷，不紧不慢地反呛："确实，比暴发户的儿子好点。"

"暴发户"精准戳到李森的痛点，他三步并作两步跨上台阶，一把揪住许随的衣领，恶狠狠地道："你说什么？"

李森无礼地提起她爸时，许随的好脾气和善良消耗殆尽，她自上而下地看了一眼李森，正要重复这句话。

倏忽，一罐气泡饮料从不远处直直地砸向李森的后脑勺，嘭的一声，与此同时，深咖色的液体悉数倒在他后背，衣服立刻变得湿答答的。

李森昂了昂头，垂着的手慢慢紧握成拳："谁干的？"

"你爹。"一道嚣张的声音懒洋洋传来。

众人顺着声音的方向转过去，李森回头。周京泽站在低他们十级的台阶下面，旁边站着几个朋友，他穿了黑T恤、束口工装裤，正有一搭没一搭地把玩着银质的打火机，他抬起眼皮看着李森，眼睛漆黑发亮，且看不清情绪，猩红的火焰时不时地蹿出虎口。

明明他是抬头看着他们，却凭空生出一种俯视的意味。周京泽眼神平静地看着李森，后者心里慢慢发怵，原先的火气消了一大半。

李森不知道周京泽会干什么。

高阳站在一边，主动打了招呼。周京泽双手插兜，步调缓慢闲散地踏上台阶，几个男生跟在后面，一下子生出强大的气场来。

李森下意识地后退一步，但仍不甘示弱地瞪着他，周京泽走到许随面前，虚揽着她的肩膀道："走。"全程没有分给李森半个眼神。

服了，他凭什么这么狂？李森盯着他们离去的背影喊，声音带着讥笑："周京泽，你知不知道许随过去长什么样啊？哈哈，我以前跟她是同学，麻子脸，又肿又丑，我还有照片，你要不要看看？"言外之意，你周京泽的眼光也不过如此。

周京泽明显感觉胳膊下虚揽着的小姑娘在抖，他停了下来，收回手转身，挑了挑眉，一副饶有兴趣的样子："是吗？我看看。"

李森上前两步，低头找手机，哪料到周京泽三两步走过来，直接一拳把他抡在地上，手机被远远地甩在一边。

场面立刻混乱起来，眼看李森要爬起来，周京泽又补了一脚。盛南洲同大刘急忙拦他，却怎么也拦不住。

周京泽漆黑的眼睛压着浓重的戾气，发疯了一样要揍他，盛南洲急得大喊："不能打！再打你该挨处分了，飞院的纪律有多严你又不是不知道！"

李森被摔得眼冒金星，捂着心口重重地喘气，骂道："我忍你够久了，为了一个女的，你居然打同学。你就等着挨处分吧。"李森露出得逞的笑容。

李森巴不得周京泽受处分，他早就看这人不爽很久了。

周京泽跨在他身上，直接拎起李森的衣领，眼睛看着他，语速很慢："给你两个选择：一、跟她道歉；二、以后我在的地方你绕着走。"

李森被勒得喘不过气来，朝地上吐了一口唾沫，昂着头："你算什么，我得服你？"

周京泽盯着李森发出一声嗤笑，那股轻狂劲儿出来了："比赛，你挑。"同时，周京泽松开紧攥李森衣领的手，李森再一次被摔在地上，后脑勺着地，他骂了句脏话。

关于比赛，李森不说话了，他确实样样不如周京泽。在旁边一直没有发言的高阳忽然开口："我跟你比。"

周京泽撂下两个字："随便。"

"一个月后的飞行技术考核，也就是我们第一次试飞。"高阳说道。

教练们都说周京泽是天才型飞行员，优秀、聪明，为天空而生，高阳倒想看看是不是真的。

"嗯。"

高阳扶着李森起来，李森擦了擦嘴角的血，语气挑衅："你赢了，我给她道歉；你输了，在京航操场裸奔十圈，并大喊'我是手下败将'。"

赌注大了，盛南洲他们皆扭头看周京泽的反应。第一次飞行成功与否，可不是玩笑，影响因素除了实力，还有地理位置、天气、风向，也就是说，要天时地利人和才会赢。

这个赌注过大了，尤其是周京泽那么骄傲的一个人，她想象不出周京泽自尊心被人践踏的感觉。

站在一旁的许随着急地拉着周京泽的衣袖，小声地说："算了，不要比了，我没关系的。我们走吧。"

李森乘胜追击，故意激他："怎么样，你敢吗？"

周京泽忽地笑了，抬起眼皮看他，语气闲散且漫不经心："有什么不敢？"

人走后，周京泽跟无事发生一样，带许随去二食堂楼上的餐厅开小灶，盛南洲和大刘因为是周京泽请客而点了双份的量。

周京泽背靠蓝色座椅，正拿着手机玩游戏，听见声响，抬眸看了一眼面前的两人，发出一声极轻的嗤笑："出息。"

"嘁，还不是跟着许妹子沾光？"大刘怂下来说道。

许随耳根微热，忙说道："不是。"

一行人陆续坐下，开始吃饭，聊了没两句，他们还是把话题转到那个赌约上去了。大刘一边往嘴里送排骨，一边说道："一个月后的飞行技术考核不就是期末吗？我听说还有市记者过来做专题，那货可真会挑日子。"

盛南洲一想起那个身材瘦长、平日不爱说话、眼神还有些阴郁的高阳就厌烦，冷笑一声："这个学习精，平时再怎么努力还不是赶不上你，上次模拟机试飞和英语理论测试你是第一吧，估计是教员到处夸你，让他记上了。"

周京泽微皱眉，没有半分记忆："不记得了。"

"你一说这个，我想起来了，好像无论什么比赛、考核，他的成绩都排在周爷后面，除了这次篮球比赛。"大刘猛地一拍脑袋，又话锋一转："兄弟，有信心吗？"

周京泽懒得跟大刘唱双簧，他拧开冰水的瓶盖喝了一口，目光掠过对面的许随，发现她面前的食物几乎没有动过。

她用筷子戳着米饭，黑漆漆的眼睫垂下来，不知道在想些什么。

"不够辣？"周京泽挑了挑眉，猜测道。

许随摇摇头，她在想赌约，像周京泽这么骄傲的一个人，她实在想象不出他跟人认输的样子，那不是把他的自尊踩在脚底吗？"要不那个赌约还是算了吧，输了怎么办？"许随语气担心。

周京泽将瓶盖拧了回去，漫不经心地笑，又带着一丝张狂："我不会输。"

许随回到学校后，把这件事告诉了胡茜西，大小姐听后气得直拍桌子："那个李森是神经病吧，随随，你有没有受伤？"

许随刚好从便利店买了彩虹糖，递给胡茜西说道："我没事，就是周京泽那个赌——"

"没事，他有分寸。"胡茜西大手一挥。

她拆开彩虹糖的包装纸，咬了一口，酸酸甜甜的，再次开口：

"不过随随,我真的感觉我舅舅有点喜欢你,不然他为啥老是对你特殊照顾?"

许随心一跳,但还是否认:"因为他人很好。"从高中就这样了,放浪形骸的外表下正直又善良,尊重每一个人,是一个家教很好、很优秀的男生。

许随在感情里的自我否定和敏感让胡茜西叹了一口气,她看着许随:"要不试一下吧,跟他告白怎么样?你都说了他很好,这样默默喜欢要到什么时候?"

"我不敢。"许随眼神生出退意。

"要不赌一次,他赢了就告白怎么样?"胡茜西建议道,"试一试,说不定你就能结束这三年的暗恋了。"

许随沉默了很久,最后点了点头:"好。"

晚上洗完澡后,许随还是担心白天的事,她发了一条信息问道:"飞行考核,你不是有幽闭恐惧症吗?"

两分钟后,屏幕亮起,ZJZ回:"谁跟你说我有幽闭恐惧症的?"

许随犹豫了一下,说道:"高中,我听他们说的。"

似乎隔了很久,ZJZ回:"谈不上幽闭恐惧症,轻微的,准确来说,是害怕又黑又密闭的空间,考核在凌晨。"

许随正要回复,周京泽又发了一条信息过来:"别担心。"

许随总算松一口气,她把手机搁在一边,披着半湿未干的头发坐在书桌前,拧开台灯,从抽屉里拿出一个日记本,里面夹着一封信。

信纸上面有些陈旧的痕迹,许随捏着信纸的一角看了很久。这封信从她偷偷喜欢上周京泽就在写了,总幻想有一天能交给他。

可是一次也没敢递出去。

一直到现在,许随偶尔还会在信纸上涂改,写,尽管在这个年代,写信告白成了一件老土的事。

怎么样,要告白吗?

要不要赌一次?

约定比赛的日子很快来临，因为这几天是京航飞行学院期末考核的日子，所以许随他们上课的时候，经常能听到头顶轰鸣的声音，飞机拖着尾巴掠过屋顶，冲上云霄。

周京泽和高阳比赛的这天，轰动了整个学院。京航学风一向开放自由，听到学生们的赌约后，教官和管制员并不意外。

京航飞机场上站了好几位老师，还有一名记者、一名摄影师。张教官同管制员相视一笑："有意思，有我们当年那种年少轻狂的劲头啊。"

"宋记者，刚好这里有个比赛，有材料可以写了。"张教官笑得乐呵呵的，继而转头看向飞机管制员，说道："老顾，打个赌吧，你押谁赢？"

"自然是押我的学生，周京泽。"飞机管制员说道。

"那我押高阳，这小子也不错，很努力啊。"

比赛开始前，一行人来到管制室，由于周京泽跟老师提前打了个招呼，老顾又疼他，许随和胡茜西也得到允许，一起进入管制室，全程观看这场比赛。

画面里，周京泽穿着天空蓝的飞行服、黑裤子，肩膀上是金线绣制的飞行标志，黑色帽檐下的一双眼睛漆黑且锐利，头颈笔直，一贯冷峻的脸上挂着闲散轻松的笑，显得整个人潇洒又帅气。

这是许随第一次看周京泽穿正式的飞行服，隔着屏幕，她的眼睛一眨也不眨，一颗心看得怦怦直跳。

飞行学员和教员一同走进飞机驾驶舱，周京泽在坐下来的那一刻，迅速扫视并检查驾驶舱内的设备。

"感觉你一点也不紧张啊。"教员笑道。

周京泽咬着一支记号笔，低头把膝上图夹绑在右侧大腿上，扯了扯嘴角："装的。"

教员无语。

起初，周京泽还有点紧张，飞机启动后，一阵摇晃，继而缓缓上升，他紧张的心情消散了一点。

屏幕前的教官们,看高阳先起飞。这条试飞航线并不长,从京北城正中央飞至桐光、漠城,再按固定线路返回。

高阳驾驶的是 T-789018,周京泽驾驶的是客机 G-58017,两架飞机先后飞上天空。飞机起飞成功且不摇晃后,Aupi(自动驾驶仪)启动。

周京泽松了一口气,他开始一边看仪表盘的数据,一边在膝上图夹上记录,一目十行。可惜好景不长,在开到一半的时候,飞机出现了技术故障。

仪表盘显示 3 号引擎滑油温度过高,引擎页出现警告信息。嘀嘀响的警告信息提醒着周京泽,他今天运气不好,飞机出现了意外故障。

警告字眼十分刺眼,提醒周京泽必须尽快解决问题。画面外的教官和管制员也没想到这么低的故障概率被周京泽碰上了。

许随站在那里,手心出了汗,在心里暗暗祈祷周京泽一定要顺利解决。

画面切回来,副驾驶座上的教员出声:"要帮你吗?"

周京泽摇头,抬手选择了关闭发电机,低沉的嗓音透着镇定:"为了减轻发电机负荷,降低滑油温度,所以关闭其中一台发电机。"结果引擎页仍然显示警告信息。

"现在呢?"副驾驶座上的教员问。

"关闭 Engine。"周京泽微卷着舌头,标准又流利的发音从喉咙里滚出来。

他的反应算相当快的了。

屏幕前的管制员眼露欣赏,不由自主地喊了句:"漂亮!"站在后方的许随也不由得露出笑容。

窗外的云层飘过,教员没有朝周京泽竖大拇指,而是横着手臂用拳头对着他,周京泽愣了一下,随即薄唇向上挑起弧度,跟教员碰了拳头。

返航的时候,飞机穿过云层,飞在漠城上方,蓝天下是无边无际的沙漠,大块的红色和褐色,像是拼接图,在光线的照耀下成了一条流动的彩虹。

此时正值凌晨五点五十九分，周京泽驾驶着飞机，穿越京31航线，越过沙漠，不经意地往外一看，愣住了。

一个橙红的太阳正徐徐上升，撕破了一个口子，万千金光洒向大地，雾霭渐渐散去。

由于离太阳比平常近，周京泽仿佛感受到了它的热度。太阳由橙红慢慢过渡为金黄，像一个新生的宇宙出现在面前。

万千光芒，短暂又辉煌。

"老师，您能帮我拍一下机舱外的日出吗？"周京泽问。

教员往窗外瞥了一眼，转过头来打趣道："怎么，没见过日出啊？"

"嗯，第一次见。"周京泽笑。

原来真的像许随说的那样——日出也不比日落差，再等等，总会有更好的风景。

这是他第一次开飞机时遇到的日出。

屏幕前，飞机明明还在返航中，管制员却一副学生已经赢了的样子，尾巴翘起来："怎么样，老张，要不要弃明投暗？要不然你这200块就保不住喽。"

张教官摇摇头，一脸的固执："周京泽的表现虽然可圈可点，但飞行中最关键的一环——安全着陆，不是还没到吗？我看还是高阳赢，他这个人比较平和，内敛靠谱，比较稳，周京泽锋芒太盛，他身上不确定的因素太多了。"

飞行员这个职业，一定要谨慎平和，万无一失，而周京泽明显不属于这类人，他是冒险的，变化的，让人捉摸不透。

气氛一阵沉默，管制员继续开口："话是这样说没错，可是刚才你也听见了，他的操作很流畅，在副驾发出通信指令时，我们想的，副驾想的，还没来得及说，他好像知道我们心里想的是什么，给出预判，立刻提出'接入漠城的信号'。

"这小子发出指令都是凭一种鹰的敏锐和直觉，他是天才飞行员，真正为天空而生的。"

教官沉默半晌，说道："先往下看吧。"

两架飞机即将着陆，屏幕前的所有人都睁大眼睛看着。高阳的着陆几乎是严格遵守了老师教的，降落非常合格，整个操作四平八稳。

张教官看得呼了一口气。

周京泽坐在驾驶舱内，检查完各种仪器后，对准 R1 跑道的中心线，与跑道形成一个小夹角，缓速下降。

他的表情非常淡定，甚至还有一种自得，飞机距离地面三十五英尺高时，骨节分明的手握住操纵杆，微微向上拉，使得机头上抬。

周京泽的状态始终是游刃有余的，他对准跑道中线，飞机缓慢向下降，与地面的夹角越来越小。

在落地的一瞬间，只有轻微的摇晃。

这对一个学员来说，是几乎不可能完成的操作。管制室的人吸了一口气，这着陆太漂亮且无可挑剔了。

"你赢了。"张教官给出最后的结论。

话音刚落，管制室内的年轻人发出一声惊呼，立刻冲了出去。胡茜西冲许随眨了眨眼，拉着她跑出去。

机场的跑道内，盛南洲他们冲过去狠狠地给了周京泽一个拥抱，大刘拍了拍他的肩膀："哥们儿，你可真行。"

"我这次真的服你。"盛南洲由衷地替他开心。

跑道线外站着高阳和李森，高阳的表情并不怎么好看，但还是勉强维持脸上的镇静，走过来同周京泽握手，维持着礼貌："恭喜你。"

周京泽斜睨了对方伸出的手一眼，并没有回握，而是把眼神移向一旁的李森，声音有点冷："记得给姑娘道歉。"

李森脸上的表情已经不能用难看来形容，他不大情愿地说："知道了。"

一位女记者走过来采访周京泽，问道："请问你是如何做到完美着陆的呢？"

"直觉。"周京泽给出简短的两个字。

但许随怀疑他压根是懒得说，抛出两个字来敷衍记者，果然，她猜对了。下一秒，女记者继续问道："未来对蓝天有什么期许吗？"

周京泽正色，朝记者抬手示意她过来一点，记者听话地向前走了两步，他脸上露出一个吊儿郎当的笑："你猜。"

说完，记者愣在原地，而周京泽一抬眼看到后面班上男生不怀好意的眼神，立刻向后退。

周京泽班上的男生冲过来道喜，一班和二班向来不怎么对付，这回他可算给大家出了口恶气。

男生们将周京泽团团围住，先是礼貌道喜："恭喜啊，大神，又给咱们班长脸了。"

"是不是得请个客啊，不然说不过去。"

"请。"

周京泽撂一句转身就想跑，但寡不敌众，男生们拽住他的裤腿不让走。周京泽一个趔趄，差点摔倒，笑骂道："别拽我裤子啊。"

一众男生一齐把周京泽高高举起，来回抛上天空，还喊起了口号——

"一班最棒，周京泽最牛！"

"冲啊，整个蓝天都是我们的。"

周京泽摁着自己的裤子，说话夹着三分痞气："行了，在飞机上都没你们颠，快吐了。"

中间有测绘专业的同学路过，笑着调侃："都说天上飞的是少爷兵，在陆地上可不太行啊。"

"比一比不就知道了吗？反正你们在地上也是跑。"周京泽挑了挑眉，语气狂妄。

班上其他男生来了劲头，说道："对啊，都是两条腿独立行走的动物，怎么还职业歧视了？"

"这样，以这条白线为起点，谁先跑到红旗那儿谁就胜利，怎么样？"

"行啊。"

"一、二、三，跑！"

明明这是男生当中最幼稚的游戏，他们却玩得起劲儿。烈日当头，有些刺眼，许随伸手挡住眼睛，看向不远处。

周京泽不知道什么时候脱了外套,他像离弦的箭一样冲向远方,有风吹来,将他的衬衫鼓起来,像海上扬起的帆。

快到终点时,周京泽反而慢下来,转过身来逆风奔跑,少年意气风发,还朝他们比了一下中指,露出一个轻狂肆意的笑容。

红色的旗帜在他身后迎风飘扬,周京泽身上的气息凶猛又顽劣,是嚣张轻狂的,也是让人心动的。

疾风绕旗正少年。

许随看得一颗心快要跳出胸腔,这一次的心跳频率比任何时候都快。对于周京泽的这份感情,令她不断在自卑敏感中自我怀疑,她总是自我拉扯,起起伏伏。

可是这一次,她想靠近光一次。

万一抓住了呢?

暗恋像苔藓,不起眼,在等待中蜷缩枯萎,风一吹,又生生不息。

Crush 不是害羞的热烈的短暂的喜欢,而是害羞的热烈的长久的喜欢,是持续性的动词。

一群人玩完游戏后,管制员和老师来到一众大汗淋漓的男生面前,笑着说道:"你们都要加油。"

男生们敬了个礼,皮得不行:"谨遵长官教诲!"

管制员指了指他们,无奈地笑,随后拿出一枚徽章和一个红包,给周京泽:"老张让我给你的,徽章也是你的,刻有你的名字,是这次考核的奖励。"

周京泽毫不客气地收下了红包跟奖章,舌尖抵住下颌,笑道:"谢了啊,老顾。"

老师们走后,周京泽拿着红包抬了抬手,示意许随过来。许随同胡茜西一路小跑到他们面前。

许随仰头看着周京泽,眼底有着亮晶晶的光:"恭喜你。"

"还得感谢你,给,拿去买糖吃。"周京泽漫不经心地笑,把红包递给她。

在一众人的注视下,许随也不知道哪儿生出来的勇气,摇了摇头，眼底透着紧张："我想要那个徽章。"

这句话一出，一众人发出"哇哦"的声音，盛南洲看热闹不嫌事大，说道："小许老师，我的测试还没开始，我也有这个徽章，你怎么不要我的？"

到底是脸皮薄心细的女孩子，周京泽沉默很久，细长的眼睛直勾勾地盯着她看，脸上没有什么表情。

一颗心被弄得七上八下，许随打了退堂鼓，喉咙干涩，她垂下眼正想说"我开玩笑的"时，周京泽忽然俯下身，声音震在耳边："拿着。"

第 三 章
美 梦 成 真

"我不喜欢吃甜的。"
"试试吧。"
从今天开始试着吃甜的。

"就是想留个纪念。"许随临阵退缩,匆忙解释。

众人还在起哄,胡茜西看许随这模样,知道她改变主意了,为了不让她尴尬,胡茜西挡在盛南洲面前说:"对啊,我们医学生没见过世面怎么了?盛南洲,我想要你的徽章,你最好给我赢。"

盛南洲忽然被点名,还是被胡茜西要徽章,他神色有些不自然,咳嗽一声:"我当然能赢。"

一枚徽章而已,周京泽看起来并没有放在心上,他低头看着手机,头也不抬:"今天晚上八点红鹤。"

有男生打了个响指,其他人附和道:"周老板敞亮!"

"行了,别废话了,赶紧滚吧。"周京泽冷笑一声。

一群人解散之后,胡茜西和许随挽着手臂走回学校,大小姐脸带疑惑:"随啊,刚才正是告白的大好时机,你怎么半道怂了呢?"

"没准备好。"许随摇摇头。

刚才围观群众这么多,周京泽离得又近,一和他对视,许随就有点腿软,大脑一片空白,况且,她是真的没有准备好。

"那你打算——"胡茜西试探地问道。

许随呼了一口气,一双黑眼珠里写满了坚定:"今晚。"

"可以!告白大吉!"胡茜西打了个响指。

许随笑笑，没有接话，握紧了掌心里那枚小小的金色徽章。

暗恋就是还没得到，就先选择了承受失去。

傍晚六点，盛夏的晚霞灿烂又短暂，许随挑了一条白裙子，随手抓了一下发尾，整个人显得干净又落落大方。

胡茜西给她化了个淡妆，画完以后睁大双眼，忍不住惊叹："哇，随随，你太美了。"

镜子里的许随肤白眸黑，涂上口红的她多了一丝潋滟之意，清纯又动人。

胡茜西去外面接水的时候，许随趴在书桌上，犹豫半天，最后还是拿出了那封信揣进口袋里。

断断续续写了这么多年的信，总该送出去。

周京泽先是回琥珀巷的家洗了个澡，出来的时候，头发湿答答地往地板上滴水，他侧身甩了一下水珠，捞起矮柜上的手机打算给外公发信息。

周京泽脖颈上搭着一条白毛巾，他从冰箱里拿了一罐冰可乐出来，坐在沙发上。骨节分明的手握着罐身，拉环扯开，他喝了一口，嗓子总算舒服多了。奎大人则趴在他脚边，时不时地咬他裤腿。

最近好像有点上火，嗓子都哑得冒烟了。

周京泽背靠沙发，用拇指揩去手机屏幕上的水雾，把早上在飞机上拍的日出照片发给了外公。

外公很快回信息："试飞结果怎么样？"

周京泽在对话框里编辑了"还不错"三个字正要发出去时，手机忽然响起一阵急促的铃声，来电显示是师越杰。

周京泽下意识地蹙起眉头，但还是点了接听，声音冷淡："什么事？"

师越杰那边声音嘈杂，他好像换了个地方打电话，问道："京泽，你现在在哪儿？"

周京泽俯身从茶几上的烟盒里摸出一根烟咬在嘴里，发出一声嗤笑："我在哪儿？好像不关你什么事吧，哥、哥。"

周京泽这样直接带刺地呛人,师越杰也没生气,他的语气依旧温和,但带了点焦急:"你有时间的话来家里一趟,爸好像要……把阿姨的牌位迁走。"

"我马上过来。"周京泽倏地起身,声音冰冷。

周京泽连头发都来不及吹,捞起桌上的手机和烟就跑出门了。周京泽骑上摩托车,猛地一踩油门,连人带车像离弦的箭般向不远处冲去,剩下奎大人站在门口,焦急地冲着他的背影汪汪叫了几声。

路上的风很大,呼呼地吹过来,两边的梧桐树像按了加速键一般快速倒退。在去那个家的路上,周京泽想了很多。

比如他妈妈是最优秀的知名大提琴手,选择婚姻后,依然优雅又善良,给周京泽倾注了很多关爱和温柔。

妈妈去世后,头七还没过,周正岩就把祝玲母子领进家门,扯着周京泽的头发逼他叫一个没血缘关系的陌生人哥哥。

晚风过境,冰冷又迅猛,吹得周京泽的眼睛生疼,他加快了速度,寒着一张脸,不顾门卫的阻拦直接冲进了别墅的庭院。

周京泽把车子熄了火,径直走了进去,一到正厅,果然一大帮人站在那里,祝玲正指挥着他们把牌位拆掉。

祝玲听见声响,扭头看过来,在看清来人时一愣,随即又极快地露出一个温婉的笑容:"京泽,什么时候来的,吃饭没有?"

问完之后,祝玲扭头看工作人员,语气温柔:"哎,你们把牌位前的果盘端走吧,我来移,怕你们做不好。"

周京泽眉心一跳,一字一句道:"别、碰、她。"

当周京泽说话很慢且话很短的时候,意味着他发火了。祝玲的手僵在半空中,一脸的尴尬,她以为周京泽只是介意对象是她,便开口说:"那你们来搬吧,小心一点儿。"

左右两个穿着黑衣服的男人作势上前,就要把牌位搬走。周京泽站在那里,漆黑的眼睛环视了一圈,一眼看到角落里的棒球棍,垂在裤缝边的手动了一下,接着大步走过去,抽出棒球棍,朝一边的古董花瓶眼睛眨也不眨地用力挥了下去。

砰的一声，花瓶四分五裂，碎了一地，祝玲吓得当场大叫起来。周京泽拎着棒球棍，眼神锐利地盯着他们，声音冰冷："你们再碰一下试试。"

场面闹得太难看，且动静不小，周正岩闻声从楼上赶下来看到眼前的一幕，气得发抖。他不明白，只是在楼上接了个电话，怎么就闹成这样了。

师越杰也循着动静过来，看到吓得脸色苍白的祝玲，走过去拥住她的肩膀，问道："妈，你没事吧？"

"没事。"祝玲的声音虚弱。

周正岩为了维护自己的威严，指着周京泽："你又过来发什么疯，把你阿姨吓成什么样了！"

听到这句话，周京泽低下头慢慢地笑了，他一脸的玩世不恭，语调松散："要不是妈的牌位要撤，我还真不爱来您家。"

周正岩一时语塞，他分明不是那个意思，正要开口解释时，周京泽倏地打断他，眼神冰冷，透着一股决绝："您就这么容不下她吗？以后您就当没我这个儿子。"

一句话落地，空气都静止了，周正岩勃然大怒，三两步冲过去狠狠地甩了周京泽一巴掌。

周京泽一个踉跄没站稳，脸别了过去，一巴掌过来，他感觉耳边传来一阵嗡嗡的耳鸣声。周正岩还在气头上，声音很大："你这是说的什么混账话！我哪里容不下你妈了？我是要把牌位迁到另一个房间去，你忽然跑过来大闹一通，像什么话？"

周京泽瞬间明白过来，原来他被耍了。

"谁跟你说我要把你妈的牌位迁走的，啊？！"周正岩胸口起伏个不停。

周京泽没有开口，看向师越杰，后者站了出来，拿出兄长的架势，开始温声解释："对不起，爸，是我没有搞清状况就跟京泽说了，我以为……我怕他担心。"

"你看看你，做事永远这么冲动，不分青红皂白地来家里闹，你再看看你哥，永远在为你着想，一直照顾我，你呢？老子白养你这么多年了！"

周京泽被打的半张脸还火辣辣地疼，他朝垃圾桶吐了一口带血的唾沫，抬起眼看向在场的每一个人，释然一笑："既然这样，我就不打扰你们一家团聚了。哪天你真不要我妈的牌位了，通知我一声就成，我带她走。"

周正岩脸上好不容易恢复的血色瞬间消失，脸色青白，呼吸也不顺畅起来："你……你这个逆子！"

师越杰一看周正岩气得都犯病了，忙拍着他的背帮忙顺气："爸，我先扶你回房吃药吧，别气伤了身体。"

说完，师越杰扶着周正岩出去，祝玲也跟在一边，一家三口的背影看起来无比和谐。周正岩扶着脑袋唉声叹气："亲儿子还不如身边的儿子亲啊。"

周正岩感叹的声音传过来，周京泽面无表情地听着，垂在裤缝边的手慢慢紧握成拳。

周京泽走出家门的时候，口袋里的手机发出嗡嗡的声音，他拿出来一看，盛南洲来电，于是点了接听。

"喂。"一开口，周京泽才发现自己的声音无比嘶哑。

盛南洲处在包厢里，K歌的声音震天响，他笑着问："哥们儿，你在哪儿呢？我们等你好久了，你不知道大刘那家伙，被灌得跟孙子一样。"

周京泽轻笑一声："马上来。"

挂了电话，周京泽站在路边沉默地抽了三支烟，最后平复好心情才骑着摩托往红鹤会所的方向去。

许随坐在人多的包厢内，依然感到局促，包厢里每进来一个人，她都会下意识地看向门口，结果都不是周京泽。失望写在她脸上。

许随看了一眼时间，八点四十五分，已经过去近一个小时了，他还会来吗？

她俯身拿起桌上的果汁喝了一口，下一秒，有人推门而入。盛南洲在一旁大喊:"你怎么现在才来?"

许随顺势抬眼,光影切过来,周京泽穿着黑色的T恤走进包厢,他唇角带着血红的伤口,皮肤冷白,脸上的表情晦暗不明,显得整个人落拓又不羁。

"有点事。"周京泽轻笑一声。

周京泽虚虚地看了众人一眼,在对上许随的目光时也是不冷不淡地点了一下头,然后走过来坐下。

沙发中间的人自动为他让出一个位置,大刘坐在旁边喝得醉醺醺的,看见周京泽脸上的伤口一愣,说话不经大脑:"哥们儿,你脸上的伤怎么回事啊?"

众人噤声,周京泽把打火机和烟扔在桌上,俯身找了把叉子叉了块西瓜送进嘴里,语气懒洋洋地说:"还能怎么,路上骑车磕到了呗。"

"哈哈哈哈,你也有今天。"大刘拍着他的肩膀大笑。

今天包厢里来的人特别多,周京泽朋友多,加上他们又携家带口的,玩游戏的玩游戏,K歌的K歌,包厢里好不热闹。

熟悉周京泽的人都知道,他今天心情不大好,气压低,所以盛南洲自觉地没去烦他,这倒给了商务英语系的一个姑娘可乘之机。

许随对她有点印象,长相妖冶,身材还好,叫刘丝锦,上次乐队赢了比赛聚会时她也在。

周京泽今天心情不爽到了极点,没有任何表情地窝在沙发上,开了一瓶XO,直接就想对瓶吹。

坐在一旁的刘丝锦伸手拦住,周京泽抬起薄薄的眼皮睨她一眼,女生也不怵,笑吟吟地说:"你想喝死在这里吗?用酒杯。"

周京泽松了手,任她倾身过来往酒杯里倒酒。周京泽一杯接一杯地喝酒,侧脸线条沉默又冷峻。

许随坐在角落里,看着周京泽旁边坐着一个风情万种的女生,他在喝酒,刘丝锦朝他勾勾手指。

周京泽俯身倾听,唇角懒懒的,女生的长卷发扫到他的手臂,他没有推开,也没主动,放浪形骸又暧昧。

许随暗暗握紧手掌，指甲陷进掌心，传来的痛感使她麻木，眼眶渐热，她收回视线，不想自虐地再看这一幕。

她起身，走到点歌机前面，点了一首歌，是薛凯琪的《奇洛李维斯回信》。

只要背对着他们，看不到就好了。

红色的霓虹闪过，许随握着话筒正打算唱歌，有人扯了扯她的衣角。

许随转身一看，胡茜西拉着她的手，凑到耳边："随随，你出来一下。"

她只好把话筒放回架子上，跳下高脚椅，两人手拉着手，猫着腰从屏幕前经过，走了出去。

走廊上，胡茜西问她："随啊，不是说好要表白的吗？怎么没动静了？"

许随垂下眼睫，吸了一口气："他……旁边坐着别人。"

胡茜西瞬间明白过来，拍了拍她的肩膀："嗐，你不知道我舅舅，要真喜欢那女的，他早上手了，他心情不好的话就那个死人样，谁都能跟他搭上两句话，下一秒踩到雷的话就不是那么好说话了。"

"倒是刘丝锦一直贴着我舅舅，你再不上，那女的都要趴他身上了，跟只蜘蛛精一样。"胡茜西语气愤然。

"不要怕，随随，你不试一下的话永远不知道答案，万一呢？"胡茜西鼓励道。

许随沉默半晌，最终点头："好。"

两人回去包厢，许随坐回角落的位置，双手搭在膝盖上，还是有点紧张，酒壮怂人胆，在震天响的包厢中，她默默一口气豪饮了三杯酒。

那是她第一次喝酒。

网上说什么酒味很好，让人上瘾，许随一点也没体会到。第一口酒入喉，许随辣得眼泪都快出来了。

盛南洲恰好坐在一边，注意到了她的反常，关切地问道："许妹妹，你没事吧？"

许随摇摇头，伸手将唇角的啤酒泡沫擦去，站起身，把手插进口袋里捏着信的一角,在暧昧浮动的光线里走向周京泽。

周京泽正弯腰倒酒呢,脸上挂着漫不经心的笑容,握着酒杯的手还夹着一根烟。一道纤细身影笼罩下来,挡住他的视线。

"什么事儿?"周京泽抬头,挑了挑唇角。

许随看着他,声音有一丝紧张:"你能不能出来一下?"

周京泽愣了一秒,随即松开酒杯,抬手摁灭烟头就要起身,不料被刘丝锦拽住手臂,她的声音一如既往地娇媚但带着焦急:"有什么事不能在这儿说呀?"

刘丝锦早就注意到眼前这个女孩子了,干净斯文,乖巧,与这个风月场所格格不入,却让她产生了危机感。

她故意喊得很大声,恰好有人切了一首歌,前奏是漫长的空白,只有一点背景音,所有人都看向这边,整个包厢不自觉安静下来。

周京泽脸上的笑意敛去,他心情不好,懒得说话,不代表刘丝锦能以女朋友身份自居,他尊重女生,不代表她可以这样来事。

他掀起眼皮似笑非笑地看了刘丝锦一眼,眼神藏着警告,刘丝锦心里发凉,下意识地松开了手。

周京泽起身打算跟许随出去,可许随兀自下定决心,不想给自己留后路似的,忽然挡在他面前,挡住了他的路。

在十几个人的见证下,许随站在昏暗的包厢里,周京泽足足比她高了一个头,她需要仰头,两人的视线才对得上。

周围的人察觉到氛围不对劲儿,都自觉地静下来,有机灵的男生尖叫了一声。许随一颗心毫无节奏地跳着,紧张得说不出一句话来。

刚好轮到许随点的歌,无人唱,只有薛凯琪唱歌的声音在包厢里回荡,声音坚定又带着点涩味:

　　　　天天写 封封写满六百句的我爱你
　　　　写了十年从未觉得太乏味
　　　　……
　　　　继续被动来做普通的大众

实在没有用　情愿不怕面红
顽强地进攻争取那认同
如朝朝代代每个不朽烈士奋勇
明知我们隔着个太空
仍然将爱慕天天入进信封

  许随的右手插进口袋里，里面的信被她捏得变形，边角都烂了，明明不敢看他，仍逼自己直视他，她黑漆漆的眼睫颤了颤，嗓音有点抖："周京泽，我……喜欢你。"
  终于说出来了，人群中立刻爆发出一阵尖叫，男男女女大喊："在一起！在一起！"许随说完以后迅速移开眼，不敢再看他，把手重新插进口袋里，胡乱地找那封信。
  周京泽错愕了一下，随即漫不经心地挑了挑唇角，声音一如既往地好听："不好意思啊，你太乖了。"
  他说得很小声，应该是照顾到许随作为女孩子的自尊，周围人没听到周京泽的声音，还在那儿起哄。
  周京泽单手插着裤袋，掀起薄薄的眼皮看了瞎起哄的人一眼，周围人自觉噤声。
  意料之内的答案，许随松开紧握着信的手，垂下眼，只觉得眼睛发酸，还好没把那封信拿出来。
  是啊，她永远不是周京泽的偏好。
  许随穿着白色吊带裙，露出白皙的肩膀，即使化了点妆，依然是素淡、清纯那一类的。即便喝酒，也是会把自己喝得呛出眼泪的那种人。
  她乖巧，安静，常常陷于人群中，被淹没。像一张白纸，安分的同时，又渴望冒险，可许随做过最大胆的事也只是背着家长打游戏和坚持学架子鼓，最大的愿望也不过是希望家人身体健康，自己能好好生活。
  周京泽，放荡、反叛且自由，常常做冒险的事，蹦极、赛车，在大峡谷跳伞，希望在某一天死去的时候，恰好能看见日落大道。
  像是两个世界的人。

周京泽低头看着许随红着眼又努力不让自己哭的样子有一瞬间失神，拒绝别人是常事，可面对她，他有点不知所措，有一种说不出的情绪。

他垂在裤缝边修长的指尖动了动，想伸手帮她擦泪。

忽然，周京泽不经意地往外一瞥，瞥见包厢门外的某个身影，恨意几乎是在一瞬间涌上来，他舌尖抵着下颌笑，话锋一转："但是可以试试。"

一句话落地，许随难以置信地抬起眼，随即周围的起哄声和尖叫声一浪盖过一浪。许随人还是蒙的，这时有人顺势推了她一把。

砰的一声，有人开了一瓶香槟，泡沫喷出来，在欢呼声中，许随一个趔趄跌进周京泽怀里，脸颊贴着他的胸膛，隔着一层布料，热源烘得她脸颊发热。

"哇哦，恭喜周爷脱单！"

"许妹妹把这畜生收了，以后好好管管他！"

"百年好合！"

"送入洞房！"

彩带和金片落在两人头顶，周京泽顺势揽住她的肩膀，笑骂道："傻子。"

余光里那人的身影僵住，然后落寞离开。

周京泽收回视线，揽着许随的肩膀坐下，他知道许随脸皮儿薄，虚踹了旁边的人一脚，说："差不多得了。"

他们也不敢闹得太过分，加上盛南洲组织了一拨游戏，没多久，包厢又归于热闹中了。

周京泽收回搭在她肩膀上的手，重新喝酒，一杯又一杯。许随坐在周京泽身边，还是感觉不真实。

周京泽的一句话，像坐过山车般，将她抛向云端。

包厢的座位有点挤，旁边的人玩游戏十分投入，手脚并用地比画，弄得许随的腿时不时地碰到他的膝盖，一下，两下，像她止不住的心跳。

周京泽的心情依然很差,在沉默地喝酒。许随感受到了他的低气压,总想做点什么。

其实周京泽刚才就是脑子一热答应了,然后把许随撂在一边。周遭是热闹的喧嚣,酒精让人迷醉,周京泽喝了两打啤酒,脑海里时不时闪过一些画面。母亲在自杀前说很爱他,结果呢,还不是离开了他。还有周正岩说"亲儿子不如身边的儿子亲",在他们眼里,他确实不算什么。

周京泽喝得意识不清,想找打火机也只是在茶几上乱摸,心底掀起一阵烦躁,正要发火时,眼前出现一截白藕似的手臂。

他抬起眼皮,许随握着银质的打火机递给他,一双漆黑的眼睛安静又乖巧。周京泽一愣,接过来,火气散了大半。

接下来,无论周京泽下意识地想要什么,一旁的许随总能找到给他。她一直待在他旁边,被冷落也没有生气,乖得不像话,最多只是叫他少喝点儿。

周京泽低头咬着一根烟,打火机发出啪的一声,薄唇里滚出烟雾,他脸上挂着散漫的笑:"你喜欢我什么,嗯?"

连他自己都不太喜欢自己。

没有听到答案,周京泽挑了挑眉梢,也不介意,他抬手掸了掸烟灰,背靠沙发,眼神放空,看着眼前嬉笑玩闹的场面,沉默且孤独。

也前所未有地疲惫。

一场聚会在近十一点结束,一群人喝得醉醺醺的,有人喊道:"快点回去,宿管还有半个小时就关门了。"

盛南洲接话:"少装,你可没少翻墙。"

一众人勾肩搭背地走出红鹤会所大门,盛南洲只喝了一点酒,还算清醒,他给一大帮人叫车。

许随扶着醉醺醺的周京泽,想把他交给盛南洲,结果后者强行把她和周京泽塞进同一辆计程车。

"嫂子,照顾好我哥啊,到了学校我给他扛回去。"盛南洲笑道。

许随一脸茫然。

盛南洲身份适应得比她还快。

出租车开得不算太快，车里有一丝闷热，许随降下车窗，冷风灌进来，凉丝丝的。风将许随的头发扬起，她的侧脸安静又好看。

周京泽喝醉了很安静，他仰头靠在座椅上闭目养神，表现得跟正常人无异。要不是许随亲眼见到他喝了酒，她不会相信他醉了。

她偏头看着周京泽发呆，突然，前方一个急转弯连带紧急刹车，许随一个惯力向左侧倾倒，尽管慌乱中用手肘撑在座位上，还是避无可避地一头栽在了男生大腿上。

……

死亡性瞬间。

她脸颊贴着对方，是真的感觉到跳动和炙热，许随匆忙起身，脸烧得通红，她偷偷瞥了周京泽一眼，还好，还在睡觉。

许随重新坐正，看着窗外发呆。过了没多久，周京泽睡得很沉，脑袋没有支撑，下意识地磕向玻璃，又重新靠回来。

如此来回，许随担心他磕痛额头，小心翼翼地扯着他的衣袖，将周京泽整个人慢慢移向她的肩头。因为怕吵醒他，许随的动作很小心，也紧张。最终，周京泽闭着双眼倒向她的肩头，许随侧头看他。

车窗外暗红的灯晃过来，周京泽的脸半陷在阴影里，他的侧脸凌厉分明，黑长的睫毛垂下来，挺鼻薄唇，好看得不像话。

他温热的呼吸喷洒在许随的脖颈上，又痒又麻，同时提醒着许随这不是梦。

三年前在走廊上惊鸿一瞥，至此，高中每个角落里都是他。许随不用再隔着人群遥遥地看他在台上发言，与别的女生谈笑风生。

他也不是许随高中做试卷时，耳机里唱的"我站在你左侧，像隔着一条银河"默默暗恋的男生了。

是男朋友。

车窗外的景色如电影般快速倒退，一帧又一帧，有个巨大的灯牌写着一句夸张的广告词：用了它，美梦成真。

是美梦成真。

许随低头看着靠在她肩头的周京泽,忽然开口:"很多。"
"你喜欢我什么,嗯?"
"很多。"

周京泽宿醉一夜,醒来后头疼欲裂,五点五十分出早操的时候,一阵慷慨激昂的铃声把周京泽震醒了一次。

昨晚他喝得实在太凶,浑身跟散架了一样,导致根本起不来。盛南洲在出操前整理内务,看到他苍白的脸色,开口:"你别去了,我给你请个假。"

周京泽喉咙干得冒火,他猛地咳嗽一声,整个人昏沉沉的,说出来的话无比嘶哑:"嗯,顺便帮我带个咳嗽药回来。"

"好。"

疲惫感再次袭来,周京泽又躺了回去,他一连做了好几个光怪陆离的梦,睡到下午两点。

周京泽起来后,睡眼惺忪,为了让自己快速恢复清醒的状态,他直接去卫生间洗了个冷水澡。

洗完澡出来,周京泽上半身什么也没穿,单穿着一条裤子,脖子上挂着条白毛巾走出来,一路不停地咳嗽,引起胸腔剧烈的颤动,他坐在桌前,倒了一杯白开水正要喝,脑海里一张恬静的脸一晃而过。

记忆中,昨晚他猛灌酒的时候,有人给他倒了一杯水。断片前的记忆全回来了,昨晚从那个家出来之后,他去了包厢,许随跟他表了白。

他是怎么做的?拒绝了,因为周京泽清楚地知道自己是个什么样的人,他这种人,就别祸害人家好姑娘了。

可下一秒,周京泽看见了师越杰,迁牌位这件事他分明被师越杰耍了。师越杰的目的很简单,就是想让周京泽跟那个家彻底割裂,离他们越远越好。所以在见到师越杰的那一刻,周京泽心底的恨意滋生,脑子一热就答应了许随。第二天清醒过来后,他发现是自己冲动了。

周京泽决定跟许随解释清楚,道个歉,要杀要剐都随她。

周京泽背靠椅子,嗓子疼得难受,他以为盛南洲带的药放桌上了，结果翻了个底朝天都没找到。

他一边咳嗽一边给盛南洲打电话，电话接通后，问道："药呢？"

盛南洲在电话那边笑得无比暧昧，甚至还有点娘："哎呀，你一会儿就知道了。"

"神经病。"周京泽直接把电话撂了。

窗外天气很好，甚至还传来鸟儿清脆的叫声，周京泽拿起桌上的烟和打火机揣进口袋里，正准备出门，手里握着的电话响了。

周京泽没看来电显示点了接听，毫无感情地"喂"了一句，电话那边似乎停顿了一下，接着传来一道软糯的声音："是我，许随。"

"嗯，什么事？"周京泽手虚握成拳抵在唇边咳嗽了一下，语气说不出来地冷淡。

许随不是没感觉到他语气的变化，心情瞬间低落："我有东西给你，你要是没时间的话——"

"我现在出来，刚好有事找你。"周京泽截住她的话。

"好。"

周京泽匆匆跑下楼梯，结果在宿舍门外见到了许随，原来她早到了。他三两步走过去，黑色的影子垂下来。

太阳有点晒，许随站在树下的阴影里，察觉到动静后转身，在看见周京泽后，眉梢立刻浮现喜悦，她抱紧怀里的东西跑到他面前。

"你醒啦？"

"嗯。"

许随把怀里紧抱着的两个保温瓶递给他，有风吹过，她将前面的头发别到白皙圆润的耳朵后面，语气有一丝不自在："我听盛南洲说你不舒服，上午刚好有时间，就煮了一点醒酒茶，还有冰糖炖雪梨。"

周京泽神情错愕，掀起眼皮看她，问："煮了多久？"

"没多久。"许随摇头，唇角带着笑。

其实煮这个东西有点费时间，宿舍又不让用大功率电器，她只能用小火慢慢煮，一边煮还一边抓紧时间背药的学名。

学习和炖冰糖雪梨两不误，梁爽还调侃这锅冰糖炖雪梨充满了药味。

周京泽看着她，没有伸手去接，冷不丁地开口："我不喜欢吃甜的。"

"啊，那我拿回去——"许随的神色有一瞬的黯淡，又极快地调整好神色，把手往回缩。

忽地，一只骨节分明的冰凉的手攥住她的手，许随心口一窒，猛然抬眼，周京泽的嗓音有点哑但语气认真："试试吧。"

从今天开始试着吃甜的。

许随把东西交给周京泽后，就匆匆跑回去上课了，一整个下午，她都感觉不真实，如梦似幻。暗恋那么久，偷偷望了这么多年的人，居然真的成了她的男朋友。

晚上回到寝室后，许随洗了澡出来坐在桌前，点亮手机屏幕看了一眼时间，视线顿了一下，在日记本上写道——

第一天。

2011年6月28日。

写完以后，许随手撑着脑袋漫无边际地发呆，周京泽到现在也没发信息给她，一种奇怪的别扭的自尊心在作祟，于是她也没有主动发消息给他。

胡茜西坐在床铺上涂她的指甲油，忽地，她丢给许随好几个长条的彩虹糖，笑嘻嘻地说："上次你给我吃的好好吃呀，我就买了一箱！"

"酸酸甜甜的，我也喜欢。"许随笑着接话。

许随拆开糖纸，边咬彩虹糖，边继续发呆，胡茜西则去洗手间上了个厕所，回来的时候，大小姐拍了拍她的肩膀，眼睛里流露出赞许的意味："哇哦，随随，你真了不起！"

"啊？"许随眼含疑惑。

"你看朋友圈就知道了，我也是才知道的。"胡茜西冲她挤眉弄眼。

许随拿起旁边的手机，点开朋友圈，万年不发朋友圈的周京泽竟然发了一条动态，没有配任何文字，只有一张照片。

下午她送给周京泽的冰糖炖雪梨，此刻正在他宿舍的桌子上，淡黄色的桌子，阳光斜斜地照在透明玻璃杯上，落下被切割成小块的阴影，糖水还剩一半。

他竟然喝了。

底下一众人凑热闹，盛南洲："可以，这是变相官宣吗？周爷，你够骚。"

大刘："什么情况，我不就是喝高了吗？一觉醒来，老周居然把许妹子这颗小白菜给拱了。"

胡茜西："嘻嘻，我的好朋友成了我的小舅妈。"

许随看得有点发怔，后知后觉心底像裹了糖霜一样，甜滋滋的，仍觉得难以置信。

"怎么样，小舅妈你是不是要有什么表示？"胡茜西打趣道。

胡茜西只是开了个玩笑，偏偏许随还当真了，她语气认真，皱了一下鼻子："西西，确实要谢谢你的鼓励，不然我真的没勇气。"

"嘿嘿，我不管，你是咱们寝室第一个脱单的，随宝，你要请我们吃饭！"胡茜西趁机敲竹杠。

"当然好啊。"许随笑道。

"谁要请吃饭，吃什么饭？我可听见了啊！"梁爽拿着饭盆去食堂打包了一份夜宵，在门外听见吃的就风风火火闯了进来。

"当然是我们随随呀，她和你男神在一起了。"胡茜西冲她眨眨眼。

男神？周京泽吗？！梁爽嘴里咬着的馒头差点掉下来，忽然就不香了。那可是周京泽啊。

许随见梁爽神色变了，以为她有点生气，下意识地后退了一步，谁知梁爽还是扑了上来。她舔了一下嘴唇："我——周京泽宿舍里还有没有单身帅哥？"梁爽语气认真。

胡茜西："……"

许随松了一口气："有的，他们班基本上全是男生。"

许随请客的时间定在周末。寝室的姑娘们一觉睡到十二点，而许随已经去了一趟图书馆回来了。

姑娘们火速穿好衣服准备化妆，她们打算下午逛街，晚上再吃东西。女孩子们约会绝不会比男女约会打扮敷衍，她们三个女孩子精心打扮好，走出去吸引了一片目光。

下午在商场逛街简直成了胡茜西的个人专场，大小姐墨镜一戴，拎着鳄鱼皮的包包，把大小专柜买了个遍。

许随和梁爽像两个直男，找了把椅子坐下，有气无力地说道："西西，逛不动了，你去吧，我们在这儿等你。"

胡茜西恨铁不成钢地看了她们一眼，带着细闪、镶着粉钻的指甲指着她们："你说说你们，战斗力这么弱，以后还怎么让男人心甘情愿地为你们刷卡？！"

说完以后，大小姐又扭头进了香水店，她拿着试纸往鼻尖处扇了一下，是她喜欢的加州桂的味道。

"你好，我要这个。"胡茜西朝旁边的一个柜台服务人员招手。

对方一身黑西装，背脊挺直，一转身，清隽苍白的脸出现在眼前，他耳边还戴着一个麦。胡茜西一下子就愣住了，是路闻白，他到底做了多少份兼职啊？

路闻白的嗓音清冽，语气冷淡："需要什么？"

"啊，这个。"胡茜西指了指眼前的香水。

结果路闻白直接叫来了同事为她服务，胡茜西只好被友善的柜姐带去前台刷卡结账。付完账后，胡茜西站在门口回头望了路闻白一眼，即使他对她不理睬，她还是想跟他说句话。

但自从上次路闻白对她泼过冷水后，胡茜西就变得有些小心翼翼，她走上前去："路闻白，我——"

"我会好好减肥"这后半句话胡茜西还没来得及说，路闻白忽地打断她，语气冷冰冰地说："跟、你、很、熟、吗？"

胡茜西愣在原地，路闻白漠然地从她身上收回视线，狭长的眼尾连那一点厌恶都掩不住。

……

晚上，一群人原本打算去吃粤菜，可路过一家大排档，烧烤的香味顺着排气扇飘出来，几个姑娘就走不动道了。

红色篷布内，她们几个坐在浅蓝色塑料凳上，服务员很快上了菜单和餐具。梁爽拿着塑封菜单点菜，许随则坐在一边，用开水给大家烫餐具。

"老板，来一份鸡翅，六份鸡爪，六份鸡胗，两把鸡肉串，一份烧茄子。"梁爽点完以后顺手把菜单给了许随。

许随点了几样爱吃的东西后，刚想问胡茜西，一抬眼，发现她一脸失魂落魄，不知道在想些什么。许随伸出手指在她面前晃了晃，嗓音温柔："西西，在想什么？你要不要点东西吃？"

胡茜西回神，脸上重新挂上笑容："我没什么想吃的，来一打啤酒吧！"

许随从来没见过胡茜西喝酒，这会儿眼神迟疑："你可以吗？"

这句话提醒了胡茜西，她不知道想起了什么，有点心虚："可以！我千杯不倒。"

结果烧烤和酒上来后，胡茜西才喝了半罐，眼底就有了醉意，她托着腮笑嘻嘻地看着啤酒罐里的酒："我给你们表演个猴子捞月吧。"

"……"

大小姐见没人理她，猛地一拍桌子，口齿不清地说："你们……不信是吧！"

没等她们回答，胡茜西脑袋一偏就要往啤酒罐上磕，一副实践出真知的模样。

"哎——哎——我们信，信！"许随连忙拉住她，梁爽费了好大的劲把胡茜西往回拉，三个女孩子闹在一起，引得周围的人纷纷侧目。

三个青春活力的大学生坐在那里，确实很惹人注目，胡茜西穿着黑色海军风裙子，白色及膝袜，甜美又可爱，虽然此刻看起来有点疯癫。

梁爽的打扮偏中性，也十分吸睛。至于许随，云朵白衬衫，下摆扎进蓝色牛仔裤里，齐肩发，看起来清纯又乖巧。

邻桌的一群男生看起来也是大学生，其中一个男生时不时地把视线投向许随。

许随正打算抢过胡茜西手里的酒不让她再喝时，忽地，有人敲了敲桌子，她抬眼一看，一个男生站在面前，声音因为紧张而有些结巴:"能……加一下微信吗?"

许随摇了摇头,轻声说了句"抱歉",对方一脸失望地走了。人走后,胡茜西坐在那里歪头看着许随:"宝贝。"

"嗯?"

"你现在可是有男朋友的人!拒绝人时把你男人亮出来啊,"胡茜西说着说着拿出手机,冲她眨了一下眼,"我打个电话给舅舅看看他什么反应。"

"西西,你别——"许随伸手就要抢她的手机。

可胡茜西早已拨通了电话,还冲她比了个"嘘":"舅舅。"

此时周京泽他们班刚在操场结束一轮体罚,正在休息,他的嗓音有点哑:"又闯祸了?"

"没有,是随随,我跟你说哦,刚有个男生来要加她的微信,长得不比你差哦,你再不过来,你媳妇就要——"

"被抢走"三个字还没说出来,听筒那边传来一阵嘈杂声,以及许随很细的声音:"西西,你别说了。"周京泽听到挑了挑眉:"你让她听电话。"

"喂。"电话那边传来一道软糯的声音。

"在外面吃饭?"周京泽问。

"嗯,下午在跟室友逛街。"许随主动汇报着自己的行程,听到电话那头传来方阵铿锵有力的跑步喊口号的声音。

"吃的什么?"

"烧烤。"许随回答。

"晚点过来接你们。"周京泽起身,走向操场上的方阵。

周京泽全程对许随被别的男生要电话的事只字未提,也不关心,许随挂完电话后有一瞬间的失落。

"怎么样?我舅舅吃醋没,他是不是要过来揍那男的?"胡茜西凑过来,语气激动。

"哪儿那么幼稚?"许随唇角弯出一个笑来掩盖自己的失落,转移话题,"你喝酒了,他说一会儿过来逮你。"

胡茜西不以为意地撇嘴，趁她们不注意，把剩下的半罐啤酒喝完了。梁爽去抢她的酒，胡茜西抱着酒死死不放，梁爽弹了一下她的脑袋，笑道："大小姐，你今天怎么这么反常，失恋了啊？"

　　本是一句玩笑话，胡茜西突然"哇"地哭出来，眼泪跟金豆儿一样吧嗒吧嗒地往下掉。许随吓得赶紧找纸巾给她，问道："怎么了，怎么了？"

　　胡茜西一边擦泪一边断断续续地说："随随，我好羡慕你啊，守得云开见月明。"

　　"可我也守了很久。"许随在心底默默地说道。

　　没有人知道她暗恋了周京泽多久。

　　胡茜西哭得泪眼蒙眬，哭到一半还打了个嗝："我……我是不是很胖啊？"

　　"不会啊，胖个屁，谁说的？我揍他去！"梁爽气愤不已。

　　许随伸手给她擦泪，语气真诚又温柔："西西，你一点都不胖。"

　　胡茜西长了张漫画脸，大眼睛，脸上有点婴儿肥，身材匀称，只不过不是偏瘦的类型，哪里胖了？

　　听见姐妹们这样安慰，胡茜西哭得更上气不接下气了，眼眶发红："可是路闻白就是嫌我胖啊。喜欢一个不喜欢你的人，真的……太辛苦了。"

　　胡茜西说完之后，大家都心疼她，许随都不敢劝她别喝酒了，一直轻声安慰她。梁爽则开始陪她借酒浇愁。胡茜西喝到后面，意识开始涣散。

　　许随正担心着，放在桌边的手机屏幕亮起，显示 ZJZ 来电，她点了接听，听筒那边传来周京泽微微喘气带笑的声音："教练搞体罚，一群人在固滚上吊了有半个小时，现在结束了，你们还在那儿？"

　　"对，"许随扭头看向胡茜西，"西西喝得很醉。"

　　"等着。"

　　挂了电话后，梁爽喝得有点上头，她咬着舌头说："随随，一会儿你男朋友是不是要过来？刚好我朋友在这附近，先走了，我怕亲眼看见你俩在一起太伤心！多看着点西西。"

"好。"许随无奈地笑笑。

梁爽走后，许随扶着东倒西歪的胡茜西等了大概有二十分钟，她正低头看着手机，一道笔挺的影子笼罩下来。

许随一抬眼，发现周京泽嘴里有一搭没一搭地嚼着薄荷糖，似笑非笑地看着她，指了指地上以及桌子上倒着的啤酒罐："你们喝的？"

"我没有，是西西和另一个室友喝的……"许随在周京泽的注视下声音渐弱，"当然，我也喝了一点点。"

站在一旁的盛南洲叹了一口气，许随才发现他也来了。盛南洲眉头紧蹙："她身体不太好，不能喝这么多酒。我先带她回一趟家好了，刚好今天是周末。"

说完以后，盛南洲拿起胡茜西的包挂在自己脖颈上，蹲下来，一把将胡茜西背起来，走出去打车了。

许随迟疑地看着他们远去的背影，周京泽双手插兜，笑道："没事。"

许随从他们身上收回视线，一转身差点撞向周京泽的胸膛，周京泽抬手扶住她的胳膊，眯眼扫视了一圈，懒洋洋地问："在哪儿？"

"什么？"许随有点没反应过来。

周京泽轻笑一声，嗓音嘶哑："不是有人要你微信？"

原来他说的是这个，许随急忙否认："没给。"

周京泽摸出一根烟，打火机发出啪的点火的声音，他吸了一口烟，看着她："下次再有人要，你就把我的微信给他。"

"好。"许随怀疑自己根本没控制好唇角上翘的弧度，心里甜滋滋的，为他的在意而高兴。

虽然这种感觉让她感到有点不真实，像一脚踩在云端。

盛南洲背着胡茜西打算走出去打车，可喝醉的胡茜西一点也不老实，她趴在盛南洲背上，手臂胡乱飞舞，时不时地给盛南洲后脑勺来一掌，还配了音："渣男！大坏蛋！你很牛吗？放下你的身段。"

胡茜西这一举动惹得路人时不时飞过眼刀来，就差没将他当成拐卖少女的人贩子了。盛南洲忍无可忍，腾出一只手攥住她的胳膊，语气不太好："闭嘴。"

背上的人安静了一秒，盛南洲背着她往前走，正感叹她变乖了，一滴滚烫的眼泪滴到他的脖颈上，男生猛然怔住，停下脚步。

胡茜西一边哭一边暴打他的背："呜呜呜，路闻白，你很了不起吗？在梦里还要凶我。"

盛南洲背着她站在原地，一声不吭任胡茜西发泄，路灯将他的影子拉长，落寞且沉默。

胡茜西发泄完后，又挥动着自己的胳膊想要脱袜子，说道："好热。"

盛南洲背着她，把人放到长椅上，半蹲下来给她脱袜子，语气并不温柔："抬脚。"

胡茜西顺从地抬脚，盛南洲把她穿着的白色及膝袜脱了下来，也不嫌弃地直接塞到了口袋里。

他正半蹲着，胡茜西忽然俯下身来，两人鼻尖相对，黑色的大眼睛映着他的身影："帅哥，我发现你长得蛮好看的哦。"

"您瞎了多久了？"盛南洲冷笑一声。

盛南洲懒得跟醉鬼扯，重新背起她往前走，蝉鸣声起，晚风拂过，身后传来绵长均匀的呼吸声，胡茜西好像睡着了。

路灯将两人的影子拉长。

盛南洲开始自顾自地说话："那个男的有什么好？瘦不拉几的，皮肤白得像个变态吸血鬼。"

"他不行，你行啊？"胡茜西靠在他背上，发出一句很轻的梦呓。

盛南洲沉默了一阵，扯了扯唇角："我也不行，我们西西公主值得最好的。"

他们走后，许随拿起包去烧烤摊付钱，老板娘笑眯眯地摆手："刚才那个帅小伙已经付过啦。"

许随回头，周京泽手插着兜来到她身边，嘴里还叼着一根烟，笑得懒散："走了。"

"我们怎么回去？"许随问。

"都可以。"周京泽声音含混不清。

许随看了一眼时间，决定道："坐公交吧，还有最后一趟，走快一点应该来得及。"

说完，许随就往前跑，倏忽，一道清冽、有磁性的嗓音喊住了她："许随。"

许随停下来回头，周京泽慢悠悠地走到她眼前，俯下身，两人鼻息相对，侵略的气息顿时席卷全身，一双漆黑的眼睛将她钉在原地，许随绷紧了神经。

周京泽唇角带着散漫的笑意，慢条斯理地开口："你男朋友想牵你的手都不给个机会啊。"

第四章
第一次恋爱

"说清楚点,什么家属?"
"报告教官!我女朋友!"

许随有些不好意思地解释道:"因为我是第一次谈恋爱。"

所以她什么也不懂。

小姑娘一本正经解释的模样还挺可爱,周京泽薄唇挑起一点弧度,走过去自然而然地牵起她的手,低沉的嗓音震在耳边:"我的荣幸。"

走到公交站,最后一趟车走了,留下一地的尾气,最后周京泽打了辆车。一路上,周京泽一直牵着她的手,坐在车内,他也没有松开。

车窗半降,带着湿气的风吹过来,周京泽单手接了一个电话,他漫不经心地答着"嗯""差不多"之类的话,另一只手仍没有松开她的手,无意识地用拇指蹭了蹭她的手背,是不经意的亲昵。

许随紧张得手心出了一点汗,她想抽回手擦一擦汗,又怕这温存会消失,于是坐在那儿,像一个乖巧的瓷娃娃,任他牵着。

学校前方在修路,出租车师傅把他们放在前面就走了。距离学校还有一段路程,许随和周京泽并肩走在马路上。

马路右侧有小吃摊、水果摊,即使到了十点,依旧热闹非凡。斜前方有一个水果摊,车上堆了好几篮鲜红欲滴的草莓,颗颗硕大,旁边的绿叶还沁着水珠。

水果摊边上的白灯泡照亮了一旁的纸牌:新鲜草莓,比初恋还甜,15元一盒。

许随路过多看了两眼，有点想吃，但水果摊旁边围着的都是学校的小情侣，姿态甜腻地互喂草莓。还是算了，有点不好意思，她只是单纯地想吃个草莓。

恰好有车鸣笛，周京泽牵着她过了马路，两人一起走进学校门口，晚上十点，篮球场还有十几个男生在打篮球。

"啧，烟瘾犯了，"周京泽停了下来，清了清嗓子，"我去门口买包烟，在这儿等我。"

"好。"许随点点头。

许随等了十多分钟，篮球场只留了一盏灯，偶尔有几声喝彩回荡，远远地，她瞥见周京泽嘴里叼根烟走过来，手里不知道拎着什么。

周京泽把一盒草莓递给她，语气闲闲："顺手买的，草莓洗过了。"

"哇，谢谢。"许随一脸的开心。

周京泽一路送许随回女生宿舍，许随拎着一袋草莓，边吃边和他聊天，发现这草莓意外地甜。快到宿舍门口时，她还在吃草莓，一低头发现快见底了，全都她一个人吃了。

许随咬着草莓尖，有些不好意思地说："你吃不吃？很甜。"

她敞开白色的塑料袋示意他伸手拿。许随手捏着草莓，小口地啃咬草莓尖，跟条金鱼一样，脸颊一鼓一鼓的，果肉被一截粉舌卷进唇齿中，红色的汁水溢出嘴角，旁边还沾着果肉。

周京泽没有动，喉咙一阵发痒，盯着她的目光变得幽深起来。许随晃了晃塑料袋，疑惑不解："你不吃吗？"

"吃。"

周京泽给出一个肯定的回答，同时上前一步，伸出手动作极其缓慢地擦过她的唇角，许随整个人完全僵住，只感觉他粗糙的指腹抚过她的唇角，心底一阵战栗，微睁大眼看着他，不敢动弹。

周京泽收回手，当着少女的面侧头舔了一下他的手指，喉结滚动，缓缓吞下，扬了扬眉，似乎还有些意犹未尽，露出一个痞坏的笑："还挺甜。"

他整个人贴着许随，热气拂耳，痒得不能再痒，许随躲了一下，他怎么能一本正经做出这么色情的动作来？

许随感觉自己的脸烫到要爆炸了，最后她落荒而逃，连晚安都忘了和他说。

结果当晚许随做梦就梦见了周京泽，醒来的时候一身的汗，她忍不住捂脸，都怪周京泽。

期末考试很快结束，暑假来临，许随有意留在京北城这边，打电话给妈妈试探性地说了一下她的想法——暑假想留在这边，找个兼职锻炼一下。

结果遭到许母的强烈反对，许母警惕地问："——，你跟妈妈说实话，你是缺钱了还是谈恋爱了？"

许随眼皮一跳，没想到妈妈一猜就中了，她暑假想留在这边，确实是因为周京泽，可她下意识地不想让妈妈知道这件事。

她梗着脖子在电话这边跟妈妈撒谎："没有，妈妈，我就是想锻炼自己。"

"那你回黎映来，我在这边给你找个医院的实习工作。"许母最后说道。

许随没办法，考试结束后只好拖着行李箱回家，然后在黎映镇上的一家医院实习，天天跟着主任早晚查房，以及干一些杂活。

暑假两人靠着手机联系，好不容易熬到开学返校，许随满怀期待想见周京泽一面，结果他好像很忙。

发消息给他，周京泽的回复要多简短有多简短。

许随有时候会盯着他的回复看老半天，看到"嗯""吃了"之类的话，忍不住想，他们真的是在谈恋爱吗？

开学到现在一个星期了，她还没有见到周京泽。既然这样的话，那她主动一点好了。

许随坐在寝室里，鼓起勇气给他发了短信："今天中午一起吃饭吗？"

过了十分钟，对话框里的 ZJZ 回复："好，去你学校？好久没看见你了。"

许随看到这条回复露出一个久违的笑，梨涡浅浅，在对话框里敲下了一个"好"字。

中午十一点半，阳光灿烂，许随站在榕树下左等右等，都没见到周京泽的人影。胡茜西刚好从外面回来，在食堂前不远处的树下看见了许随。

胡茜西拿着饭卡晃了晃，问道："随随，不去吃饭吗？"

许随摇了摇头："在等他。"

这个"他"，胡茜西立刻就听懂了是谁，反正除了周京泽也不会是别人。

她若有所思地点了点头，随后又疑惑不解地道："我刚从他们学校回来，本来是有事找盛南洲的，结果他们教官忽然紧急集合，正给他们体能训练呢，这情况有点突然，要不你别等了？"

"哎——你去哪儿——"胡茜西话都还没说完，只见许随从她面前一溜烟地跑开了。

胡茜西看着许随的背影感叹了一句，啧，爱情的滋味，到底是酸是甜啊，她也想尝尝。

她叹完之后看向手里的饭卡，忽然觉得饭不香了。

吃什么吃，减肥吧。

许随一路小跑到京航。去京航次数多了，对他们的训练操场也就轻车熟路了，许随来到操场门口，一眼望过去，果然有一批绿色的方阵在进行体能训练。

许随假装是这个学校的普通学生，淡定地走进操场，在离他们不远处的一块草坪坐了下来，偷偷地看着他们训练。

为了增强飞行员身体素质，又因为飞行员在飞行安全中是至关重要的一环，所以教官突击训练是常有的事，其间还会没收他们的手机。

这次训练分为抗负荷训练和核心力量，一群年轻的大学生此时正在飞行旋梯和活滚上进行测试前的训练，教官手上拿着一个蓝色文件夹，拎着脖子上的口哨吹了一下，哨声悠扬。

"全体都有！飞行旋梯限时一分钟内正反各 14 圈为及格，20 圈为满分。"教官咬着笔帽，目光扫视了一圈，看向一处，"你们能做到周京泽那样就是 A，他就是标准。"

众人顺着教官的目光看过去，包括许随，秋风飒爽，周京泽穿着灰绿色短袖作训服、短靴，手臂线条流畅，在众人计时的声音中，他抓住两个横杠在飞行旋梯上飞速旋转，姿势标准而完美。

"56，57，58……60！"

"23 个！大神，你还让不让我们活了？！"

"我服了，我上去肯定把昨天的饭都吐出来，都练多久了，我还是晕，想哭。"

"别说了，听你描述我都闻着那味了。"

"……"

与此同时，教官在一边掐下秒表，一向严肃的语气也不自觉地透出赞赏："24 个，你们少数了一个。"

周京泽的最终测试结果引来一众哀号。周京泽跳下旋梯，转了二十来圈，依然面不改色，走到教官问道："教官，一会儿核心训练我先测试，行吗？"

一般不是什么大型严格训练测试的话，飞院有个不成文的规定，测试合格的学生都可以先走。啪的一声，教官合上文件夹，饶有兴趣地盯着他："你小子，早退要干吗去？"

周京泽双手插兜低头勾了勾唇角，正准备说"找我媳妇儿呗"，结果不经意地一抬眼发现他心头念着的人，正在不远处坐着，还拿书挡着脸，实际在偷偷摸摸地看他们。

"没事了，随便。"周京泽轻笑一声。

没一会儿，核心训练开始，教官好像故意吊着周京泽似的，特意把他排到后面考核。大少爷也不在乎，整个人倚在双杠旁，懒洋洋地叼了根狗尾巴草，在和人谈笑风生。

周京泽做俯卧撑的时候，引来一众人围观。周京泽的手撑着地，每往下撑一下，紧实的肌肉十分明显，额头的汗顺着他冷硬的下颌滴落下来，荷尔蒙旺盛。

"34，35，36……"众人在数着数，越喊越激动。

许随悄悄走上前两步，心血来潮地拿着手机对着周京泽偷拍，对焦也调好了，结果咔嚓一声，一道闪瞎眼的闪光灯对着教官扫射！

众人："……"

周京泽："？"

教官："……"

一众人看过去，其中有几个男生是之前在包厢见证过许随告白的，他们哦来哦去，音调此起彼伏，分明是在起哄。

许随站在那里，圆润白皙的耳朵红了一大片，被他们闹得十分窘迫。

教官语气严肃，指着这一帮兔崽子，问道："谁带过来的，什么情况？"

一片寂静，一道懒散的声音传来，周京泽正做着俯卧撑，嗓音有点颤："我，家属。"

不知情的男生纷纷打量许随，叹道："大神，看不出你有一个这么乖的妹妹啊。"

"说清楚点，什么家属？"教官大声呵斥道。

许随垂下眼，她看起来就不像周京泽女朋友吗？本来见他一面都这么难，如今听到他同学的评价更是失落。

倏忽，一道铿锵有力的声音传来，许随心尖颤了颤，抬眼看过去，周京泽做着俯卧撑，当着众人的面开口，他这会儿的声音洪亮无比且十分坦荡——

"报告教官！我女朋友！"

周京泽说完后，全场开始起哄，有的人也不计数了，哄笑声连连，教官压都压不住，最后反而气笑了，指着他说："有女朋友很骄傲吗，啊？！"

气氛热烈，周京泽恰好做完最后一个俯卧撑，手肘撑地，偏偏不怕死地闷声回答："是。"

许随站在一旁脸热得不行，同时又心跳得很快，她不想承认的是，周京泽只要一句话甚至一个字都能让她飘上云端。

因为周京泽公开承认了他们的关系，至少让她对这段关系有了真实感。

"哇哦！"

"喊，怎么没有哪个女的来偷偷看我训练呢？哥练了好几个月的八块腹肌竟毫无用武之地。"

"吹吧你就。"

教官这个万年单身狗被他气得吐血三升，不正经的语气敛了点，咬紧后槽牙："看大家被你闹什么样了，行，要走，先来50个引体向上！"

周京泽挑了挑眉，似乎对这样的惩罚一点也不叫屈，舌尖抵着下颌懒散一笑："行，但得我姑娘给我报数。"

底下又"哦"了起来，起哄声快要掀翻操场，甚至还有人喊"周老板牛"，教官对这群年轻有活力但易躁动的兔崽子忍无可忍，猛地一吹口哨，厉声道："再瞎叫，全体罚跑二十圈！"

大家总算不再闹腾，周京泽在单杠上做引体向上，而许随在五六十人的注视下小声地给他报数。

"36，37，38，39……49，50！"数完最后一个数后，许随眼睛亮了起来。

周京泽跳下单杠，而许随早已乖乖抱着他的外套等着了，他冲教官报备了一声，两人并肩离去。

男生双手插着兜，比他身旁的姑娘高了一大截，许随从口袋里摸出一包湿巾递给他，周京泽表情懒洋洋的，脖颈低下，把脸伸了过来，意思是让她帮忙擦。

小姑娘踮起脚尖，小心翼翼、认真地给他擦汗，因为离得太近，白皙的耳朵染了一层红晕。

一个看起来嚣张放浪，一个乖巧安静，却出奇地和谐。

午后的阳光过于亮，穿过树叶，落在两人身上，给他们镀上一层模糊的、柔和的金光。

这一幕落在大刘眼中，大刘一个一米八几的壮汉搂紧盛南洲的腰，躲在他怀里大叫一声："我也想谈恋爱。"

盛南洲毫不犹豫地给了他一脚："滚。"

许随中午和周京泽匆匆吃了顿饭，就赶去上下午的课了，等到了晚上才回到寝室。许随见了周京泽一面，心就定了许多，两个人都挺忙的，大二了，她作为一名医学生，课程排得满满当当的。

她在漱口台洗完从学校超市买来的葡萄，一出来就碰见呈"大"字形躺在床上的胡茜西，便问道："西西，吃葡萄吗？甜。"

胡茜西摇了摇头，有气无力地说："不吃，葡萄卡路里那么高，我要减肥。"

她一定一定要瘦成一道闪电，让路闻白后悔！

"那你想吃的时候再吃。"许随咬着一颗葡萄，把盘子放到了桌子上。

她坐在椅子上，拿着手机看着两人的聊天记录，唇角不由得微微上扬。倏忽，一道阴影落下来，胡茜西从背后偷袭她，一把揽住她的脖子："好哇，有人欢喜有人愁。"

许随立刻藏好手机，笑道："我也愁，背不出来书，头都快秃了。"

"你明明知道我说的不是这个！"胡茜西见许随左言他顾的本事见长，立刻伸手去挠她。

两个姑娘顿时又闹作一团，许随痒得咯咯直笑，与胡茜西双双倒在床上。胡茜西躺在床上喘气，想起什么，猛地翻身："宝贝，下个月盛南洲生日欸，你送什么给他？"

"他生日吗？我也不知道送什么。"许随回答。

胡茜西一双大眼睛里写满了苦恼："哎，你说我送什么啊，每年我的生日他都陪我过，我想要什么他都会送给我，就差没给我摘天上的月亮了。哎，你说我要给我的好兄弟送什么？"

许随从床上起来，轻叹了一口气："你呀你，你好好想想他真正需要的是什么。"

谈起别人的感情头头是道，到了自己怎么成傻大姐了？

晚上熄灯后，许随躲在被窝里偷偷和周京泽发消息，眼睛疼了也不舍得先说晚安。

许随问道:"你知道盛南洲下个月生日吗?"

ZJZ回复:"知道。"

过了一会儿,他又发了条信息过来:"你男朋友的生日都不打听,别的男人生日倒是记得这么清楚,嗯?"

许随不由得笑出来,她几乎可以想象周京泽发这条信息的表情,眉头一拢,眯着眼,表情不是很爽。

"哪有,是西西告诉我的。"许随回道。

手机屏幕隔了一分钟亮起,ZJZ回复:"这丫头可算有一回记得他生日了。"

许随想了想:"你说我要送什么给盛南洲?"

过了一会儿,ZJZ发了个问号过来:"?"

"你送什么送?我送就可以了,夫唱妇随,懂不?"周老板吊儿郎当地回复。

许随:"好。"又发了个开心的表情。

国庆一过,天又开始变冷了。

盛南洲的生日在十一月初,这次生日会在铜雀山别墅办,许随知道后惊叹了一声:"他家……也这么有钱吗?"

胡茜西正贴着面膜,回答的声音含混不清:"你不知道吗?他家确实有钱,地皮多得数不胜数,但是他太抠了,哪回出门不是我舅舅买单?"

"抠抠搜搜的,早晚谢顶。"胡茜西骂了一句。

正挨家挨户帮盛母收租的盛南洲忽然打了个喷嚏,大少爷美滋滋的,还以为有谁想他了。

十一月,京北城比南方城市更早入冬,天气一冷,许随就知道自己的苦日子来了,天生手脚冰凉的她立刻穿起了厚衣服,每天晚上坚持泡脚。

盛南洲的生日会在周六下午五点,恰好许随有个实验作业没做完，就跟周京泽说让他先去，自己可能会晚一点到。

而胡茜西，突然请了一周的假，一直没在学校，许随有些担心，便发信息给她，没多久就收到大小姐元气满满的回复："别担心啦，家里有点事，我会很快回来的，爱你哟，亲亲。"

许随在实验室观察记录忙得昏天黑地，出来的时候天都黑了。许随抬手看了一下表，迟到了一个多小时，她跑出学校匆匆拦了辆计程车。

坐上出租车，涌进来一股刺骨的冷风，许随被冻得一哆嗦，立刻关紧了车窗。车子平稳地向前开，许随坐在车内，从口袋里摸出手机看信息。两人的聊天对话框停留在五个小时前，这期间周京泽一条消息也没发过来。

许随垂下眼，熄灭了手机屏幕，偏头看着车窗外的风景发呆。

司机人好，见天色已晚，一路把许随送到了铜雀山别墅前，许随推开车门跟司机道了谢。

许随站在空地上眯眼看过去，眼前的别墅靠山临海，占地面积大，灯火通明，时不时有欢笑声溢出来。

她站在那里正犹豫着要不要给周京泽发消息说她到了时，站在门口的奎大人一眼就发现了她，一个箭步冲过来，还使劲摇着尾巴，拽着她的裤腿往别墅里面拉。

许随蹲下来摸了摸它的腿，跟着它走了进去。她的脸上带着隐隐的笑意，心底期待见到周京泽。

一推门进去，白绿的氢气球浮在天花板上，大厅里热闹非凡。

周京泽懒散地靠在沙发上，微弓着腰，手肘撑在大腿上，谈笑风生中透着一股浪荡的痞劲。他谁也没看，在场的几个女生却几次往他身上瞟。

他拿着香烟的手端着酒杯正要喝，刘丝锦坐在他旁边，忽然指着他说："呀，你脖子上有一块红印，是不是被蚊子咬的？"

"什么蚊子印，不会是你女朋友——"有人放声调侃。

周京泽直接踹了身边的人一脚，笑骂道："去你的。"

他将酒杯放下，还真的觉得脖子有点痒，问刘丝锦："哪里？"

刘丝锦立刻殷勤地凑上前去就要指给他看,周京泽下意识地眉头一皱,抬手挡住她的胳膊,结果一抬眼就看见了在门口的许随。

"不合适。"周京泽懒洋洋地说道,他把烟一磕,站起身走向许随。

许随见周京泽一步步地走来,下意识地后退一步,周京泽见她脸色有些苍白,正要开口说话时,头顶上方传来一道熟悉的声音,盛言加趴在二楼栏杆上,顶着一头小卷毛兴奋地喊道:"小许老师,来不来玩乐高?"

"来。"

许随如获大赦,逃一般从周京泽身旁经过,扶着楼梯扶手急匆匆上了楼。周京泽盯着她的背影,咬一下后槽牙。他还没怎么着呢,小姑娘躲得比谁都快。

许随和盛言加躲在房间里玩乐高,一楼热闹得不行,时不时有玩笑和拼酒的声音传来。许随一直不在状态,脑子里老是想到刚才的一幕。

刘丝锦坐在周京泽旁边,给他指脖子上的红印,两个人的关系一定要这么说不清、道不明吗?她一整天都在忙实验,滴水未进,周京泽连一句"到了吗"都没有问她,谈个恋爱也是一副漫不经心的状态,想想眼睛就发涩。

"哇,小许老师,这是我第一次成功欸!好爽!"盛言加偏过头来说。

许随淡淡一笑:"歇一会儿,喝点饮料吧。"

"好哦。"

许随和盛言加倚在栏杆上聊天,不知道是不是跟他哥学的,大冷天喝起了冰可乐。许随倚在栏杆边,看着热闹的一楼,一点儿也不想下去,即使她现在饥肠辘辘。

"小许老师,你看底下那个长卷发的女的,她是我见过我哥身边那么多女的里面,最讨厌的一个。"盛言加翻了个白眼。

许随顺着盛言加的视线看过去,原来他说的是刘丝锦。刘丝锦到现在一直坐在周京泽旁边,而当事人的脸色隐隐透着不爽,一副生人勿近的模样。

她咬着牛奶吸管问:"为什么?"

"因为她缠我哥缠得很紧,哼。"盛言加语气不满。

许随抬手揉了揉他的头,笑道:"你这是吃醋了吧。"

"才没有!"盛言加立刻否认。

许随一直在楼上待着,和盛言加一起玩乐高,紧绷的神经才放松了点。等到盛南洲切蛋糕的时候,她才硬着头皮下去。胡茜西推着一个三层高的蛋糕出现,灯光暗下来,一群人围着寿星鼓掌欢呼,齐唱生日歌,十分热闹。

许随站在边上跟着小声地鼓掌祝福,周京泽站在她旁边,咬着一根烟,他的外套偶尔擦过她的手臂,产生轻微的摩擦感,但两人全程无任何眼神交流。

有人走了过来,周京泽偏头讲话,把烟拿了下来,虎口的黑痣若隐若现地晃在她眼前。

许随把视线收回,向前走了两步,背对着周京泽,这样就看不到他了。

晚上八点十分,有人拿东西的时候不经意撞了她一下,许随一个惯性往后退,撞上一个温热的胸膛,身后传来淡淡的烟味。

周京泽和人说着话,抬手扶了她一把,虎口卡在她白嫩的后颈上,若有若无地蹭了一下。

许随决定离这个流氓远一点。

周围的人纷纷送上礼物,轮到许随时,她只觉得现在的情形有些尴尬,当初听他的,说礼物一起送,可现在呢?两个人正在闹别扭。

在众人的注视下,许随有些无所适从,她双手插着衣兜正准备说"生日快乐,下次补上"的时候,忽然在衣兜里摸到了一个戒指。

许随忽然想起来这是上个星期和室友出去逛集市扫到的地摊小玩意,样式还挺别致的一个古董戒指,她摸出来放在手心,正要递出去:"那个——"

忽然,一道冷冽低沉的声音震在耳边:"我们的。"

与此同时，一只宽大的手掌伸了过来，掌心相贴，带着滚烫的温度，许随下意识地偏头看过去，周京泽嘴里叼着根烟，侧脸凌厉，嘴角弧度上扬，一只手递出一个盒子，另一只手牢牢地牵着她的手。

　　许随下意识地想挣开，却挣不脱，周京泽还极为轻佻地用拇指按了按她白嫩的虎口。

　　而正对面的刘丝锦笑不出来了，分明是看见了两人亲昵的小互动，表情相当难看。

　　切完蛋糕闹完之后，又到了玩游戏这一环节。许随和周京泽坐在沙发上，后者始终扣着她的手，许随连喝水都成了问题。

　　"你先放开我好不好？"许随语气商量。

　　周京泽低沉的声音震在耳边："还在生气？"

　　不知道为什么，许随心底奇怪的自尊心作祟，她不想让自己显得很在乎，于是矢口否认："没有，我想喝水。"

　　周京泽这才松开她的手，许随终于得到自由。盛南洲朝他的朋友们吹了个口哨，问道："哎，去不去偏厅玩桌球？"

　　"可以啊。"大刘打了个响指。

　　一旁的刘丝锦撩了撩头发："哎，我也想玩这个，可是我不会，京泽，你能不能教教我？"

　　"巧了，"周京泽懒散地勾了勾唇角，起身牵着许随的手往偏厅走，撂下四个字，"我也不会。"

　　一行人来到偏厅，周京泽拎起一支球杆，侧着身子，整个人俯在绿色的桌面上，杆在虎口前后摩挲了一下。

　　嘭的一声，一杆进袋。

　　盛南洲带头鼓掌叫好，随即又说："和你玩没意思，我们只有被碾压的份。"

　　"那怎么玩？"周京泽挑了挑眉，整个人懒散地靠在桌子边。

　　大刘建议道："当然是师父带自己的人出来PK了，怎么样？"

　　周京泽轻笑出声，偏头征询许随的意见："玩不玩？"

　　许随略微思索了一下，点头："好。"

谁知刘丝锦跟她较上了劲似的，立刻出声道："我也来。"

许随什么也没说，垂下眼拿起一旁的杆子趴在桌面上反复试练，盛南洲眼底闪过诧异："哟，许随，有模有样的啊。"

周京泽亲手纠正了一下她的动作，教了几个要领，刘丝锦则由另一个男生教着。最后两人上场，许随的技法可以说吊打刘丝锦。

大刘竖起大拇指："学霸就是牛，学什么都快，这么一看，你俩真配。"

"我就是记录频道看多了。"许随脸颊浮现两个梨涡。

"这就谦虚了啊。"

盛南洲生日宴会结束后，人群散去，许随和周京泽打算一同回学校，两人并肩走在石子路上。

周京泽一只手插着兜，另一只手揽着她的肩膀，嗓音漫不经心，带着笑意："你比她厉害很多啊。"

听到这个"她"字，许随蓦地停住脚步，头往下低，从周京泽的臂弯里逃开，一双眼珠在黑夜里湿漉漉的，嗓音发颤："专一对你来说很难吗？"

周京泽一愣，随即明白许随说的是什么，他侧着身子，指给她看，冷白的脖颈上有一块红印："我脖子是真的被虫子咬了，当时立刻把她推开了。"

他脸上带着散漫的笑意，声音却冷了一个度："还有，我什么样，你不是一直很清楚吗？"

许随一时语塞，当下蒙了，气得发抖："你——"

但后半句没说出来，许随感觉自己两眼一黑，昏了过去，整个人失去了意识。

许随醒来的时候，发现自己躺在医院的病床上，目光所及处是一片雪白的墙壁。许随挣扎着要起身，梁爽急忙出声禁止："哎，别乱动，一会儿针管移位该出血了。"

说完，梁爽走过来扶她起床，往她腰后塞了一个枕头。许随在看清是室友时,眼底的失落一闪而过,眼睫抬起:"爽爽,怎么是你?"

"嘻,"梁爽拖了把椅子过来,故意卖了个关子,"大神打电话叫我过来的。"

"嗯?"

"你知不知道你一天没吃东西低血糖晕倒啦!大神把你送到医院后一直守着你,后来他家好像有急事,没办法,就先走啦。"梁爽语气激动,"然后他就打电话叫我过来了,还拜托我一定要照顾好你。"

许随漆黑的睫毛颤了颤,没有说话。

"好啦,吊完水,你把周京泽买的鱼翅粥、红枣南瓜汤给喝了,还有甜点,"梁爽坐在那里指了指桌面上的东西,"他让我监督你,看着你吃完。"

许随看着桌面上周京泽买的一大堆东西,抿了抿嘴唇没有说话。幸好水很快吊完了,许随苦着一张脸在梁爽的死亡凝视下吃了一份又一份东西,最后撑得说不出一句话来,梁爽才勉强放过她。

收拾东西的时候,许随下意识地摸了摸她的口袋,发现那枚本该送给盛南洲的古董银戒不见了。

"小爽,你在这里有看见一枚戒指吗?就我们之前买的。"

"没有欸,我没看见,可能是你丢哪儿了吧。"梁爽接话道。

许随皱了皱鼻子,语气夹杂着可惜:"可能吧。"

晚上回到寝室后,许随洗漱完,打开关机已久的手机,这段时间,ZJZ发来两条消息——

"好点儿没有?"

"我姑娘不回我消息。"

许随睫毛动了动,没再提那件事,在对话框里回复:"好多了。"

她明明没再提那件事,两分钟后,周京泽却知道她在想什么一样,主动说起这件事:"我把她删了。

"我和她什么也没有。

"我看不上她。

"——,我错了。"

周京泽一下子服了软,让许随措手不及,但是这些话让她心里的安全感增强了,过了很久,许随回了个"嗯"。

等这件事算差不多揭过去的时候,胡茜西大小姐终于回学校了。不知道为什么,许随总感觉胡茜西瘦了一圈,脸色苍白,瘦得婴儿肥退去了一点,显得眼睛越发大了。

"西西,我怎么感觉你瘦了?"许随问道。

说起这个,大小姐一脸愁苦,拨着亮晶晶的指甲说道:"是我家有个厨子请假啦,新来的阿姨煮的菜齁咸,搞得我都没办法下筷子。"

"瘦了吗?"胡茜西摸摸自己的脸,美滋滋道,"那我可太开心啦。"

胡茜西和许随聊了几句之后,话锋一转:"随宝,我听说你和我舅舅吵架啦。"

许随犹豫了一下,点头:"是。"

"事情的原委我听盛南洲说了个大概,刘丝锦真的是京北城数一数二的白莲花本莲,茶里茶气的。"胡茜西做了个碎钻美甲,她每在空中比画一次都像亮了一次武器,"要是我在那儿,一定把她给撕烂,听得老娘拳头都硬了。"

"没事儿,"许随想起那天的场景,语气顿了一下,"我就是觉得我太患得患失了。"

仅仅是一个女生坐在他旁边,稍微有点亲昵的举动,她就受不了。

胡茜西摇摇头:"你没错!我跟你说,随随,你以后不要主动,反正就是心里在意但不能表现出来,装腔作势知道吧?随随,反正我是站在你这边的,我舅舅他就是被惯坏了,那臭脾气,你得治治他。"

许随似懂非懂地点了点头。

周三晚上,盛南洲在群里发了一张照片,是去年他们在比赛中赢得的北山滑雪场两天一夜游的票面,又发了一句:"各位想起什么没有?"

周京泽:"?"

大刘:"我去,我记得咱们赢了后因为考试接踵而来就没去。"

盛南洲:"没错,还有一个半月就过期了,去吗去吗?"

大小姐立刻挑眉:"举手!我最想去了。"

周京泽:"……你身体可以吗?"

胡茜西:"有什么不可以!不是还有你们吗?"

大刘:"报个名,人多热闹。"

许随退出手机聊天页面,正打算问周京泽去不去,她想起胡茜西教她的,女孩子不能太主动,于是她也没问周京泽,在群里说:"我去。"

间隔不到一分钟,一直没回消息的周京泽在群里忽然冒出来:"我也去。"

他们几个人把去滑雪场的时间定在周末。十一月下旬,又是一场强降温,早上起来,路边的常青树被厚厚的冰晶压得摇摇欲坠,一阵凛冽的寒风吹来,洒下一地透明的水晶,地面上湿漉漉的。

许随和胡茜西手挽着手出现在约定地点的时候,她才发现这次去滑雪的多了好几个人,其中一个,她依稀有点印象,叫秦景,就是那天为了要她号码装学长的。

大家嫌天冷,陆续上了车。许随排在后面,一个高大的人影闪了过来,把许随吓了一跳。秦景热情地打招呼:"许妹妹,好久不见。"

许随惊魂未定地点了点头,正要开口时,一道懒洋洋的声音插了进来,漆黑的眼睛压着点戾气:"见什么见?"

许随扭头看过去,发现周京泽姗姗来迟,出现在他们身后。他穿着一件黑色的冲锋衣、一双短靴,头颈笔直又显利落帅气,他将拉链拉到最上面,将将遮住冷硬的下颌,露出一双漆黑幽深的眼睛。

此时他正有一搭没一搭地嚼着口香糖,斜睨着秦景。

"不是,周爷,我——"秦景解释。

周京泽笑了一笑,拍了拍秦景的后背,猝不及防地往他脖子处扔了一把雪进去,雪迅速贴着他的后颈皮一路凉到尾椎骨。

秦景正笑着,跟川剧变脸似的,发出一声惊天惨叫,紧接着上蹿下跳,开启了老年蹦迪模式。

周京泽一开始是在憋笑的,但到后面忍不住,笑得胸腔发颤,肩膀都在剧烈地抖动。秦景一看,始作俑者竟然还在放肆嘲笑他。

秦景作势要追杀他,周京泽笑着乘机躲开,在经过许随时,他的衣袖擦了一下许随的手背。

很轻地带过,许随闻到了他身上的罗勒味。

人基本上到齐,许随最后一个上车,瞥见周京泽坐在最后一排,刚想抬脚走到他身边,坐在过道边上的胡茜西却把她摁在了靠窗的一个位置上,还冲她眨了眨眼。

许随只好坐下,之后拿出耳机听歌,靠在车窗上看着外面发呆。她和周京泽早就和好了,不知道为什么,两人之间还是有一点别扭的气氛。

许随旁边有个空位,盛南洲正在点到,大巴里面吵吵嚷嚷,她一首歌都没听清就被人扯下了耳机。

秦景一屁股坐在她旁边,一脸的热情,朝她晃了晃耳机:"好歌一起分享呗。"

许随漆黑的眼珠动了动,然后把另一只白色耳机也摘下来递给秦景,语气显示着她一贯的好脾气:"那你听。"

秦景:"……"

他怎么撩了一个直女?

秦景只好费力找话题,一会儿说她这样的女孩子肯吃苦学医真厉害,一会儿又在那儿开始吹他在学校干的一些好玩的事。许随比较有礼貌,对方说话的时候她会耐心听着,长睫毛抬起,眼睛看着对方,偶尔还回应一两句。

远远看去,两人聊天的氛围还挺融洽。

秦景坐在许随旁边,拍了拍大腿:"妹妹,我跟你说啊——"

话没说完,有人拍了拍秦景的肩膀,还没等他说出一句屁话,周京泽仗着比秦景高出一截,直接拎起秦景的后衣领,把人给拎走了,弄得秦景直咳嗽:"我自己能走……"

秦景被赶走之后,身旁的坐垫轻轻塌陷,周京泽一屁股坐了下来,头靠在椅背上,闭眼休息。

他倒舒服了,也不知道是有意还是无意,周京泽的大腿压着许随的一截裙摆,衣料摩挲间,大腿还时不时地碰到她,温度滚烫,搞得她动弹不得。

许随试图把自己的衣服拽出来,结果纹丝不动。

无奈之下,许随只好轻轻扯了扯他的袖子,周京泽睁眼看她,小姑娘语气有点儿埋怨:"你压到我衣服了。"

"是吗?"周京泽挑眉看了一眼,抬了一下腿,许随立刻把自己的衣服解救出来,低头整理着。

周京泽忽然俯身过来,呼出的热气拂耳,痒得许随侧身躲了一下,一道含笑的嗓音贴在耳边:"还以为你要一直不理我。"

许随耳朵又开始泛红,周京泽见好就收,坐直了身子,重新懒洋洋地闭上双眼。大巴缓缓向前行驶,车窗有一道小缝没有关紧,萧萧冷风灌进来,许随打了一个喷嚏。

周京泽睁开眼,深邃的眼睛看着她,带了点审视的意味。许随今天穿得很薄,白色牛角扣羊羔外套,黑白格子短裙,腿上就穿了双白色打底袜,现在脸色有点发白,眼尾和鼻尖都被冻得红红的。

"冷不冷?"周京泽问她。

"有点儿。"许随应道。

其实冷死了好吗!许随本来就是怕冷体质,其实上半身还好,就是腿有点冷。许随被周京泽看得有点不好意思,早知道她今天就不穿这身出门了。

周京泽把视线从她身上收回,倏地起身,走到大巴前面,一只手臂撑着横杠,低头跟司机说话。

不一会儿,周京泽折回坐在许随旁边,他不知道从哪儿弄来一张毛毯,倾身将许随的腿盖得严严实实的,还从口袋里拿出两片暖宝宝。

周京泽咬着包装袋,撕开一道口子,把暖宝宝放进一个小扭蛋里,伸手递过去:"握着。"

许随微微睁大眼,问道:"你哪儿来的?"

"你赶上趟了,好像是前两天盛姨塞我外套里的。"周京泽扯了扯嘴角,语气漫不经心。

其实许随会穿这身,是因为早上胡茜西一直在唠叨,她还说:

"随随宝贝,虽然我教过你,在感情里,女生要装不在意,但你要把自己打扮得漂漂亮亮的,让他的视线离不开你。

"我跟你讲,男人都是视觉动物,还穿什么秋裤,穿裙子!不要浪费了你这长腿。"

许随后来也不知道怎么就听了胡茜西的建议,稀里糊涂换了这套衣服出门,她现在有点后悔了,不仅周京泽没有因此夸她漂亮而多看她一眼,自己还在他面前出了个糗。

周京泽倾身过来,跟老父亲似的,给许随上半身敞开的外套一个接一个扣上扣子,两人鼻息相对,他漫不经心地抬起眼,像是一眼看穿她的心事,开口:"不用穿成这样,我认定的女人,怎么都好看。"

上午他们坐了两个小时的大巴,什么时候到的许随都不知道,因为她中途睡着了,醒来发现自己靠在周京泽肩头。

周京泽什么也没说,一路牵着她下车,许随偷偷看了一眼他们紧扣着的手,唇角微微上扬。

盛南洲和胡茜西就是两个活宝,一路嬉笑打闹。许随一看见盛南洲就想起她丢掉的那枚戒指。

许随的小拇指挠了挠周京泽宽大的掌心,很轻的一下,周京泽喉咙痒了一下,反摁住她的小拇指,嗓音有点哑:"怎么?"

"哎,你有没有看见我的古董小戒指?就是打算送给盛南洲的那枚。"

周京泽眯了眯眼,接话:"没有。"

"哦。"

不知道为什么,许随觉得他神色有点冷。

一行人浩浩荡荡地下车,一路都是欢声笑语。他们在北山滑雪场附近的民宿订了两间房用来休息和放东西,晚上他们打算在山顶搭帐篷。

民宿坐落在雪山脚下,有点日系的风格,黄色的房子、暗红的屋顶,落地窗、榻榻米、米色的家具,门口的招财猫摇头晃脑的,十分可爱。

中午一群人待在民宿休息,盛南洲在房间里收拾东西,翻个底朝天也没在衣服里找到一片暖宝宝,他哆嗦着向周京泽讨要,周京泽抬起眼皮看着他没有说话。

"哥们儿,早上坐车我都听到了,原来我妈这么疼你,分我一片暖宝宝呗,反正你不怕冷。"盛南洲缩了缩脖子。

反正他周爷冬天永远只穿两件衣服,还喝冰水,从来没见过他喊冷。

"没。"周京泽撂下一个字。

"不是吧,你早上不是说——"

"衣服在那儿,随便穿,"周京泽指了指床上的衣服,语气不耐烦,"别逼我揍你。"

盛南洲才不怕周京泽威胁的话,扑上去一把抱住他,说道:"我妈不是给你了吗?就分我——"

"你妈没给我。"周京泽忍无可忍给了他一掌,转身就走了。

盛南洲站在原地一脸疑惑,那他早上跟许随说衣服里刚好有?所以他知道许随一到冬天就手脚冰冷,特意买的,一直带在身上?!

服了,怎么有这么骚的人?

第 五 章
ZJZ & XS

"你什么时候回去挂的？"
"在给大家找车的时候。"
"钥匙我扔了，这样就解不开了。"

一群人收拾好东西，跑到餐厅吃了一顿热气腾腾的火锅，茶余饭饱时，一群人玩起了007的游戏。

许随有点没懂："什么？"

胡茜西倏然起身，拿筷子敲了敲酒杯："嘿嘿，让我这个桌游女王为你们介绍游戏规则，其实很简单啦，就是A指向B说0，B指向C说0，C可以指任何一个人为7，并做出用枪打对方的姿势，重点来了，被指中的人左右两边的人必须做出投降的姿势，否则就算输，输的人要接受惩罚。"

"听起来好简单，甚至还有点弱智的样子，来吧，本人可是桌游小王子。"盛南洲大言不惭地说道。

胡茜西："呵。"

筷子敲了酒杯三下，游戏正式开始。胡茜西拿着一根筷子在众人眼前晃了一下，还振振有词："急急如律令，"说着立刻把手指向大刘，喊道，"0！"

大刘眼睛东瞟西瞟，胡乱指了一个人，大着舌头喊道："0！"

周京泽反应极快，甚至还腾出时间和秦景对视了一眼，许随一看周京泽的眼神就知道他憋着一股坏劲。

果然下一秒，他语速很快，对着秦景做了个开枪的姿势，露出一个痞笑:"7。"

秦景立刻应声倒地,一旁的盛南洲还在那儿哼哼唧唧地啃着鱿鱼干,没反应过来,等他想做投降姿势时——

"晚了。"周京泽慢悠悠地宣布他的死刑。

胡茜西看着盛南洲嘴角沾着的鱿鱼丝,勾唇冷笑:"还桌游小王子,我看你是桌游哈士奇。"

盛南洲被罚绕着民宿跑三圈并学狗叫,一群人笑得前俯后仰,盛南洲冻得一身哆嗦回来,指着笑得最放肆的周京泽放狠话:"君子报仇,十年不晚!你给我等着。"

周京泽语气吊儿郎当的,憋着笑:"别让我等太久。"

风水轮流转,没想到还真给盛南洲找着了机会,轮到周京泽的时候,他恰好在回信息,只是慢了一秒,就被逮着了。

许随坐在旁边有些担心,不知道周京泽即将受到什么惩罚,她刚才明明扯了他袖子提醒了呀。

"什么惩罚?"周京泽把手机正面朝上放在桌子上,语气坦然。

"让我想想啊,"胡茜西的眼睛在两人之间转来转去,灵机一动,"哎,就罚你和随随隔着纸巾接吻,不过分吧?"

"接吻接吻!"

"好刺激!"

"隔着纸巾接吻,那不是湿吻?"

一群人"哦哦哦哦"地尖叫起来,许随眼皮一跳,在一阵起哄声中,白皙的脸颊像水滴在晕染纸上一样,仿若桃花,红得不行。

许随下意识地看向周京泽,一颗心快要跳出嗓子眼,喉咙渴得不行。周京泽背靠沙发,长腿懒散地踩在茶几横杠上,一只手始终有一下没一下地玩着许随的头发,另一只手捡了个空饮料瓶砸向起哄的男生,笑得吊儿郎当的:"湿什么,换一个。"

周老板发话了,他还是这群人平时的衣食父母,他们不得不从,一群人只好聚在一起商量换个点子整周京泽。

周京泽长腿一收,弓着背,指关节捏了捏许随细嫩白软的指腹,动作亲昵，许随抬头，笑了一下，又轻轻垂下眼睫，眼底的失落一晃而过。

明明庆幸躲过了他们的捉弄，可是不知道为什么心里涌起一股失落。

他们真的在一起了吗？在一起有几个月了，两人之间也只限于牵手，偶尔有他揽着她的肩膀这样的动作，再无任何亲密。

一群人休息好后，收拾东西出发去雪场，其中最兴奋的当属胡茜西，她穿着红色的斗篷，走路蹦蹦跳跳，甚至还哼起了歌。

盛南洲始终不紧不慢地跟在她身后，目光是无人察觉的淡淡温柔，问道："大小姐，就这么高兴吗？"

"当然啦。"胡茜西应道。

其实许随心底也隐隐有些兴奋，但她是个慢热的性格，不太会表现出来。从小她就在南方长大，哪见过什么雪啊？

特别是黎映，从来不下雪，唯一一次是2008年，南方气温出现最低值，第二天上学的时候，他们发现学校栏杆上结了冰，大家都激动得要死，甚至还有人舔起了冰块。

周京泽察觉了许随的情绪变化，扬了扬眉："这么开心啊？"

"嗯！"

周京泽垂眼看她，白皙的脸上鼻尖冻得红红的，一双琉璃似的黑眼珠仍透着光。他有意逗她，抬手掐了一把她水灵的脸，挑眉问道："会滑雪吗你？"

"不会。"许随的脸被掐得有一点儿疼，她伸手去掰周京泽的手，一笑的时候梨涡浮现，"这不是有你吗？"

兴许是开心得过头了，许随说完之后才发现自己说话的声音不自觉拖长，带着点奶音，像在撒娇。

许随愣怔地抬眼，对上周京泽漆黑深邃的眼睛，心口一跳，拍开他的手，急忙逃开了，低声喊道："西西，等一下我。"

周京泽双手插兜，望着前方许随落荒而逃的身影，眼梢溢出懒散，发出一声轻笑。

北山滑雪场，京北城最大的自由滑雪场，一走进去，视野变广，四处是连绵起伏的山川，场地宽阔，一望无际的大雪地旁是两片针叶林。

他们在工作人员的带领下，领装备换衣服，周京泽对滑雪这项运动熟得不能再熟，因为之前每年寒假他都会去挪威玩跳台和单板滑雪，但他对这种越野滑雪感觉一般，主要是不刺激，冒险性也一般。

周京泽很快换好衣服，然后去监督许随换衣服，语气透着不容商量："打底保暖要做好。"

"好。"这次许随也不敢在他面前穿得那么薄了。

换好衣服后，教练领着一众人去滑雪场，胡茜西和许随都有人带着，其他人则由教练教。

胡茜西在东边，拄着滑雪杖，整个人僵硬得像只大难临头的青蛙："我跟你说，我的命非常非常值钱，马上就要交到你手上了，你一定要保护好我。"

盛南洲翻了个白眼，大少爷脾气上来了："你到底滑不滑？在这儿说了十五分钟了。"

相对于这对冤家的敌对状态，在另一边的周京泽和许随则显得和谐许多。一开始，周京泽扶着许随的手臂在缓坡上缓缓移动。

他教给许随几个要领，带了她几圈，小姑娘学东西很快，没一会儿许随就能自己自由滑雪了。

可是许随一向胆小，这种刺激性的冒险运动她基本没做过，学会了也还是死死地抓着周京泽的手臂。

周京泽语气无奈，发出轻微的哂笑声："我在这儿呢。"

"你往前滑，别怕，我在身后看着你。"

有了周京泽给的这颗定心丸，许随定下心来，越滑越稳，她拄着滑雪杖，俯下身，一路缓速下行，冷风呼呼地吹来，她不自觉扬起嘴角，感觉连空气都是雪的味道。

周京泽见她滑得轻松自如，便悄悄松了手。

许随感觉从来没有如此放松过，一颗心快要跳出来，明明嗓子已经被风灌得有些不舒服，可她还是兴奋得不行，身上渴望冒险的因子，在这一刻终于冲破束缚。

她不自觉地加快速度，一路俯冲，谁知不远处的山坡下迎来一个拐弯，许随一路没控制速度，力道一偏，整个人不受控制地急速下降。

"周京泽，我……我我——"许随理智回笼，吓得声音都哑了。

周京泽正在对面滑雪，听见声响，连手边的滑雪杖都扔了，直接抄了最近但陡峭的小道，快速向许随的方向滑去。周京泽滑得很快，不管不顾地一路横向猛冲，最终冲到她前面，伸手去接人。

"啊啊啊，你……你走开！"

危险在前，许随哪顾得上矜持，一路尖叫，声音划过天空。砰的一声，许随与周京泽迎面相撞，风雪呼号中，她隐约听到一声闷哼，两人齐齐倒地，头盔皆被甩飞在一边。

许随感觉自己的脑袋撞了周京泽的胸膛一下，一阵一阵地疼。除此之外，想象中的疼痛并没有传来。相反，脸颊贴着柔软的躯体，热烘烘的温度提醒着她——

周京泽替她挡住了这一跤。

许随急忙睁开眼，推了推周京泽的肩膀，问道："你没事吧？"

无人回应。

许随摇了他三次，声音一次比一次焦急，而周京泽始终紧闭双眼，眼睫沾了一点雪粒子，唇色殷红，透着一股邪性，像一尊英俊的雕像般躺在雪地上，一动不动。

许随挣扎着从周京泽身上起来，吸了吸鼻子："我去叫其他人过来。"

她正打算扭头离去，倏忽，一只骨骼分明的手贴过来攥住她的手腕，十分冰凉，猛地将许随往下拽，她发出一声不小的惊呼，再一次摔倒，唇瓣磕在他坚硬的锁骨上。

与此同时，温热的呼吸喷在脖颈，一道嘶哑似带着难耐的声音响起："不忍了。"

周京泽捧着她的脑袋往下压，接了一个冰冷的吻，嘴唇相贴的那一刻，风雪寂静，偶尔有雪压断松枝发出吧嗒的声音，有什么在融化。

许随不由得睁大眼，听见了自己急速的心跳声。

有风呼啸而过，周京泽用拇指摩挲着她的下巴，动作很轻，他似乎很享受这个吻，他们在大雪里接了一个柔软的、又冰又甜的吻。

周京泽低笑一声，干脆腾出一只手垫着后脑勺，不轻不重地舔了一下她的嘴唇，他咽了一下，喉结缓缓滚动，似在用气音说话，笑道——

"宝宝，你闭那么紧，我怎么伸舌头？"

周京泽对别人怎么样许随不知道，但他对许随一直都挺温柔，规规矩矩的，可是……她没想到，周京泽竟有这样的一面，霸道又强势，像一股凶猛的火，舌尖在里面搅来搅去，许随四肢百骸都是麻的，气都喘不上来。

他们在冰天雪地里接了一个长达三分钟的吻。

后来，周京泽松开她的时候，许随整个人都有些软。

滑雪正式结束，为了看第二天的日出，一行人回去拿东西，打算去北山烧烤加露营一夜。

许随在回去的路上，心跳一直未平复下来，脑子里时不时出现刚才的画面，周京泽压着她的后脑勺，亲得她快要缺氧，唇齿被一点点撬开，凛冽的薄荷味灌进嘴里，铺天盖地都是他的气息。

许随整个人完全被掌控，她被亲得迷迷糊糊的，感官却无限放大，许随感觉他修长的手指往前移，拇指带着一种粗粝感，轻轻地摩挲着她耳后的那块软肉，引起心底的一阵战栗。

原来……和喜欢的人接吻是这样的感觉。

一行人坐缆车登上山顶，大家分工合作，开始了愉快的烧烤。因为天气实在太冷，几乎是炭一烧起来，一伙人就迅速搬好小板凳，围住了烧烤架，以便取暖。

胡大小姐坐在那里一边烤火一边嫌弃炭的烟味，盛南洲倏地起身，拧起眉头，指了指自己的位置："我跟你换，这儿背风。"

"好呀，"胡茜西起身，拍拍他的肩膀，一脸的欣慰，"果然是京北城第一大孝子。"

盛南洲："……"

许随来得比较晚,胡茜西一眼就看到了她的随宝贝,冲她招手:"随随,这里还有一个位置。"

一阵寒风吹来,许随拉紧了身上的拉链,自觉地加快步伐。胡茜西侧身让了一个位置让许随坐下,许随的外套拉链拉到最上面,只露出一双漆黑的圆眼睛。

她双手插在口袋里,身侧一道高瘦挺拔的影子移过来,在许随旁边坐下。她没有抬头就已经猜到了是周京泽,因为闻到了他身上熟悉的气味。

许随刻意没去看他,因为一想到他们刚才偷偷做的事,她就会脸红。她伸出手来烤火,一只骨骼分明的宽大手掌覆在她手背上,在众目睽睽下,两人的手交握,温暖的温度一点点传来。

她迅速悄悄看了一眼周京泽,他单手握着她,有一搭没一搭地嚼着口香糖,扯着唇角偏过脸在听别人吹牛。

许随一向手脚容易冰凉,她怕凉到他,偷偷挣了一下,没挣脱,反而轻而易举地被周京泽钳住指关节,一点都动弹不了。

胡茜西注意到两人的小动作,眉飞色舞地"哦哟"起来。

"西西。"许随下意识地拖长声音喊她。

胡茜西看到姐妹眼里的求饶,自然不再打趣。炭火烘得身上的温度一点点升高,许随有些喘不过气来,便将遮住下颔的拉链拉下来,吸了一口新鲜空气。

"随随,你嘴唇怎么啦?怎么有一道伤口?!"胡茜西像发现新大陆般,惊讶地叫起来。

胡茜西这一叫,引来许多人的侧目,许随的耳朵开始变红,也不知道怎么解释,就连周京泽也闻声侧过头来,像是完全不记得自己怎么干的禽兽事,还好整以暇地看着她。

"磕……磕的。"许随神色不太自然地说。

周京泽听后挑了挑眉,抬手扳过许随的脑袋,拇指状似关心地抚摩她嘴唇上的伤口,眼底戏谑明显:"是吗?正巧就磕嘴唇了。"

"你跟我过来,我包里有唇膏,给你涂涂。"胡茜西起身去拿东西。

"好。"许随拍了拍周京泽的手,声音拖长,"都怪你。"

等许随涂完唇膏回来后,就闻到了烧烤架上的香气。熟的、生的食材,只要交给大刘,什么都不在话下。

大刘左手抓着一把羊肉串,右手拿着香料瓶,黄色的火焰蹿上来,一把孜然和芝麻撒下去,炭烤的肉串发出吱吱的声音,香气四溢。

"你一票我一票,烤羊肉串小刘明天就出道。"盛南洲竖起大拇指夸道。

大刘听后骂道:"滚,一会儿吃竹扦吧你。"

自己在外面烧烤就是比较慢,许随见他们在分洗好的雪莲果,刚好有点饿,伸手拿了一个,就被周京泽夺走了。

许随眼睁睁地看着周京泽把她的雪莲果给了盛南洲,看着他:"你刚才不是想吃?"

"嘿嘿,还是我哥疼我。"盛南洲立刻接过来,啃了一口。

盛南洲啃雪莲果的声音过于清脆,许随馋得不行,加上又饥肠辘辘的,其实心里是有点气的。

眼看面前的篮子里还剩最后一个雪莲果。她刚要伸手去拿,结果一只手更快,周京泽拿起最后一个雪莲果,慢条斯理地啃了起来。

许随这会儿有点生气了,周京泽把她想吃的东西给了别人,现在女朋友饿了他也看不到,越想越委屈,眼睛一酸,又怕掉眼泪太丢脸,于是干脆把脸埋在膝盖上不肯看他,心里嘀咕着,超级无敌大坏蛋。

余光瞥见周京泽已经吃完了一个雪莲果,现在正用水将手冲干净,他抽了一张纸巾起身,同时一截烟灰落在泥土上,火光熄灭。

许随抱着膝盖饿得眼睛有点红,她吸了吸鼻子,结果没一会儿,一盘烤馒头片出现在眼前,两面金黄,上面还裹了一层透明的蜂蜜,奶香味十足。

"你烤的?"许随吸了吸鼻子。

"嗯,"周京泽冲她抬了抬下巴,笑道,"给我宝宝的赔礼。"

看在吃的分上,许随勉强原谅了周京泽,她坐在小板凳上,认真地吃起了馒头片，周京泽什么也不做，看她鼓着脸吃饭就觉得有意思。

像养了条小金鱼。

见她嘴角上有蜂蜜，周京泽抬手捏住她的下巴，拇指轻轻将她嘴角的东西擦掉，盛南洲见许随膝盖上的小盘子装着一堆馒头片，正想伸手去拿。

周京泽后脑勺就跟长了眼睛似的，腾出一只手给了盛南洲一掌，缓缓说道："自己烤，怎么还跟小朋友抢食？"

盛南洲无语，挨了一掌不说，怎么吃了一嘴狗粮？他看着认真吃馒头片的许随，越看越恍然大悟。

可以，吃了肚子会凉的雪莲果就让他吃，呵，这兄弟做得可以。

夕阳缓缓下沉，呈火红一扇朝他们扑来，周边是雪山，一群人围在一起烧烤，打牌聊天，欢笑声时不时传来，倒也不觉得冷了。

中途，周京泽接了一个电话，脸上的表情不太好看，眼梢溢着冷意，机械性地扯了扯嘴角："您都自己决定了，还来问我干什么？"

说完他就把电话挂了，许随坐在周京泽旁边，她的手正好放他外衣口袋里取暖，轻轻扣住他的手，声音温软："怎么啦？"

周京泽心底正烦躁得不行，忽地对上一双干净沉静的眸子，他刚在口袋里摸到烟盒的手不自觉地松开，笑了笑："没事儿。"

晚上，取暖的火堆早早烧起来了，大家正在分工合作搭帐篷，胡茜西和许随一起睡，盛南洲和周京泽则负责给她们搭帐篷。

胡大小姐指挥起两位大少爷十分得心应手："哎，舅舅，你一定要搭实了，要是半夜睡觉的时候忽然崩塌了一角怎么办？"

"砸到我没关系，你舍得砸到随随吗？"

周京泽嘴里叼着一根烟，略微俯身将地上的横杠捡起，轻车熟路地沿着明黄色篷布的对角线穿过去，眉头一拢："舍不得。"

"那就好。"胡茜西眼珠一转，看向盛南洲，眉头下意识地皱起，"盛同学，看来你手艺活儿不怎么样嘛，将来出了社会，没有一技之长，你靠什么啊？"

"靠收租。"盛南洲接话。

胡茜西无语。

行吧，当她没说。

许随正在整理东西，一回头看见暗蓝的天空中飘着十几盏孔明灯，非常漂亮，她惊喜地叫出声："西西，你看。"

"哇，好漂亮，我要拍下来发给路闻白，这么漂亮的风景我得分享给他。"胡茜西拿出手机自顾自地说道。

这一道不大不小的声音恰好落在盛南洲耳朵里，他拿着竿子差点戳到自己的手，语气似在开玩笑："你还惦记着那小子啊？"

"对呀，不到黄河心不死。"胡茜西笑眯眯地说道。

许随摇摇头，说了句："她最近还在减肥，为了路闻白。"

盛南洲皱了皱眉头，欲言又止，最后他只是说："你要注意身体。"

胡茜西一怔，旋即露出一个灿烂的笑容，掩盖了眼底的情绪："当然啦，我又不傻。"

一群人玩到十一点，最后大伙因为一天的体力透支打着哈欠各自回了自己的帐篷睡觉。许随铺好东西后躺进睡袋里，没一会儿眼皮就撑不住，迷迷糊糊地合眼睡着了。

可终究睡得不太安稳，许随睡眠一向浅，再加上有些认床，她睡了三个小时就醒了，旁边传来胡茜西均匀绵长的呼吸声。

许随习惯性地伸手去拿枕边的手机，摁亮屏幕，看见周京泽半个小时前发来信息。

ZJZ："一一，睡了没？"

许随翻了一个身，手指在屏幕上打字："睡着了，又醒了，有点认床。"

ZJZ："那出来看星星。"

"好。"

许随回完消息后，蹑手蹑脚地起床，套了件外套就跑出了帐篷，她抬头一看，头顶的天空一片暗蓝，云层稀薄，一颗星星也没有。

周京泽分明是在骗她出来。

许随一路朝周京泽睡的蓝色帐篷跑去，远远地看过去，他正穿着一件黑色的羽绒服，坐在帐篷边上，一条腿闲散地踩在岩石块上，嘴里叼着一根烟，低头伸手拢着火，火苗猩红。

许随心血来潮想要吓他，结果一个趔趄整个人向前摔去，周京泽手疾眼快地单手扶住她，另一只手悄无声息地把烟摁灭。

她的下巴刚好磕在他大腿上，整个人以一种诡异的姿势趴在男人身上，周京泽垂眼看她，眼梢溢出散漫的笑意："见到男朋友倒也不必这么主动。"

许随挣扎着从他身上起来，小声嘟囔道："才没有。"

凌晨两点，两人并肩靠在一起，一阵冷风扑来，许随立刻躲进周京泽怀里，脸颊贴在他宽阔温热的胸膛上，强有力的心跳声落在耳边。

周京泽拥着她，骨节清晰的手穿过她的头发，眼睛看着远处，一直没有说话。

许随察觉到他心情不好，总想做点什么转移他的注意力。她忽然撤离了怀抱，说道："我们来玩游戏吧，输了的话可以问对方一个问题，不想问的话就弹脑门。"

"行啊。"

周京泽起身去帐篷里，出来的时候手肘下夹着一张小的折叠桌，手里还拿着一盒东西，笑道："刚好盛南洲塞我包里了。"

这是一座积木神庙，高塔危楼，两人轮流抽积木，如果积木的框架还是稳的话为赢，掉出一块，或者倒塌的话，则为输。

一开局，许随小心翼翼地抽出庙正中央的一块积木，抽出来之后没有倒，她呼了一口气。相比许随的慎重，周京泽则显得随意多了，他抽了一块，也没有倒。

两人继续玩，玩到后面，周京泽抽了一块积木，吧嗒，另一块积木掉了出来。许随眼睛一亮："你输了！"

"你问。"周京泽手捏着积木，语气坦然。

许随想了一圈，问了一个她好奇了很久的问题："你高中为什么放弃学音乐，而去当飞行员啊？"怕被他看出心思，许随又补充了一句，"我看大家一直很好奇。"

周京泽神色一怔,没想到她会问这个问题,笑道:"可能要让你失望了,当初选择飞行技术,只是因为脑袋长了反骨。"

他眯了眯眼,回忆道:"高中那会儿具体发生了什么,我不太记得了,反正那阵子和我爸闹得很僵,他天生晕机,无论谈什么生意都坐高铁或者开车去,还见不得任何与飞机有关的东西,我为了和他反着来,就改了志愿。那时周围人都很反对,他们觉得我拿前途在赌,活得太肆意妄为了,除了我外公,毕竟他对飞机热爱一生。"

原来是这样,两人继续玩游戏,这一次,吧嗒一声,木块落地,是许随输了,她神色有些懊恼:"我输了。"

"你最不喜欢别人对你做什么?"周京泽问道。

许随想了一下:"我不喜欢别人骗我。"

周京泽愣怔了一下,指尖的烟灰落下一截,灼痛手指,不知道为什么,他心里有一丝慌乱。

又一轮游戏,周京泽输了。"换我了。"许随伸出五指在他眼前晃了晃,试图让周京泽回神,"你觉得比较可惜的一件事是什么?"

"把手背上的文身洗掉了。"周京泽语气漫不经心。

许随想起高中的周京泽,每次拉大提琴或者在篮球场打球时,都会露出手背文身,一串英文绕着一个大写的字母Z,总是那么惹人注目,嚣张又张扬。

她默默把周京泽这句话记了下来。两人继续玩游戏,许随一输就让周京泽弹她脑门,他输了则是被问问题。

许随紧张地咽了一下口水,犹豫半天还是鼓起勇气问了出来:"为什么你换了一个又一个的女朋友?"

问完之后她迅速低下头,手指无意识地揪着衣服的一角,等着他回答。山风在这一刻静止,对面的山尖是白色的,四周处于一种万籁俱静中。

周京泽在一片寂静中开口,语气懒散,似笑非笑地看着她:"玩半天,你这是套路我啊,妹妹。"

"既然……那就算了",许随刚想开口,周京泽的嗓音带了点嘶哑:"没什么太大的理由,我妈发现我爸出轨的事后,就烧炭自杀了。一开始是跟我爸作对,后来觉得有人陪挺不错。"

所以他爱热闹,永远游戏于喧嚣与声色犬马的场所中。

许随无意间触碰到了周京泽的伤心事,正思考着该说些什么时,不经意地抬头,神色惊喜:"快看,有星星!"

他和许随隔着一张小桌面对面地坐着,周京泽闻言扭头去看天空,原本黯淡漆黑的天空中出现了一颗很小但很闪的星星,紧接着,一颗、两颗、三颗……七八颗,越来越多的星星出现,瞬间把天空点亮。

"我妈说——"

周京泽想起在梦里,他妈妈一如既往地优雅、漂亮,最后她走的时候声音温柔:"天上出现星星的时候,就是妈妈来看你了。"

许随常常觉得周京泽身上有很多面,轻狂、聪明、骄傲,又比同龄人多了一份稳重,可你会发现这是冰山一角,那一角之下的他,尖锐、张扬,有时又很孤独。

不知道为什么,许随庆幸有了今晚,她和周京泽在一起这件事,有了真实感。他不是高高在上、对什么都不在乎、以笑示人、永远吊儿郎当的周京泽,他也有孤独的一面。

许随听到这句话下意识地眼睛发酸,她不擅长安慰人,结结巴巴地说了句:"我……会一直陪着你的。"

山风再一次刮来,风声很大,周京泽背对着她,许随以为他没有听到,正想找个话题揭过去。

周京泽忽然回头,整个人俯身过来,许随懵懂地抬眼,撞上一双漆黑深邃的眼睛,他不给小姑娘反应的机会,倾身吻了过来。

这一刻,立在桌子上的神庙轰然倒塌。

不知道是不是他刚才吃了薄荷糖的原因,糖粒从他舌尖匀了过来,许随下意识地舔了一下,凉凉的,带着甜味。剩下的一点又被他钩了回去,喉结缓缓下咽,分不清是谁的味道。

许随被亲得呼吸不畅,周京泽眼睛溢出难耐的红。周京泽睁开眼睛,看着许随,问:"宝宝,抱一下可以吗?"

在夜空的衬托下，他的眼睛深邃如墨，仿佛一个漩涡，深深地吸引着许随。

许随整个人靠在他肩膀上，轻轻地点了点头，随后紧紧地抱住了周京泽。他身上独有的薄荷气味随之弥漫开来，既熟悉又陌生。

许随呼吸粗重，感觉有一个坚硬的，类似于银质的东西蹭着她的皮肤，有一下没一下的，引起一阵战栗。

等到看清，许随难以置信地睁大眼，嗓音断断续续地说："这……这不是……我打算送给盛南洲的戒指吗？"

怎么就戴在他手上了？那天她问周京泽有没有见过她的戒指，他还耍赖说没有。

有山风吹过，周京泽整个人贴过来，舔了一下她的耳朵，热气喷洒，他的嗓音霸道："现在是我的了。"

天快亮时，周京泽才肯放她走，许随一路小跑回帐篷，小心翼翼地脱着外套，还在睡梦中的胡茜西忽然在空中挥舞拳头，恶狠狠地说道："你去哪儿了？"

"我刚刚——"

许随话还没说完，胡茜西的声音倏地打断她："路闻白，不要以为你躲着我，我就追不上你。"

原来不是对她说的，许随松一口气，把胡茜西裸露在外面的胳膊重新放回睡袋中，给对方掖好被子才去睡觉。

清晨，大部分人没起来，看日出以失败而告终，一行人只好收拾东西，把帐篷拆了归还给景区，打算回民宿休息再商量后续的行程。

他们休息了一阵后，精力充沛的胡茜西拉着许随去逛周围的景点，碳酸小分队只好跟上，后面还跟了个秦景和一对情侣。

他们四处逛着，胡茜西看见前方挂着一个木牌，上面写着"吊桥"两个字，眼前一亮。

盛南洲看了一眼掉头就走，胡茜西手疾眼快地拖着他往前走，前者扒拉着栏杆不肯再挪动一步,从牙缝里蹦出一句话:"你整我是不?小爷我有密集恐惧症。"

脚下吊桥上的图案像深海里的生物,密集且颜色对比强烈。

"那更加要克服了。"胡茜西说道。

盛南洲:"……"

吊桥悬在山谷中间,底下又深不见底,走上去还有小幅度的晃动,许随有点害怕,幸好周京泽稳稳当当地牵着她。

秦景走在他们前边,看见桥正中间挂了一大串花花绿绿的锁,忽然停下来不走了。

"我去,情人锁,没想到在这里也看到了。"秦景"哇"了一声。

大刘走过去,看了一眼上面的锁,问道:"怎么,情场浪子秦公子有何见解?"

"去你的,想当年我还是很纯的好不好!"秦景踹了大刘一脚,摸了摸自己的脑门,语气还有点不好意思,"想当年,我和我初恋偷偷跑去约会,顺带说一句,我初恋长得可像许妹妹了,长相清纯又乖巧,那双眼睛哟——"

周京泽站在一边,指了指深不见底的峡谷:"想找抽就直说,我成全你。"

秦景立刻后退两步,重新陷入记忆:"我记得和她去一个什么寺庙吧,那附近也有挂情人锁的地方,那里的人说遇到这种地方,只要两人诚心诚意地一起把锁挂上去,就能长长久久。有个老家伙说得头头是道,把我和我初恋都说心动了,结果那个家伙一开口就说一把锁二百五十块,我掉头就走了。"

"后来呢?"许随不由得问道。

"后来就没长久呗,怪那老头说的话那么玄乎,哎,所以啊,遇到情人锁还是挂吧——忽然有点想我初恋了,她那么好。"秦景看着不远处感慨道。

周京泽班上唯一的一对情侣,听后立刻去挂了,大刘一个单身狗则对此不发表任何见解。秦景忽然跟发现新大陆般,说道:"周爷,你也去挂一个呗，神会保佑你们长久在一起的。"

许随看向挂在桥边的锁，上面的飘带迎风飘扬，眼神动摇，她刚想开口说"要不我们也挂一个"，周京泽掸了掸手里的烟灰，昂着头懒洋洋地嗤笑一声："我是无神论者。"

许随话到嘴边只好咽了下去。

一行人一路小打小闹走到桥尾，正前方刚好有驿站，一群人坐在石墩上休息。周京泽同许随到前方的自动贩卖机给大家买饮料。

周京泽站在冰柜前挑饮料，许随想着秦景刚才的话，不由得拿出手机，在搜索框里编辑：在情人桥上挂锁，两人真的能长久吗？

手机屏幕上弹出一连串的答案，许随认真地看着，答案不一，有人说：当然是真的啦，五年了，我还和他在一起。

亦有人回答：不信，就是一个神话故事，景区骗钱的啦。

也有中肯的答案：信则有，不信则无。

许随不停地往下滑着屏幕，完全沉浸在情人锁的故事里。周京泽在自动贩卖机前的屏幕上选饮料，半晌偏头问道："一一，你喝什么？"

无人应答，周京泽后退两步，抬手捏了一下她的脸，眯眼不满地喊了句："许随。"

"啊，我看看。"许随回神，拿着手机走到屏幕前添加她想喝的饮料，周京泽站在她身后，瞥了一眼她的手机，黑眼睫颤动了一下。

周京泽提着一袋饮料返回驿站的时候，大刘双手抱拳："多亏了许妹子，我竟然能活到周爷跑腿为我买水的一天。"

"刚好差一瓶，"周京泽睨了饮料一眼，语气又欠又慢，"你别喝了，等你活到 99 岁，爷再给你买。"

"又耍我。"大刘踮起脚尖勒住周京泽的脖子，两人闹作一团。

他们喝足水休息好，正准备出发，盛南洲看了一眼地图说："最后一站，天空之城，幸运的话，能看见雪之女。"

一群人蠢蠢欲动，只有胡茜西站在原地没有动弹，失神地盯着手机。盛南洲走到她面前，伸出五指在她眼前晃了晃，笑着问道："怎么还发上呆了，下一站你不是期待了很久吗？还有你最喜欢的彩虹。"

盛南洲的声音将大小姐的思绪拉回，胡茜西猛然抬头，一脸的失魂落魄："我刚接到医院电话，说路闻白在路边晕倒，被人送进医院了。

"我是他的最近联系人，我要去医院看他。"

"最后一站了，你不是最想去那儿吗？现在山下也没车，看完我们陪你去。"盛南洲拦住她。

胡茜西皱着眉，语气还有点冲："现在是看景的时候吗？他受伤了，我得去看他。你想去你就去啊！"

"我想去什么！是因为你想去！"盛南洲吼了出来。

"是因为你之前说太想滑雪和散心了，我才组织大家成立乐队的，就是为了大家能一起来这儿！是因为你！"盛南洲啪的一声把地图扔到地上，眼眶不知道是因为气愤还是因为什么，感觉有点干。

盛南洲憋着一口气全说出来，神色讥讽："你要去就去，别又哭着回来找我。"

盛南洲撂下这一通话后，撇下一群人，头也不回地走掉了。

胡茜西整个人都被骂蒙了，从小到大，盛南洲一直对她很好，几乎没有吼过她，这是头一回。晶莹的眼泪挂在眼睫上，她一副快要哭出来的模样，许随见状立刻找纸巾递给她。

周京泽抽出胡茜西的手机，拇指在通话记录里划拉，低下脖颈，另一只手从裤袋里摸出自己的手机走到不远处低声打电话。

两分钟后，周京泽把手机还给胡茜西，开口："已经打电话叫人去医院了，走吧。"

周京泽只一通电话就把事情处理得妥妥当当，经他们这么一闹，大家也没有逛下去的心思，北山比较偏僻，只有固定的几趟大巴，时间没到，也不能发车。

周京泽不知道从哪儿叫来一辆车，把人都送了回去。

回去的路上，因为胡茜西心情不太好，许随只好坐在后排陪着胡茜西聊天，聊了没多久，大小姐就倒在她肩头睡着了。

刺骨的寒风从窗口灌进来，胡茜西下意识地瑟缩了一下，许随按下车窗按钮，窗户徐徐升起，她又出声喊师傅把温度调高点。

长手长脚的周京泽窝在副驾驶座上，手肘撑在车窗边，司机刚想动手，他倾身把温度调高了一点，司机笑了一下："谢谢啊。"

"小事。"

许随坐在后排看着副驾驶座上的周京泽，他重新坐正了身子，头发好像长了点，短而硬的黑发有点戳脖颈，指关节撑着额头，在漫不经心地刷着手机，走马观花地划拉着消息。

忽地，许随的手机发出叮咚一声，她登进微信一看，自己被拉进一个群，名字叫"北山滑雪小分队"，这名字……看起来像是大刘取的。

果然，下一秒，大刘呼唤全体成员："帅哥美女们，把这次旅途的美照分享出来啊。"

群消息立刻以"99+"的量级出现，周京泽一个简短的"没"字出现在消息群里显得十分欠打。

许随手指按着屏幕，随意地看着他们分享的照片，忽地，点开一张照片手指按住不动了，眼底情绪怔然。

是有人顺手拍了一张吊桥的照片，桥中央挂着无数把情人锁。

有点可惜，要是能和他一起挂就好了。

正想着，屏幕消息栏显示ZJZ给她发了一条消息，许随点开手机。

ZJZ："不开心？"

许随下意识地看向前面的周京泽，可是他低着头，背像一把弓，抵在靠背上。难道他刚才通过后视镜看见了她的表情？

虽然不知道两人共处一个空间，周京泽为什么还要给她发消息，但许随还是调整了脸上的表情，垂下眼睫回复道："没有。"

发过去后，那边再无回复。五分钟后，微信发出新消息提醒的声音，ZJZ发了一张图片。

她登进微信，点开图片，接着微睁大眼，有些难以置信。各式各样的情人锁中，有一把红色的古铜锁，牢牢地锁在那里，上面还刻着字，两人的名字并排在一起——

ZJZ & XS

　　一颗心扑通扑通地跳个不停，许随感觉脖子有些热，回道："你什么时候回去挂的？"
　　ZJZ 回："在给大家找车的时候。"
　　叮咚，他又回了一条消息，许随点开一看，ZJZ 道："钥匙我扔了，这样就解不开了。"
　　这样就解不开了，他在哄她，许随盯着这行字不由得弯起唇角。
　　很开心，开心到连空气都是甜的。

第 六 章
有人了，许随

"周京泽，你看看，有光。"
"上帝说要有光，于是有了光。"

北山滑雪场两天一夜的游玩正式结束，许随累得头昏脑涨，当晚回去睡了个沉沉的觉，破天荒赖到第二天中午才起床。

许随一起床，感觉两条腿还是隐隐作痛，她刚洗漱完，就碰上了从外面回来的梁爽。梁爽拎着一个牛皮纸袋，一路哼着歌进门，看起来心情愉悦。

"嚯，我这点卡得正好。"梁爽把纸袋放在桌上，开始一样一样往外拿出食物来，"随随，快来吃饭。"

许随看过去，梁爽正在粗暴地撕塑封盒，桌子上的食物摆得满满当当的，有咖喱牛腩饭、金黄的菠萝包，还有飘香的罗宋汤。

这些都是她平时喜欢吃的。

许随眼神疑惑："我记得我没叫你帮我带饭呀。"

"是周京泽让我买的，"梁爽拆了筷子给她，声音爽朗，朝她比了一个数，"他给了我这么多小费，我立刻飞奔出校门去买了，嘿嘿。"

"大神好疼你哦，随随。"梁爽说道。

许随随手用皮筋扎起身后的头发，接过筷子，坐下来的时候脸有些热。梁爽给她送完饭后，接到一个电话又跑了出去。

寝室里只剩许随一个人，她用勺子舀了一口饭，牛腩炖得很烂，土豆也很软糯，旁边还摆着一份热可可，温度正好。

他的关心和体贴一直都显得那么恰如其分。

许随对着食物拍了张照片发过去，附言："吃上啦。"

一分钟后，手机屏幕亮起，ZJZ回："好吃吗？"

许随回："好吃，不过你怎么知道我睡懒觉了？"

ZJZ："猜的。"

两人漫无目的地聊了几句，许随吃完饭后去上课，空闲时间照旧去图书馆，生活上看起来没什么变化，但细枝末节变化很多。

去过北山滑雪场，又或者是因为两人那晚玩的坦白游戏，他们变得亲密了许多。周京泽经常来学校找她，陪她写作业或吃饭。

许随在图书馆的角落里写试卷，周京泽经常玩着手机手就不安分，许随握着笔的手一顿，被刺激得心底一激灵，笔尖在试卷上画上重重一道。

周京泽很喜欢碰她，一边吮着她的脖颈，一边说着放浪的话，带着一股痞劲，色气十足。

晚上周京泽送她回寝室，说着说着两人又亲上了，但许随脸皮薄，容易不好意思，周京泽把她抵在树边，高大挺拔的身影遮住她，树影颤抖，晃动一地的白月光。

周京泽伏在她脖颈上，鼻尖嗅了嗅她身上的奶香味，喘着气哑声道："迟早会被你磨死。"

许随推开他的胸膛，眼睛被欺负得有点红，急忙整理头发和衣服，问道："我身上有没有什么？"

"有。"周京泽看着她，语速缓慢。

"哪里？"许随眼神茫然。

周京泽欺身压了过来，托着她的后脑勺，撤离的时候，他笑得懒散，眉眼透着一点邪气，直接在她脖子上弄了一个张扬的吻痕。

许随立刻拉紧外套拉链，露出一双圆圆的眼睛："晚……晚安。"

说完她拔腿就跑，风呼呼地刮在耳边，身后传来一声很轻的笑声，周京泽的语调慵懒："明天见，一一。"

因为周京泽的这句话，许随开始期待第二天的到来，却没想到以失落而告终。上了一天的课,许随回到寝室,摘下围巾,第一时间就是看周京泽有没有发消息给她。

结果空空如也。

到底没忍住,许随发了条消息过去:"你今天去哪儿了?"

许随心情有点郁闷,以至于晚上刷牙的时候差点把洗面奶当成牙膏。换好睡衣,爬上床,许随一直握着手机,寝室熄灯之后,她仍然拿着手机等周京泽回复。

许随等得眼皮发酸也没等到屏幕亮起,最后抱着手机沉沉睡去。

次日,许随一上午都待在实验室,等她忙完脱去白大褂,换上衣服准备出去时,一摸口袋里的手机,她发现大刘打了好几个电话给她。

许随回拨过去,电话没一会儿就接通了,大刘火急火燎地说:"哎哟喂,好妹妹,你可算接电话了。"

"上午在实验室,不方便看手机,"许随出门的时候顺手关掉实验室里的灯,问道,"找我有什么事吗?"

"是关于周京泽的。"大刘在电话里语气焦急,问道,"妹子,你方便来校门口一趟吗?我当面说更快。"

"好,我马上到。"许随挂掉电话后,不自觉地加快脚下的步伐,向校门口走去。

一出校门,寒风似冰刃,刮在脸上生疼,许随下意识地裹紧了身上的外套,走了一段路,一眼就看见了站在校门口的大刘,大高个,身材微胖。

许随走到大刘面前,说话夹着风声,听起来含混不清:"什么事?"

两人换了地方说话,站在背风处,风声立刻变小了,大刘捏了一下冰凉的耳朵,问道:"你这两天跟周老板有联系吗?"

一提起这个,许随眼睫垂下来,情绪也不自觉地低下来:"没。"

明明那一晚两人还耳鬓厮磨,无比亲密,下一秒他却连一声招呼都不打,消失得干干净净。

"周爷也够绝的,玩失踪连女朋友都不管。"大刘啐了一口。

"失踪?"许随微睁大眼。

"我们学飞行技术的，每个阶段不是有不同的测试吗？有时学校还会反复测，昨天是心理测试，白天他还做得好好的，无论是速度知觉，还是活动记忆、空间定向，他拿的都是 A+，到晚上的夜间模拟飞行测试，他却直接消失了。"

听到"夜间"两个字，许随似乎知道了什么，她抬起脸："盛南洲也不知道他在哪儿吗？"

"洲哥请假了，亲人有点事，他飞上海了，我也找了，好不容易腾出点时间去他家蹲人，结果连一个人影都没有。

"奎大人差点跑出来咬死我。"

大刘回想起昨天的场景，叹了一口气："教官和老师都快气疯了你知道吗？关键是有事不来也可以，得请假啊，打他电话不接，班主任打他留的亲属电话，结果你猜怎么着，他留的号码是空号！

"老师气得不轻，说他态度狂妄，无故缺考又旷课，说要将他的——"

话还没说完，许随已经一溜烟跑开了，大刘还剩半句话卡在喉咙里，讪讪地："就要把他全科成绩取消。"

这句话也被淹没在风中。

许随匆匆拦了辆车坐进去，司机笑呵呵地说："姑娘，去哪儿？"

司机这么一问，许随扯着安全带的动作一顿，她和周京泽在一起时间不长，她好像连他平常心情不好会去哪儿都不知道。

即使这样，她还是想去找他，想第一时间陪着他。许随报了个地址："新合区琥珀巷 79 号，师傅，麻烦你了。"

车子开了约四十分钟抵达目的地，许随发现一着急什么也没带，怀里抱着几本书就跑来了，她来到周京泽家门口，发现这一栋楼都静悄悄的，好似根本没有人居住的痕迹。

许随走到大门口，抬起手正准备按门铃，发现门是虚掩着的。她推门走进院子，里面的自动感应门紧闭着，她摁了几下门铃，无人应答。

她只好站在门口等周京泽，许随在碰运气，她希望能见到他。等了几个小时后，许随体力不支，有点头晕，于是蹲了下来，拿出手机不知道在搜索什么。

下午三点，寒风凛凛，院子里最后一朵荒芜里开出的野花也被无情折断。许随正看着那朵鲜红的花出神，忽地，身后叮的一声，是玻璃门被拉开的声音。

许随立刻想要起身，腿却麻了，挣扎着站起来，一道身影颇具压迫性地笼罩下来，她抬眼看过去。

周京泽穿着一件黑色的薄卫衣和黑色裤子，正准备出门扔垃圾，他的头发有点长了，黑且硬，额前的碎发搭在眉前，黑漆漆的眼睛困意明显，神色怏怏，居高临下地看着她。

和前两天两人相处时的气场截然不同。

"你怎么来了？"周京泽低下头看着她，声音说不上来地冷淡。

许随解释起来有些慌乱，说道："我听大刘说你没有去考试，人不见了，我就跑来找你了……"

风声在这一刻停止，"我跑来看你，连饭也没吃"这句带点抱怨和撒娇的话本要说出口，可对上周京泽带着审视的冷淡眼神时，她有点说不下去了。

周京泽挡在门口居高临下地睨着她。

现在好像是她不请自来。

许随垂下眼睫，嘴角勉强抬起，露出一个笑容："你没事就好，我先走了。"

说完她转身就要走，不料一只长臂伸过来，直接将许随拽进门，一刹那，冰冷隔绝，连风声都消失了。因为太过用力，她的嘴唇磕到了他的锁骨，有点疼。

周京泽单手紧紧地拥着她，另一只手在墙边的某个开关上按了一下，嘀一声，玻璃门关上，屋内的暖气袭来，四肢百骸都是放松的，周京泽下颌抵在她颈窝，嘴唇蹭了蹭她脖颈白皙的软肉，声音低沉又嘶哑："去哪儿？"

你不是来找我了吗？

室内实在太热了，周京泽偏头吮着她的耳朵，冰凉修长的指尖刚钩上细细的肩带，许随心尖一颤，眼睛越过他的肩膀，掠过对面墙上的画，不经意地低头，吓了一跳。

奎大人和1017一大一小正坐在地上看着他们，眼睛圆圆的，睁得很大。

许随一下子就脸红了，她推开周京泽的肩膀，冲他示意。周京泽回头，德牧和橘猫正仰头目不转睛地盯着他，一脸正气，仿佛他不应该在家里做这种事。

"啧，"周京泽走过去拎起胖猫，另一只手提着德牧的项圈，"单身狗和单身猫，倒也不必这么嫉妒我。"

不料，1017听了大受刺激，从周京泽怀里跳下来，直奔坐在沙发上的许随。周京泽回头寻找目标时，发现胖猫正稳稳当当地坐在他女朋友怀里，昂着下巴，一副小人得志的模样。

"别被我抓到。"周京泽抬手指了指它。

"喵——"1017凶了他一句，又立刻躲回许随怀里。

许随见到1017倒是欢喜得不得了，一直抱着它，逗它玩。上学期结束后，许随她们那栋女生宿舍换了个宿管阿姨，猫就一直寄养在周京泽这儿。

之前两人没确认关系，许随也不好经常来打扰他。现在好了，是他们俩的猫了。

屋内的光线实在太暗，给人一种沉郁的感觉。许随抱着猫起身，开了灯，还把棕色的窗帘拉开，光线涌进来，眼前一下子明朗起来。

许随走向沙发，在经过周京泽时，肚子不合时宜地咕咕叫了起来。周京泽刚打开冰箱门，拿着冰水的手一顿，另一只手轻轻拽住逃跑的许随，把人逮了回来。

"没吃饭？"周京泽挑了挑眉头，转而把冰箱门关上，拿着手机在上面划拉，"想吃什么？"

外卖很快送来，周京泽叫的是一家私房菜，菜式精美，味道飘香。他起身从冰箱里拿出一盒牛奶，脚步停顿了一下，想起什么，又拿去厨房加热了。

周京泽重新坐回沙发上，把牛奶递给许随，又接过她手里的一次性餐具拆开再给她。许随接过来，吃了几口，发现周京泽跟浑身没长骨头一样窝在沙发上，低头刷着手机，一脸的兴致缺缺。

许随抬眸看他："你不吃吗？"

周京泽头也没抬，声音倦怠："不太想吃。"

许随知道他心情不好，想让他也吃一点，拆了一双新的筷子递过去，声音温软："可是我想你陪我吃一点。"

空气静止，墙上的挂钟发出嘀嗒的声音，周京泽握着手机，视线总算舍得分过来，他把手机扔到一边，微弓着腰，抬手捏了她的脸一下，语气含笑："许随，我发现你还挺会撒娇啊。"

许随心口一烫，快速低头，夹了一根豆角塞进嘴里，一只骨节清晰的手抽走她左手的筷子，一道懒洋洋的气音震在耳边："关键我还挺受用。"

吃完饭后，周京泽把餐盒等垃圾扔入垃圾桶。两人坐在厚厚的灰色地毯上，一起打游戏。

许随陪他在客厅打了一下午游戏，对他缺考的事只字不提。

游戏结束后，周京泽扔掉游戏手柄，抬手揉了揉脖子，开口："不问我缺考的事？"

许随摇了摇头，仰头看他："等你想说的时候，你会跟我说的。"

"当初改志愿选专业完全是一时意气。"周京泽手肘撑在地板上，自嘲地勾了勾唇角，"可真飞上天时，又有点喜欢上它了。"

"一旦认真了，就接受不了自己的失败。"周京泽开了一罐碳酸饮料，仰头喝了一口，喉结缓缓滚动。

许随若有所思地点了点头："你给我一点时间，你这个障碍可以克服。"

这病从小跟了他许多年，一遇到黑的幽闭空间就会发作，他没指望它会好。周京泽只当她是小姑娘心性善良，摸了摸她的头："好。"

从周京泽那儿出来，许随坐公交赶回学校，回到寝室洗漱完后，她第一件事就是对着电脑查资料，寝室熄灯了她还坐在那儿。

胡茜西躺在温暖的被窝里翻了个身，视线往下，看着书桌前的许随，打了个呵欠："宝贝，你还不睡啊，快上床，下面冷。"

"没事，一会儿就好啦。"许随温声应道。

许随在电脑前查了很多资料，一些期刊上面说幽闭恐惧症的致因有生物学、遗传性因素等，其中一点是成长环境和家庭教育方式。

周京泽的家庭……许随想起他和他爸不可调和的关系，以及那晚坦白局他说出的秘密。

睡觉前，许随握着手机，犹豫了一下，问道："你这个病跟你小时候的经历有关？"

十分钟后，ZJZ 回："嗯。"

次日，许随和梁爽一起上课，她们找好座位后，老师还没来。许随坐在第三排，拿着一支笔转来转去，推了一下同伴的手臂，问道："爽爽，上次回学校来开讲座的一个挺优秀的师兄，你有他的联系方式吗？"

对上梁爽疑惑的眼神，许随补充了一句："就是毕业后开了一家心理咨询所的那位。"

"哦哦，关向风呀，校园网主页有他的联系方式呀。"梁爽放下笔袋，冲她神秘一笑，"不过你问对人了，我要好的一个师姐刚好有他的私人微信，晚点推给你。"

"谢谢爽爽。"

"不客气。"

上完课回到寝室后，梁爽还真的搞到了关向风的微信推给她，许随问过周京泽后，点了添加，申请写得十分礼貌得体：师兄好，2011级临床医学的许随有私人问题向您请教。

下午一点整，关向风通过了她的请求。许随长话短说，直接切入主题："师兄，您好。我是许随，想问一下，关于幽闭恐惧症，有什么治疗方法？"

过了一会儿，关向风发了个定位过来，并回消息："面谈比较有效，下午几点？我让护士给你预约。"

许随回:"下午三点吧。"

关向风:"好的,等你过来。"

下午,许随按照关向风给的地址,一路坐公交来到市区,在距万象城八百米的地方找到了他的医院。

进去之后,许随在前台说了自己的预约时间,约一杯茶的工夫,有一名护士穿过走廊,领着她去关向风办公室。

许随抬手叩门,发出笃笃的声音,一道温润如风的嗓音响起:"进。"

许随推门进去,右侧办公桌前坐着一个穿着白大褂的医生,钢笔别在胸口,右手边一堆凌乱的文件夹,他戴着一副银边眼镜,模样俊朗。

"许师妹是吧?"关向风笑笑,摁住内线电话问,"喝什么?"

"白开水就好,谢谢。"许随答。

水端上来,许随简单地说明了一下周京泽的情况,关向风点点头,抽出胸前的笔:"情况大概了解了,这种状况当面治疗比较好。"

许随摇摇头:"恐怕不能,他应该不会来的。"

周京泽那么骄傲的一个人,电梯那件事要不是意外被她撞见,他应该也不会让她知道自己脆弱的一面吧。

"他说幽闭恐惧症谈不上,只是轻微的,怕黑会加剧他的症状。"许随补充道。

关向风拿笔在纸上记录了一下,沉吟了一下:"那其实精神阴影影响更大。"

"大多需要前期的心理治疗和后期的药物干预,你说他连试都不去试,直接弃考了?"关向风问道。

"是。"

"逃避,可能病症没这么严重。要不试试系统脱敏疗法。"关向风伸出食指推了推眼镜,建议道。

听到医生这样说之后,许随松了一口气,但她又想到什么:"我查了一下资料,系统脱敏效果好像比较慢,他是飞行员,肯定不能耽误,能不能试试满灌疗法?"

满灌疗法，是让患者进入恐怖的情境，还原当时的场景，在患者企图对抗或者用手掩住耳朵、眼睛时，不厌其烦地重复细节，并阻止患者逃避。

这个治疗法效果快，但患者不适应的话会产生应激反应，可能会中途昏厥。

关向风眼底闪过一丝讶异，没想到她提前做了那么多功课，沉吟了一会儿："可以，我先给他两套测试题，并教你应该怎么做。

"最重要的一点，治疗全程，我必须远程观看，和你保持通话的状态。"

许随犹豫了一下，最后点了点头："好。"

临走时，许随冲这位师兄鞠了一躬表示感谢，她的手握着门把手，正准备离开时，关向风忽然喊住她："冒昧问一下，那位朋友对你来说是很重要的人吗？"

许随笑了一下："是。"

很重要。

……

许随拿着一堆测试题去周京泽家，认真谨慎地说出了她的想法，结果周京泽想也没想就点了头。

周京泽抬手揉了揉她的头发，语气漫不经心又夹着毫无保留的信任："不是有你吗？"

周京泽很快在笔记本电脑上完成了两套心理测试题，两手一摊，又窝回沙发上去了。许随坐在地毯上，移回电脑，把他的答案压缩成文件包发送到关向风的邮箱。

没多久，关向风通过邮件回复：不错，他的生理和心理都是平稳的，在可承受的范围之内，可以试一试。

许随把电脑移到一边，和周京泽沟通后，开启与关向风的视频通话，然后把手搭在周京泽膝盖上，问道："你……第一次的阴影发生在什么时候？"

"十岁，"周京泽把手机搁在一边，语气漫不经心，"就在这栋房子的地下室。"

"就在这里？"许随不由得睁大眼，睫毛颤动了一下。

才这么小就经历这种事，而且他后来独自一个人在这里住了这么久。

周京泽垂下长长的眼睫，勾了勾唇角："真回忆起来，不确定能不能受得住。"

许随不由得握住他的手，嗓音软软的："没关系，你还有我。"

周京泽带着许随从他家书房右侧的楼梯口下去，楼梯很窄，需要两人侧着身子一前一后地下去。周京泽一直牢牢地牵着她，从下楼开始，许随就注意到他神经很紧张，背像一把弓，绷得很紧。

眼前的视野逐渐变窄，变暗，踏下最后一层楼梯后，周京泽站在那里，闭上眼，伸手去摸墙上的开关。

许随感觉出他掌心出了一层汗。

砰的一声，照明灯亮起，昏暗的空间霎时亮如白昼，无数细小的灰尘浮在灯下。许随看过去——

地下室约三十平方米，现在已经成了一个废弃杂物间，地上有一颗篮球和一辆废弃的自行车，旁边还堆了一层货架木板，积了厚厚的一层灰。

周京泽松开她的手朝货架木板走去，伸手去拿上面的东西，许随上前一看，是一根黑色的皮带，漆皮已经掉了，金属扣却依然泛着冷光。

"啧，我爸就是拿这个来打我的。"周京泽语气漫不经心，像是一个旁观者。

"因为什么？"许随问他。

"因为——"

周京泽正回想着，啪的一声，灯居然灭了，视线陷入一片漆黑，只有对面墙壁上的小窗散发出微弱的光。

周京泽艰难地咽了一下口水，心悸的感觉开始出现，他下意识地退后想去摸墙壁上的开关，一双手握住了他的手，很温暖。

"没关系，"许随温声说，"你慢慢说。"

"我记得周正岩那会儿在创业吧，事业非常不顺心，当初跟我妈结婚，遭到家里人的强烈反对，尤其是几个舅舅，经常看轻他。但他从来不敢对我妈发脾气，因为我妈演奏大提琴的收入全给他投资了，他只能讨好我妈。

"他投资多次失败，活得窝囊，只有来找我发泄。一般他都是厉声骂我，严重了就拿书本砸我的肩膀。"

直到有一天，他的母亲言宁出国去看望一个朋友，因为天气转凉的关系，周京泽感冒了，咳嗽个不停，医生过来吊了两瓶水也没有好转，保姆在跟言宁通话的时候说了这事。

言宁立刻打电话给周正岩，反复叮嘱他一定要亲自带小孩去看病，周正岩好声好气地应下，转身便扎进了书房给人打电话拉投资。

周京泽咳了整整一天，半夜咳得耳鸣，肺都要咳出来了，因为怕吵醒他爸，他整个人伏在床上，捂着嘴，咳得肩膀颤抖，声音断断续续。

到后面周京泽实在承受不住，呼吸困难，腹部两侧还时不时地发疼，他艰难地从床上爬起来，一路捂着胸口，一边咳嗽一边敲响了他爸的门。

不知道是回忆太过难堪，还是陷入黑暗的幽闭环境中让他有些不适，周京泽的额头出了一层虚汗，脸色发白。

"然后呢？"许随不由得握紧周京泽的手。

周京泽背靠在墙上，眼神透着冷意，唇角弧度却习惯性地上扬："他起来了。"

然后是噩梦的开始。

嘭的一声，周正岩打开门，周京泽吓了一跳，不等他反应过来，周正岩阴沉着一张脸，猛地拎起他的后衣领往房间里拖。

周京泽根本无法挣脱，周正岩提着他的脑袋往墙壁上磕，一边撞一边骂："老子忍你一晚上了，咳咳咳，还让不让人睡觉了？怎么生了你这么个晦气的东西！"

耳边响起周父不入流的、肮脏的辱骂，周京泽整个人被撞向坚硬的墙壁，脑袋生疼，痛得他直哭，最后疼得失去知觉，只感觉额头有温热的血涌出来，一滴接一滴地落在地上，触目惊心。

最后他哭着抓着周正岩的手求饶："爸，对……不起，对不起。"

周正岩这才停下来，他仍觉得火气未消，不顾亲儿子的哭闹，心烦意乱地把周京泽关在了地下室。

周京泽哭闹到早上六点，周围又脏又潮湿，想出去，眼前又一片漆黑。他待在地下室又冷又饿，却天真地想要绝食抗议。

保姆将此事告诉了周正岩，他这两天本来就四处求人融资失败，不胜其烦的他一脚踹开地下室的门抽出皮带狠狠地打周京泽。

周京泽回忆着，仿佛陷入当时的场景，捂住心口大口大口地喘气，场景外传来一道颤抖的嗓音。

"他打你的时候说了什么？"

周京泽脸色发白，感到四肢冰凉，头仰靠在墙上，语气虚弱："你这个畜生，整天给老子添堵。"

泡水的皮带一鞭一鞭抽在身上，周京泽感觉自己的衣服被抽破，皮肉像被刀刃刮，痛得他几乎昏死过去。

他还发着高烧，脑袋昏沉，好似神经和知觉都不是自己的了。

"抱歉，关师兄。"许随再也忍受不住，眼泪吧嗒吧嗒地掉下来，她关闭视频通话，耳边的通讯器也一并扔掉。

关向风这边的画面一片漆黑。

许随受不了，她最骄傲肆意的少年那狼狈不堪的一面被别人看到。

他需要的应该是鲜花和掌声。

声音不断冒出来，黑蜘蛛陆续爬过来，周京泽抬手想捂住自己的耳朵，恍惚中，有人制止了。他无意识地重复一些杂乱的话，分不清是谁说的。

"你出不去了。"一道阴狠的男声说道。

"可以，出口就在那里。"一道温软的女声响起。

"你就是个丧气货，不如死了算了。"有人反复提醒他。

周京泽感觉自己呼吸困难，被一只强有力的手扼住喉咙，陷入深渊，无法动弹。

"你不是。"女声再次响起,一滴滚烫的眼泪滴在他手背上。

周京泽被关了两天两夜,最后还发起了高烧,迷迷糊糊地睁眼,蜘蛛在脚边爬来爬去,他害怕地往后退,周围漆黑一片,像一个巨大的黑匣子,让人无法动弹,他好像永远走不出去。

"出不去。"周京泽的唇色苍白。

豆大的汗从额头滚下来,周京泽眼睫耷拉下来,唇色苍白,喘着气,整个人意识混乱,一道温柔的声音试图喊他:"周京泽,你看看,有光。"

许随蹲在他面前,不知道从哪儿找来一个打火机,周京泽后知后觉地抬起眼,两人目光相撞,一簇橘色的火焰蹿起,照亮一张唇红齿白的脸,一双清澈漆黑的眼睛里只映着他。

周边的耳鸣声散去,心跳渐渐平缓,眼前摇摇欲坠的火苗像一颗黯淡的星,带着光。

"上帝说要有光,于是有了光。"①

周京泽两眼一黑,再也支撑不住,一头栽进一个温暖的怀抱。

周京泽开始发烧,状况时好时坏,持续了一天一夜,这些年不敢回忆的事,统统做成了一个梦。

梦里,就在他快要扛不下去时,言宁赶了回来。在妻子面前,周正岩扮演着一个儒雅温柔的好丈夫,一见她回来,立刻迎上前,去接她手里的大包小包的东西。

言宁坐下来喝了两口茶,指了指软沙发上的礼物,温声说道:"正岩,我在法国逛街时看到一个好看的温莎结,样式很特别,就给你买了。"

"谢谢老婆。"周正岩笑着剥了一个葡萄喂给言宁。

"旁边蓝色袋子那份是京泽的,是他想要的一支钢笔。"言宁咬着葡萄,指了指旁边的袋子,"哎,他人呢?让他过来看一下喜不喜欢。"

---

① "上帝说要有光,于是有了光。"——出自网络

周正岩神色闪过片刻的慌乱，语气躲闪："他去上课了。"

"好吧，那我去休息了，倒倒时差。"言宁放下手中的杯子。

周正岩也跟着站起来，搂着言宁的腰，亲了一下她的脸颊，语气宠溺："老婆，那我去公司了，你醒来有什么想吃的可以打给我，我下班后买回来给你。"

"好。"言宁伸了个懒腰。

周正岩走后，她踏上台阶，没走两步，心口传来一阵痛感。言宁停下来休息了一下，总觉得发生了什么不好的事，然后扶着楼梯慢慢上了楼。

言宁回到房间后，对着镜子卸妆梳头发，不知道为什么，她的眼皮直跳，心慌乱得不行。

兴许是母子连心，言宁感觉不对劲，下意识地担心儿子。倏忽，她不经意地往下一瞥，地上躺着一串被扯断的佛珠。

言宁眼神一凛，捡起来，当下打了周正岩的电话，直接切入主题："我儿子呢？"

"老婆，不是说他上学去了吗？"周正岩在电话那边赔笑道。

"你撒谎！他随身戴的佛珠都丢在家里。"言宁极力想平复自己的情绪，最终还是忍不住，厉声道，"周正岩！我儿子要是有什么差错，你也别想好过！"

说完之后，言宁把手机摔得四分五裂，陶姨请假回了老家，她将保姆叫了进来，到底是出身名门，家里有人撑腰，言宁气势在那儿，问了不到三句，保姆整个人哆嗦个不停："地……下室，先生把他关那儿了。"

话没说完，言宁就冲了下去，找到周京泽时，她哭得泣不成声，一边擦泪一边把他抱了出去。

恍惚中，他听到妈妈不断跟他道歉，然后听到了急救车的鸣笛声，一群人围着他，医生说，言宁要是晚送来一步，他的耳朵就要因为高烧而聋了。

再后来，周京泽病好之后，有很长一段时间怕黑，不能一个人待着,也说不了话,是外公把他接了回去,天天教他下棋,玩航模,过了好久,他才慢慢有所好转。

所幸的是,外公把他教得很好。

而言宁,因为过于心软,且对周正岩还有感情,在他下跪拼命认错之后,也就勉强原谅了他。

周京泽一直在外公家生活,言宁经常过来劝他回家,无果。

直到第三年外婆生病了,外公没有精力照顾他,周京泽主动提出回那个家。

他不再怕周正岩了,这三年来,周京泽学跆拳道,练击剑,让自己变强大。

杂草终野蛮生长为大树,遇强风不倒,遇风沙不散,活得坚韧、尖锐,也嚣张。

……

周京泽反反复复发烧的这段时间,许随请了两天的假,一直守在床前照顾他,喂他吃完药后,反复为他降温。

下午五六点,黄昏日落时,一天中最美的时候,许随摸了一下周京泽的额头,看温度退得差不多了,起身去了厨房,打算给他熬点粥。

一打开冰箱门,许随一怔,冷藏柜有三层,什么食材也没有,最上面那层是她经常喝的全家的荔枝白桃牛奶,第二层是他常喝的碳酸饮料,第三层是冰水。

冷冻层更别说了,比那位大少爷的脸还干净。

许随关上冰箱门,拿出手机,在网上下单了一些食材和调味料。半个小时后,外卖员送货上门。

许随咬着牛奶吸管,一只手抱着一大袋食材走进周京泽家的厨房,她粗略地扫了一眼,发现除了烧水壶,其他家用电器都是新的,连标签都没摘。

许随偏头拧开燃气灶,青蓝色的火焰跃起,然后将小米淘净下锅,没一会儿,锅里传来咕嘟咕嘟冒泡的声音。

许随洗干净手,从口袋里摸出一根皮筋,将披在身后的头发扎了起来,原来的齐肩发因为太久没剪,已经长了一大半,扎它的时候还费了一点时间。

粥煮到一定火候,许随将洗干净的食材——成块的排骨,切成丁的胡萝卜、生姜、山药,一并倒入锅中。

许随一边喝着牛奶一边看着锅里的粥,侧脸弧度安静又好看,耳后有细碎的头发掉到前面,拂着脸颊有点儿痒,她刚想伸手钩到耳后,一道笔挺的阴影落下来,一只手更快一步将她的碎发钩到耳后。

"你醒了啊?"许随眼睛里透着惊喜,"有没有哪里不舒服?"

周京泽随意套了一件灰色的卫衣,领口松垮,露出两边的锁骨,凌乱的头发搭在额前,唇色有点白,懒洋洋地笑:"有点渴。"

"啊,"许随松开咬着的吸管,顿了一下,"那我去给你倒点水。"

室内,许随穿着一件白色的小飞象卫衣,右手握着牛奶盒,水润殷红的嘴唇上沾了一点牛奶,浓密纤长的睫毛垂下来,看起来乖得不像话。

周京泽眼神晦暗,压着翻涌的情绪,在许随经过他身旁想去拿水的时候,伸手一把搂住她的腰。

许随被迫撞向他的胸膛,一抬眼,两人鼻尖快要碰到一起,周京泽伸手捏着她下巴,偏头吻了下去,将她唇角上的牛奶一点一点舔掉,温热的气息拂在颈边,嗓音嘶哑:"这不有现成的吗?"

夕阳下沉,最后一道暖光被厨房边上的窗户分割成一个个小格子落在两人身上。影子交缠,许随只觉得热,腰被撞向流理台,又被一只宽大的手掌挡住,唇齿间的牛奶悉数被吮走,有一滴无意识地滴在锁骨上。

周京泽咬了过来,许随当下觉得疼,浓黑的睫毛颤动了一下,锁骨处传来一阵酥麻。

直到锅里的粥发出急促的顶盖的声音,许随推开他,别过脸去,嗓音断续,却莫名带着一种娇嗔:"周京泽!粥……粥,哒。"

喊了好几句,周京泽才松开她,许随整理衣服,急忙关火,盛了一份粥出去,还有一份冬瓜百合汤。

许随坐在餐桌旁边,把粥和汤移到他面前,说道:"你喝喝看。"

刚好，许随搁在一边的手机发出叮咚的声音，她点开一看，是关向风发的消息，在询问周京泽后期反应和症状。

许随回复得认真，自然也就忘了身边的人。

周京泽拉开椅子，从坐下到拿起调羹，发现这姑娘的视线一秒都没在他身上。大少爷拿着调羹在粥里搅了一下，没什么情绪地开口："许随。"

"嗯？"许随眼睛从手机上挪开。

"这粥好像没放盐。"周京泽挑了挑眉，嗓音仍有点哑。

"是吗？我看看。"许随立刻放下手机，接过他手里的调羹尝了一口粥，疑惑道，"我怎么觉得有味道？"

"是吗？"周京泽面不改色地接话，继而接过勺子继续喝粥。

周京泽吃饭的时候很有教养，慢条斯理的，脸颊缓缓鼓动，像在品尝什么美食。他很给许随面子，一份粥喝了大半。

许随拿着手机抬起头来："你现在感觉怎么样？"

"像做了一个很长的梦，结束后，醒来就不害怕了。"周京泽缓缓说道。

"你现在要习惯密闭且黑暗的空间，特别是睡觉时，后期要配合药物治疗。"许随说道。

噩梦结束，周京泽又恢复了先前吊儿郎当、散漫的样子。他唇角扬起，语气正经却透着一种坦荡的坏劲："行啊，你陪我睡。"

许随脸颊迅速发烫，假装看了一下墙上的时间，语气有片刻慌乱："好像很晚了，你没事的话我先回学校了。"

许随慌乱地收拾她的包，将书、笔记本、护手霜之类的一股脑儿地扔进包里，穿上一件白色羽绒服就要往外走。

"许随。"周京泽出声喊她。

"嗯。"许随抱着包回头看他。

周京泽坐在那里，漆黑深邃的眼睛将她钉在原地，嗓音淡淡地说："你会愿意的。"

最终许随落荒而逃，走出周京泽家大门的时候，一阵凛冽的寒风吹来，心跳仍在加速，手里握着的手机亮起。

ZJZ："在巷口给你叫了一辆车，到了给我发信息。"

许随回到学校之后，一头扎进了知识的海洋中，拼命把这两天落下的笔记补回来，整天往返于宿舍、教室或者图书馆。

而周京泽，消失了整整一星期后终于返校，他跟班主任说明了自己的情况，老师虽然看重周京泽，但还是按规则办事，把他全科的心理测试判为零分，并给了相应的处分。

老师给了他一个寒假的时间，让他尽快调整好。

"一定要调整好，不然就算过了我们这关，将来毕业了招飞，你还是会面临难题啊。"

周京泽对于学校给的处罚坦然接受，没有一点不服，他点了点头："谢谢您。"

许随觉得她和周京泽在这段交往关系中发生了变化，如果说滑雪场那次，是相互试探的浓情蜜意，这次的话，她感觉周京泽真的有在喜欢她。

刚在一起时，周京泽对她是放任，就算是关心，也是一种漫不经心的姿态。现在，周京泽给她打电话和发短信的频率高了起来，更是不动声色地掌控着她的行程。

周五，许随在图书馆背了一下午的书，周围的同学相继离开，还有人拿着饭卡轻声讨论着食堂的烧排骨，她才发觉已经傍晚了。

许随看了一眼时间，发现六点了，她和周京泽约好，说今天带她去尝一家新开的店，她急忙收拾书本，匆匆跑下楼。

不料在楼下撞见了师越杰，许随一脸惊讶，她已经有两个月没见到师越杰了，听说他已经保研了，前段时间还跟着老师去西安做了一个项目。

"好巧，师兄。"许随友好地打了个招呼。

师越杰摇摇头："不，我是特意来找你的。"

"找我？"许随语气讶异。

"嗯，"师越杰看了一眼来来往往的学生，嗓音温润，"能换个地方吗?我有话跟你说。"

许随看了一眼时间,语气抱歉:"恐怕不行,我约了男朋友吃饭。"

听到"男朋友"三个字,师越杰的神色有一丝凝固。许随以为师越杰有什么重要的事要讲,指了指不远处的树下:"要不我们去那儿吧。"

两人一前一后来到树下,师越杰这次说话不像之前那么婉转,直接切入主题:"我听说你和京泽在一起了。"

"对。"许随有片刻的愣怔,没想到他要说的是这个。

"说实话,跟你说这些话有些唐突,但我是诚心的,京泽并没有你表面看到的那么好,他……其实有不为人知的一面,还有,他答应和你在一起说不定是一时兴起,玩玩的,因为——"话到嘴边,师越杰仿佛难以启齿般,话锋一转,"我建议你——"

说实话,许随自认为是一个脾气还算不错的人,也从来不会主动跟人起冲突,但这次,她打断了师越杰的讲话:"谢谢师兄关心,他是什么样的人,我自己感受得到,我们现在挺好的。"许随的语气不太好,笑了笑,"我一向喜欢听自己的,不太喜欢别人给我建议。"

许随抱着书本转身就走,她似乎想起什么,停下来回头:"还有,我不希望再听到有人说他不好了,真是他朋友的话,不会在背后这样说他。"

许随一路走出校园,拿出手机一看,周京泽发消息给她说到了。天空有点暗,昏沉沉的,虽然她刚才在师越杰面前坚定地维护了周京泽,可是一路上,他的话仍时不时地出现在她脑海里。

周京泽的另一面是什么?难道他和她在一起真的是一时兴起,抱着随便和人谈个恋爱的态度吗?毕竟他永远不缺人爱。

大概走了十分钟后,许随推门走进他们约好的餐厅。一进门,远远看过去,周京泽背对着她,穿着一件黑色的毛衣,袖口是白色的,外套搭在椅背上,手肘抵在桌边,正在研究菜单,一副散漫不羁的样子。

周京泽那张脸搁在那儿,自成祸害,没一会儿,就有一个邻座的女生上前来要电话,那女生性格活泼可爱,搭讪时也是落落大方,一点也不扭捏。

许随握着门把的手一紧,不知道为什么停了下来。那种奇怪的自尊心又出来了,她站在后面想看看周京泽会不会拒绝。

女生一脸雀跃地站在他面前说明了自己的来意,周京泽的脸从菜单前挪出来一半,看了她一眼。周京泽这个人,被要号码,一般都看心情,心情不好就直接不理。

周京泽拿起一旁的手机看了一眼,竟然破天荒地抬手示意有话跟女生说,那女生俯下身,脸上的表情先是开心,然后是郁闷,最后爽朗一笑,跟他说了句话就走了。周京泽听后眉眼放松,竟极轻地笑了一下。

许随站在不远处只觉得胸口发闷,喘不过气来的那种。师越杰说得对,可能周京泽真的是出于别的什么原因,一时兴起和她在一起,可能是新鲜感、好奇,不管是什么,都不会是"认真"二字。

她正发着呆,十分忙碌的服务员匆匆而过,不小心撞了许随一下,几滴温水溅到她头发上。

服务员递来纸巾连声道歉,许随接过来随意地擦了擦,摇头:"没关系。"

周京泽听到声响回头看过来,起身就要过来。许随赶紧走过去,坐到周京泽对面,放下包,说道:"不好意思啊,来晚了。"

"上次不是说好了?你有迟到的权利。"周京泽倒了一杯荞麦茶给她,语气慢条斯理的。

许随接过来喝了一口茶,没有说话,勉强地抬了一下唇角。

许随喜欢在大冬天里吃火锅,无辣不欢,周京泽口味则偏淡,于是她点了个鸳鸯锅。

吃饭的气氛很好,周京泽也很照顾她,全程他都没怎么动筷子,一直在涮东西,然后不动声色地夹到她碗里。

"在想什么,嗯?"周京泽的嗓音低沉。

许随正盯着咕嘟咕嘟冒泡的牛油锅里不断上浮的丸子发呆,闻言回神,她低头咬了一口青笋,掩饰一笑:"在想上午老师出的题目,有点难。"

"很难?"

"嗯，太难了，解不出。"

他一直是她的无解题。

吃完饭，八点，两人一起散步回去，周京泽一路送她到女生宿舍楼下，许随跟他说了句"再见"，转身进去。

冬天的风没来由地迅猛，周京泽站在原地在寒风中点了根烟，烟雾从薄唇里呼出，他眯眼看着她的背影，忽然开口："许随。"

许随停下来，以为他有什么重要的事，又走到他面前，抬眸看他："什么事？"

周京泽掐灭指尖的猩红，他的语气散漫："你还没有跟我说晚安。"

"啊？那……晚安。"

"晚安。"

次日，许随上完课后，和胡茜西、梁爽一起去食堂吃饭，打好饭后，三个人坐在同一张桌子上，饭吃到一半，胡茜西觉得不对劲，疑惑道："咦，我们的食堂女神今天居然没有被要电话，有点奇怪。"

胡茜西刚说完这句话，身后两个端着餐盘的男的正在低语，其中身材微胖的男生推了他旁边戴眼镜的哥们儿一下："别看了，再看人家也是有男朋友的。"

"再说了，你赢得了周京泽啊？"

胡茜西低下头冲姐妹低语："宝贝，什么情况啊？你们什么时候这么高调了？"

"我不知道啊。"许随夹了一根豆角塞进嘴里。

她和周京泽在一起，一直都挺低调，而且周京泽也不是那种爱分享的性格，懒，看上去干什么都漫不经心，也什么都不在乎。

周京泽也从来没在朋友圈发过她，什么时候连路人都知道他们在一起了？

"哎，让我这个常年水在京航各八卦论坛的人士来为大家搜索答案。"梁爽兴奋地拿出手机。

梁爽拿着手机专注地浏览着手机网页，看着看着突然没声了，过了一会儿，她拿着手机给胡茜西看。

胡茜西看了一眼手机，咬着的一小块西蓝花掉了下来。气氛出奇地诡异，胡茜西看着许随开口："随随，周京泽来真的了。"

"什么？"许随觉得有点奇怪。

胡茜西把手机递给她，许随接过来，拇指在屏幕上往下滑，信息过于密集，砸得她有点蒙。

京航的贴吧上，有一个关于周京泽的帖子，里面是女生们对他的告白和讨论。随便往下一拉，会出现——

草莓味的我：今天在飞院操场偶遇周京泽了，帅哥的侧脸好杀我。

想去各地旅游：哎，一直在训练基地外等待偶遇，可是一次都没见到他。

周京泽我老公：思政楼前的操场，碰见他在打球，外套好好看，想跟他穿同款，查了一下，限量款，还是买不到的那种。

……

这个帖子从周京泽入学第一天就有了，到现在一年半的时间，已经盖了两千多层楼了。

周京泽从来没去看过，也不关心，他一直抱着得过且过、挥霍人生的态度。相比之下，他更关心第二天吃什么。

就是这样的人，忽然注册了一个账号，在那两千多楼的帖子下，简短有力地回复——

"有人了，许随。"

这一回复，一石激起千层浪，本校的还有隔壁学校喜欢周京泽的女生都接受不了这个回复。

明目张胆地官宣，向全世界宣布他的偏爱，实在不是他的风格。

有人在底下回复："假的吧，除非你实名。"

还有人说："我只想和他看场电影，现在看来也不行了？"

许多人纷纷附言："我不太信，他好像没有固定女朋友吧，不是说他女朋友的保质期不会超过三个月吗？现在凭空冒出一个来。"

许随一直往下拉那个帖子，翻得食指关节有些痛，看到这些质疑声的其中一个回复，停了下来。

一罐七喜：虽然不想相信，但是我不得不告诉姐妹们，是真的。昨天我和室友在新开的一家火锅店吃饭，我以为就他一个人，蹦蹦跳跳地上前去要他的微信，结果他开口了，语气挺认真，带着一股劲儿：抱歉，不能。站在你后方，七点钟方向的那姑娘——

许随看到后半句心口重重一跳，心脏像被灌入打翻的气泡水，微酸，然后是四面八方的甜——

"那是我媳妇儿。"

原来他没有把号码给那个女生。周京泽应该是察觉到她没安全感。

她想要的，他就光明正大地给。

许随拿着手机继续翻看帖子，结果没两分钟，帖子显示被删除。贴吧又有人火速开了个帖子：散了吧，周京泽让人删的。

幻想被终止，两千多楼的爱慕顷刻消失。

这件事算结束了。

许随的心情雨过天晴，她在想，和这个人谈恋爱真好。

大二下学期，虽然许随去给盛言加补课的次数从一个月四次变为一个月两次，但许随的课业越来越重，加上盛言加早已顺利考上华际附中，成绩也一直在平稳进步，许随也就跟盛姨提了辞去家教一职。盛姨听到这个消息的反应就跟失去了个亲女儿般，在电话那头再三挽留。

一旁盛南洲的声音通过听筒隐隐传来："妈，人家可是医学生，整天得起早贪黑地背书，哪有时间？再说了，人家还要谈——"

眼看"谈恋爱"三个字就要脱口而出，盛南洲想到周京泽那张混世魔王的脸，一下子喉咙就哽住了，也不知道他们谈恋爱的事能不能说。

"谈什么？你喉咙有痰啊。"盛姨立刻警觉地用眼睛扫射他。

"谈判，和没收她们大功率电器的宿管阿姨谈判。"盛南洲面无表情地说。

电话这头的许随："……"

盛姨瞪了横出来打岔的盛南洲一眼，而在面对许随时立刻变脸，握着电话语气温柔:"哎,怪我太贪心,差点忘了你还要顾学业。既然这样,小许老师,周末来我家吃饭,我亲自下厨,就当你的告别宴了。"

"盛姨,我——"许随下意识地想要拒绝。

"那就这样说定了,不见不散哈。"盛姨抢先挂了电话。

听筒这边传来嘟嘟嘟的忙线声,许随无奈地笑笑。挂了电话后,她给周京泽发消息:"盛姨叫我周末去她家吃饭。"

周京泽很快回复,语气轻描淡写:"去呗。"

许随又道:"你会去吗?"

隔了一会儿手机屏幕才亮起,ZJZ:"有事,不一定。"

许随看见这条消息垂下眼,心里涌起小小的失望。须臾,周京泽又发了一条消息过来,隔着屏幕,她能想象出他的神情,挑着眉,一脸的调侃:"怎么,想我去啊?"

又一条:"你要是想的话,我可以来。"

许随脸一红,回复道:"才没有。"

周六,天空放晴,许随穿着一件宽松的白色毛衣,扎了个丸子头,打扮得干净利落地去盛言加家。

许随一路坐公交来到盛言加家门口,按门铃时,她特地瞥了一眼隔壁周京泽家,结果大门紧闭,看来他不在家。

门铃响起,是盛言加开的门。好久不见,许随感觉他高了一点,少年的骨骼在疾速生长,可人还是一副小鬼的模样,佯装板着一张脸,在表达对她离职的不满。

"给,老师送你的礼物。"

许随送了他两个礼物,一个是电影原声碟片,还有一个是漫威的人物拼图,都是他喜欢的。

盛言加板着的脸色装不下去了,松一口气:"我以为你要送我练习册。"

许随拍了拍他的肩膀,说道:"我是那么'变态'的人吗?"

"你是。"

走进盛言加家门,许随发现家里静悄悄的,问道:"你家没人吗?"

"我妈去超市采购东西了,我哥在睡觉,"小卷毛有模有样地给许随倒了一杯水,等她喝了一口水,便道,"小许老师,看电影吗?"

"看。"许随斩钉截铁地回答。

两人一起上楼,盛言加轻车熟路地打开投影仪。两人盘腿坐在投影仪前,开始看电影。

这一看就是一个半小时,直到楼下传来一阵声响,盛言加以为是他妈回来了,并没有在意,接着说话,一脸的悲痛:"我的学习成绩跟这电影结局一样惨烈。哎,感觉上了初一压力大多了。"盛言加说道,话锋一转,"小许老师,我舍不得你……的教学。"

"没关系呀,你以后遇到什么问题还是可以在微信上问我的。"许随语气温和。

小卷毛一喜,不自觉地主动靠近许随:"真的可以吗?小许老师,以后遇到什么事都可以来问你吗?"

虽然对盛言加小朋友这样激动的语气感到疑惑,但她还是打算点头,倏忽,一道压迫感十足的阴影笼罩下来,男人俯下身跟拎小鸡崽一样,毫不留情地把盛言加从她身边拎走。

同时,一道冷冷的声音落地:"不能。"

盛言加回头一看是周京泽,气得直捂脸:"怎么又是你?啊——哥哥,你好烦。"

许随看到是周京泽,心还是不可避免地跳了一下,唇角上翘:"你怎么来了?"

"想来。"周京泽声音淡淡的。

"盛姨买菜回来了,下去吧。"周京泽俯下身,捞起地毯上的遥控器对着投影仪摁了关机。

盛言加敢怒不敢言,一行人一起下楼,小卷毛心中的郁闷无处可撒,人刚走到楼梯口,又临时拐个弯,跑去骚扰还在呼呼大睡的亲哥了。

盛姨在楼下,正在分装东西,一盒一盒地把保鲜食材塞进冰箱,今天需要用的食材则放在一边,摞得跟小山一样高。

"小许,你坐啊,快去吃水果。"盛姨语气热情,当视线对上一旁插着兜吊儿郎当的周京泽时，立刻变脸："你杵那儿干什么？快帮我好好招呼小许老师。"

"啧，"周京泽舌尖顶了一下脸颊，轻笑，"行。"

两人一前一后来到沙发上坐下，许随怕盛姨看出点什么，会遭到调侃，于是她特意坐远了一点，与周京泽隔了一个座位的距离。

周京泽见状挑了一下眉，摁了电视遥控器开关，然后背抵在沙发上，慢条斯理地剥起一个橘子，还将橘络摘得干干净净的。

许随正看着电视，周京泽靠她近了一点，冲她示意手里的水果。

"谢谢。"

许随刚伸手去接，不料周京泽整个人贴了过来，露出一个痞坏的笑，一字一句地刻意咬重："盛姨不是叫我，好、好、招、待、你？"

"乖，张嘴。"

周京泽低沉又带着颗粒感的声音像是慢镜头一般回放在耳边，热气摩挲在她最敏感的地方，心尖颤了颤，许随受到蛊惑般张开口去吃他手上那瓣橘子。

倏忽，盛姨爽朗的声音传来："小许啊——"

许随吓得一个激灵，贝齿咬到他的指关节，柔软的唇瓣擦过周京泽的指尖，她急忙站起身，声音有一丝慌乱："来了。"

小姑娘走后，周京泽窝在沙发上，盯着食指上很浅的一个牙齿印笑了一下。

许随走进厨房里，嗓音温和，问道："盛姨，有什么我能帮你的吗？"

"作死哦，送货的老王过来了，我现在要去便利店点一下货。"盛姨脱下围裙，说道，"你帮我看一下锅里的汤就好了，其他的不要动，放着我来。"

"好。"许随应道。

燃气灶小火煨着砂锅里的汤，发出咕嘟冒泡的声音，许随看了一眼面前的食材，反正也没事干，于是动手把一些蔬菜、配料洗了。

水龙头发出哗哗的声音，许随洗得认真，连手指冻红了都没发现。她洗着红心枝纯小番茄，一颗一颗地放进白瓷盘中。

洗着洗着，许随顺手尝了一颗小番茄，好吃，酸酸甜甜的。周京泽不知道什么时候悄无声息进来了，眉头一拢："不冷吗？"

许随动作顿了一下，笑："你不说我都没发现，好像是有点儿冷。"

周京泽走过去，伸手将水龙头关掉，从旁边抽了一张纸巾给她擦手。

水声停止，空气里只有汤锅冒泡的声音，许随站定乖乖让周京泽擦手，另一只手却偷偷去拿盘子里的小番茄。

周京泽眉头一扬："这么好吃？"

许随刚吞了一个小番茄，又丢了一个进去，脸颊鼓鼓的，声音含混不清："甜。"

"我尝尝。"

周京泽偏头过来，单手钳住她的下巴，嘴唇凑了过来。他不轻不重地咬了她一下，许随被迫张开唇。

这个吻接得许随心跳加速，唇齿被撬开，红心番茄被咬破，汁水被迫缓缓咽下去。

一点红色的浆液沾在唇角，周京泽伸手用拇指揩去，竟在她面前，喉结缓缓滚动，一点一点舔干净。

许随脸烫得不像话，移开眼，脸又被扳正，他又喂她吃了一颗红心小番茄，手也不闲着，不重不轻地揉捏着。在别人家的厨房，他竟然敢干这样的事。

楼上传来盛南洲和盛言加打闹的声音，厨房里的锅发出急促的突突声。

牙齿轻咬，红色小番茄被剥了一半，指尖随便一捻，就有水出来，指甲再陷进去，果肉被掐出一道痕。

吮了一口，甜的。

许随紧张又害怕，推着他的胸膛发出呜呜的声音。

忽然，外面传来一阵声音，许随慌乱地推开他，背对着人站在流理台前整理衣服，水龙头再次打开，发出哗哗的声音，好像将刚才的旖旎冲散了一点。

盛姨把钥匙放在茶几里，走了进来，总觉得气氛怪异，她神色狐疑地看着周京泽:"你进来干什么?"

"监督,"周京泽气定神闲,指了指,"我怕她洗不干净。"

许随:"……"

"我要你监督——"话说到一半,盛姨才反应过来,忙让许随出去:"哎哟,我是叫你过来吃饭的,不是叫你过来干活的。"

"没事,就是顺手——"许随解释。

"你俩都出去吧,饭马上就好。"盛姨忙挥手赶人。

许随和周京泽刚被赶了出来,就碰上了睡眼惺忪下楼的盛大少爷和比他个矮还要搀着他的盛言加小朋友。

周京泽手插着兜,抬起头看了盛南洲一眼,嗤笑:"你起得可真够早的。"

"是床粘住了我。"盛南洲纠正道。

"四个人,我们来玩飞行棋吧。"盛言加打了个响指。

一群人玩了半个小时左右,饭菜就差不多好了。盛姨招呼着几个孩子上桌,她今天心情不错,顺势开了瓶红酒。

盛姨看着这群孩子,忽然问道:"西西怎么没过来?我今天还烧了她最喜欢的粉蒸香芋排骨。"

许随和周京泽对视一眼,自觉地没有说话。盛南洲和胡茜西也不是冷战,只是现在胡茜西为爱减肥,在追求路闻白,是盛南洲主动避开了。

盛姨举着红酒杯晃了晃,踢了自家儿子一脚,问道:"哎,问你话呢,怎么不吱声?你不是最疼她吗?一有什么好吃好玩的,立刻想到她。"

"妈,我怎么觉得你这排骨烧得有点儿咸啊?"盛南洲咬了一口,直皱眉。

盛母最了解自家儿子,他不想说的,你就是生生撬开他的嘴也没用,于是也不揭穿他,满不在乎地接话:"是吗?加点水去喽。"反正咸不死人。

盛南洲放下筷子,朝他亲妈竖了个大拇指。

他们两兄弟就是这样被养大的。

盛姨做了一桌丰盛的菜,喝了两杯酒,一尽兴就拉着许随的手一直感谢:"小许啊,盛言加那小子真是交了好运,才遇到你这么好的老师,不然他可能还考不上华际附中,你就是我们家的大恩人。"

许随被说得很不好意思,说道:"小加也很努力,我只是起了辅助作用。"

"来,感谢你!"盛姨拉着她的手敬酒,十分热情。

周京泽坐在一边,神色懒洋洋地说:"盛姨,您给她戴这么高的帽子,她连饭都不敢吃了。"

经周京泽这么一提醒,盛姨不好意思地松开她的手:"怪我,不说了,吃饭吃饭。"

饭过半席,盛姨看着一旁坐着的许随——皮肤白,眼睛水灵,人优秀,性格也好,怎么看怎么满意:"小许,你还没有对象吧?我给你介绍呗,盛姨看上的,一定不会差。"

许随神色错愕,正想说自己有男朋友时,盛南洲突然插话,一副看好戏的模样:"妈,什么样的啊,这么快就有人选了?"

"当然,经常来我们家打牌的老顾家的儿子,你记得吧?博士,人家可是国家工程师。"盛姨绘声绘色地说道。

周京泽正慢悠悠地喝着酒,忽然来了句:"太老了。"

盛姨想了一下,继续说道:"那小张呢?比你们大两届的哥哥。"

"那位学地质勘探的吧,"周京泽背靠在椅子上,擦了一下手,"有点矮。"

"那老林家的儿子呢,不赖吧,长得帅,也高,岁数还跟你们差不多,人尖啊这可是。"盛姨跟他杠上了,气鼓鼓地说。

周京泽语气欠欠儿的,还夹着一股傲慢:"他不会开飞机。"

盛姨被杠得气昏头了,根本没有意识到这话里的漏洞,气呼呼地问:"我上哪儿去找一个长得高,年轻,还帅,又会开飞机的介绍给许随啊?!"

周京泽笑了笑,抬起眼皮,一字一句道:"这不在你面前吗?"

第 七 章
我记备忘录

他介入许随的生活，
像是一阵突如其来的暴雨，
无意却猛烈。
她却小心翼翼，
视若珍宝。

话音一落，气氛陷入尴尬。

许随悄悄扯了扯周京泽的袖子，不料被他反扣住手，怎么都挣不掉。盛言加眼尖地注意到两人的小动作，更受刺激，仰天长啸："我不接受！"

周京泽喝了一口水，挑了挑眉，语气霸道又嚣张："她一直都是我的。"

盛言加小朋友眼眶发红，捂着耳朵："我不听！"

"你有嫂子了，该高兴。"周京泽一针见血地刺激他。

盛言加崩溃地"啊"了一声，立刻倒在桌子上。盛姨才不管小儿子做作的叫唤，一脸惊讶地看着两人，问道："你俩处对象啦？"

许随好不容易挣开周京泽的手，嗓音温和："对。"

"那岂不是便宜这小子了？"盛姨激动地飙出一句脏话。

盛南洲无奈扶额："妈，你注意点形象吧，您小儿子还未成年。"

尽管如此，盛姨对两人在一起这件事还挺高兴的，一连喝了好几杯酒。最后两人要离开时，盛姨悄悄拉着许随在一旁说话，周京泽则在院子外面等她。

盛姨拍了拍许随的手："盛姨不拿你当外人，那小子是我从小看着长大的,脾气虽然臭了点,但人很稳重,是个善良的孩子,你多担待着点。"

"好。"许随点头。

回学校的路上,两人一起坐在计程车后座,车窗外的风景如胶片电影般快速倒退。一到冬天,许随手脚就冰凉,周京泽握着她的手,一点一点把掌心的温度渡过去。

周京泽捏了一下她的指尖,问:"刚盛姨跟你说什么了?"

"她说呀——"许随整张脸埋进毛衣领子里,眼睛转了一下,"她说你太花心了,不靠谱。"

周京泽听了也不生气,笑:"行,以后尽量靠谱点儿。"

今年冬天很快过去,期末考试将近,学生们又开始了新的一轮背书大战。不管学生们是本着认真复习的想法,还是有临时抱佛脚的心态,校园的长椅上,教学楼的走廊上,随处都能看见他们积极背书的身影。

"我不想挂科啊。"胡茜西抱着厚厚的书本一脸的痛苦。

许随背得还好,但发现自己谈了恋爱后,对课程的专注度差了一点。

期末考试结束后,许随本该立刻回家的,可是她想先跟周京泽待两天再回去。而且,她也不太放心周京泽的病。

考完试后,许随同母亲撒了一个谎,她打电话给许母时,心跳直逼120。电话接通后,许母问她:"喂,——,回来的车票买了吗?"

"喂,妈妈,票之前就买了,"许随嗓音轻柔,紧张得咽了一下口水,"但是老师让我跟个医学项目,可能要晚一周。"

"哦,这样啊,那你回来的时候告诉我,我去接你。"许母一听是学校的事,一点怀疑之心都没有。

"好。"

挂了电话后,许随松了一口气,同时觉得撒谎真的不容易。

周京泽知道她商量好了后,发了一条信息过来,隔着屏幕都能感觉到他的流氓和不正经。

ZJZ："跟我睡？"

许随编辑信息发送："才不要。"

学校锁门的时候，周京泽开车进校门来接她，他把行李搬进后备厢，许随打开副驾驶座的门，一侧头，便看到了车后排坐得端端正正的一条德牧和一只胖橘。

许随眼底透着惊喜，坐进来冲它们招手，奎大人抬起爪子不停地扒拉着座位，想跳到她怀里，1017冲她兴奋地喵了两声后高冷地端坐在座位上。

砰的一声，后备厢门关上，周京泽长腿一伸，侧着身子坐了进来。他瞥了一眼兴奋乱窜的德牧，吹了一声口哨。

德牧立刻收回腿，无比懂事地坐在座位上。

周京泽把许随送到他家，刚想带姑娘吃个饭，就接到他外公的电话。挂了电话后，他着急地捞起桌上的钥匙，视线在许随身上顿了顿，声音迟疑："今晚我要去趟外公家，你——"

"我没事呀，你去吧。"许随说道。

周京泽点点头："好，有什么事打电话给我。"

说完，周京泽转身就走，许随忽地想起什么，追出去，急忙说道："哎，我今晚——"

只可惜，周京泽走得匆忙，根本没听清她说什么，院子外传来引擎轰隆作响的声音，"我今晚有个聚会，可能会晚点回来"这句话也就卡在许随喉咙里。

每个学期结束后，系里都有一次聚会，许随一般很少参加。这次她推迟回家，一下就被梁爽逮到了。

梁爽央求许随半天，直呼自己的心动男嘉宾也会来，让她一定要陪自己去这个聚会。许随只好答应。

晚上七点，许随简单地收拾了一下，涂了点腮红提了一下气色就出门了。她和梁爽碰头时，眉眼掠过惊讶："爽爽，第一次见你这么精心打扮。"

梁爽以往都是走中性风，偏酷的路线，今天做了头发、指甲，一身杏色大衣搭黑色丝绒半身裙,有气质又亮眼。

梁爽挽住她的胳膊:"嘻,只能说那位心动男嘉宾面子挺大。"

两人一起来到系里说的 TG KTV,推开包厢门,一行人正敲着杯子玩游戏,轻松又热闹。在校园,在实验室内,他们是严谨求知的医学生,脱了白大褂,他们依然是一群朝气蓬勃、爱开玩笑的年轻人。

"梁爽,这……这还是你吗?我不会是背书背花眼了吧。"有个男生推了一下眼镜。

梁爽拉着许随坐下,把包放在一边,笑得爽朗:"就是姐姐我。"

灯光忽明忽暗,有人认出梁爽身边坐着的许随,吹了个口哨:"临床一班的许随,百闻不如一见啊。"

许随这个人有反差的点在于,在喜欢的人面前容易紧张害羞,在外人面前就非常淡定自如。她笑了一下:"有那么夸张吗?我只是放假了要早点赶回家。"

"有!知道大家为什么叫你食堂女神吗?因为除了学习的地方,大家碰见你最多的地方就是食堂了。而且,平常也不见你参加什么社团,出席什么社交活动。"有人插话道。

许随愣了一下,别人一说,好像真的是这样。她喝了一口饮料,开玩笑道:"可能是我比较无趣。"

他们玩了一会儿游戏,包厢门再次被推开,有两个男生一前一后地进来,个子都挺高。前者穿着藏蓝色的大衣,模样俊朗,拿着一把蓝色的伞,后者个头矮了点,穿着红色的毛衣,眉眼英俊,皮肤很白,顶着张阳光正太脸。

"就是他!"梁爽一下子矜持起来,小声地说道。

"哪个呀?"许随问道。

"就前面那个,穿藏蓝色大衣的。"

许随抬眼看过去,两人一前一后地进来,有人见他们拿着伞,问道:"外面下雨了啊?"

"雨夹雪,路不好走。"穿蓝色风衣的男生答。

穿红色毛衣的男生一路哆嗦着进来,见许随旁边有个空位,顺势坐了下来，说道："真的巨不好走。"

"还好冬天要过去了。"有人接话。

穿红色毛衣的男孩倾身抽了桌上的抽纸，将身上的水珠拂走，不经意地一抬眼，在瞥见许随时声音惊喜："哎，我见过你，许随是吧？那天在关师兄的心理咨询所见过你。"

"啊，你好。"许随礼貌地接话。

那天她来去匆忙，对这个男生没有多大印象。

穿红色毛衣的男孩却很热情，他主动自我介绍："你好，我叫卫俞，大一临床医学的，我们算是同门，我可以叫你师姐吧？"

"可以。"许随点点头。

接下来的时间，大部分人是一边玩游戏一边聊天，中间还伴着几个男大学生的鬼哭狼嚎。卫俞对许随特别殷勤，不是给她拿零食，就是教她玩游戏。而许随的表现一直是不冷不热，很有分寸。

中间有人聊起过完这个年回来就是大二下学期，大三也就一眨眼的话题时，有人起了一个话茬："哎，你们知道吗？听往届的师哥师姐说，每年学校都有几个名额，大三去香港B大交流一年，咱们系好像有两个名额。不知道是不是真的。"

"是真的，我们教授提前透露了一下，B大的医学院好啊，那可是多少人想去都去不了的学校。"有人说道。

"不知道谁能抓到这个千载难逢的机会，"眼镜男语气艳羡，忽地将眼神移向许随说道，"许随，我觉得你可以。"

"对，在系里排得上号的学霸，咱们这里不就坐着一个吗？"有人附和道。

"我？"许随愣怔了一下，咬了一小口水果，"没想过。"

而且，香港有点远。

一群人聊了没两下，又接入一个话头。许随觉得无聊，跑去点了一首歌，刚坐上高脚凳准备唱歌时，卫俞拿着她的手机走了过来，红绿的灯光交错，周围暗下来，他的表情有一丝古怪和晦暗："师姐，你的电话。"

许随接过来一看，是周京泽来电，她跳下凳子，并没有注意到卫俞的表情，拿着手机匆匆走了出去。

许随来到走廊，总算远离了包厢内的喧闹，她站在窗口接电话，那边传来啪的一声打火机点火的声音。

"吃饭没？"周京泽嗓音有点哑。

"吃啦。"许随应道。

外面一片漆黑，云层往下压，风雪交错，有一种凛冽萧肃的感觉。有风涌进来，扑到脸上一阵冰凉，她踮起脚尖把窗户关上。

即使站在走廊上，男女欢呼声、摇骰子的声音还是从包厢的缝隙飘了出来，隔着听筒，周京泽挑了挑眉，熄灭打火机："在哪儿？"

"KTV，"许随答话，见电话那边沉默，她又解释，"下午想跟你说的，但你走得太急，就是系里一个简单的聚会。"

怕周京泽多想，她急忙起了另一个话头，问道："你还在外公家吗？"

"外公？"周京泽吸了一口烟，有意重复这两个字，语调淡淡的，含着笑，透过不平稳的电流传来，快要把许随的耳朵震麻。

她才反应过来自己说了什么，紧张地舔了一下嘴唇："不是，是我说快了，是你外公。"

周京泽吐出一口白烟，正想开口，一道爽朗的男声隐隐传过来。卫俞刚上完厕所回来，见许随还在打电话，也不知是有意还是无意，说话还挺大声："姐姐，梁爽师姐找你。"

许随回头应道："好，我一会儿进去。"

"外面好冷，姐姐，你也早点进来，别冻到了。"卫俞关心道。

"好，谢谢。"

见卫俞进去，许随又跟周京泽聊了两句，冷得缩了一下脖子，声音细细地说："我先进去了，有点冷，拜拜。"

"嗯。"周京泽的声音低低的，好像比寻常冷了一个度。

许随挂了电话后，走进包厢，一进门，梁爽就拉着她的手，脸红得跟苹果一样："刚才我俩不约而同拿到了同一杯酒，然后手就不经意地碰到了,这是什么命运般的巧合?!呜呜呜,我好激动。"

许随笑:"淡定,他好像往你这边走过来了。"

"啊啊啊啊——"

一整个晚上,卫俞基本都围在许随旁边,司马昭之心,路人皆知。有人打趣道:"你不会喜欢许随师姐吧?"

卫俞正想接话,梁爽揽着许随的肩膀接话:"哎,我家随随有男朋友喽,师弟,你这主意打不着咯。"

"京航飞院的周京泽,对吧?"有男生问道。

许随喝了一口水,应道:"是。"

卫俞对此耸了耸肩,一脸的不以为意,继续同许随讲话,一口一个姐姐。许随不动声色地拉开两人的距离,脸上的笑淡了下去:"你可以叫我师姐,或者许随。"

卫俞愣了一下,随即点头:"好。"

接下来,许随有意与卫俞保持距离,大部分时间她都是偏着头跟梁爽聊天,或者跟他们一起玩游戏。

这场聚会快要到尾声,一行人不是打车就是拼车,有人问:"许随,你怎么回去啊,男朋友来接你?"

许随摇摇头:"他有事来不了。"

梁爽玩骰子玩得尽兴,许随不会玩,只好一个人折纸玩,还是折那种简单的千纸鹤。卫俞见状倒了一杯酒,正要递给许随时,一道冷淡的嗓音从门口传来:"她不能喝酒。"

一道颇具压迫感的身影笼罩下来,卫俞顺势抬头,周京泽穿着一件黑色的抽绳连帽外套,肩头落了雪粒子,光影虚实交错间,他的眉眼凌厉,叼着一根烟自上而下地抬起眼看着他。

卫俞有些心虚地移开眼。

许随玩折纸玩得太专注,没注意到周京泽进来了,听见他的声音后神色惊喜,说道:"你来了啊!"

周京泽把黑色的长柄伞放在角落里,顺手掐灭烟,正大光明地坐在卫俞和许随中间。

他一坐下来，就从口袋里摸出一盒牛奶，冲她抬了抬下巴："给。"

是她爱喝的全家白桃荔枝味的牛奶，还是热的。许随接过牛奶的时候发现他肩头、衣服都湿了，明显是冒着风雪赶来的。

"我给你擦擦。"许随俯身拿起桌上的抽纸，神色认真地拂去他肩膀上的雪粒子，将他手上的水珠擦干净，擦着擦着，两个人的手就自然而然地握在一起，然后就十指相扣了。

卫俞看着两人旁若无人的亲密，面容有一丝扭曲。

这个场子自从周京泽进来后，就完全被他压住了，气氛也有点紧张。其他人热情地同周京泽打招呼，后者漫不经心地点头。

他并不在乎这些，懒散地窝回座位上，有一下没一下地用手指钩缠着许随的黑色长发。

周京泽陪她待了一会儿，聚会就结束了，他牵着许随的手走出大堂，突然想起什么："我打火机落楼上了，等我。"

周京泽重新折回10楼，推门走进包厢，放眼望过去，那个刻有他名字的银质打火机正躺在桌上，而卫俞还在一边看着手机一边喝最后一杯酒。

他慢悠悠地走过去，捞起桌上的打火机，然后直起身，往过道走。周京泽有一搭没一搭地嚼着薄荷糖，在经过卫俞时，肩膀一偏，不经意地撞了他一下。

卫俞手里握着的酒悉数倒在大腿上，气泡还在上面发出吱吱的声音，狼狈又凄惨。

周京泽露出森白的牙，笑得吊儿郎当地说："抱歉，手滑。"

卫俞骂人的话憋在胸口，周京泽走了没两步，想起什么，停下来，回头，一双漆黑锐利的眼神将他钉在原地："少惦记她。"

周京泽叫了辆计程车回去，车内暖意十足，车外冷风肃肃，雨水贴着玻璃车窗往下滴，像断了线的珠子。

许随坐在后排拿着手机，发现卫俞通过一个群添加了她，附加信息是：抱歉打扰到师姐，有点学习上的问题请教你。

她犹豫了一下，点了同意。同意之后，卫俞还真的发了一连串问题过来。这时他们刚好到巷口下车,到家还要走一段距离,许随也就顺便回了他消息。

一打开车门,雨丝斜斜地打了过来,凉凉的,周京泽撑开长柄伞,一边拥着她,一边往前走。巷口的青石板缝里流出一条溪水来,耳边传来呼呼的风声,盏盏亮起的灯火在寂静无垠的黑夜显得分外温馨。

因为许随走在寒冷的路上,无法打字,只好一只手握着手机给卫俞发语音:"你刚刚说的背书的问题,我的方法一般是先自己默画一遍人体组织图再背,这样比较容易形成图像记忆感。"

卫俞紧接着发了一条语音,清朗又有少年感的声音在雨夜里显得格外清晰:"师姐,我还碰到一个难题,外科手术中切口感染,男女中易受感染的是哪个群体?"

许随想了一会儿,说道:"女性,跟腹壁皮下脂肪厚度有关,我之前看过例证资料,晚点找找发给你。"

不知道是不是因为许随真的在耐心认真地回答问题,过于坦荡,卫俞没再发消息过来,她呼了一口气,摁灭手机。走了一段路,两人一起走到家门口,她才发现身边的周京泽好像有点不对劲。

一路上,周京泽为了不让她淋到雨,伞都倾到她那边去了,肩头再次被淋湿。但这次情况比较严重,他的头发、外套都有水珠往下滴,显得有些狼狈。

许随刚想说"我看看",结果周京泽沉默地收了黑色的长柄伞,进了门,打开灯,钥匙放在玄关处就走进去了。

进了屋,周京泽背靠在沙发上,1017一跃跳进他怀里,奎大人则趴脚边。周京泽肩膀微低,低头刷着手机,眼皮透着懒散冷淡,也不管身上湿透的衣服,让人看不太清他的情绪。

许随从洗手间拿出一条干净的毛巾,指了指他的头发,眼睫抬起:"要我给你擦吗?"

周京泽下意识地想拒绝,过一会儿才明白过来,嗓音有点哑:"过来。"

许随走过去,拿着毛巾给他擦头发。她站在旁边,周京泽坐在沙发上,他一转身,刚好是抬手搂住她腰的高度。

两人离得很近,她身上沐浴液淡淡的味道混着奶香味一点点沁入鼻尖,有点痒,周京泽的喉结艰难地吞咽了一下。

周京泽看起来很正常,可许随又觉得有点不对劲,总感觉他身上的气压有点低。

许随主动说话:"你要不要喝水?"

"不用。"

"你吃饭了吗?"

"……"

许随给他擦着头发,偏头思索了一下,再次找话:"那你——"

倏忽,周京泽猛地攥住她纤白的手腕,许随被迫俯身,低头撞上一双深邃漆黑的眼睛,呼吸交缠,对视超过一秒,她的思绪便开始紊乱。

"许随,"周京泽正儿八经地喊她,慢悠悠地说,"我在吃醋,你看不出来吗?"

许随大脑空白了三秒,解释:"没有,他就是问我专业上的问题,我也不好不礼貌。"

"哦,"周京泽没什么表情地点了点头,眉头一拢,拽着她的手腕往下一拉,"可我就是吃醋,你说说怎么办?"

天旋地转间,许随整个人坐在他大腿上,两人额头抵着额头。

活脱脱一副就是不讲理,等着来哄的架势。

许随垂下漆黑的眼睫认真思考,语气犹豫:"那——"

"嗯?"

周京泽从手机屏幕上抬头,非常迅速,许随搂着他的脖颈,俯下身来主动亲了他的嘴唇一下,空气安静,发出啵的一声。

一触即离,像果冻,又软又甜。

趴在脚边的奎大人嗷呜了一声。

窝在周京泽怀里的1017瞪着两位当事人:虐狗就算了,为什么还要虐猫?

"我先去洗澡了。"许随偷亲完之后声音还挺淡定,立刻背对着他走向洗手间。

周京泽眯了眯眼,看着她纤瘦的背影,白皙的耳朵后面一片通红。

周京泽愣了一瞬才反应过来,少女主动,他岂会轻易放过?

许随刚踏进洗手间的门,天旋地转间,被人抵在门上,周京泽整个人贴了过来,扣住她的手越过头顶,压在墙上,偏头吻了下去。

洗手间的热气氤氲,细小的水珠附在墙壁上,遭到冲力,摇摇欲坠,快要破碎。许随整个人不受控制地咬住嘴唇,嘤咛声从齿缝里出来,眼睛浸着一点水色,也发红。

周京泽勉强松开她,不轻不重地揉了一下,哑声说:"我等你愿意的时候。"

许随进去洗完澡,一个多小时后出来,整理衣服,然后换周京泽进去洗,大冷天,他直接冲了个冷水澡,才勉强将心底那股燥热冲走。

根据关向风的建议,要让周京泽日渐习惯密封的空间,病症才会痊愈。许随在他家挑了一间很小的空房间,光线很暗,看起来无比压抑,但有利于治疗。

周京泽直接搬了张行军床进去。

深夜,房门紧闭,灯一关,许随明显感觉到周京泽身体有一瞬僵住,呼吸也开始变急促。许随犹豫了一下,钻进他怀里,脸贴在他胸膛上,轻声说:"没关系的。"

生病没关系,遇见那些不好的事也没关系,以后有我陪着你。

周京泽神经放松下来,抬手摸了摸她的头发,两人相拥而眠。连续一周,许随几乎每天都和他待在一块儿,一直记录着每晚他进入应激环境的心理和生理反应。

许随很喜欢这段时间,仿佛全世界只剩下他们两人。白天他们窝在家里一起打游戏、看电影,傍晚的时候,两个人带着一狗一猫出去散步。

周京泽带她尝了琥珀巷里各家隐藏的美食,各户人家都是看着周京泽长大的,说话自然也亲近,见他牵个模样乖巧、斯文的女孩子进来，问道："小周，你女朋友啊？"

橘色的夕阳斜斜地照进来，许随蹲在那里，掌心倒了一点水，奎大人哈着气凑过来喝水。她抬手摸了摸德牧的头，人却分神了，只听见周京泽的声音低低的，夹着笑意："对，我媳妇儿。"

许随在周京泽家待了一周后，不得不回家。回到黎映后，许随只有靠手机和周京泽联系，她从来没有像现在这样，期盼新年的到来，新年到来，寒假结束，就可以回学校了。

想早点见到他。

新学期开始，许随沉浸在热恋中，除了上课，其余时间她都和周京泽在一起。周京泽对她来说，是新奇的、冒险的、未知的，有着吸引力。

许随像是一张干净的白纸，不停地被冲刷着。

周京泽不像传统意义上的好学生，散漫又透着一股坏劲，就为了看一眼日出，会半夜叫她出来，偷偷载她去公路上兜风，看完又送她回去上课。

他带她去跳伞、蹦极，做了她二十年来从来没敢做的事。

但许随心里隐隐有一种不踏实的感觉，等她反应过来的时候已经被老师叫去办公室了。

班主任有着标准的地中海发型，微胖，整天笑眯眯的，对学生一直十分温和，他拿着保温杯，语气和蔼："家里是遇到什么事了吗？"

从小到大，许随基本没让老师和家长操过心，是一个让人省心的小孩。长这么大，还是第一次被喊到办公室，她有些无所适从。

"没有。"许随摇摇头。

"那就好，"班主任把保温杯放在桌上，拿出一旁的蓝色文件夹翻了翻，"辅导员跟我说你一周请了两次假，上周的公共课你还缺了一次。"

"你的成绩虽然靠前，但最近是在下滑的。"班主任面带微笑，看着她，竟一下戳穿她的心事，"你最近是不是谈恋爱了？"

"是。"许随犹豫了一下。

"谈恋爱是好事啊，年轻人就应该多谈恋爱。"班主任笑笑，端着杯子吹了吹面上的茶叶，"但是你得平衡好学习与感情啊，老师给你透个底，咱们系去 B 大的两个名额，其中一个是有意给你的。"

话已经说到这儿，老师的期望和话里的含义不言而喻。

许随临走前给老师鞠了一躬，走出办公室的时候，太阳有些刺眼，她下意识地抬手挡住眼睛。

回到寝室后，许随搜了一下 B 大，相关链接显示出香港，它与京北城距离很远，一南一北，黎映在中间往下一点。

香港气候四季宜人，位于珠江口以东，是一座国际金融贸易城市，网页弹出 B 大这所学校，师资雄厚，尤其涉及医学这一块，科研水平极高。

人一年轻，哪里都想去看看。

许随看了两眼，就把网页关掉了。她打开书本开始看书，不管怎么样，她现在应该收心，把下降的成绩补回来，多把心思花在学习上。

中午，胡茜西上完课回到寝室，第一件事就是开风扇，嘟囔道："学校什么时候给我们装空调啊？"

梁爽取掉她的刘海夹，嚼着泡泡糖："等你毕业的时候。"

"别说了，我真的要热晕了。"胡茜西揪着领口给自己扇风，嘟囔道，"现在才五月，还不到夏至，好热啊。"

许随正在做着笔记，听到夏至，下意识地看向桌上的日历，6 月 21 日，被她用红色水笔圈了出来。

夏至，周京泽的生日。

许随和周京泽相处模式依然没什么变化，但她好几次下意识地拒绝了和他出去玩。周末的时候，许随在周京泽家做作业。

周京泽在一旁玩手机，玩了两下，觉得无聊，开始在一旁动手动脚。夏天的蝉鸣声响，室内闷热，一阵凉风吹来，绿色的窗帘晃动，隐约透出一点喘气声。

许随推开他，重新拿起笔，开始赶人："我刷完这些试题你再进来。"

周京泽偏头喔着她的脖颈，一边单手乱摸，一边抽出她的试卷端详了一会儿，不轻不重地嗯了一下，哑声问："题重要还是我重要？"

这个答案她不敢不回答的，答错了她只会被惩罚得更惨，许随只好说："你……再这样，我……就不来了。"

周京泽只好松开她，偏头帮小姑娘整理好衣服，漆黑的双眸扫了一下试卷的标题——模拟竞赛，挑了挑眉："怎么参加比赛了？"

"嗯，还是两个。"许随笑了一下，语气轻描淡写，"因为有奖金。"

许随最近忙着参加竞赛，把心思更多地放在学习上了。可不知道是不是因为她之前过于松懈，现在捡起来比平常费劲了一点。

虽然累，但许随咬牙坚持。早上天还没亮，她就跑去图书馆了，上午上完课，下午又泡在实验室里。

下午四点，许随在记录动物软体解剖数据时，因为失神，失手打翻了一个试管，实验数据顷刻被毁，意味着他们得重新来过。

许随连声道歉，班上一个家境贫困、身材瘦弱的男生盯着被打翻的试管，嘴唇嚅动了一下。平时他在班上不怎么说话，这会儿他像是忍了很久。

他的语气嘲讽："你能不能带脑子进实验室？你一个人的失误，得我们全部人来买单！"

"反正你也不是没缺过课，干脆这一次作业也缺了不就好了？"男生刻薄地说道。

许随道歉的声音戛然而止，嗓音沉静，改口："对不起，给大家造成麻烦了，这个实验我来做吧，署名依然是大家。"

她觉得没什么，自己犯的错，自己买单。许随一个人留在实验室，忙到晚上八点才把所有数据搞定，累得眼睛发酸，直不起腰来。

许随脱了白大褂，收拾自己的东西走出实验室，再将作业以邮件的形式发给教授，然后坐在校园内长椅上发呆。

没多久，周京泽来电，许随点了接听，轻声说："喂。"

"在哪儿？"电话那边传来点烟的声音。

"学校。"

周京泽轻笑一声，伸手掸了掸烟灰："明天去不去玩密室逃脱？大刘组的局。"

许随想了一下："我没有时间。"

言外之意是去不了，周京泽愣怔一下，随即挑了挑眉："这周你可是拒绝我三回了啊。"

许随没有回答，她在心里想，因为我不像你，做什么都有绝对的天分，一直都是游刃有余的状态。我不管做什么，都要用尽十分的力。

周京泽见电话那头没声，磕了磕烟灰："吃饭没？我过来找你，给——"

许随倏地打断他，以一种疲惫的语气问他："你能不能做点有意义的事？"

除了吃，就是玩，反正他的人生前路坦荡，而她要很努力才跟得上他的步伐。

话一出，气氛霎时凝固，"给你打包了你爱吃的鲜虾面"的后半句话也就没必要说出来了。

周京泽换了只手接电话，拎着外卖袋的手收紧，冷笑："跟我在一起这么没意义，那你当初就该看清楚。"说完周京泽就撂了电话。

许随握着电话，机械地回寝室洗澡，吹头发，洗衣服，然后躺下睡觉。

次日，睡了一觉醒来的许随，下意识地摸出手机看，周京泽没有发任何消息过来。许随垂下眼，刷牙洗漱。

人的精力得到补给后，思绪也会清醒许多。其实昨晚许随在说出那句话时就很懊悔，明明是自己的问题，却把气撒在他身上了。

他没做错什么。

一个实验失误，明明可以跟他撒娇说自己受了委屈的，而不是说那样的话。

上完课后，许随思来想去，还是觉得应该主动道歉，毕竟是她发脾气在先。她拨了电话过去，电话隔了好久才有人接听。

"喂。"他的声音淡淡的，还有点哑。

"你在干吗？"许随想了半天只想出一句蹩脚的开场白。

听筒那边传来呼呼的风声,隐隐传来大刘的声音:"周老板,教官喊集合了!还在跟许妹子你侬我侬啊?"

周京泽好像换了一个地方接电话,嘈杂声隐去,他的声音清晰起来,喉结滚动:"在训练。"

"哦,好,那你先忙。"许随说道。

一直到晚上九点,周京泽也没联系她。

许随坐在桌前,明明是在看书,眼睛却时不时地看一下手机,整整一天,她的手机屏幕都没再亮起过。

许随叹了一口气,拿手机登进微信,犹豫要不要发消息给周京泽,纠结间刷起了朋友圈。

一刷就刷到了他们一帮人去玩桌游的照片,大刘发的几张照片中,其中一张是周京泽的侧脸照,配字:"周老板破费了。"

照片里,周京泽指尖夹着一张牌,眉眼懒散,神色是一贯的吊儿郎当,又带了点倨傲。

两个人吵架,他看起来丝毫没有受影响,甚至还有心情出去玩。

许随眼睫颤了颤,觉得自己挺可笑的,她所有的情绪都是关于他,而周京泽,天生连喜欢人都是漫不经心的。

她退出朋友圈,把对话框里编辑好而未发送给周京泽的话全部一一删除。许随把手机放在一边,打算专心做自己的事。

胡茜西刚好从外面回来,许随桌边放着一盒切好的西瓜,她没什么太大的食欲,问道:"西西,你要不要吃西瓜?"

"我——"胡茜西看向许随,欲言又止,犹豫半天,像是做了什么天大的决定般,说,"我有话跟你说。"

"好。"许随起身跟她走了出去。

走廊猛地刮起了一阵风,晚来风急,将女生宿舍走廊挂着的衣服吹得摇摇晃晃,许多人纷纷关起门窗。

另一边,盛南洲推开桌游室的窗户,烟雾多少乘风散去一点,他一脸的嫌弃。"快点,洲哥,别磨磨叽叽了,到你了。"有人喊他。

周京泽背靠沙发,抽了一张上帝扮演者拿着的卡牌,搁在一旁的手机亮了一下，他拿起来解锁，是叶赛宁发的消息。

N："马上就是你生日了欸。"

周京泽话语简短，敲了三个字："好像是。"

那边没再回复，周京泽也不在意，玩了一局后，去上了个厕所。落在一旁的手机安静地躺在桌上，过了一会儿，屏幕亮起，通知栏里弹出叶赛宁发的信息——

"那我送你一个大惊喜咯。"

周京泽从桌游室离开后，回了家，洗完澡后一脸倦意地躺在床上，1017在他胸膛上踩来踩去，最后叼着他腰腹上扣着的领子往外猛扯，哗的一下，银色浴袍半敞，紧实的人鱼线一路往下，块块分明的肌肉还沾着水珠，野性又透着一股欲。

"啧。"周京泽眼皮半耷拉着，抬手提起1017送到跟前，胖橘立刻认怂，不敢动弹。

"你但凡有你妈一半乖——"周京泽打量着它。

话一出，周京泽自己都愣了一秒，他才想起来还没有联系许随，把猫放在一边，拇指滑到通信录的星标第一位拨了出去。

电话那边传来机械的嘟嘟声，周京泽拿着手机看了一眼时间——二十三点，许随作息一向很好，这个时间点，应该是睡着了。

周京泽不疑有他，挂了电话后，继续睡觉。次日醒来，他发了一条信息给许随："醒了吗？"

无人回复。

中午十二点，周京泽结束训练，穿着灰绿色的作训服和一帮人在食堂吃饭，大少爷闷声不响地把餐盘哐的一声搁在桌子上。

大刘正咬着馒头，被这动静吓一跳："哟，谁惹我们周爷不开心了？"

秦景一副过来人的模样，贱笑道："别是女朋友不理你了吧？"

一群人皆看过去，看到周京泽八风不动、慢条斯理地喝着汤，可他心情爽不爽，这帮兄弟还是能感觉出来的。

"周老板，你也有今天。"

一帮人正聊着天,一道独特的呐喊声引得路人皆回头,他们也看过去。

"舅舅,二哈,大刘哥!"胡茜西兴冲冲地朝他们挥手。

紧接着,大刘立刻指了指旁边的位子,说道:"妹子,过来,给你留的位子。"

盛南洲之前一直反感"二哈"这个名字,原因是他跟哈士奇长得一点都不像,但胡茜西叫着叫着也就习惯了。他严重怀疑胡茜西是个PUA高手。

盛南洲也没有反驳她,拿出饭卡开口:"想吃什么自己点。"

"哇,盛大少爷抠门人设要倒了啊。"

"就是,我们配刷一次您的饭卡吗?"

胡茜西对这些玩笑话一点都不在意,摇摇头道:"虽然你们学校食堂的饭菜是出了名的好吃,但千万别诱惑我,我今年夏天好不容易减肥有一点成效。"

盛南洲抿了抿嘴唇,把饭卡揣回兜里,一言不发,同时把一个U盘给她。

周京泽喝了一口冰水,踢了一下胡茜西的脚尖,问:"过来什么事?"

"过来找他借东西呀。"胡茜西朝他晃了晃手里的东西,同时起身,"我先走啦,舅舅。"

周京泽指尖捏着调羹,搅了一下碗里的汤,忽然喊住胡茜西:"等一下。"

食堂便利店,人头攒动,周京泽拎着一袋东西,扫码付款,然后递给胡茜西:"给她。"

胡茜西消化了三秒,才明白他舅舅说得"她"指的是许随。周京泽也是真的骚,两人闹别扭,自己刚好送过去,不正好趁势和好吗?

"行吧,舅舅,那你欠我一顿饭。"

"嗯。"

他又想起什么,拿起手机发信息,抬头:"一会儿你出校门的时候,去云源面馆打包一份蟹黄面给她,我已经跟老板打过招呼了。"

"她不吃葱和香菜,多加点醋她可能会喜欢。"周京泽补充了一句。

胡茜西原本"嗯嗯啊啊"地应着他,这会儿听到这句话,睁大眼,明白过来,语气瞬间激动:"舅舅,你在说什么呀?随随很喜欢吃葱和香菜,还有,她一点也不喜欢吃醋,吃多了还会胃疼。我拜托你,对这段感情能不能上点心?昨晚我还听到她偷偷在厕所里哭,你要是不想认真谈,就放过她吧……"

周京泽整个人愣怔在原地,她喜欢葱和香菜,不喜欢吃醋?那之前是——

他眯了眯眼努力回忆,倏地,一下子明白了什么。胡茜西还在不停地唠叨"我不帮你送了",等她喘口气想再说话时,人已经不见了。

站在胡茜西旁的盛南洲目睹了全程,意味深长地叹道:"他栽了。"

"什么?"胡茜西有点没听清。

"没。"盛南洲接过她手里的东西,抬了抬下巴,"走吧,送你出去。"

两人并肩走出食堂,闷热意外地没有扑来,反而是一阵凉爽的穿堂风吹来,胡茜西下意识地用手压了一下随风乱动的裙摆。

天上暗沉沉的乌云往下压,响了一道闷雷。盛南洲看了一眼在风中摇晃的树,说道:"要下雨了,我去借把伞。"

"哎,不用,幸好本小姐带了一把太阳伞出来。"胡茜西下意识地攥住他的手腕,从包里拿出一把太阳伞。

盛南洲盯着这把小红花点缀的太阳伞,嘴角抽搐了一下,开口:"行吧。"你开心就好。

两人一起走下台阶,沿着网球场直走左拐,走出校门口的时候,盛南洲看了一眼附近的餐厅,盯着胡茜西瘦出来的下巴尖,沉默半晌:"饿不饿?你挑,我请客。"

胡茜西摇了摇头:"我好不容易瘦下来四斤。"

她已经连续吃了好多天水煮青菜和粗粮、蛋白,就比如今天早上,她只吃了一个鸡蛋,现在饿得整个人发虚,脚步虚浮,她希望路程短一点,好回寝室去吃水煮西蓝花补充一点能量。

盛南洲盯着她,英俊的眉头蹙起,说起话来不近人情:"你觉得你变瘦了，路闻白就能多看你一眼吗？"

很多东西，你其实已经知道答案，但是你就是想捂住耳朵试一试。

胡茜西一点也不喜欢这样残忍的盛南洲。

她只能激烈地反驳："当然会啊，我都瘦下来了，变美了——"

一阵狂风吹来，将地上的落叶扬起，路旁高大的树被吹得哗哗作响，一片花瓣掉落在胡茜西头上，摇摇欲坠。

盛南洲上前一步，两个人的距离不可控地拉近，胡茜西的声音戛然而止，抬眼看他。少爷摘下她头上的花瓣，敛起一贯不正经的表情，语气半认真："西西，你不需要变成什么样，因为你这样就已经很漂亮了。"

胡茜西回学校的时候在想，盛南洲怎么转性了？一向以嘴臭著称、以打击她为乐的盛南洲竟然夸她漂亮？

她走神地想着，忽地感觉一阵眩晕，整个人不受控制地向一旁栽去。陷入昏迷前，一道焦急的女声传来："同学，你没事吧？"

周京泽在找许随的路上，脑海里有些场景像电影片段般一幕幕闪过。

他从来不吃葱和香菜，厌恶一切有刺激性味道的东西。那天在食堂，许随请他吃饭，她说"一份不要葱和香菜"，原来是点给他的。他不吃葱和香菜。

而周京泽当时漫不经心地以为她也不喜欢吃，以至于在后来的约会中，他没见许随再吃过这两样东西。

不是不喜欢，只是一直在迁就他。

他顶着一脸伤从那个家里出来，当时他一身戾气，心底烦躁得不行，回学校的时候碰见了许随，她递给他一个粉红色的创可贴。

他需要一个人陪着分散注意力，所以随口问许随吃饭没有，没有的话，陪他吃点儿。

许随当时说没有，吃面的时候还加了很多醋。

现在看来，她撒谎了。她那天晚上已经吃了一顿，为了能让周京泽心情好点，她又陪他吃了一顿。

看起来她吃得很有食欲,但其实醋的作用只是为了让她那已经塞满的胃,能再塞下食物而已。

如果那天不是遇到许随的话,周京泽会碰上别的女生,让人陪着。

他介入许随的生活,像是一阵突如其来的暴雨,无意却猛烈。

她却小心翼翼,视若珍宝。

许随在图书馆复习到很晚,一来她不想中午赶食堂的排队大潮,二来竞赛在即,她想多花点时间复习。

窗外灌进一阵带着湿气的风,许随看了一眼时间,竟然已经一点半了,她急忙收拾好课本走下楼。

在下坡的时候,她竟远远地碰见了卫俞,他穿着一件白色的字母T恤、黑色运动裤,怀里抱着一个三角形金标的篮球,浑身洋溢着青春阳光的气息。

"欸,许师姐!"卫俞一脸的惊喜。

"好巧。"许随笑着打了个招呼。

她打完招呼,正准备与卫俞擦肩而过,不料他喊住她:"师姐,我有点事情想问你,能不能借一步说话?"

教学楼背后,一旁的槲树茂盛,树影将两个人所站的位置切割成伞形。卫俞揪着衣领扇了扇,问道:"师姐,我想问你,为什么我在微信上问你学习有关的问题你就会回答,给你发私人消息就不理我了呢?"

许随遇到过各式各样的明里暗里的追求者,但没有一个像卫俞这么直白大胆,她想了一会儿,坦诚地道:"因为我把你当师弟,以后我们还有可能是同事。"

卫俞一阵苦笑,他并不想放弃,正想说话时,许随口袋里的手机发出急促的铃声,她摸出来一看,并没有动。

卫俞瞥了一眼,来电显示"ZJZ",好奇怪的备注。他看着许随,问道:"要不你先接电话?"

许随摇摇头,摁了红色的拒接,她的语气淡淡:"不是什么很重要的人。你有什么事?说吧。"

"师姐,我喜欢你,听起来很冒昧,那次在关学长的心理研究所,你进来的时候很急,不小心碰掉了一个实习生的文件,你立刻道歉,帮她把东西捡起来。咨询结束后,你离开了,我以为这件事就这样结束了,没想到你又折回来,捧着一盆小多肉送给她,并祝她事业顺利。"

"所以我对你一见钟情了,虽然——"卫俞把手放在她肩头。

许随想要开口阻止他说下去时,一道冷冰冰且语气不耐烦的声音传来:"虽然什么?"

两人回头看过去,周京泽站在不远处,穿着灰绿色的作训服,单手插着兜,胳膊的肌肉线条流畅紧绷,他嘴里叼着一根烟,寒着一张脸走过来,一副"敢撬爷墙脚就等死"的气场。

他脸色沉沉,嗤笑一声:"虽然她有男朋友,但你不介意做小三?"

周京泽都要被这人不要脸的程度给气笑了,他单手一把攥住卫俞搭在许随肩上的手,用力往后一掰咔嚓,卫俞疼得"啊啊啊"大叫,他继续刚才的话茬:"但我介意。"

他的语气霸道又嚣张,慢条斯理地重复,每说一个字,他就用力一分,卫俞疼得冷汗涔涔。"因为她只能是我一个人的。"

卫俞疼得忙求饶,周京泽猝不及防地松手,从烟盒里摸出一根烟,指尖捻了捻烟屁股,语气不太好:"滚吧。"

卫俞疼得五官扭曲,看都不敢看许随一眼,就匆忙逃开了。周京泽就是要他记住这种痛,要卫俞长教训。

他的人,别人看也不能看。

卫俞走后,气氛一阵沉默。雨终于落下来了,几滴雨点砸在脸上生疼,许随抱着书本看也不看周京泽一眼,转身就要走。

可周京泽就跟无赖一样,她走到哪儿,他就跟到哪儿。许随往左走,周京泽就堵在左边,他攥住她的手,带到跟前,许随整个人跌进他怀里,手抵在他胸膛上。

许随眼睫颤动,额前的碎发被雨丝打湿:"放手。"

"不放。"周京泽低头看着他。

"我买了你爱吃的菠萝包,是刚出炉的,牛奶是你喜欢的盒装,我以后会记住你喜欢吃葱和香菜,不喜欢吃醋,"周京泽语速缓慢,像是做出一个承诺,"把你放在心上。"

许随眼眶渐红,依然是她走到哪儿,周京泽整个人就像铜墙铁壁一样堵在她面前,逃也逃不掉。

许随抱着书开始砸他,书本稀里哗啦地掉在地上,雨水混着泥土,一下子就泡坏了。没了书,她就开始踢打周京泽。

她今天穿的是一双尖头小皮鞋,踢人很痛,周京泽闷哼一声,抱着她一声不吭地受着。许随手脚并用地打他,一边打一边眼泪不受控制地往下掉。

宽大的手掌抵在她腰上,许随撞上身后的墙壁,周京泽捏着她的下巴,将她脸上的眼泪一点点舔舐掉。

唇瓣相贴,汲取,搅在一起,混入咸的眼泪,喉结缓缓滚动,咽下去。

一阵旖旎后,周京泽脖颈低下,鼻尖亲昵地蹭了蹭她的额头,许随眼睛红红的,嘶哑的喘息声中夹着委屈:"你赔我书。"

"我赔。"

"还有,我一点也不喜欢吃日料,对芒果过敏,但夏天又喜欢吃芒果冰沙。"

"我记备忘录。"

第 八 章
生日快乐，我最亲爱的

"生日快乐，周京泽。"
"忽然想陪你到老。"

胡茜西晕倒的那一刻，盛南洲立刻从不远处跑过来，从别人手里接过胡茜西，抱起她一路狂奔到医院。

其实盛南洲送她到校门口时，就注意到了胡茜西脸色不对劲，所以打算一路悄悄跟着她回寝室，以免她半路上出什么意外，没想到还真的出了事。

盛南洲将晕倒的胡茜西送到医院后，挂号，输液。胡茜西躺在病床上接受完输液，一切并无大碍。

医生把盛南洲叫进了办公室，盛南洲神色紧绷，问道："医生，她没事吧？"

"按目前的情况来说，没什么大事，低血糖。"医生推了推鼻梁上架着的眼镜，"但是醒来后要做个体能检查。"

"好的，谢谢医生，没什么事我就出去了。"盛南洲站起来，有礼貌地说道。

盛南洲刚站起来要走，医生脸色就变了，他指了指座位让他坐下，手指扣在胡茜西的病历本上，开始说话："病人身体什么情况，你不清楚吗？你还让你女朋友为你减肥？现在什么社会了，还追求以瘦为美？"

"不是，医生，我不是——"

盛南洲刚要解释，就被医生打断，他用钢笔敲了敲桌子，语气有点生气："再说了，那姑娘也不胖啊，就是脸圆了一点，看着不挺可爱的吗？我女儿要是找了这样的男朋友，让她减肥，我抽不死他……"

到最后，盛南洲坐在那里，被教训了十几分钟，还不得不附和医生的话："对不起，都是我的错。"

"你还是人吗，啊？！"医生质问道。

"不是，是垃圾。"盛南洲主动骂自己。

医生的脸色多少缓和了一点，钢笔敲了敲蓝色的文件夹，语重心长道："我真的不希望看到有病人因为过度减肥而进医院。"

"不会了，我以后再也不会让我女朋友减肥了。"盛南洲一脸的忏悔。

挨完训后，盛南洲一脸戾气地走出医生办公室，好不容易压下的怒火在看到病床上脸色苍白的胡茜西时瞬间燃起。

盛南洲喊了胡茜西的室友过来看着她，然后直接打了个加急出租车回到胡茜西的学校。盛南洲找到路闻白所在的班级，问了一个同学："你们班的路闻白呢？"

女生见来人是个帅哥，笑着说："他在实验室呢。"

"谢了。"盛南洲点点头。

盛南洲想也没想，直接往实验室的方向走，走了十多分钟的路，他不经意地抬眼一看，咬紧后槽牙，还真让他逮着人了。

中午打了个闷雷，下了一场雨又开始放晴，下午两点十分，太阳重新出来，烈日当头，阳光斜斜地穿过红色的实验楼，影子呈立体几何的模样打在对面的墙上。

路闻白坐在阴影里的台阶上，这么热的天，他身上的白大褂也没脱，竟然没出一点汗。他坐在那里，背脊挺直，苍白的指尖撕开包装纸，正缓缓地吃着紫菜包饭，旁边放着一瓶矿泉水。

盛南洲想走过去，走了几步，才发现路闻白前方不远处站着个女生，他停了下来。

女生穿着红色的丝绒裙，露出的一丁点脚踝，白得像羊脂玉，裙摆晃动间，让人喉咙发痒，她的头发松松垮垮地绾着，露出修长白皙的脖颈，长了一张妖艳的脸。

看起来是个从头发丝到脚都精致又讲究的主儿。

她手里拿着一罐可乐，蓝色的猫眼指甲敲了敲瓶身，咚咚咚，娇俏又大胆，可惜路闻白头都不抬一下。

女生无所谓，看着他："哥哥，真不想要啊？"

路闻白咀嚼着紫菜包饭，脸颊鼓动，将女生视若空气。盛南洲见他俩不说话了，走上去，语气不善："路闻白。"

女生顺着声音来源看过去，在看清盛南洲的脸后，立刻吹了个口哨，这寸头酷哥还挺有型，于是抬手把手里的饮料扔给盛南洲，后者下意识地接住。

"既然他不要，送你咯，帅哥。"女生背着手，头也不回地离开，留下一阵温软的香风，空气中散发着阿蒂仙最出名的那款小偷玫瑰的香水味。

路闻白停止咀嚼的动作，抬起薄薄的眼皮看着离去的女生的背影，脸色阴沉得可怕。

盛南洲才懒得管他们之间的事，阔步上前，一把攥住他的衣领，沉着脸一拳挥了下去，路闻白整个人摔在台阶上，嘴角隐隐渗出血丝。

台阶旁的一个新的紫菜包饭立刻沾了灰尘，不能吃了。路闻白琉璃珠似的黑眼睛压着一丝戾气。

路闻白挣扎着起身，挥了盛南洲一拳，紧接着两人扭打在一块儿。怒气更甚者、心底压抑更多情绪的人打架，用力也更猛。

很快，盛南洲在这场架中占了上风，他整个人跨在路闻白身上，一拳又一拳，刚开始路闻白还会还手，直到他夹着怒火喊："不喜欢，你好好讲清楚不就行了？你知不知道全天下也就她这么傻，听了你推拒的鬼话去减肥，最后晕倒住院了！"

路闻白整个人怔住，揪住盛南洲的手慢慢松开，整个人像摊烂泥一样仰躺在地上，声音嘶哑："你打吧。"

盛南洲冷笑一声，自上而下地看了躺在地上脸色白得有些病态的人一眼，心里火气更甚。

"去跟她道歉，不然接着揍你。"盛南洲微喘着气，汗水顺着下颌滴下来，想到什么，顿了顿，"喜不喜欢她，都去医院跟她说清楚，你最好语气好点。"

路闻白挣扎着起身，朝旁边吐了一口带血的唾沫，殷红的唇角忽地扯出一个笑："我要是喜欢呢？"

盛南洲目光顿住，片刻后又装作若无其事，声音轻得只有他自己听得见："那就好好喜欢。"

路闻白讥笑一声，不置可否，脱了身上的白大褂径直离开，走到一半，他想起什么，重新折回，一把夺回他手里的那罐可乐，走到不远处，哐的一声扔进垃圾桶里。

恋人总是吵过一架后会变得更甜蜜，许随和周京泽也不例外。她能感觉出周京泽的变化，有叫他去玩的局，他基本一口拒绝。

对方问："不是吧，周老板，结束训练后你还能干吗？"

周京泽把烟摁进花盆里，刺的一声，火光熄灭，他的语气坦荡又无耻："得陪我媳妇儿学习。"

"啧，不像你们，无所事事，虚度光阴。"

"我这辈子从来没有这么无语过。"对方气得直接挂了电话。

游戏人间的第一浪子还有脸说别人？

许随下午没课的时候，就会在图书馆学习。每天下午五点半，一天中日落最美的时候，周京泽结束训练，套着一件黑T恤，拎着一份三明治和草莓冰沙，步调慢悠悠的，准时出现在医科大图书馆四楼。

他每天会带不同的食物过来，有时是奶黄包和港式奶茶，有时是她喜欢吃的变态辣拌面，加了很多葱和香菜，再也没出现过醋。

周五，周京泽出现在图书馆的时候竟破天荒地带了英语书，许随瞄了一眼上面的字眼，放下笔："你要出国？"

"算是吧，我们是三加一的模式，大四要去美国试飞基地训练一年，才算完全合格。"周京泽犹豫了一下，说出来，"不过很快回来。"

事实上，周京泽的英语地道又流利，他会这样干，是因为许随学习太专注了，不让亲，不让摸，他就跟傻子一样坐在旁边没事干，只好给自己找点事做。

许随点点头，拿起笔重新在书本上做标记，继续背书。周京泽腿懒散地踩在桌下的横杠上看书。

天色不自觉间变暗，窗外的夕阳像裹了蜜的糖一般铺在桌子上，周京泽闲散地背靠椅子转过头来看着许随。

许随穿着一件宽松的杏色针织衫，头发扎成丸子头，额前有细碎的头发掉下来，抱着书本轻声地默背知识点。

周京泽拆了一颗薄荷糖，抬眉慢悠悠地打量眼前的人，啧，怎么看怎么乖。

许随背得很专注，完全不知道周京泽在看她，她背了一段时间后发觉一阵口干舌燥，一抬眼对上一双漆黑深邃的眼睛。

他的眼睛很黑很亮，专注看人的时候会不自觉地把人吸进去。许随的心不受控制地跳动了一下，急忙移开视线找水喝。

一盒牛奶递了过来，许随抬眼，就着他的手咬着吸管喝了几口牛奶，结果有几滴牛奶沾在红润的嘴唇上。

周京泽喉咙一痒，凑过去亲了她一口，舌尖将她唇瓣上的牛奶卷入口中，想也没想手就探了过去缓慢地摸着她的耳朵。

冰凉的指尖和他食指上的银戒若有若无地蹭着许随的皮肤，一阵激灵，她的脸颊温度急剧升高，急忙推开他，为了转移注意力，她开口："刚好休息一下，玩个游戏怎么样？"

"行啊。"周京泽漫不经心地接话。

"很简单，我画几张数字卡片，比大小，输的人要回答对方一个问题。"许随趁势拉开两人的距离，介绍道。

周京泽挑眉，这套路怎么那么熟悉，不过算了……自己的人，得惯着。许随埋头写好数字卡片后，打乱顺序，让周京泽抽一张卡，她也抽了一张。

掌心摊开，周京泽是红心Q，许随是小王，她立刻笑起来，眼睛向下弯，悄声说："写一个属于对方的单词吧。"

"方向？"周京泽问。

"就是我是你的什么呀之类的。"许随小声说。

周京泽手肘撑在书桌上，转着笔，抬了抬眉尾，声音低低沉沉："宝宝？老婆？"

他的声音很低，只有许随能听见，她脸上的温度急剧上升，热得不行。他第一次这样叫她，无比自然。

老婆……以后会结婚吗？

许随认真地趴在桌子上写单词，周京泽似乎早就写好了，还将白纸翻了个面，用笔压住。

写完后，周京泽拿过她手里的卡片，本来散漫的表情在看到上面的单词时一怔。许随一笔一画，写得认真——

First love.

First love，初恋，周京泽敛起不正经的表情，语气认真："那我争取也成为你的最后一任。"

"你呢，你呢？"许随凑上前来，很想看他写了什么。

就在这时，啪的一声灯灭了，许随有点没看清方向，整个人撞到他怀里，膝盖碰到了桌椅，周京泽单手揽着她肩膀，另一只手把旁边的椅子拉开，以免她再撞到。

"有没有撞到？"周京泽问。

"一点点。"许随闷声答。

突然停电，保安拿着手电一间一间地扫射巡视，粗着嗓子喊："学生们赶紧收拾东西，学校停电，马上闭馆了啊。"

保安赶过来的时候，周京泽正蹲下身查看她的伤势，还好，没什么大碍，破了一点皮。一束强光照过来，周京泽整个人挡在许随面前。

保安从窗口探出一个头，问道："你俩怎么还不走？一会儿我锁门，你们就得在这儿过夜了。"

"不好意思，马上出来，"周京泽抱歉地笑笑，"五分钟，收拾好就出来。"

保安见周京泽一副好学生的模样，冲他比了一个手势："五分钟啊。"

周京泽一边收拾东西一边开口："出去，带你处理破皮的地方。"

"那我的卡片呢？"许随心心念念，想知道他写了什么单词。

周京泽眉头一拢，笑着说："哦，刚才我没写。"

"你真的很烦！"许随气得踩了他一脚，表达自己的不满。

走廊上，周京泽亮着手机手电筒牵着她下楼，许随想起什么，苦着一张脸："停电了怎么办啊？还有一半的知识点没过。"

"去外面。"周京泽说。

所有人离开后，四周彻底陷入黑暗，隐去的月光从云层背后透出来，桌面上的一张草稿纸上留了龙飞凤舞的一行字，却又无人发现——

The love of my life.

周京泽拿出手机低头划拉着什么，两人走出校门后，就有一辆叫好的车在等着他们。两个人坐在后排，他拿出手机，在软件上订酒店，拇指在屏幕上滑动，大少爷首先看的就是评价最高、配置最好的星级酒店。

许随凑过去看了一眼，价格贵得令人咋舌，立刻去抢他的手机，急忙道："我就是学个习，不用订这么贵的。"

周京泽拇指倏地顿住，抬起头似笑非笑地看着她，把手机递过去："行，我媳妇儿还知道给我省钱。"

许随被调侃得有些羞赧，她接过手机，在软件上看来看去，订了一间价格优惠、看起来还不错的房间。

车子抵达目的地，两人下车，许随按照手机上面的地址找来找去，感觉有点绕，最后发现这家酒店在巷子里面，手机上显示的招牌则是立在商铺前，她有一种不祥的预感，感觉是挂羊头卖狗肉。

果然，他们找到目的地后，发现就是一家破旧的快捷酒店。前厅很小，前台人员打着哈欠给他们开卡，周京泽礼貌地说了声"谢谢"。

前台人员听到声音立刻抬起头，在看清周京泽的脸后眼睛亮几分，人都精神了许多："706，上电梯左拐哦。"

到了706后,刷房卡进门,一阵灰掉落下来,周京泽的表情崩坏,灯亮之后,放眼望去,一张床,一张桌子,破旧的紫色蕾丝沙发上面放着一个没有插头的电热水壶、两个杯子。

房间散发着霉味,周京泽抬手摸了一下墙壁,有水渗了出来。许随拿着网上的图片对比,发现被骗得很惨。

她知道周京泽有洁癖,皱了皱鼻子,小声说:"要不我们换一家吧?"说完转身就要走,周京泽抓住她的手,发出轻微的哂笑声:"就这儿吧,再折腾下去,你该背不成书了。"

许随看了一眼时间,立刻放下包,拿出书本在桌子前复习。周京泽慢悠悠地跟在后面,手里握着一个打火机,橘色的火焰时不时地蹿出虎口,他正检查有没有藏摄像头。

周京泽这个人就是这样,表面懒散、吊儿郎当,但做事稳当又靠谱。

检查了一圈后,周京泽抽了把椅子在许随旁边坐下,见她认真复习的模样,心一痒,抬手掐了一把她的脸,扬了扬眉:"这么缺钱啊?"

许随听后心虚地舔了一下嘴唇:"对。"

周京泽挑了一下眉没有说话,从裤袋里摸出皮夹,从里面抽出一张卡,放到许随面前:"你男朋友有钱。"

许随从书本前抬起头,对上周京泽的眼睛,才明白他不是开玩笑的,摇头:"我不要,我要自己参加竞赛拿奖金。"

"而且——说不定你以后要靠我养呢。"许随说得很小声。

周京泽愣怔了一下,随即笑出声,胸腔发出愉悦的颤动:"行,那老公以后等你养。"

许随对他比了一个交叉的手势,周京泽也就不再打扰她,在一旁玩了一会儿手机,最后揉了一下脖颈,眯眼背靠着椅子睡着了。

两个小时后,许随终于全部过了一遍,她摇了摇周京泽的手臂,眼睛晶亮:"我复习完了,你能不能帮我抽背一下?"

"行啊。"周京泽睁眼,语气懒洋洋的。

许随坐在床边,周京泽脚踩在横杠上,整个人坐在椅子上往后仰,拿着她那本《神经生物学》翻来翻去,语气散漫:"P45 第二段。"

"在我国——"许随回忆了一下,正要背诵下去,周京泽又往后翻,顿了一下,提问:"P70,倒数第二段。""神经系统疾病之一,神经官能症,喜……"

"P72,顺数第三段那个病例,开头第六个字。"

许随边背边掰着指头数,下意识地说道:"欢。"

周京泽翻来翻去没看到自己想要的字,"啧"了一声,开口:"第二人称是什么?"

"你。"

"这些字连起来。"周京泽压低声音,语气诱哄。

许随以为周京泽在跟她玩游戏,努力连着答他前几个问题,以至于答案一个字一个字从嘴里冒出来——

"我、喜、欢、你。"

"我也是。"

一道低低的嗓音落在头顶,许随怔忪地抬起眼,撞入一双漆黑深邃的眼睛里,半晌才明白过来。不知道为什么,许随有点想哭。

和周京泽在一起,甜蜜又难过,常常觉得时间过得太快,不见他时又觉得时间漫长。许随觉得自己最大的妄想就是和周京泽在一起。

她从来没奢求过周京泽会说喜欢她。

这一次,许随在他的眼睛里看到了自己。

"你犯规。"许随吸了吸鼻子,红了眼睛。

一道挺拔的身影笼罩下来,周京泽的嘴唇压了下来,一遍又一遍辗转碾磨。周京泽单手捧着她的脑袋,嘴唇下移,腾出一只手脱掉身上的衣服垫在她身下。

许随的腰撞到床沿,生疼,她感觉穿着的蓝色牛仔裤被褪到膝盖间。他的拇指粗糙,缓慢地抚着她的肌肤,两人额头贴着额头。

酒店房间内的灯光昏暗,暖色调,像一个被剥了皮的橘子,许随想去关灯,周京泽不让,他缓慢地动着,欣赏着她的每一个表情。

墙体再一次渗出水来,一开始很慢,后面是大量地涌出来,海潮侵入,有墙皮被剥落下来。老旧的空调扇叶发出"吱吱——吱吱"的声音,非常有节奏。

空调扇叶节奏很缓,先是发出前奏"吱吱——吱吱",缓慢地重复一会儿,接着像是电力加大一般,两短五长,节奏快而猛烈,却依然吹不散燥热。

时快时慢,许随感觉眼前的视线一片模糊,四肢百骸都疼,她发现周京泽喜欢按着她的肋骨,疼到她皱眉。

像是为了让她记住此刻的痛,记住此刻眼前的男人是谁。

下一秒,周京泽用拇指将她额前的头发顺到耳后,眼睫微湿,嗓音嘶哑:"我是谁?"

许随被磨得难耐,感觉像在海浪里浮浮沉沉,眼泪快要掉出来:"周京泽。"

啪的一声,《神经生物学》掉在发潮的地板上。房间内的老旧立式空调吹的风有些闷。风一吹,书哗哗地翻着,最后停留在一张人体神经图上。

人体学上有一个说法,长时间盯着一个人的眼睛,据说能看到爱,是视神经末梢上的信息传达。你看到了什么?

好喜欢你。

我也是。

晚上十二点,许随躺在他身边睡着了,长发如瀑,眼睫紧闭,乖顺得像个娃娃。周京泽指尖穿过她的发间,眼梢溢出一点温柔。

他上半身什么也没穿,单穿着一条黑裤子,上了个厕所。等他回来,卫生间的马桶还发着抽水的声音,桌面上的手机屏幕亮了。

周京泽摁亮手机,通知栏显示有一条消息进来,点开一看,是叶赛宁发的消息——

"周,我回国了,这就是我跟你说的大惊喜咯。够意思吧?亲自回来给你过生日。现在我在'零点'和他们一起喝酒,你要不要过来?"

一截烟灰掉在手机屏幕上,周京泽眯了眯眼,拇指拂开烟灰,在对话框里打字然后发送——

"你们玩,我跟我媳妇儿在一起。"

第二天醒来,许随整个人都站不稳,浑身像被拆散了一般,她光脚踩在地板上,走一步都觉得艰难。

周京泽单穿一条运动裤走过来,一把将许随横抱在怀里,将人抱到洗手台,伺候他的姑娘刷牙洗脸。

他把牙膏挤到一次性牙刷上面,声音清冽:"张嘴。"

许随乖巧地张嘴,然后低头假装认真地看着绿色洗手池里的水流,她还是不太敢直视周京泽。

两人一夜同床共枕,她一闭上眼就是昨晚的场景,想起来就面红耳赤。早上两人还待在同一个狭小的空间,解衣相对,一起刷牙。

看起来平凡又不平凡。

许随嘴里含着薄荷味的泡沫,周京泽拧开生锈的水龙头,水流了一下又停了,他黑如岩石的眼睛环视了一下这破旧、墙体还剥落的旅馆房间,开口,语气意味深长:"啧,这第一次还挺……让人印象深刻。"

说完,周京泽出去拿了两瓶矿泉水给许随洗漱,许随含了一口水吐出来,弯腰的时候小腹隐隐作痛,都怪昨晚他没有节制。

她轻声抱怨道:"还好下午考试,都怪你。"

周京泽脸上挂着闲散的笑,他一把掐住小姑娘的腰往镜子前送,语速缓慢,喉结滚动:"你该庆幸你下午有考试,不然在这儿来一次。"

镜子前,她会死的吧。许随吓得拍了拍他的手,逃开了。

收拾好东西后,周京泽带许随出去吃了个饭,又亲自把人送到考场。许随考完之后,看周京泽还在外面的长椅上等她。

他懒散地背靠椅子,黑长的眼睫低垂,拿着手机在玩数独游戏。来往的考生忍不住朝他的方向多看几眼,周京泽眼皮都懒得抬一下。

许随心血来潮想要吓一吓他,悄悄绕到椅子后,手肘夹着笔袋,抬手蒙住他的眼睛,刻意变着嗓子说:"猜猜我是谁?"

"一一。"周京泽语调平缓。

许随觉得没意思,松开他的手,嘟囔道:"你怎么猜出来是我的?"

"你身上有股奶香味。"周京泽语气闲闲,透着一股痞劲。

许随脸一红,在这方面,她是哪儿哪儿都赢不过他,干脆岔开话题:"我觉得我这次考得还不错。"

"可以,带你去吃好的。"周京泽笑,抬手掐了一把她的脸。

周末一晃而过,成绩很快出来,周二放榜的时候,许随看见一等奖后面写着自己的名字,一颗悬着的心终于落地。

她有钱买想要的东西了。

许随拿出手机给胡茜西发消息:"西西,上次你说的那个代购,把名片推给我呀。"

另一边,烈阳当头,蝉鸣声毫不停歇,周京泽这一帮人刚结束一个小时的紧急训练,男生们一个个汗如雨下,额头被晒得青筋暴起。

周京泽回到宿舍的第一件事就是冲凉水澡,盛南洲把风扇调到最大,白色的扇叶呼呼地转着,他仍觉得热得发烫。

卫生间传来哗哗的水声,盛南洲急得不行,走过去敲了两下门,语气急躁:"哥们儿,一起洗吧。"

周京泽:"?"

冷水淋下来,周京泽抬手把头发往后撸,漆黑的眉眼沾着水珠,正闭眼冲着澡。砰的一声,盛南洲火急火燎地推门而入。

两人四目相对,盛南洲想到一个词——坦诚相对。

"不想死就出去。"周京泽语速缓慢。

盛南洲一把抢过花洒就往头上浇,他语气自然,反而觉得周京泽有些大惊小怪:"不是,咱俩从小到大都同穿一条裤子,一起洗个澡怎么了?"

周京泽啪的一声关掉花洒,取下置物架上的浴巾正儿八经地围住自己,语速缓慢又夹着若有若无的炫耀:"情况不同了。"

盛南洲一头问号。

"我得为媳妇儿守身如玉。"周京泽语气漫不经心,隐隐透着愉快。

盛南洲沉默三秒,才反应过来他说的是什么意思,打开花洒对着他一顿狂喷,周京泽挑眉,直接上手锁住盛南洲的喉,水花四溅,两人扭打在一起。

紧闭着的卫生间门时不时发出砰砰的声音,盛南洲愤怒的声音透过门缝隐隐地传出来。

"周京泽,你不是人。你这个老禽兽!"

两人在卫生间打了一架,还顺带洗了个澡,周京泽出来的时候,头发还湿答答的,他抽了条干毛巾在头上随意地擦了两下,随手丢进脏衣篓里。

风扇在头顶慢悠悠地转着,周京泽拎起桌上的冰水喝了一口,整个人懒散地背靠座椅拿出手机看球赛。

盛南洲后出来,在经过周京泽时,踢了他的椅子一脚,周京泽眼皮抬也没抬起来一下,撂出一个字:"说。"

盛南洲抽出自己的椅子在周京泽旁边坐下,问道:"宁宁回来了,你没过来啊。"

"有事。"周京泽眼睛没有离开过手机。

盛南洲点了点头,继而冲他抬了抬下巴,说出自己憋了很久的话:"哎,你现在算怎么回事?打算跟许随玩玩?以前你交过多少女朋友,怎么浑,兄弟可一句话没说过。可许妹子跟别人不同,她多好多乖一姑娘啊,得瞎了眼才会看上你这种人渣吧……"

周京泽的视线停在手机里的球赛上,内马尔刚进了一个球,全场欢呼,声音过大,他的视线顿了顿,拇指点了一下,关掉视频,双手枕在脑后:"想带她见外公。"

盛南洲正在那儿絮絮叨叨,听到这句话,声音戛然而止,拍了拍他的肩膀:"牛,兄弟,我没话说了。"

周京泽的外公是谁?先不论这位老人家自身的厉害之处,最重要的是,他是周京泽在这个世界上最亲的人。他从来没见过周京泽把哪个女生往外公面前领。

啧,浪子也有泊岸的一天。

行,他可真佩服。

周末，许随在周京泽家待着，两人一起吃了一顿饭，打算一起看部电影，周京泽单腿屈在沙发上，拿着遥控器对着投影仪按，问："想看什么？你喜欢的恐怖电影？"

"最近那个题材看得比较多，看悬疑推理吧。"

"行。"周京泽笑。

两人并肩坐在一起看电影，室内黑暗，只有眼前的投影仪发出幽光。许随抱着一个抱枕看得认真，周京泽的心思却没放在上面，手指钩着她的一缕头发，缠得更深，又时不时擦过她的脸颊。

人一旦把自己交付给另一方，皮肤相贴、耳鬓厮磨后就是亲昵、交欢融合，再无任何距离，对方完完全全属于自己。

那种感觉是不同的，是他没有过的。

周京泽有一种骄傲、满足感。

她是他的。

许随看得认真，只觉得他的指尖冰凉，仅是碰一下嘴唇，就引起一阵战栗，没多久，脸颊就热了起来，缩在沙发上的脚指头绷紧，后背出了一层细汗。

"你……能不能想点别的？"

许随推开他的手，力气又小，反而像在欲拒还迎，男人的大掌完全裹住她的手，根根骨节分明的手指硌人，不轻不重地捏了指腹一下，似带电穿过，痒痒麻麻的。

周京泽偏过头，热气灌进她耳朵里，又痒又麻，他懒洋洋地笑："晚了，我就这德行。"

"我还没洗澡。"许随耳朵红得滴血，推开他，趁他松手的时候匆忙离开沙发。许随匆匆跑进卫生间，没一会儿，传来哗哗的水声。

许随在卫生间洗着澡，想起她明天要定个闹钟赶在快递送到家门口前去拿。这样一想，她手机还在外面。

"周京泽，你帮我找一下手机。"许随把门打开一条小小的缝，声音温软。

周京泽睐了睐眼，慢悠悠地回答："行啊，叫声老公就帮你找。"

"才不。"许随心跳明显漏一拍,啪的一声把门关上了。

外面一直没有声音,许随一边冲着身上的泡沫,一边想,她好像习惯性地把手机调成了静音,估计他要找好一会儿。

手臂上绵密的泡沫一点一点被冲掉,浴室外响起了笃笃的敲门声,很有耐心。许随慌忙扯下浴巾挡住自己,然后拉开门。

周京泽倚在门口,漆黑的眉眼压着翻涌的情绪,气压有点低,把"不爽"二字写在了脸上,好整以暇地看着她。

"怎么啦?"许随仰着一张脸看他。

周京泽把许随的手机递到她面前,舌尖舔了一下后槽牙:"解释一下?"

许随接过来一看,她的手机显示着两个周京泽的未接来电,而备注是:ZJZ。

她一下子明白了周京泽为什么生气,可是这种复杂的少女心事解释出来他恐怕也不会理解。

许随吸了一口气,一只手揪着胸前的浴巾,无比乖巧地说:"我现在马上改过来。"

门缝拉得过大,热气一点点消散,许随下意识地缩了一下肩膀,她的手指有水,沾在屏幕上,几次都没打对字。

周京泽靠在门边懒洋洋地看着她,她刚洗过热水澡,全身透着一层淡淡的粉色,嫩得像刚剥壳的荔枝,露出的两根锁骨像两道月牙。

她似乎在想给周京泽改个什么备注,雾蒙蒙的眼睛写满了纠结,水润粉红的嘴唇轻启,咬了一下手指。

砰的一声,周京泽整个人挤了进去,挡住她的视线,漆黑的眼睛翻涌着情绪,喉结缓缓滚动——

"你慢慢想。"

浴室的水声哗哗,雾气徐徐缠绕,许随只觉得痛,摩挲感传来,肋骨处一阵一阵地痛,像是蚂蚁啃咬般,痛又带着快感,空间狭小,她觉得无比燥热。

花洒的水还没有关,水珠挂在布满水汽的镜面上,缓缓滑落,热水哗哗地冲在地上，一室蒸腾的热气。

周京泽眼睫沾着汗，哑声道："啧，电影才看到三分之一，本来想和你在沙发上看完它的。"

"现在看来没机会了。"周京泽抬了抬眉尾，带着意犹未尽。

许随咬着嘴唇一声不吭，眼泪汪汪的，周京泽还有空闲捞起洗手台上的手机递给她，语气散漫："你说改成什么？"

许随一点办法都没有，羞红了脸，结结巴巴地说："男……男朋友。"

许随被他盯着当场要改备注，可她握不稳手机，男生整个人贴过来，宽大的手掌覆在她背上，手指捏着她的骨节，教着她打字。

不知道他是不是故意的，许随觉得自己一点力气都没有，那一刻，刚好有花洒的热水浇下来，一个激灵，又热又麻，她颤颤巍巍地打上两个字：老公。

最后许随差点在洗手间热晕过去。

次日，许随直接睡过头，睡到了日上三竿，醒来的时候发现枕边空无一人。奎大人趴在床边懒懒地晒太阳，1017则在床上跳来跳去，最后拖着她的头发咬来咬去。

许随从胖猫嘴里救回自己的长发，披了件外套起床，发现周京泽给她买了早餐，留了一张字条——有事外出。

吃了一点东西后，许随放在餐桌上的手机响起，她跑到院子开门，签收了一个国际快递。

许随小心翼翼地抱着它进门，直上二楼，犹豫了一下，走进二楼拐角最里面的一个空房间，把东西放进去，重新打扫了一下房间，然后一下午都待在那里布置。

晚上八点，周京泽跟到点了必须要喂猫一样准时回家，打开门，发现许随坐在地毯上背靠着沙发正在看书。

许随从书本里抬起脸，在看清来人后，眼睛晶亮："你回来啦？"

"嗯，回来喂猫。"周京泽笑，把食物拎到她面前。

许随放下书本爬过去，胳膊肘支在茶几上拆袋子，发现旁边还有个红丝绒蛋糕，脸颊梨涡浮现——

"咦，怎么突然想起买蛋糕了？"

周京泽坐在沙发上，拆开塑封，给她递叉子："在路边看到很多人排队，看起来挺不错。"

许随吃了一口蛋糕，脸颊鼓动，似想起什么："对了，游戏机好像坏了。"

周京泽把手机搁一边，走到矮柜前，开机，敲敲按按，转动了一下旋钮，开口："我上楼去拿工具箱。"

许随点点头，继续吃小蛋糕，楼上一直没动静，隔了五分钟她才反应过来，立刻冲上楼。

许随慌慌张张地跑上去，中间差点摔倒，推开最后一间房的门，她走进去，看到周京泽脚边放着一个红色的工具箱，他正盯着眼前的东西看。

她抚着胸口松了一口气，还好，东西他还没拆，背后的幕布也没掀。

"这什么？我的生日礼物？"周京泽好整以暇地看着她。

许随摇头，佯装淡然："没有，那就是我的快递。"

周京泽似笑非笑地看着她，嗓音低沉："拆吧，我想看。"

许随对上周京泽的眼神，僵持了三分钟后败下阵来，都怪礼物太大件，容易暴露，还有一周才是他真正的生日。

许随鼓着脸颊："好吧，但你得闭上眼睛。等你生日那天，我还有一个礼物要送给你的。"

"好。"周京泽。

周京泽闭上眼睛，周围发出窸窣的声音，然后是许随拆纸盒的声音，半晌，啪的一声，灯忽然灭了，周围陷入一片黑暗。

"你可以睁眼了。"许随扯了扯他的衣袖，声音软糯。

周京泽感觉自己大概等了有一个世纪那么漫长，他睁开眼，脸上还挂着吊儿郎当的笑，正想问她是不是要跟他求婚才这么慢，眼睛不经意地一扫，笑容僵住，说不出一句话来了。

正前方亮着一盏长的 Halo Mandalaki 日落投影灯，橘色的光打在对面的白墙上,像一颗巨大的橘子,照亮了墙壁上的每一张照片。

有些照片他自己也记不清了,也不知道许随是如何有耐心地翻遍他的社交网络找来的照片,有的看起来是从官网上找来的,有些模糊。

第一次玩棒球,在联赛拿了冠军的照片,第一次参加奥数竞赛摘得第一名和老师、同学的合影,还有他十六岁在美国 Navajo 大桥蹦极的留念,十七岁时,第一次代表大剧院在国外中央大厅演奏巴赫乐曲的照片。

落日中心正对墙中央的一个小小的航模——飞机 G-58017。

那是周京泽与高阳进行飞行比赛开的那架飞机,也是他人生第一次顺利飞上天。

去年他开车送许随去高铁站,她问:"你放假一般都会干什么?"

周京泽开着车,语气夹着无所顾忌的意味:"滑雪、蹦极、赛车,什么刺激玩什么。"

"可这些不是很危险吗?"

"因为我无所谓,无人牵挂,只能挥霍光阴,想想有天死在一条日落大道上算值得了。"周京泽这话说得半真半假。

这堵照片墙记录了周京泽人生每一个精彩而有意义的瞬间,特别是中央那个小小的航模,许随用自己的方式告诉他——你的人生并没有挥霍浪费,前路才刚开始。

"生日快乐,周京泽。"许随轻声说。

周京泽有些说不出话来,只能看着她笑,语速缓慢:"忽然想陪你到老。"

怎么会有这么傻的姑娘?前段时间一直辛苦准备竞赛拿第一,就是为了拿到奖金来买礼物,她用心准备,就是想把最好的捧到他面前。

许随回以一个笑容,悄悄钩着他的手指,周京泽反手握住她,力气很大,攥得很用力,像是在抓住什么。

希望你平平安安,骄傲肆意。

生日快乐,我最亲爱的。

第 九 章
就当风雨下潮涨

"不祝他前途无量,祝他降落平安。"

周京泽送许随回学校,一路送她到女生宿舍楼下。许随照常跟他说了晚安才离开,半晌,周京泽喊住她:"一一。"

许随回头,眼神疑惑:"嗯?"

"要不要跟我回去见外公?"周京泽眼梢溢出一点笑,低头看着她。

"啊?"这话让许随有些措手不及,事后又觉得这反应不对,忙摆手,"我没有不想见你外公的意思,我是怕外公不喜欢我。"

周京泽挑眉,似笑非笑地看着她:"你都叫外公了,怎么会不喜欢?"

许随被调侃得脸一红,周京泽抬手摸了摸她的头,正色道:"我喜欢的,他们会很喜欢。"

最终许随点了点头,回到寝室的时候她还是挺开心的,因为他打算带她去见家人,这一切都在朝着很好的方向发展。

距离周京泽生日还有五天。

晚上洗漱完,许随躺在床上,握着手机搜索一些资料,她打算在身上留一个关于周京泽的印记,当作送给他的生日礼物。

许随几个月前就想这样做了,虽然怕疼,但她想勇敢一次。

之前在北山滑雪场的时候,周京泽说他觉得最遗憾的一件事是选择成为飞行员而放弃了喜欢的东西。

想让他开心。

次日，许随上完课后一个人来到距离学校一千米处的隐蔽巷子里。

店门口立着一块木牌，上面写着"一横"，红色的漆字经过风霜的侵袭已经脱落了一部分。

许随撩起画着武士猫的门帘，走了进去。女老板施施然从隔间的珠帘后走出来，直接道："考虑好了？"

"嗯。"许随点点头。

"想画什么图案？"

女老板在许随旁边坐下，她闻到淡淡的玫瑰香味，拿出手机调出照片给老板看。

"看起来像男士图案，"女老板朱唇轻启，语气有点儿意味深长，半晌她话锋一转，"画在哪里？"

许随想了一下，说道："肋骨那里。"

"胸部下侧那里？弄在肋骨皮肤层上方，可能会有点疼。"女老板提醒道。

女老板凤眸扫过去，眼前的女孩子长发齐腰，皮肤白腻，一双黑眼珠十分干净，旁边还放着几本教材，一看就是乖女孩。

"确定要画在肋骨那儿吗？"女老板再次确认了一下。

许随吸了一口气，虽然有点儿怕，她还是坚定地点了点头："嗯，在肋骨那里。"

每一次交欢的时候，周京泽喜欢按住那里，逼她睁开眼，在痛感和难耐中霸道强势地要她记住他是谁。

她想记住这一份喜欢。

女老板最终点了点头，许随跟着对方走进房间，褪下上衣到小腹处。

漫长的四个小时，许随不知道自己怎么忍过来的，身上出了一层薄汗。

许随趴在床上慢慢起身穿衣服，她背对着女老板，中间一条光滑的脊线往下延，后背两块骨头很瘦，像只振翅欲飞的蝴蝶。

女老板走过去叮嘱她注意事项，眼睛扫过去，她的胸形很漂亮，下侧也就是肋骨处刚画好的图案,缠在羊脂玉般的皮肤上,有一种叛逆乖张的美。

"你的胸很好看。"女老板由衷地夸赞。

"谢谢。"

"希望你不要后悔。"

许随穿衣服的动作一僵,摇摇头:"不会。"

许随走出巷子的时候,太阳有些晒,她下意识地抬手遮住阳光,肚子隐隐喊饿。她刚想找家面馆,手机发出叮咚的声音,是胡茜西发来的消息——

"随随,你知道叶赛宁回来了吗?"

许随眼皮跳了跳,赛宁,叶赛宁?就是当初她发信息,周京泽误以为她就是叶赛宁,让他破天荒发了火的那个女生吗?

怕许随不了解这位主,胡茜西又发了叶赛宁的社交网主页过来。太阳亮得刺眼,许随走到树木的阴影处,点开她的主页。

叶赛宁在社交网的粉丝有200多万,名字叫艾蜜莉,工作简介那里写着:模特,半吊子画家。定位是英国,后面还放了一个工作邮箱。

许随背靠在墙壁上,拇指滑动,叶赛宁主页分享的是她拍的杂志照片,画的油画,以及打卡过的艺术展。

从她的社交主页可以看出,叶赛宁是一位小有名气的模特,身高178厘米,眼型细长勾人,眼珠是纯粹的琥珀色,像一位摩登猫女,还是偏御姐型的美女。

许随滑到她的最新动态,视线顿住。叶赛宁分享了一张照片,没有任何配字,照片显示她参加了一个小型的私人酒局。

长桌上摆的酒类型很多,右侧男生握着酒杯的一双手占了照片的三分之二,他手腕上戴了一块银色的表,骨节清晰分明,根根修长干净的手指搭在透明的玻璃杯上。

虎口正中间有一颗黑色的痣。

评论下方都是"求姐姐发照片""艾蜜莉夏天也要快乐"这类的话,叶赛宁均没有回复。

唯独有一条问：这个男生的手好好看，是神秘男朋友吗？

高冷的叶赛宁俏皮地回复：秘密，嘻。

原来周京泽送她回学校后去参加聚会了，许随睫毛颤了颤，这时，消息栏有一条消息进来，是胡茜西发来的——

"随随，我也是才知道她回国了，她以前追过我舅舅，两人到现在一直玩得挺好的，你要多看着点他。当然，也可能是我多疑了，我舅舅应该会和你说的吧。"

原来两人还有这一层关系，许随不知道怎么回复，关闭了对话框。她也觉得，周京泽会主动跟她说起这个人吧。

可惜，周京泽之后照常和她联系，却对叶赛宁这个人只字未提。许随一直没说什么，两人约好周五晚上吃个饭，许随让他陪着买见外公的礼物。

周京泽带许随去了一家港式茶餐厅，菜品上来后，许随用刀叉卷了一口面送进嘴里，脸颊鼓鼓："你外公一般喜欢什么呀，象棋？茶叶？"

周京泽坐在对面，抽出一张纸巾俯身擦掉她嘴巴上的食物残渣，故意逗她："你送他飞机吧，他喜欢。"

"啊，我没有那么多钱，"许随眼睛睁得很圆，"但我奖金还有一点，送航模可以吗？"

周京泽闻言掐了一把她的脸，脸色有点黑，开口："你只能送给我。"

"那我们抓紧时间吃完去逛逛。"许随最后说道。

晚上八点，许随咬着奶茶杯里的吸管，轻嘬到底，发出吸溜的声音。周京泽坐在她对面，早已吃完。

许随放下杯子，笑着说："我吃完了，我们走吧。"

周京泽点头，拿起桌上的钥匙，搁在一旁的手机发出嗡嗡的振动声，他看了一眼来电显示，皱眉，但还是拿起手机贴在耳边，开口："喂。"

电话那头隐隐传来女声，许随垂下眼睫，下意识地揪住裙摆。周京泽握着手机，懒洋洋地应着："刚吃完。"

"嗯。"

"现在？"周京泽抬起眼皮看了许随一眼，犹豫了一会儿，"你在那儿等着。"

周京泽挂了电话后，抬手叫服务员过来结账，同时偏过头来同许随说话，嗓音清冽："——，我有个朋友有点事，礼物下次再陪你买。"

他站起来，接过服务员递过来的卡，腾出一只手摸了摸她的脑袋，然后径直离开。紧接着，萦绕在鼻尖的薄荷味渐渐消失。

"可是——"许随望着他离去的背影。

话卡在喉咙里没说完，头顶被他抚过的温度还在。

夏天的天色暗得晚，到了晚上，路边的灯亮起，衬得天空一片暗蓝。许随坐在餐厅里，看向窗外，广场的喷泉在同一瞬间喷出样式不一的水花，惹得小孩嬉戏尖叫。

广场外有一对年轻的情侣走到麦当劳甜品站的窗口前，买了两个冰激凌，第二份半价，他们尝了一口对方手里不同口味的冰激凌后相视一笑，眼底的甜蜜真切得不行。

她忽然想吃冰激凌。

"可是——我不能是你的第一顺位吗？"许随喃喃自语，眼底的失落明显。

许随走出去买了个冰激凌，漫无目的地四处逛了一会儿，后来觉得无聊，坐在广场的长椅上，静静地把手里的海盐冰激凌吃完，打发完时间后乘坐公交回了学校。

整个晚上，周京泽没再发一条消息过来。

次日，许随醒得比较早，洗漱完去了一趟图书馆，十点回来上课，中午吃完饭回到寝室午休。

她躺在床上，拿出手机随便划拉，手指下意识地点开社交软件，搜索了艾蜜莉的社交主页，上面显示叶赛宁更新了一条短视频日常。许随点开一看，是她近一周的日常合集，一共八分钟左右。

视频分享了叶赛宁拍杂志的日常、看过的展览，镜头剪切，拍到了她参加的各种聚会，许随眼尖地看见一个男生，出现在第5分30秒，只是三秒的一个侧脸镜头，他坐在椅子上懒散地笑，低头点烟，伸手拢着橘色火焰，身后波光粼粼的游泳池将他切割成一个浪荡的、散漫不羁的周京泽。

镜头一晃而过，接着是叶赛宁画油画的日常，她穿着蓝色工装裤，戴了顶小黄帽，鼻尖沾了一点彩色的颜料，有才气又美丽。

最后几分钟视频里的文字标注：喝酒喝大了，进医院了，还好有朋友。许随看了一眼日期，是昨晚，应该是周京泽送她去的。

镜头切换，到了清晨，医院外面雾蒙蒙的，一层奶白色的雾笼罩在树上。叶赛宁第二天很快出了院，她一路拍着前面的路，旁边好像有一个人跟着，并没有入镜。

叶赛宁对着镜头说："我看到前面有卖烧卖，好香，好久没吃过了。"

说完，她举着手机朝早餐铺子走过去，买了两个烧卖和一杯豆浆，付钱的时候朝旁边喊了一句："哎，借一下你的手机，我的要拍视频。"

对方递上他的手机，宽大的手掌，清晰分明的指节，拇指指腹上还有一层薄茧。

许随的心狠狠地揪了一下，如果她不认识这双手有多好。

就在前几天，这只骨节分明的手还反复按着她的肋骨，两人的汗水滴在一起，抵死缠绵。

叶赛宁手握着手机，衣袖往上移，纤细的手腕上露出银色的手表，然后顺利付款，镜头还给支付密码打了码。

这块手表前段时间还在周京泽手上戴着，两人睡在一起的时候，她当时多看了两眼，他还摘下来拿给她玩了。

许随害怕再看到什么，慌忙关掉视频，一滴接一滴的眼泪滴在手机屏幕上，视线一片模糊。她觉得胃里反酸，想吐。

她还没见过叶赛宁，就已经输了。

梁爽在寝室里看着电影，听到轻微的啜泣声，忙关了 iPad，一脸震惊："随随，你怎么了？"

"没，"许随笑着掉眼泪，眼眶发红，轻声说，"中午吃的饭太辣了。"以致她后知后觉，觉得心口一阵一阵地疼。

下午，许随上完课跑到校外便利店买关东煮，在经过篮球场时，那边猛地爆发出一阵喝彩声。

许随不由得停下脚步看过去，一到夏天，树影落下来，篮球场上的人特别多，男生挥动着臂膀在球场上奔跑，女生则咬着一根绿豆雪糕，看到心仪的男生进球后眼底闪着亮光。

她忽然想起，周京泽参加比赛时，中途因为她晕倒而放弃比赛已经是去年夏天的事了。

想到这儿，许随继续往外走，走到拐角的一家维德里。叮咚一声，便利店自动感应门打开，许随进来，跟收银员点了花枝丸、鸡肉卷、莲藕烧、鸡翅、豆泡之类的，还要了一盒牛奶。

她经常来这家店吃关东煮，收银员认识她，自然也知道她的口味，笑着问："中辣？"

许随摇摇头，说："再辣一点吧，吃得胃痛到火烧的那种。"

她喜欢这种自虐型的发泄，不然依她的性格，不知道要憋到什么时候。

许随接过高筒纸杯，拿着手机正要付账时，叮咚一声，便利店门打开，一道含笑的声音传来："你们学校确实挺大。"

"是啊，怎么样，见到未来的飞行员，两眼冒光了吧？"盛南洲接话。

女生的声音很好听，一口烟嗓，云淡风轻的。许随回头，视线与一个女生在半空中相遇。

这是许随第一次见到叶赛宁，真人很漂亮，她穿着一件版型宽松的男友衬衫，松垮地露出两边细细的锁骨，齐臀短裤，头发如黑缎般披在身后，瘦高白，是比照片上好看十倍的那种漂亮。

叶赛宁也看到了许随，愣了一下，盛南洲站在她身后，低头看到QQ群消息，眉头拧成麻花，说道："又是紧急训练。"

"没事儿，你先去训练吧。"叶赛宁回头看他。

盛南洲点了点头，把手机揣进兜里，匆匆扔下一句话："你自己先到处转转，晚点我和老周请你吃饭啊。"

"行。"

盛南洲走得太急，根本没看到站在零食货架边上的许随。

许随转过头付款，拿着关东煮和牛奶打算去便利店外面支的桌子边,在经过叶赛宁身旁时,她的衣袖拂过许随的手臂,很轻地一带而过,料子很软。

她闻到了叶赛宁身上淡淡的香水味。

Serge Lutens 的松林少女,不易接近的冷香。

许随走到外面的桌子边坐下,空气闷热,即使到了下午五点,蝉还是叫个不停,傍晚的火烧云厚得快要压下来。

她刚拆完筷子准备吃东西,一道阴影落在一旁,率先放上桌的是一份全麦面包,一盒黄桃味的酸奶。

"你好,我能坐这儿吗?"叶赛宁主动打招呼。

许随点点头,叶赛宁拉开凳子,纤长的两条腿放了进来,她挽着衬衫袖子,开始撕面包:"周和我说过你好几次,你是一个很好的女孩子。"

许随动作一顿,低头夹了一个花枝丸塞进嘴里,笑了一下,没有说话。

"我以前追过周,他是我见过最难追的男生。"叶赛宁话锋一转,说话坦诚又大胆。

许随想起那次自己稀里糊涂的表白,嘴角牵出一个笑容:"那我运气还挺好的。"

叶赛宁以为说出这种直白、带目的性的话,许随会不开心或者情绪反常,可是她没有,依然安静地吃着自己的东西,让人意想不到。

叶赛宁托着腮笑,手里捏着的勺子无意识地搅拌盒子里的酸奶:"你知道他拒绝我的原因是什么吗?他说不想失去我。"

许随用筷子又夹了一颗花枝丸,闻言动作一顿,丸子顺着桌面骨碌掉在了地上,她也没有吃下去的欲望了。

放浪如周京泽,什么也不在意的一个人,能说出这种话,证明叶赛宁对他来说,是很重要的一个人。

许随抽出一张纸巾,蹲下身将地上的丸子捡起来扔进垃圾桶里,然后对叶赛宁说:"叶小姐,谢谢你。"

叶赛宁一愣,琥珀色的眼睛写满了疑惑:"谢我?你不讨厌我吗?"

许随收拾自己的东西,听到这句话笑了起来,坦诚道:"有一点,但我更讨厌自己。"

讨厌自己像个痴女，飞蛾扑火般无条件地喜欢周京泽，到最后，支离破碎，连自尊都忘记。

她不想再朝他走了。

说完以后，许随转身走了。叶赛宁以为自己赢了会很开心，可是并没有，她太乖了，安安静静的，没有一点攻击性，让叶赛宁怀疑自己是不是扮演错了恶毒女人。

"当然，你能在他身边待那么久，挺厉害的。"叶赛宁看着眼前纤瘦的背影说道。

许随脚步停顿了一下，然后继续往前走。

遇见叶赛宁这件事，许随没有跟任何人说，她照例上课吃饭，偶尔被室友拉去参加社团活动。

这两天空闲的时候，她自己一个人也认真地想了很多。

6月21日，夏至，一年中白天最长的时候，周京泽的生日如约到来。盛南洲给周京泽在盛世订了一个大包厢。

可是当天晚上，两位主角姗姗来迟。周京泽发消息给盛南洲说路上有点事，让他们先玩。

晚上七点，周京泽站在医科大旁的那家维德里前等着许随，他的身姿挺拔，肩膀宽阔，懒懒地靠在绿色的公交站牌边上，他一只手拿着烟，另一只手握着手机，拇指在屏幕上打字："盛南洲做主订了个包厢，我们是打声招呼再去外公家，还是直接开溜？"

给许随发完消息后，周京泽不经意地抬眼，在看清来人时，扯了扯唇角，竟然在生日这天看见他最不想看见的人。

师越杰穿着白衬衫，推着一辆自行车走到周京泽面前，犹豫了一下，推了推眼镜："京泽，今天你生日，爸让你回家吃饭。"

周京泽舌尖抵着下颌嗤笑一声，淡淡地斜睨他一眼，语气嘲讽："那你觉得我该回去吗？哥、哥。"

师越杰垂下眼，尽量让自己语气保持平和："其实我们没必要这样，上次的事情是个误会，事先我是真的不知道……"

一听到"误会"两个字,周京泽脸上挂着吊儿郎当的笑敛住,看着他,语速很缓:"得到不属于你的东西,爽吗?"

砰的一声,师越杰松手,白色自行车倒地,他上前攥住周京泽的衣领,一贯温和的模样崩裂:"那你呢!前段时间给爸的股份转让协议是怎么回事?故意的?"

上个月,周正岩公司收到一个特快包裹,他拆开牛皮纸包着的文件袋一看,里面竟然是周京泽寄来的股份转让协议,而他授意股权转让的对象是师越杰。

周京泽这点股份还是从他妈手里继承的,如果他把股份转让给师越杰,就意味着他和周家一点关系都没有了。

他在主动与这个家割裂。

周正岩当即叫来师越杰问他这是什么意思,师越杰接过文件后,脸色一变,语气有些慌张:"爸,我也不知道有这回事,可能是京泽搞错了,我去学校问问他……"

周正岩从沙发上起身走过去,拍了拍他的肩膀,语气看似亲昵,却意味深长:"爸还是比较希望看到你们兄弟俩感情和睦。

"一家人还是要以和为贵。"

之后周正岩经常在家和祝玲发生争吵,房间里经常传出摔东西的声音,师越杰常常看到自己妈妈红着一双眼睛跑出来,却什么也做不了。他恨自己无能,也恨自己在这个家被动的地位。

师越杰揪着周京泽的衣领,盯着他,他却昂着下巴,有一搭没一搭地嚼着口香糖,眼皮要抬不抬的,睥睨着师越杰,给人一种居高临下的感觉。

师越杰只觉得被轻视,心底一阵窝火,拽着他的衣领问道:"许随呢?你是不是因为我喜欢她,故意报复我而跟她在一起的?"

周京泽难得正眼看他,师越杰永远一副温和、道貌岸然的老好人模样,今天看他气急败坏、狗急跳墙的模样还挺稀奇。

他看着师越杰,慢慢想起一些事,从祝玲领着师越杰嫁进来,家里一切都变了样。

周京泽性情乖戾，对一切都满不在乎，他可以把原本属于自己的东西分一半给师越杰。可没想到的是，他们并不满足于此。

4月3日他妈祭日的时候，周京泽准备了很多，买了花，还提前写好信给她。可就在他满怀期待准备和周正岩一起去的时候，师越杰却发烧了。

周正岩火急火燎地带着师越杰去看病，照顾他一天，忙到忽略了发妻的祭日。而周京泽独自一人，在言宁墓前坐了一天。

一开始，周京泽真的以为师越杰是生病，可后来他发现周正岩一直缺席有关于他的一些重要场合。

比如周京泽生日，家长会，毕业典礼。

而理由不外是要照顾祝玲，要处理师越杰的事，好像他才是这个家多余的人，周京泽这才明白师越杰的野心。

"回答我！"师越杰吼道。

师越杰的怒吼把周京泽的思绪拉回，他抬起眼，视线掠过这个继兄的脸，眯了眯眼，一副浑不吝的模样，很快地承认："对，还挺爽的，是她送上门的。"

一句话落地，周京泽脸上挨了迅猛的一拳，他偏过脸去，抬手摸了摸嘴角，修长的指尖轻轻一捻，鲜红的液体留在指缝中。

他冷笑一声，紧接着也一拳抡了过去。两人很快扭打在一起，路过的人看两人打得太凶，也不敢劝架。

公交站牌边放着的一排自行车接连倒地，发出砰砰的声音。

许随也不知道自己站在那儿看了多久，眼看周京泽被一拳挥倒在地，又反手揪住师越杰的衣领，她终于出声："你们别打了。"

她走上前，用了很大的力气才勉强将两人分开，眼睛一扫，两人的情况都比较惨烈。师越杰神色尴尬，擦了擦额头上的血，说道："师妹，你什么时候来的？你听我一句劝——"

许随低头从包里拿出一包纸巾递给他，声音温软："谢谢师兄，你先擦一擦身上的血，我有事找他，你可以回避一下吗？"

师越杰神色犹豫，接过纸巾："好吧，要是有什么事可以找我。"

他走后，许随走上前，扶着周京泽在公交站台前坐下，温声说："你先等我一下。"

说完，她便转身走进了一家药店，没多久，许随拎着一小袋药品朝周京泽走来，额头上沁出一层薄汗。

许随坐在周京泽旁边，拆了一包棉签，蘸了碘伏，看着他："你头低下来一点。"

周京泽侧着低下头，她仰着脸小心地清理着他眉骨、嘴角处的伤口。他越是看到许随平静淡定的脸，心里就越慌。

说实话，他也不确定许随是什么时候来的，到底听了多少，有没有听到他那句气话，心里也没个底。

夏天的凉风吹到脸上，燥热，还黏腻，吹乱了许随的发丝，有一缕头发贴在她脸颊上，周京泽抬手想碰她的脸，许随侧身躲了一下。

许随给周京泽处理完伤口后，拧上瓶盖，手指无意识地敲了敲瓶身，看向他，语气无比平静："周京泽，我们分手吧。"

她这句话好像反复练习了很久。

风声在这一刻停止，周京泽难以置信地抬起眼皮，眉骨处那道刚结痂的血痕瞬间涌出暗红色的血来，他的语气夹着几分戾气："你说什么？"

许随知道周京泽听见了，她没再重复，把药塞进塑料袋里留给他，起身就要走。不料被一股猛力拽住，拉着她往后扯，她一分一毫都动弹不得。

周京泽的语速很慢，一字一句："说清楚。"

许随垂下眼任他紧紧攥着，不吵也不闹，手腕处渐渐起了一圈红印，周京泽松了一点力气，仍攥住她，语速放缓："如果是因为师越杰，是我的错，一直骗了你，当初决定和你在一起——"

"我在叶赛宁社交主页上看见她戴着你的表。"许随摇摇头，忽然说出这个名字。

周京泽皱眉，回忆了一下："是上次聚会，她看我的表好看，说要买个同款……她是我朋友，以前跟你说过。"

他难得说这么长的话。

许随看着他,眼睛越来越红:"那支付密码呢?我好像从来不知道你手机的支付密码。"

周京泽沉默下来,半晌缓缓开口:"那是以前——"

"我直接问你,你以前是不是对她有过好感?"许随嗓音发颤,指甲用力陷入掌心。

周京泽沉默半晌,承认道:"一部分。"

一句话就够了。

可是许随仍不肯放过自己,自虐般看着他:"现在呢?"

"现在——"周京泽正要认真回答。

"不重要了。"许随打断他,声音很轻,一颗晶莹剔透的泪珠滴到地上。

根据和叶赛宁的谈话,还有他的回答,许随大概能拼凑出一个什么故事。像叶赛宁这样又漂亮又酷,品位还好的女生追求他,周京泽却拒绝了。

那理由只有一个,他珍惜她,情愿和她做朋友。

对方在他心里的地位得高成什么样?周京泽这么浑不吝的一个人竟也知道珍惜人。

叶赛宁和她们不同。

她试图挣开他的桎梏,哪知周京泽沉着一张脸就是不放手,把许随扯进他怀里,她的肩膀被迫抵在他胸前,熟悉的薄荷气味再一次沁入鼻尖,她怎么都挣不开,周京泽像块滚烫的烙铁一般贴在她身上。

许随的情绪终于崩溃,她每说一句话,眼泪都吧嗒吧嗒地往下掉,鼻尖、眼睛通红:"你因为师越杰,一时意气和我在一起,我不怪你,因为我理解你,我知道你平时和他关系就不好,西西上次跟我说了。只是刚才听你说出来,有点难受——"

许随好像有点说不出口,一滴滚烫的眼泪滴在他脖子上,她逼自己说那句话:"确实……是我主动送上门的。"

"对不起。"周京泽嗓音嘶哑。

"周京泽,你知道我小名为什么叫一一吗?因为爸爸以前是消防员,妈妈生我的那段时间,他因为要出任务,临时看了我一眼就匆匆走了。上户口之类的事只能奶奶去上,她不太识字,去办事处,看到墙壁上挂的红色横幅,跟抓阄一样,问工作人员横幅上第三个字是什么,工作人员说是随,奶奶说那就叫许随。

"爸爸出完任务后回来不太同意:'我的宝贝女儿怎么能随便取一个名字呢?她出生是我这辈子最开心的事,是老天爷给我最珍贵的礼物,她是独一无二的,唯一的。'"

"所以我小名叫一一。"许随看着他,吸了吸鼻子,每说一句话,肋骨处刺青的伤口都隐隐作痛,疼得她下意识地按住那里,"我希望对方眼里只有我,能全心全意地爱我。包括那天你去接叶赛宁也是,笃信我会在原地等着你的下次。你总是一副漫不经心的姿态,喜欢一个人也是有所保留的。你很好,只是我们不合适。"

许随擦掉眼泪,从他怀里离开:"我们到此为止吧。"

周京泽这个人,天之骄子,从不缺爱慕。爱人七分,保留三分,可能许随连七分都没有体会过。喜欢你的时候轰轰烈烈,好像他只为你泊岸,但你冷静下来,会发现,主动燃烧的是你自己,所以你才觉得热烈。

他连爱你都是漫不经心的。

你能怎么办呢?他好像只能做到这样了。

一声刹车声响起,晚上的最后一趟公交返回,陆续有人下车,有人拎着一大袋东西下车,有学生穿着T恤和短裤,下车直奔学校的西瓜摊。

周京泽的心像被虫子蛰了一下,四周产生密密麻麻的痛,懊悔与慌乱的情绪滋生,他想伸手去抓离开的许随。

不料,不断有人下车涌向绿色的公交站台,其间有人撞了他一下,人潮不断涌来,然后横亘在两人之间。

两人竟走散在人潮里。

许随乘机离开,周京泽死死地盯着她的背影,纤细,弱不禁风,步伐却很坚定,没有停顿一下。

她没有回头。

一次也没有。

许随回到学校后，一个人去食堂吃了一碗馄饨，因为去得太晚了，汤有点冷，她吃得很慢，表情也淡，看起来像什么事也没发生，甚至还跟在一旁收拾餐具的阿姨打了招呼。

吃完以后，许随还是觉得有点饿，转身去了食堂小卖部挑雪糕，买了一根绿豆冰沙、一块糯米糍，还有荔枝海盐雪糕。

许随拆开绿色的包装纸，咬了一口，冰到硌牙，但挺甜的。许随白藕似的胳膊挎着装有雪糕的白色塑料袋，边吃边发呆地回到寝室。

回到寝室后，许随脸颊处的梨涡浮现："要不要吃雪糕？"

"要，快热死我了。"梁爽走过来。

许随放下包，刚拉出椅子坐下，手机屏幕亮起，是胡茜西发来的消息："随随，今天不是周京泽生日吗？怎么你和主人公都不到场，光我们在这儿玩？"

许随垂下眼睫，在对话框里打字："我和他……分手了。"

发完消息后，许随把手机放在一边，去洗头洗澡了，忙完后许随看了一会儿书，看不进去，干脆打开电脑找了部喜欢的恐怖片。

梁爽在打游戏，见状也放下手机，搬起椅子和她一起看。为了营造看电影的氛围，许随关了灯，只留了一道门缝。

周围陷入一片黑暗，影片诡异的背景音乐响起，梁爽摸了摸脖子："我怎么觉得有点诡异？"许随双脚放上椅子，抱着膝盖，看得认真，观影全程，梁爽紧紧地挽着她的胳膊，许随穿着的棉质裙子的吊带，几次被她弄滑落。

许随开玩笑："你是不是乘机占我便宜？"

"谁不爱占美女便宜？"梁爽笑嘻嘻地说。

梁爽看得专注，电影正放到高潮部分，一只猫瞳孔忽然变异，音乐一下子惊悚起来，猫一偏头，一口獠牙咬住小女孩的脖颈。

"啊啊啊——"梁爽吓得尖叫出声。

与此同时，门外也响起一道相呼应的女声惨叫，许随忙开灯，拍了拍梁爽的胳膊："没事了。"

门被打开，隔壁寝室的同学走进来，按着胸口："许随，你们寝室也太恐怖了,差点把我吓出心脏病。"

许随笑:"其实还好,你是来借东西的吗?"

女生摇摇头,语气激动:"周京泽在女生宿舍楼下等你。"

许随点了点头,看了一眼时间,开口:"十一点了,我该睡觉了。"意思是她不会下去的。

"可是他说会一直等到你下去为止。"女生语气担忧。

同样的招数,许随不会再信第二次,她的语气冷淡:"随便。"

拒绝的话很明显,女生讪讪地走了,梁爽送女生出去,反手关上门,她本想问许随和周京泽是怎么回事,可话到嘴边又咽了下去,还是算了,先让她冷静一下。

许随接着看中断的电影,看完后关电脑,上床睡觉。凌晨一点,忽然狂风大作,门和窗户被吹得砰砰作响,阳台上的衣服随风摇曳,有的被吹下了楼。

看起来,是要下暴雨了。

许随和梁爽大半夜起床收衣服,许随趿拉着一双兔子拖鞋,俯在走廊的阳台上,一件一件地收衣服。

豆大的雨珠斜斜地砸进来,许随收衣服的动作匆忙起来,等她收完衣服不经意地往下一看,视线顿住。

一个高挺的身影站在楼下,他竟然还在那里。狂风骤乱,树影摇曳,昏暗的路灯把周京泽的身影拉长,显得冷峻又料峭。

他咬着一根烟,低头伸手拢火,猩红的火焰时不时地蹿出虎口,又被风吹灭,映得眉眼漆黑凌厉,还是那张漫不经心的脸。

烟终于点燃,周京泽手里拿着烟吸了一口,眯眼呼出一口灰白的烟雾。像是心有灵犀般,他抬起眼皮,两人的视线在半空中相撞。

许随视线被捉住,也只是平静地收回视线,抱着衣服回寝室关门睡觉。梁爽显然看到了这一幕,没忍住,说道:"啧,浪子变成情种了。"

许随喝了一口水,语气淡淡:"那你想错了。"

没人比她更了解他。

次日,天光破晓,周京泽在女生宿舍楼下等了一夜,脚边一地冒着零星火光的烟头,他眼底一片黛青,熬了一夜,此刻嗓子吞咽有些艰难,只能发出单音节来。

他生平第一次这么狼狈。

周京泽脚尖点地,踩在石子上面发出嘎吱的声音,等了一清早,愣是没看见许随的人影。他嗤笑一声,还就不信了,许随不可能连课都不去上。

好不容易逮到她室友,周京泽走过去,嗓音有些嘶哑:"许随呢,怎么没跟你们一起下来?"

梁爽被他的气场镇住,缩了缩脖子:"她……她从后门走了。"

周京泽的脸色黑得能滴出墨来。

许随顺利躲过一劫,平稳地上完课,中午休息完去实验室,然而在去实验室的路上,经过植物园时,被周京泽截下了。

周京泽站在她面前,漆黑狭长的眼睛盯着他,压着翻涌的情绪,哑声道:"聊聊。"

许随抱着书本下意识地后退一步,淡声提醒他:"我们已经分手了。"

周京泽冷笑一声,眼睛压着狠戾和浓重的情绪:"我没同意。"

许随绕道就要走,周京泽身子一移,挡在她面前,攥住她的胳膊。周京泽整个人贴了过去,肩膀挨过来,两人离得很近,许随挣扎,头发却缠在了他的衣领扣子上,脸颊被迫贴在他宽阔温热的胸膛上。

因为说话,他的胸腔颤动着,许随沉溺在熟悉的气息中,想逃离却挣不脱,因为周京泽说的每一句话都抓住了她的软肋,让人无法动弹。

"家里冰箱囤的那么多盒牛奶你还没喝完,你非要放在我床头的多肉,你不在,我不会管。"周京泽语速很缓,看着她,"1017 你养得那么胖也不要了?还有——

"我,你舍得吗?"

许随眼底的湿意出来,心底有两个不同的声音在叫嚣。一个声音说,和他在一起,那些快乐是真的,情投意合也是真切发生的。

可另一个声音在说:你不是需要唯一的爱吗?他给不了。

空气一阵沉默,忽然,一阵尖锐的手机铃声响起,打破了这僵持的沉默。

两个人皆看向手机，她看了一眼他的手机，叶赛宁来电，许随眼睛里动摇的情绪退得干干净净。周京泽摁了拒接，铃声再次不依不饶地响起。

这一次，周京泽直接摁了关机。

许随终于解开头发，趁势退出他怀里，目光直视他："不接吗？"

周京泽没有说话，许随在与他保持距离后，开始说话，一双眼睛清又冷："牛奶喝不掉你可以给……别的女生，多肉扔了吧，1017——"

"我不要了。"

眼看周京泽要上前一步，许随后退，她脾气一向很好，也不会对人说什么重话。她了解周京泽，骄傲轻狂，气性也高，知道说出什么话，能让他同意分手。

许随吸了一口气，想了想，生平第一次说这么恶毒的话，语气夹着不耐烦："你能不能别再缠着我了？多看一秒你的脸——我都觉得恶心。"

周京泽停下脚步，抬起眼皮看向眼前的女孩，他一直看着她，只用了三秒便恢复了倨傲而不可一世的模样，缓缓撂话："行，我不会再找你了。"

周京泽转身就走，夏天很热，植物园的花被晒得有点蔫，在地上打下弯曲的影子。周京泽抬起眼皮极快地掠过植物丛，这时，手里握着的刚开机的手机进了一条信息。

外公发来的："你小子，不是说要带女朋友回家吗？人呢，还来吗？"

周京泽一个字一个字地打："不来了。"

太阳猛烈，将他的身影拉长，许随盯着他的背影，眼睛发酸，周京泽在经过灌木丛时，伸出来的枝叶挡了一下他的额头，他侧脸躲了一下，下台阶，然后背影消失在拐角处。

直到这一刻，许随整个人支撑不住，蹲下身，只感觉呼吸不过来，心口一阵一阵地抽着疼，大滴大滴的眼泪滴在发烫的地上，又迅速消失。

这种感觉太难受了。

须臾，老师发来消息，许随蹲在地上，点进微信，是很长的一段话:"许随,香港交换生的名额今天就要确定了,你确实不考虑去? B大多好,机会难得,你不是不知道,老师私心是希望你去的。当然,你要是有私人原因的话,我也尊重你的意愿。"

眼泪滴在手机屏幕上,视线一片模糊。许随用衣袖擦了一下,回复:"考虑好了,我想去。谢谢学校和老师给我这个机会。"

周京泽说到做到,许随真的没在学校再看见他,甚至在校外也不曾有一丝偶遇他的机会。不知道他是不是跟胡茜西说了什么,一向心直口快的大小姐再没在许随面前提过这个人。

周京泽完完全全消失在她生活里。

就好像这个人从来没有出现过。

室友得知许随要去香港交换一年的时候,纷纷表示不舍得,胡茜西一把鼻涕一把眼泪地蹭到她衣服上:"呜呜呜,随随,你走了就没人给我套被套了。"

"我又不是不回来了,就一年,我还有大四大五呢。"许随笑着拍她的背。

胡茜西擦泪:"可我是动物医学专业的,大四就毕业了,能见到你的时间真的不多了呀。"

"傻瓜。"许随伸手给她擦泪。

分别一向来得很快,许随参加完考试,暑假回了一趟黎映,八月中旬提前飞到香港,准备入学了。

好像真的要跟这座城市告别了。

其实许随见过周京泽一面,考试结束后,许随去了一趟舅舅家,整理出以前的教辅和数学笔记送去给盛言加。

送完笔记后,她从盛言加家出来,在经过便利店的时候下意识往里看了一眼,在想会不会有一个穿着黑色T恤的少年懒懒散散地窝在收银台处,眉眼倦怠地打着游戏,嘴里的薄荷糖咬得嘎嘣作响。

可惜没有。

是一张完全陌生的脸。

许随收回视线,匆匆往前走,一抬眼,想见的人就在不远处。周京泽嘴里叼着一根烟，拽着牵引绳，正在遛狗。

有一段时间没见，他好像变了。周京泽穿着一件黑色字母T恤、一条黑色运动裤，裤缝有一道杠，身形挺拔，白球鞋上露出一截脚腕，骨节清晰突出。

他变得越来越帅，也有了全新的一面。

他头发剪短了，又变回了寸头，贴着青皮，顶着一张桀骜不驯的脸，走到哪儿都引人注目。

奎大人走到一半渴了，周京泽停下来，拧开一瓶矿泉水，倒在掌心，蹲下来喂它喝水。

经过的姑娘多看了两眼，眼底放光，也不知道是冲他这张脸来的，还是真的喜欢这狗，"哇"了一声，主动搭讪道："这狗是什么品种？好帅哦。"

"德牧。"周京泽伸手掸了掸烟灰，语气散漫。

女孩一脸期待地看着他："我可以和它合张影吗？"

许随不打算听下去，转身离开，日落时分，周京泽低沉磁性的嗓音顺着风声传到她耳朵里，他停顿了一下："可以。"

许随是八月飞的香港，整座城市热得像是一个大蒸笼，她记得这一年好像是近年来气温最高的。

由于许随只是过来交换一年，所以B大不提供住宿，她只好自己找房子。这里房租极高且房间面积小，加上现在处于旺季，她找了一圈都没有找到合适的房子。

幸好有学姐帮忙牵线，许随和一名同校同级的女生合租，在西环那边，小是小了点，但价格在接受范围内，交通也方便，百老汇电影中心离她就十分钟路程，生活便利，附近也有吉之岛和百佳。

香港的气候一年四季都非常宜人，特别是冬天，像在过秋天，天气好的时候还能穿裙子。

许随交换过来的这段时间过得还算不错，学到了不一样的医学思维，在生活上也收获了很多。

她试着参加各种社交活动,学会了打香港麻将,也会跳一点华尔兹,还学会了烘焙,好像体验到了除学习外生活里的小乐趣。

许随最喜欢在周末做完实验后,一个人从中环出发,乘船去南丫岛散心。

只是她住的房子背阳,窗户也小,一下雨,室内就潮湿得不行,衣服湿答答的,需要烘干拿到天台上去晒。这时她竟然很怀念干燥又冰冷的京北城。

一年交换学习的时间很快结束。

又一年夏天。

班上的同学为许随办了一个聚会,一群人聚完餐后又转战 KTV,中途不知道谁点了一首分别的歌。

室友嘉莉泪眼汪汪地抱住她:"随,我舍不得你。"

许随顺手回抱她,视线刚好对上一个男生,林家峰,是班上的一个男生,两人关系还不错,平常一起做实验,还经常一起坐电车回家。

他坐在沙发上,开玩笑道:"我也是。"

气氛有些伤感,许随松开她,笑道:"快来个人调节一下现在的气氛,要不我们来玩游戏吧?"

"可以啊。"有人附和道。

他们玩的游戏很普通——真心话大冒险,酒瓶转到谁,谁就要接受另一个人的惩罚,真心话或者大冒险。

红色的灯光昏暗,有的人输了得出去要指定的帅哥的电话号码,有的人输了则要在众人面前跳乌龟舞。

许随靠在嘉莉肩头,握着酒杯,笑得东倒西歪。透明玻璃杯折射出一张落落大方的脸庞,一双眼睛盈盈空灵。

她好像和以前不同了。

老话说得好,人不能太得意忘形。下一秒,就轮到许随遭殃,林家峰握着绿色的酒瓶问她选什么。

许随想了一下,回答:"真心话吧。"

有好友推着林家峰快上,暗示他抓住机会。林家峰犹豫了一下,问了一个很没劲的问题:"你有没有什么话想对你前男友说的?"

众人一听,"喊"了一声,有个女生回答:"这种问题还用问吗?当然是祝我前任早日吃屎啦。"

"就是哦,希望我前男友找的女朋友个个不如我。相貌比不上我,性格也没我好,死渣男,余生都后悔去吧。"

……

许随思考了一下,食指敲了敲玻璃杯,一杯烈酒饮尽,喉咙如火烧:"不祝他前途无量,祝他降落平安。"

说完这句话,全体噤声。没多久,有人打破寂静,很快进入下一场游戏。当晚,许随喝了很多酒。

曾经喝一口酒都面红耳赤的人,竟然学会了面不改色地喝很多酒。她喝得烂醉如泥,是室友嘉莉拖着她回家的。

回到家,许随立刻冲进卫生间,抱着马桶呕吐,其实喝醉的滋味并不好受,胃如火烧,吐得她感觉胆汁都快要吐出来,整个人的灵魂与躯体都分离。

其实一周前,许随看到了盛南洲的动态,他们飞去了美国训练基地,他应该也去了。许随边吐边想,她回去读大四,周京泽去美国一年,大五她准备考研,而周京泽已经毕业,成了一名真正的飞行员。

两人再也见不到了。

当初分手太难看,潦草收场,她想,以后应该见不到他了吧。

许随吐完之后,站在洗手台前洗脸,水龙头扭开,她捧了一把水浇在脸上,头顶的灯泡有些暗,她看向镜子里的自己。

皮肤白腻,鹅蛋脸,秀鼻高挺,如果说和之前有什么不同的话,好像更漂亮了点,乌黑的眼睛多了一层坚定,气质也越来越清冷。

很好,没有哭,一滴眼泪都没掉,就是眼线晕开了一点。

许随一觉睡到第二天中午,醒来给自己倒了一杯蜂蜜水。她打开窗,有风吹过来,热热的海风。

绿风扇对着她呼呼地转,嘉莉正用气垫拍着脸颊,窗外蝉叫个不停,她把气垫放下,抱怨道:"吵死了,幸好夏天快结束了。"

许随往外看了一眼,窗外日光如瀑,蓝色的海浪万顷,绿色的林木葱茏,光影交错间,一晃眼夏天就要结束了。她忽然想起高中转学的那天,也是一样的炽夏。许随懵懂地遇到一个如烈日般的少年,她却卑微如苔藓。

一眼心动发生在夏天。

一段有始无终的暗恋也结束在蝉鸣声中。

隔壁有人用音响放着港乐,隐隐地传过来,透着淡淡的悲伤,许随伏在窗口,肩膀颤抖,听着听着,眼泪终于掉下来。

"但愿我可以没成长,完全凭直觉觅对象。模糊地迷恋你一场,就当风雨下潮涨。"

是,就当风雨下潮涨。

图书在版编目（CIP）数据

告白 / 应橙著 . -- 南京：江苏凤凰文艺出版社，2022.1（2025.6 重印）
ISBN 978-7-5594-5575-8

Ⅰ.①告… Ⅱ.①应… Ⅲ.①长篇小说 – 中国 – 当代 Ⅳ.① I247.5

中国版本图书馆 CIP 数据核字 (2021) 第 231471 号

告白

应橙 著

责任编辑	张 倩
特约编辑	席 凤　面包树　张可慧
封面设计	白茫茫
出版发行	江苏凤凰文艺出版社
	南京市中央路 165 号，邮编：210009
网　　址	http://www.jswenyi.com
印　　刷	河北鹏润印刷有限公司
开　　本	880 毫米 ×1230 毫米　1/32
印　　张	11.25
字　　数	314 千字
版　　次	2022 年 1 月第 1 版
印　　次	2025 年 6 月第 22 次印刷
书　　号	ISBN 978-7-5594-5575-8
定　　价	49.80 元

江苏凤凰文艺版图书凡印刷、装订错误，可向出版社调换，联系电话 025-83280257